JANA SCHÄFER

The Way We Fal

Für alle, die groß träumen und
sich nicht unterkriegen lassen.
Ihr seid großartig!
Lasst euch niemals euren Mut nehmen.

PLAYLIST

Let me Down Slowly Alec Benjamin
Can You Hold Me NF, Britt Nicole
Chasing Cars Snow Patrol
The Other Side Ruelle
Fix You Coldplay
I Want To Break Free Queen
Lover Taylor Swift
Falling Like The Stars James Arthur
Let it Be The Beatles
Older Sasha Sloan
July Noah Cyrus
Lost Our Last Night
Scotland The Lumineers
The Archer Taylor Swift

1. KAPITEL

Amelia

Wenn ich die Welt mit Farben beschreiben müsste, wäre dieser Tag schwarzblau. Vielleicht auch eine Spur dunkelgrün. Auf jeden Fall wären es aber düstere Töne. Solche, die man auf Fotos mit einem Filter aufhellt, damit sie stattdessen strahlen und leuchten.

Selbst der Himmel draußen zeigte sich heute von einer düsteren Seite, die sämtliches Licht verschluckte.

Seufzend öffnete ich die Spülmaschine. Ein Schwall heißer Luft kam mir entgegen, und ich trat eilig einen Schritt zurück.

Das Café *Daydream* war wie ausgestorben. Meine Schicht ging offiziell noch eine Stunde, doch wenn weiterhin keine Gäste kamen, konnte ich genauso gut eine Stunde früher Schluss machen und heim zu Maisie gehen. Vorausgesetzt, der Gast an Tisch Nummer dreizehn bezahlte irgendwann und verschwand. Er saß inzwischen schon seit drei Stunden vor seinem Laptop und nippte ab und zu an einem Glas Wasser. Bis auf einen Espresso und ein Stück Zitronenkuchen hatte er nichts bestellt. Nichts.

Ich spürte, wie sich Ärger in mir breitmachte. Was glaubte der denn, wie wir das *Daydream* finanzierten? Jedenfalls nicht durch das Servieren von Leitungswasser. Wir waren hier schließlich in einem Café. Und nicht etwa in seinem Büro.

Entschlossen ging ich zu dem Tisch in der Ecke und machte mich mit einem Räuspern bemerkbar. An jedem anderen Tag wäre es mir vermutlich egal gewesen, aber die Vorstellung, dass ich jetzt Feierabend haben und bei meiner Schwester sein könnte, anstatt den einsamen Gast zu bedienen, machte mich ungeduldig.

»Möchtest du noch etwas?«

Keine Reaktion.

»Hallo?«, versuchte ich es erneut.

»Nein danke, ich arbeite.« Seine kühle Stimme strich über mich hinweg. Er schaute nicht einmal von seinem Laptop auf. Das Klackern der Tasten erfüllte den Raum und verwandelte sich in meinen Ohren zu einem provozierenden, spottenden Geräusch.

Ich atmete hörbar aus, aber er rührte sich nicht. Kein Zusammenzucken, kein entschuldigendes Lächeln, nichts. Mein Blick glitt über die dunkelbraunen Haare, die ihm lässig und scheinbar zufällig in die Stirn fielen. Fast so, als wüsste er gar nicht, dass er mit seiner Frisur einem Werbeplakat für den nächsten Friseursalon entsprungen sein könnte. Der Dreitagebart und die kantigen Gesichtszüge ergänzten den Möchtegern-wilder-Schönling-Look perfekt. Seine vollen Lippen hatte er zu einem schmalen Strich zusammengepresst, der einzige Hinweis, dass er sehr wohl bemerkte, dass ich immer noch ungeduldig neben ihm stand. Ich schätze ihn auf Mitte zwanzig, vielleicht zwei, drei Jahre älter als ich.

Er saß mit gerunzelter Stirn da und starrte hoch konzentriert auf seinen Bildschirm, als beanspruchte das, was auch immer er da tat, seine ganze Aufmerksamkeit. Gut möglich, dass ihm nicht einmal auffiel, dass er inzwischen der einzige Gast war. Er schien seine Umgebung, das Café, das in den letzten Jahren zu meinem zweiten Zuhause geworden war, gar nicht richtig wahrzunehmen. Da war es wahrscheinlich auch zu viel verlangt, auf die einzige Bedienung im Raum zu achten, die sich an einem Donnerstagnachmittag durchaus bessere Dinge vorstellen konnte, als einem verirrten Gast beim Wassertrinken zuzusehen. Heimgehen, um mit ihrer Schwester einen Film zu schauen, zum Beispiel.

Mit einem ergebenen Seufzen drehte ich mich um und kehrte hinter die Theke zurück. Trotz allem war es mein Job, die Gäste zu bedienen. Oder sie in Ruhe zu lassen, wenn sie nichts wollten. Nicht selten fühlten sich die Leute im Café so wohl, dass sie die Zeit völlig vergaßen und stundenlang mit ihrem Kaffee am Tisch saßen und mit ihren Freunden redeten. Normalerweise war es auch genau das, was ich am *Daydream* so sehr mochte. Nur hatte ich heute schon einen ziemlich anstrengenden Tag hinter mir, weil am Morgen eine Geburtstagsgruppe ins Café geplatzt war und den Ort ordentlich aufgemischt hatte.

Um mir die Zeit zu vertreiben, räumte ich die Spülmaschine aus. Allerdings war ich damit viel zu schnell fertig. Nachdem ich auch noch mit einem Putzlappen über die Ablagen und die Vitrine, in der selbst gebackene Muffins und Scones standen, gewischt hatte, fiel mir keine Beschäftigung mehr ein. Ich könnte mir natürlich einen Besen schnappen und zwischen den Tischen und Stühlen – ein sorgfältig ausgewählter Mix aus hübschen Vintage-Möbeln – hindurchfegen. Aber das wäre unhöflich, und auch wenn der Fremde von mir aus gern gehen durfte, würde ich ihm nicht den Gefallen tun und unprofessionell werden.

Das Vibrieren meines Handys erlöste mich aus meinem

pseudobeschäftigten Hin- und Hergehen hinter der Theke. Ich nahm den Anruf an, was ich bei gutem Betrieb nie tun würde, und grinste, noch bevor die fröhliche Stimme meiner besten Freundin erklang.

»Amelia! Du gehst ran. Das heißt dann wohl, dass du entweder früher gehen konntest oder das Café leer ist.«

»Leider ist Letzteres der Fall. Zumindest fast. Bis auf einen Kerl ist niemand hier, und ich bezweifle, dass bei dem Regenwetter heute noch jemand kommt.«

»Dafür wird morgen die Bude voll sein«, erwiderte Holly zuversichtlich. Mit ihrer unbeschwerten Art hellte sie meine Stimmung automatisch auf.

»Das fürchte ich auch. Chloé liegt mir seit Tagen mit der Lesung in den Ohren. Sie will Pizzabrötchen backen und Fingerfood organisieren. Gestern hat sie sogar irgendetwas von gefalteten Servietten in Buchform gefaselt. Wie auch immer das gehen soll.«

Meine Chefin war ganz aus dem Häuschen, seit sie erfahren hatte, dass Jasper Haven eine Lesung in unserem Café halten würde. Sie sah darin die perfekte Werbung und Aufmerksamkeit, die das *Daydream* anscheinend dringend brauchte. Dabei war es eigentlich die Ausnahme, dass es so wenige Besucher gab wie heute.

»Ich kann sie nur zu gut verstehen«, gab Holly lachend zurück.

»Kannst du nicht.« Holly hasste Basteln und Dekorieren wie die Pest. Still sitzen und sich konzentrieren war nicht ihr Ding. Sie musste ständig in Bewegung sein, liebte Unternehmungen und Abwechslung. In dieser Hinsicht hätten wir kaum unterschiedlicher sein können.

»Okay, kann ich nicht«, stimmte sie mir zu. »Aber dass dieser

Autor kommt, ist eine ziemlich coole Sache. Der wird von den Medien ja ziemlich gehypt.«

»Du weißt ja, wie beeindruckend ich irgendwelche Medienstars finde«, gab ich schmunzelnd zurück.

»Du kannst sagen, was du willst, aber er hat es immerhin geschafft. Er ist ganz oben und einer der bekanntesten Fantasy-Autoren unserer Zeit. Er lebt seinen Traum.«

Ich seufzte. Mir entging der Unterton in ihrer Stimme keineswegs. Ich wusste genau, was sie mir damit sagen wollte. Holly verstand einfach nicht, warum ich immer noch bei meiner Tante lebte, anstatt wie sie in einer WG zu wohnen und zu studieren. Sie war direkt nach dem Schulabschluss von zu Hause ausgezogen und hatte mit ihrem Medizinstudium angefangen, während ich im *Daydream* jobbte und meine Freizeit mit Musik verbrachte.

Obwohl, eigentlich verstand sie es schon. Der Grund dafür war unmöglich nicht zu verstehen, aber Holly war überzeugt, dass ich damit einen Fehler machte. Nur war es kein Fehler, denn das würde bedeuten, dass ich die Wahl hätte, es anders zu machen, dass ich mich frei entscheiden könnte, nicht hierzubleiben, sondern zu gehen. Doch das konnte ich nicht. Diese Wahl war vor zwölf Jahren gestorben, als meine Eltern und Maisie in einen roten Wagen gestiegen waren, um einkaufen zu fahren, und nur meine kleine Schwester lebend zurückgekehrt war.

Zwei Tage lang hatte sie durchgehend geweint. Trotz meiner eigenen Trauer hatte ich versucht, sie zu trösten, hatte mich ganz auf sie konzentriert, weil sie alles war, was von meiner Familie übrig geblieben war. Abgesehen von unserer Tante Charlotte, die uns mit offenen Armen und voller Liebe aufgenommen hatte, obwohl wir sie damals nur ab und zu besucht hatten. Sie hatte alles getan, um Maisies und meinen Schmerz zu lindern. Doch auch wenn ich Charlotte sehr mochte und ihr dankbar war, sie konnte unsere Mutter nicht ersetzen. Während Maisie weiterhin zitterte und weinte, hatte ich sie festgehalten und ihr ein Versprechen gegeben: *Ich bleibe bei dir. Egal, was passiert, wir haben uns.*

Mit zehn Jahren hatte ich natürlich noch nicht ganz begreifen können, was der Tod unserer Eltern wirklich für uns bedeutete, aber ich wusste, dass sich von da an alles ändern würde. Mum hatte mir seit Maisies Geburt immer wieder gesagt, dass ich die Große von uns beiden war und auf sie aufpassen sollte. Und seit dem Tod meiner Eltern machte ich genau das. Ich passte auf Maisie auf, die seit dem Unfall nicht mehr dieselbe war. In den ersten Wochen hatte sie kein Wort gesprochen, was die Ärzte auf den Schock zurückführten. Doch aus den Wochen wurden Monate und schließlich Jahre, und Maisie sprach immer noch kaum. Sämtliche Therapien hatten fehlgeschlagen, und irgendwann hatten Charlotte und ich ihr Schweigen akzeptiert. Es wurde ein Teil von Maisie, und wir fanden unseren eigenen Weg, nonverbal miteinander zu kommunizieren.

»Bist du noch dran?« Hollys Stimme riss mich aus meinen Gedanken.

»Ja, sorry! Was machst du später?«

»Taylor wollte nachher noch vorbeikommen. Du bist natürlich ebenfalls herzlich willkommen. Wir könnten einen Filmabend machen?«

Ein Filmabend mit Holly und ihrem Freund Taylor? So sehr ich die beiden auch liebte, ich würde sicherlich nicht wie ein bedauernswertes fünftes Rad am Wagen in ihr Date platzen. Außerdem hatte ich Maisie versprochen, dass wir heute einen Film schauen würden. Das letzte Mal, dass wir zusammen einen Abend verbracht hatten, war ein paar Tage her, und ich wollte nicht, dass sie sich wieder nur in ihrem Zimmer verkroch und las. Seit sie in die Pubertät gekommen war, zog Maisie sich noch mehr zurück. Sie hatte zwar einige Freunde in der Schule, doch ich wusste, dass ihre stille Art nicht bei allen gut ankam.

»Danke, aber ich mach heute was mit Maisie. Vorausgesetzt, der Kerl geht irgendwann.«

»Der einsame Gast?«

»Ja, er sitzt seit über drei Stunden hier und tippt auf seinem Laptop herum. Gibt es für so etwas nicht die Unibibliothek? Oder ein eigenes Zimmer mit Schreibtisch? Und dann bestellt er nicht mal was! Er tut, als wäre ich Luft.« Meine Stimme war mit jedem Wort lauter geworden, dabei wusste ich selbst nicht, warum ich mich so aufregte. Im Grunde war es sein gutes Recht, so lange in unserem Café zu sitzen, wie er wollte, doch wer zwischen mir und meinem Feierabend stand, hatte nun mal schlechte Karten.

»Er sieht heiß aus, oder?«

»Was?! Wie kommst du denn darauf?«, fragte ich ehrlich schockiert und verdrehte die Augen, als Holly leise auflachte.

»Erwischt. Du regst dich nur über ihn auf, weil er dich nicht beachtet.«

»Das stimmt nicht«, protestierte ich. »Ich denke nur, dass es ja wohl nicht zu viel verlangt ist, die Kellnerin, die kurz vor Ende der Öffnungszeiten fragt, ob er noch etwas möchte, zumindest anzuschauen. Vermutlich kommt er wegen seines Aussehens zu oft mit so einem Verhalten durch. Er ist nämlich nicht der erste attraktive Kerl, der sich als arroganter Idiot herausstellt.«

»Süße, du brauchst dringend etwas Ablenkung«, sagte Holly, und ich konnte ihr Grinsen deutlich vor mir sehen.

Diesen Einwand ließ ich unkommentiert. Holly kannte mich gut genug, um zu wissen, dass ich gerade ein genervtes Seufzen unterdrückte.

»Na ja, ich lass dich mal weiter Löcher in die Luft starren und melde mich später.«

»Ist gut. Bis dann.« Ich legte auf, drehte mich um und erstarrte. Vor mir stand der attraktive Gast mit einem selbstgefälligen Lächeln auf den Lippen.

»Der gut aussehende, arrogante Idiot würde dann gern zahlen.«

Ich öffnete den Mund, doch es kamen keine Worte heraus. Ausgerechnet ich, die normalerweise immer eine Antwort parat hatte, war sprachlos.

»Sorry, ich wollte nicht … also.« Ich stockte und fuhr mir mit der Zunge über die trockenen Lippen. Das war doch lächerlich! Ich räusperte mich. »Vier zwanzig.«

»Was?« Der Typ zog seine Augenbrauen hoch, und für einen Moment verschwand der arrogante Ausdruck aus seinem Gesicht. Ich unterdrückte ein triumphierendes Grinsen. Verwirrt gefiel er mir eindeutig besser.

»Du hattest einen Espresso und ein Stück Kuchen. Das macht vier Pfund zwanzig.«

»Oh, klar.« Seine Miene verschloss sich wieder, als er einen Fünf-Pfund-Schein auf die Theke warf.

Erst jetzt wurde mir bewusst, wie unfreundlich ich gewesen war. Mit dem Gedanken an Chloé, die uns ständig einbläute, dass die Kunden hier wie Könige behandelt werden sollten, setzte ich rasch ein Lächeln auf.

»Es tut mir …«

Grußlos drehte der Kerl sich um, als hätte er mich nicht gehört oder tatsächlich das Recht, einen beleidigten Abgang hinzulegen. Vielleicht war er aber auch einfach nur genervt. Oder es war ihm schlichtweg egal, was ich von ihm hielt.

Mit einem Seufzen griff ich nach dem Geld und legte es in die Kasse. Was für ein Mistkerl! Ich ertappte mich dabei, wie ich ihm nachstarrte, als er mit schnellen Schritten durch den Regen lief, der ihn keine Spur zu stören schien. Vielleicht waren ihm seine Frisur und die teuren Klamotten nicht ganz so heilig, wie es gewirkt hatte. Seinen Laptop hatte er in einem Rucksack verstaut, dem er offenbar zutraute, dem Wasser standzuhalten. Ich stieß ein leises Schnauben aus.

Es war doch immer wieder eine Überraschung, wie unterschiedlich die Leute waren, die ins *Daydream* kamen. Da das Café in einer Seitenstraße am Rande der Altstadt lag, verirrten sich nur selten Touristen hierher. Meistens waren es also Bewohner der Stadt, die hier reinstolperten. Von gestressten Anzugträgern, verliebten Pärchen und unhöflichen Gästen, die wortkarg ihre Bestellung aufgaben, war alles dabei. Ich sollte also daran gewohnt sein. Sollte so ein Erlebnis einfach wegstecken können. Die Wahrscheinlichkeit, dass der Kerl noch mal hier auftauchte, war ohnehin ziemlich gering. Trotzdem hoffte ich, dass es auch tatsächlich so war. Meine Worte sollten schließlich Grund genug sein, sich ein anderes Café zum Wassertrinken zu suchen.

Ich schüttelte den Kopf über mich selbst und schnappte mir den Besen, um endlich sauber zu machen und das Café zu schließen. Nachdem ich alle Stühle hochgestellt und den Boden gefegt hatte, war es halb sieben. Eine halbe Stunde nach offiziellem

Schichtende. Ich seufzte. So viel zu früher Feierabend machen. Und morgen würde nicht besser werden. Unsere Chefin wollte zwar schon am Nachmittag schließen, allerdings nur, um rechtzeitig mit den Vorbereitungen für die Lesung anzufangen, die am Abend im *Daydream* stattfinden würde. Obwohl ich den Aufwand nicht ganz verstand, würde ich mitanpacken und helfen. Denn wenn Chloé meinte, wir müssten das Café neu dekorieren, damit der Autor sein Buch vorlesen konnte, dann würden wir das tun. Schließlich liebte ich meine Chefin und dieses Café. Das *Daydream* war meine eigene kleine Oase, in der mich der Geruch von frisch gemahlenen Kaffeebohnen und gebackenen Scones vergessen ließ, warum ich mit meinen zweiundzwanzig Jahren nicht studierte, sondern bei meiner Tante lebte und jobbte. Warum sich mein Leben seit dem großen Einschnitt vor zwölf Jahren nicht mehr geändert hatte.

Schnell packte ich meine Sachen und verließ das Café. Draußen zog ich die Kapuze über meine Haare und vergrub mein Gesicht im Schal, doch der kalte Wind trieb mir den Regen gnadenlos in die Augen. Dabei liebte ich Regen. Ich mochte das schottische Wetter, auch wenn ich mich manchmal fragte, wie es sich wohl anfühlte, wenn tagelang nur die Sonne schien und die Temperaturen auf über dreißig Grad anstiegen.

Doch Maisie mochte keine weiten Reisen, und ich konnte mir nicht vorstellen, sie tage- oder gar wochenlang nicht zu sehen, also würde ich aus Edinburgh so schnell nicht wegkommen. Von Schottland ganz zu schweigen. Der Gedanke an meine kleine Schwester trieb mich an, und ich beschleunigte meine Schritte, um die nächste Bahn rechtzeitig zu erwischen.

Die Wohnung meiner Tante befand sich am Rande der Stadt. Sie war groß genug für uns drei, und auch wenn die Umgebung nicht die Schönste war, war sie in den letzten zwölf Jahren zu meinem Zuhause geworden. Inzwischen hatte ich mich auch an die alten, heruntergekommenen Backsteingebäude und den muffigen Geruch gewöhnt, der mir beim Betreten des Hausflurs entgegenschlug.

Als ich den Schlüssel ins Schloss steckte, tropfte Regen von meiner Jacke auf die braune Fußmatte. Ich streifte meine Schuhe ab und betrat dann die Wohnung, die mich mit einer molligen Wärme empfing.

»Hi«, rief ich, und sofort kam Charlotte aus der Küche auf mich zu. Ihre braunen Haare trug sie zu einem Zopf zusammengebunden, was sie ungewohnt streng wirken ließ, und ihr Hosenanzug verriet mir, dass sie gerade erst von der Schule nach Hause gekommen war. Sie war mit Sicherheit die einzige Lehrerin in ihrem Kollegium, die sich für die Kinder anzog, als wollte sie mit ihnen zu einer Gerichtsverhandlung gehen.

»Du bist ja ganz nass.« Sie wartete, bis ich meinen Regenmantel ausgezogen hatte, bevor sie mich kurz in ihre Arme zog. »Ich wollte gleich etwas kochen, hast du Hunger?«

»Ein bisschen, ja. Wo ist Maisie?«, fragte ich und schaute mich um, als würde meine Schwester jeden Moment auftauchen.

Das Lächeln verschwand aus Charlottes Gesicht und wich einem besorgten Ausdruck. »In ihrem Zimmer.«

Ich unterdrückte ein Seufzen. Es war nichts Ungewöhnliches, dass Maisie die meiste Zeit in ihrem Zimmer verbrachte. Trotzdem machte Charlotte sich ständig Sorgen um meine Schwester. Und um mich. Seit unsere Eltern ums Leben gekommen waren, kümmerte Charlotte sich um uns, als wären wir ihre eigenen Kinder. Wofür ich sie liebte. Aber manchmal übertrieb sie mit ihrer Sorge etwas.

»Ich schau nach ihr und frag, ob sie rauskommen will. Vielleicht können wir später alle zusammen einen Film ansehen.«

»Das wäre toll.« Charlotte nickte erleichtert und kehrte in die Küche zurück.

Vor Maisies Zimmer zögerte ich kurz. Sie war vermutlich am Lesen. Oder hörte Musik. Oder schrieb in eines ihrer vielen Notizbücher. Das tat sie meistens, wenn ich nicht da war. Sie lag im Bett und verschwand in anderen Welten. Ich atmete tief durch und klopfte an.

Keine Sekunde später flog die Tür auf.

Meine Schwester blickte mir aus warmen braunen Augen entgegen. Ihre rostroten Haare trug sie zu einem Dutt zusammengebunden, und wieder einmal dachte ich, dass sie mit ihrer elfengleichen Schönheit aussah, als wäre sie nicht von dieser Welt. Obwohl sie inzwischen sechzehn war, würde ich vermutlich nie aufhören, in ihr meine kleine Schwester zu sehen, der ich vor Jahren das Fahrradfahren und Schwimmen beigebracht hatte. In den letzten Monaten hatte sie sich still und heimlich zu einer Jugendlichen entwickelt, die sich immer mehr vor mir verschloss. Ich konnte mich noch gut daran erinnern, wie ich in diesem Alter gewesen war. Wie wenig ich die Welt verstanden hatte, geschweige denn wusste, was ich wollte. Im Grunde wusste ich das immer noch nicht. Doch die Vorstellung, dass Maisie dasselbe durchmachte, ohne mich miteinzubeziehen, schmerzte.

Ich streckte eine Hand aus, mit der Handfläche nach oben. Das machte ich immer, wenn ich nach Hause kam. Es war unser

Ritual, um uns zu begrüßen und zu fragen, wie der Tag der anderen war. Maisie legte nach einem kurzen Moment ihre Hand auf meine, wobei sie ihre Handfläche nach unten drehte. Kein guter Tag also. Genau wie bei mir, aber das verschwieg ich lieber. Meine Probleme waren im Moment zweitrangig. Ich zog meine Hand wieder weg.

»War die Schule stressig?«, fragte ich.

Maisie zuckte mit den Schultern und machte eine wegwerfende Handbewegung. Offenbar wollte sie nicht weiter darüber reden. Und ich würde sie nicht drängen.

»Charlotte kocht gerade, sollen wir nachsehen, ob sie unsere Hilfe braucht? Und später könnten wir alle zusammen einen Film im Wohnzimmer anschauen, was meinst du?«, fragte ich.

Sie nickte, und ein Lächeln erschien auf ihren Lippen. Endlich. Bevor ich aus dem Zimmer gehen konnte, hielt sie mich zurück und deutete auf die Musikanlage auf ihrer Kommode.

Ich seufzte. »Okay. Aber ich höre mir nicht schon wieder den gesamten Soundtrack von *Wicked* an.«

Maisies Lächeln wurde breiter, und ich spürte, wie sich meine schlechte Laune langsam in Luft auflöste. Maisie hatte diese Wirkung auf Menschen. Sie strahlte eine Leichtigkeit aus, die mir unerklärlich war. Vor allem, weil ich wusste, dass sie eine unglaubliche Schwere in sich trug. An dem Abend, als unsere Eltern ums Leben gekommen waren, war auch ein Teil von ihr gestorben – und mit ihm ihre Worte.

Manchmal kam mir der Gedanke, dass ich damals nicht nur meine Eltern, sondern auch Maisie verloren hatte. Doch das war nicht fair. Sie gab ihr Bestes. Wie wir alle.

Maisie drückte auf *Play* und eine männliche Stimme erklang, die ganz offensichtlich einen Fantasyroman vorlas. Zumindest kam bereits im ersten Satz das Wort »Drachenmagie« vor, was auch immer das heißen sollte. Anders als Maisie hatte ich nie viel gelesen, und obwohl ich ihre Begeisterung für düstere Fantasy-Geschichten nicht wirklich nachvollziehen konnte, tat ich ihr den Gefallen und legte mich zu ihr aufs Bett.

Während die Stimme weitererzählte, wanderte mein Blick zu der Lichterkette an der Wand. Darunter waren an einer Schnur mit winzigen Wäscheklammern verschiedene Fotos befestigt, die Maisie mit mir oder Klassenkameraden zeigten. Wir lächelten auf den Fotos und wirkten wie zwei fröhliche Mädchen. Ein Fremder würde vermutlich nie auf die Idee kommen, dass unsere Welt vor Jahren erschüttert worden war.

Ich schloss die Augen, lauschte Maisies regelmäßigen Atemzügen neben mir und der Stimme des Vorlesers, die angenehm warm klang. Holly irrte sich, wenn sie sagte, dass ich nicht genügend Abenteuer erlebte. Mein Leben war gut, so wie es war. Vielleicht nicht perfekt, doch welches war das schon?

2. KAPITEL

Amelia

Ich saß auf dem Bett, meine Gitarre auf dem Schoß, und zupfte gedankenverloren an den Saiten. Verzerrte, fast schon melancholische Töne entflohen dem Instrument. Dabei war der Abend fantastisch gelaufen. Wir hatten zu dritt gekocht und zum ungefähr hundertsten Mal *Grease* geschaut. Maisie hatte bei den Liedern mitgesummt, wie sie es bei ihren Lieblingssongs immer tat. Und als Charlotte uns Popcorn gemacht und es ins Wohnzimmer gebracht hatte, war es passiert. Ein leises *Danke.* Nur ein Wort, aber Charlotte und ich waren kurz erstarrt, bevor wir uns stumm angelächelt hatten. In solchen Momenten bildete ich mir gern ein, dass Maisie vielleicht doch Fortschritte machte, aber mir war klar, dass das nicht wirklich stimmte.

Ihre Mitschüler mochten sie zwar, doch Maisie hatte keine engen Freundschaften, da sie nicht von sich aus auf andere zuging. Die Lehrer lobten ihre schriftlichen Leistungen, die oft herausragend gut waren, bemängelten jedoch ihre nicht vorhandene mündliche Beteiligung.

Nach zwölf Jahren, unzähligen Therapiesitzungen und Förderstunden sprach sie immer noch kaum. Während meine Tante damit zu kämpfen hatte und Bücher über Traumata und psychische Erkrankungen im Kindes- und Jugendalter las, hatte ich mich an Maisies Schweigen gewöhnt. Sie kommunizierte mit ihrem Körper, ihrer Mimik und ihren Augen. Ich wusste, wann sie einen schlechten Tag hatte, und kannte ihr Gute-Laune-Gesicht. Sie war mein Ein und Alles, und ich liebte sie genau so, wie sie war.

Und trotzdem. Eine seltsame Traurigkeit haftete in den Ecken meines Zimmers, nistete sich zwischen den bestickten Kissen und der Lichterkette über dem Bett ein und verkroch sich in meinem Bücherregal, in dem sich die wenigen Liebesromane, die ich besaß, stapelten.

Ich zupfte weiter auf der Gitarre herum, doch es half nichts. Dieses seltsame Gefühl ließ sich nicht vertreiben. Ich dachte zurück an den Filmabend. Vielleicht lag es gar nicht so sehr an Maisie, sondern daran, dass der Film mich mit seinen fröhlichen Songs sentimental gestimmt hatte. Manchmal ertrug ich zu viel Glücklichsein nur schwer, da es mir schonungslos vor Augen hielt, was ich – was wir – verloren hatten.

Seufzend legte ich die Gitarre weg, obwohl mich Musikmachen normalerweise beruhigte. Es war mein Mittel, abzuschalten, zu vergessen oder auch alles Angestaute herauszulassen. Die Wut, die Angst, die Erinnerungen. Nur heute wollte es mir einfach nicht gelingen, die niederdrückenden Gefühle abzuschütteln. Mein Blick fiel auf das Foto auf meinem Nachttisch. Es zeigte vier glücklich lächelnde Menschen. Ein Paar, das strahlte, als wäre es frisch verliebt, und zwei Mädchen. Die Ältere der beiden trug die Kleine huckepack und grinste vergnügt in die Kamera. Eine Familie.

Ich schluckte schwer.

Es war so lange her, dass wir eine Familie gewesen waren. Eine vollständige Familie mit einer Mum und einem Dad. Oft vergingen Tage, an denen ich kaum an sie dachte. Etwa, wenn ich den ganzen Tag im Café arbeitete, mit Holly durch die Stadt streifte oder abends mit Maisie irgendwelche Castingshows im Fernsehen anschaute. Dann vergaß ich, dass ich eine Waise war. Doch in den stillen Momenten, in denen ich mit mir und meinen Gedanken allein war, wurde die Vergangenheit lebendig, und die Sehnsucht traf mich mit voller Wucht. Dann vermisste ich Mums Geruch, von dem ich nicht einmal mehr wusste, ob ich mich wirklich an ihn erinnerte. Dann fehlte mir das dröhnende Lachen meines Dads und wie er mich durch die Luft gewirbelt hatte, wenn er vom Arbeiten nach Hause gekommen war.

Ich tastete nach meinem Handy und wählte Hollys Nummer, bevor ich es mir anders überlegen konnte. Es nützte nichts, in Melancholie zu versinken und etwas zu vermissen, was nicht mehr da war.

Holly nahm nach dem zweiten Klingeln ab. »Amelia? Ist alles okay?«

»Ich schätze schon. Störe ich? Ich weiß, es ist schon spät, aber …«

»Heute ist einer dieser Tage«, stellte sie fest.

»Ja, heute ist einer dieser Tage.«

Holly und ich kannten uns seit der Grundschule; wir waren schon damals die dicksten Freunde gewesen. Und daran hatte sich nichts geändert. Ich musste ihr nichts erklären, nicht nur, weil sie mich gut genug kannte, sondern weil ich den Tag bei ihr verbracht hatte, als meine Familie ohne mich einkaufen gefahren war und das Unglück passierte. Sie war dabei gewesen, als ein Anruf von Charlotte kam und Hollys Mutter mich sofort ins Krankenhaus gebracht hatte. Danach hatte Holly jedes Mal nach mir gesehen, wenn ich in der Schule weinend aufs Klo gerannt war, weil die Trauer mich überwältigte. Ihre Eltern hatten mich immer willkommen geheißen und auch Charlotte ihre Unterstützung angeboten. Ohne Holly wäre ich heute nicht die Person, die ich war.

»Okay, erzähl mir etwas«, versuchte Holly, mich von meinen Gedanken abzulenken.

»Was willst du denn hören?«, fragte ich verblüfft.

»Erzähl mir, was damals in der Elften wirklich zwischen dir und Josh lief.«

»Was?« Ich unterdrückte ein Lachen und richtete mich im Bett auf.

»Ach, komm schon. Ihr seid für eine ganze Weile im Wald verschwunden, während der Rest der Klasse am Lagerfeuer saß. Erzähl mir nicht, dass ihr nur Händchen gehalten und Sterne gezählt habt.«

»Holly, das ist fünf Jahre her!«

»Weiß ich. Aber du weißt, dass ich auch auf ihn stand, also erzähl schon.«

»Ist Taylor bei dir?«

»Er schläft neben mir auf der Couch. Ist während des Films eingepennt. Jetzt lenk nicht ab.«

Ich lachte, als ich mir vorstellte, wie sie mit gerunzelter Stirn auf dem Sofa saß, während Taylor leise neben ihr schnarchte.

»Zwischen Josh und mir ist nie etwas gelaufen. Und willst du wissen, warum?«

»Weil du damals mit Callum aus der Zwölften zusammen warst?«, fragte sie, und ich hätte schwören können, das Grinsen in ihrer Stimme zu hören.

Ich runzelte die Stirn. »War ich das?« Ich dachte nicht besonders gern an die kurzlebigen, sogenannten Beziehungen aus der Schulzeit zurück.

Schließlich war ich damals nicht gerade die perfekte Freundin gewesen. Vermutlich, weil mir keiner der Typen wirklich etwas bedeutet hatte. Warum ich trotzdem mit ihnen zusammen gewesen war? Tja, das fragte ich mich inzwischen auch. Meine damalige Therapeutin, zu der ich für ein paar Monate gegangen war, hatte es Kompensation und Verlustbewältigung genannt, aber das hatte sie bei allem, was ich machte, getan.

»Wie auch immer«, sagte ich entschieden. »Ich hatte nichts mit ihm, weil ich wusste, dass du ihn gut fandest. Aber an dem Abend wollte er nur etwas mit mir besprechen, beziehungsweise herausfinden, ob Claire auf ihn steht.«

»Wie großzügig von dir, dass du ihn mir überlassen hättest«, erwiderte Holly lachend. »Und ja, ich erinnere mich … Er hat auf dieser Klassenfahrt mit Claire geschlafen, oder?«

»O Gott, ja! Das war ein Drama.« Ich stimmte in Hollys Lachen mit ein und spürte, wie sich die Traurigkeit aus dem Zimmer zurückzog.

Mit Holly zu reden, hatte immer etwas Aufmunterndes. Obwohl ich mich inzwischen besser fühlte, quatschten wir trotzdem noch eine ganze Weile weiter, tauschten Anekdoten aus meinem Tag im Café und ihrem Tag an der Uni aus, was heilsamer war als Tausend tröstende Sätze.

Als ich eine Stunde später auflegte, war mein Herz ruhig und meine Gedanken nicht länger dunkel. Ich kuschelte mich in die weiche Decke und versuchte, nicht an den morgigen Abend zu denken, der dank dieser verflixten Lesung lang und anstrengend werden würde. Stattdessen konzentrierte ich mich auf meine Atmung.

Einatmen, eins, zwei, drei …

Ausatmen, eins, zwei, drei …

Meine Augenlider wurden schwer, und ich spürte, wie der Schlaf nach mir griff. *Vielleicht würde ich diese Nacht sogar etwas Schönes träumen*, dachte ich noch, und dann driftete ich weg.

Ich war spät dran, als ich mich am nächsten Nachmittag für die Arbeit im Café zurechtmachte. Mir war die Spätschicht zugeteilt worden, die normalerweise von dreizehn bis achtzehn Uhr ging, aber heute war alles etwas anders. Chloé hatte gesagt, ich bräuchte erst um fünfzehn Uhr zu kommen, wenn ich dafür bei den Vorbereitungen für die Lesung half und danach noch zum Aufräumen blieb.

Kurz bevor ich das Haus verließ, ging ich noch zu Maisie, die vor wenigen Minuten von der Schule gekommen war. Wie zu erwarten, saß sie auf ihrem Bett und las.

»Es wird spät bei mir, aber morgen können wir zusammen frühstücken und eine Runde durch den Park drehen, ja?«

Sie nickte kaum merklich und beugte sich wieder über eines ihrer Bücher.

Ich wandte mich zum Gehen und erreichte gerade die Haustür, als ich Schritte hinter mir hörte. Überrascht drehte ich mich zu Maisie um. »Was ist?«

Sie streckte mir ein Buch entgegen, und als mein Blick auf den Titel fiel, seufzte ich. *Der Fall des roten Throns.* Es war das neue Werk von Jasper Haven.

»Er soll es für dich signieren?«

Ein Lächeln stahl sich auf ihr Gesicht.

»Alles klar. Ich schau mal, was sich machen lässt.« Ich zwinkerte ihr zu und verließ mit schnellen Schritten die Wohnung.

»Amelia, gut, dass du da bist! Ein großer Blumenstraß muss arrangiert und auf den Tisch gestellt werden, an dem Mister Haven später sitzt. Und wir brauchen mehr Stühle. Im Keller sollten noch zwanzig Stück sein, am besten rücken wir die Tische an den Rand, um wirklich den ganzen Raum nutzen zu können. Und jemand muss die Eintrittskarten kontrollieren.« Chloé holte tief Luft, wofür ich ihr überaus dankbar war. Ich hatte schon befürchtet, sie würden jeden Moment kollabieren. Atemnot, wegen zu vieler Worte auf einmal. Bestimmt war so was schon vorgekommen.

Meine Chefin wedelte sich Luft zu, dabei waren es hier drin keine zwanzig Grad. Sie trug heute eine enge Hose, kombiniert mit einer weißen Bluse und einem dunklen Blazer, der ihre schlanke Figur betonte. Ihre kurzen Haare verliehen ihrem Look eine moderne Note, um die ich sie insgeheim beneidete. Mein Outfit war nämlich so ziemlich das Gegenteil.

Ich hatte meine roten Haare, die mir bis zur Taille reichten, zu einem hohen Zopf zusammengebunden, damit sie mir nicht ständig im Weg waren. Statt einer edlen Hose und einem schicken schwarzen Blazer trug ich einen braunen Cordrock und ein hellblaues Top, das mit kleinen Federn bestickt war. Darüber hatte ich eine Strickjacke angezogen, unter der mir von dem vielen Hin- und Herlaufen jedoch zunehmend wärmer wurde. Elegant und sexy funktionierte bei mir einfach nicht. Ich landete irgendwie jedes Mal bei bunt und verspielt. Holly sagte oft, dass mein fröhliches Äußeres meine inneren Abgründe kompensierte. Sie hätte sich vermutlich blendend mit meiner ehemaligen Therapeutin verstanden.

»Wir haben noch über eine Stunde Zeit bis zur Lesung. Wir kriegen das locker hin. Außerdem sieht es hier jetzt schon super aus«, beruhigte ich Chloé. Die letzten Gäste waren vor wenigen Minuten gegangen, nachdem wir sie erinnert hatten, dass das Café heute eine Stunde früher schloss. Seither halfen alle fleißig beim Umräumen.

Rachel, meine Arbeitskollegin, hatte heute Vormittag ganze Arbeit geleistet und Käsegebäck und Pizzabrötchen gebacken. Sie war es auch, die jetzt den Büchertisch im hinteren Teil des Cafés aufbaute, auf dem sie die vielen Exemplare von Jasper Havens neuestem Werk stapelte. Sein Manager oder Agent hatte die Kartons heute Morgen vorbeigebracht und offenbar erwartet, dass wir das übernahmen. Da ich kein besonders großer Fan von Fantasyromanen war, hatte ich keins seiner Bücher gelesen, aber Rachel schwärmte mir seit Tagen von ihm vor. Normalerweise las sie nur Liebesromane, aber bei Jasper Haven hatte sie wohl eine Ausnahme gemacht. Ich hatte den Verdacht, dass sie sich etwas in ihn verguckt hatte, wobei sie grundsätzlich sehr schnell ins Schwärmen geriet. Rachel war generell eine hoffnungslose Romantikerin – und das, obwohl sie vor einem Jahr ihre Verlobung aufgelöst hatte, nachdem ihr Freund sie betrogen hatte.

»Du hast recht«, gab Chloé zu. »Es sieht super hier aus. Trotzdem, die Tische …«

»Rücken wir beiseite«, unterbrach Rachel unsere Chefin, die schon wieder eine Spur zu schnell sprach. »Entspann dich, Amelia und ich machen das schon.«

»Alles klar. Danke. Ihr seid die Besten! Ich wüsste gar nicht, was ich ohne euch machen würde.« Chloé drückte erst mir und dann Rachel einen Kuss auf die Wange, bevor sie sich abwandte und Taylor einen misstrauischen Blick zuwarf, der gerade mit Holly zusammen das Gebäck auf Porzellanplatten anrichtete.

»Die beiden werden mich noch dafür hassen, dass ich sie überredet habe, heute zu helfen«, murmelte ich.

»Quatsch, wenn die Lesung erst mal begonnen hat, werden sie den Stress vergessen haben«, erwiderte Rachel fröhlich, als würde Chloés Hektik gänzlich an ihr abprallen.

Gemeinsam rückten wir die Tische beiseite, bevor wir in den Keller gingen, um die restlichen Stühle zu holen. Nachdem wir alles aufgestellt hatten, verteilten wir noch Blumenvasen überall dort, wo es einen stilvollen Eindruck machte.

Eine halbe Stunde vor Beginn der Lesung stellte Taylor sich an die Tür und ließ die ersten Gäste herein. Während er die Karten kontrollierte und das Café sich langsam füllte, prüfte ich noch mal das Büfett, das wir vor der Theke aufgebaut hatten; zur Feier des Tages standen sogar Sekt und Wein auf der Karte.

»Ich muss mal kurz raus. Die Luft hier drin erdrückt mich noch«, rief ich Rachel wenig später zu, als sie freudestrahlend mit einem Kuchen aus der Küche kam. Es war noch nicht allzu voll, und ich hoffte, draußen kurz tief durchatmen zu können, bevor es richtig losging.

»Ist gut.« Sie strich sich eine herausgerutschte blonde Strähne hinter das Ohr und schaute sich verstohlen um, als erwartete sie, dass ihr Traumprinz jede Minute hier auftauchen würde.

Ich seufzte leise und bahnte mir einen Weg nach draußen. Rachel war fünf Jahre älter als ich, aber manchmal führte sie sich auf wie eine quirlige Teenagerin. An sich störte mich das auch nicht, und ich hatte sie wirklich gern. Sie konnte nur manchmal etwas … na ja, viel sein.

Draußen angekommen, schlug mir ein kalter Wind entgegen, doch immerhin war es trocken. Ich sog gierig die frische Luft ein, als wäre ich drinnen wirklich kurz vorm Ersticken gewesen. Ein junges Paar schob sich an mir vorbei und steuerte auf das Café zu. Ich lächelte ihnen kurz zu und setzte mich dann in Bewegung. Nur ein paar Minuten Ruhe, dann würde ich zurückgehen und versuchen, den Abend zu genießen, wie Rachel es mir immer wieder gesagt hatte. Vor und nach der Lesung würde ich zwar Sekt ausschenken und den Leuten Häppchen anbieten, die im Preis der Eintrittskarte mitinbegriffen waren. Doch während der Lesung sollte ich für ein paar Minuten ebenfalls entspannen können.

Trotzdem ertappte ich mich bei dem Wunsch, das gut besuchte Café einfach zurückzulassen und es mir stattdessen mit einem Buch im Bett gemütlich zu machen. Manchmal konnte ich Maisie verdammt gut verstehen. All das Reden und Unter-Leuten-Sein konnte anstrengend sein. Aber so verlockend es auch war, ich würde nicht wieder anfangen, mich zurückzuziehen. Das hatte ich hinter mir.

In Gedanken versunken lief ich die Straße entlang. Zu spät bemerkte ich den Fremden, der mir entgegenkam, und rannte prompt in ihn hinein. Erschrocken fuhr ich zurück, als er laut fluchte.

»Scheiße, kannst du nicht aufpassen?« Dunkle Augen starrten mich finster an.

Ich wollte gerade zu einer Entschuldigung ansetzen, als ich ihn erkannte. Das durfte doch nicht wahr sein! »Du schon wieder.« Ich verschränkte die Arme vor der Brust und wich noch einen Schritt zurück.

»Sollte ich dich kennen?« Er runzelte die Stirn und musterte mich forschend, als suchte er in meinem Gesicht nach einem Hinweis.

»Ernsthaft jetzt? Du weißt nicht einmal mehr, wer ich bin? Ach, warum bin ich überhaupt überrascht? Ich habe dich gestern im Café bedient. Du weißt schon, die Kellnerin, die die Frechheit besaß, dich beim Arbeiten und Wassertrinken zu unterbrechen.« Keine Ahnung, woher diese Worte kamen, doch ich war der betreffenden Region meines Gehirns überaus dankbar.

Seine Augenbrauen schossen nach oben. »Wow. Das muss dir echt nahegegangen sein, dass ich meinem Laptop schöne Augen gemacht habe anstatt dir.«

»Was? Ich wollte nicht, ich ...« Mist. Das war's dann wohl mit der Schlagfertigkeit.

Der Kerl lachte leise auf, und das Geräusch kam so unerwartet, dass ich ihn verwundert anstarrte. Es war ein dunkles, warmes Lachen, mit dem ich nicht gerechnet hätte.

Eine Sekunde lang war sein Gesicht wie verwandelt. Sein Blick wurde weich, und als er lächelte, wirkte er tatsächlich freundlich. Doch einen Wimpernschlag später verschloss sich seine Miene wieder, und die Herzlichkeit erlosch, als hätte jemand das Licht ausgeknipst.

»Schon gut. Das nächste Mal bestelle ich einen zweiten Espresso.« Er zwinkerte mir zu und ging, ohne eine Antwort abzuwarten, weiter die Straße entlang.

Verwirrt starrte ich ihm nach. Das nächste Mal?

Ich blieb noch ein paar Minuten so stehen. Irritiert und irgendwie neben der Spur. Als sich mein Kopf wieder einschaltete, eilte ich zurück ins *Daydream.* Chloé würde mich umbringen, wenn ich zu lange wegblieb und nur Rachel da war, um die Gäste zu empfangen.

»Sorry, Leute!« Ich gesellte mich zu Holly und Rachel, die gerade neue Sektgläser auf dem Büfett füllten. Zum Glück war noch nicht so viel los.

»Schon gut, wenn du noch Nachschub von den Pizzabrötchen holen könntest?« Holly deutete auf einen leeren Teller.

»Klar«, erwiderte ich.

Ich verschwand hinter der Theke und in die Küche, um den Teller aufzufüllen. Rachel drängte sich kurz darauf hektisch an mir vorbei. Vermutlich holte sie Getränke-Nachschub. Als ich zurück zur Theke ging, schlug mir lautes Stimmengewirr entgegen. Ich war zwar nur ein paar Minuten weg gewesen, doch das Café hatte sich in der Zeit ziemlich gefüllt – und es kamen mit jeder Minute mehr Gäste.

»Du hast nicht gesagt, dass es so hektisch werden würde.« Holly stöhnte. Sie stand inzwischen allein hinter dem Büfett, schenkte Getränke nach und beantwortete die Fragen der Gäste, die im Grunde alle nur wissen wollten, ob Jasper Haven am Ende Bücher signieren würde.

»Ich weiß, sorry. Aber ihr rettet uns damit echt.« Mein Blick huschte zu Taylor, der immer noch im Eingangsbereich die Karten kontrollierte. Fast alle Stühle waren bereits besetzt, und es kamen immer noch neue Leute.

So voll hatte ich das Café noch nie erlebt.

»Ich hätte nie gedacht, dass so viele Leute zu einer Lesung gehen.« Atemlos kam Rachel neben uns zum Stehen und stellte eine weitere Kiste Sekt ab.

»Ich auch nicht, aber für das Café ist das wirklich super.«

»Ist es. Vor allem, weil …« Mitten im Satz brach Rachel ab. Wie hypnotisiert starrte sie in die Ecke, in der sie den Tisch mitsamt Büchern und Blumenvase arrangiert hatte und wo Chloé vermutlich gerade mit Jasper Haven sprach.

Noch bevor ich aufschauen konnte, erklang seine Stimme. Sie war tief und warm und erfüllte das gesamte Café, in dem schlagartig Stille einkehrte, als er alle begrüßte und darum bat, Platz zu nehmen. Langsam richtete ich mich auf. Mein Blick huschte quer durch den Raum und traf auf dunkle Augen. Seine Lippen verzogen sich zu einem amüsierten Grinsen, als er mir zuzwinkerte, bevor er sich wieder dem Publikum zuwandte.

Rachel neben mir schnappte leise nach Luft, aber ich beachtete sie nicht. Nein, ich war zu sehr damit beschäftigt, nach einem Loch im Boden zu suchen, in dem ich versinken konnte.

Warum zur Hölle musste ausgerechnet der Kerl, mit dem ich bereits zweimal aneinandergeraten war, Großbritanniens gefeierter Bestsellerautor Jasper Haven sein? Und warum hatte ich das nicht früher bemerkt und mir damit eine gigantische Blamage erspart?

3. KAPITEL

Jasper

Sämtliche Augenpaare waren auf mich gerichtet. Ich konnte es förmlich spüren, wie sie mich musterten. Bewundernd, interessiert, gierig.

Ihre Blicke brannten auf meiner Haut, doch ich vergaß sie, als ich mich auf die Buchstaben vor mir konzentrierte. Sie reihten sich verlässlich aneinander, verbanden sich zu Wörtern und Sätzen und erzählten eine Geschichte. Das war es, was die Leute von mir wollten. Geschichten. Erzählungen, die sie für ein paar Stunden ihr unbedeutendes Leben vergessen ließen. Sie wollten sich in den Helden wiederfinden und glauben, dass sie ähnlich mutig oder stark sein könnten. Sie wollten eine Illusion. Eine Flucht vor ihren Sorgen und Zweifeln, die sie jeden Tag zu erdrücken drohten. Und ich würde sie ihnen geben.

Ich würde sie in andere Zeiten und Welten entführen, bis sie vergaßen, dass unsere Welt vor die Hunde ging, weil die eigenen Scheißprobleme immer größer wirkten als die der anderen.

Ich würde sie mit meiner Stimme locken und verzaubern, bis sie in Worten ertranken und sich darin verloren.

Ich würde ihnen eine Auszeit von ihrem Alltag verschaffen –

und das liebten sie. Das brauchten sie. Wir alle taten das. Aus diesem Grund würde Kunst sich selbst in Krisenzeiten noch verkaufen.

Räuspernd richtete ich mich etwas auf und konzentrierte mich wieder ganz auf den Moment. Wie jedes Mal bei einer Lesung nahm ich alles überdeutlich genau wahr. Das erwartungsvolle Luftholen der Gäste, das Kratzen eines Stuhlbeins über den Boden, das Surren einer verirrten Fliege.

Einmal noch tief durchatmen, dann würde ich die Worte lesen, auf die alle warteten.

»Die Schatten der Nacht krochen bereits die Burgmauern hinauf, als Ian McPhee sich lautlos aus den Armen seiner Geliebten löste.«

Mein Blick flog über die Seiten, dabei kannte ich die Worte, ohne sie wirklich lesen zu müssen. Nächtelang hatte ich über dem Manuskript gebrütet, ganze Kapitel verworfen und neu getippt, Szenen verändert, korrigiert und erneut gelöscht. Der Autor in mir war Perfektionist. Er gab keine Ruhe, bis jeder Satz stimmte und ich dieses gewisse Gefühl beim Lesen empfand, das ich unmöglich in Worte fassen konnte, obwohl genau das – Gefühle in Worte zu fassen – doch eigentlich meine Stärke war.

Während ich las, veränderte sich die Stimmung im Raum. Ich musste nicht aufschauen, um es zu bemerken. Die Leute hörten auf, sich auf ihren Stühlen zu bewegen oder von einem Fuß auf den anderen zu treten. Stille breitete sich aus, die nur von meiner Stimme durchbrochen wurde.

Und während ich die Menschen mit in eine andere Welt nahm,

verstummten auch meine Gedanken. Ich verlor mich mit ihnen, denn was niemand wusste, was ich niemals sagte, war, dass ich nicht schrieb, um den Lesern eine Flucht vor ihrem Leben zu ermöglichen. Ich schrieb, weil ich meine eigenen Gedanken nicht ertragen konnte, weil sie in meinem Kopf explodierten und nichts als Zerstörung und Chaos hinterließen. Ich erschuf Welten, weil ich meine Welt nicht aushielt. Ich schrieb, um nicht wahnsinnig zu werden. Um der Vergangenheit zu entkommen, die mich immer wieder einholte, ganz egal, wie viele Nächte ich am Laptop saß und Worte tippte. Ich schrieb, um zu überleben. Diese Geschichte war nicht ihre Flucht. Sie war meine.

4. KAPITEL

Amelia

Jasper Haven war vielleicht ein unhöflicher Idiot, aber er war ein verflucht guter Schriftsteller. Ich wünschte, die Lesung würde mich kaltlassen und seine warme Stimme mich nicht in ihren Bann ziehen. Ich wehrte mich gegen die Bilder, die seine Worte heraufbeschworen, und leugnete die Gänsehaut, die über meine Arme kroch, als seine Stimme lauter wurde. Doch das magische Gefühl, von ihm in eine andere Welt entführt zu werden, ergriff mich trotzdem. Es füllte den Raum aus und verzauberte jeden einzelnen Gast. Anders konnte ich es nicht beschreiben. Die Blicke der Leute veränderten sich, während er sprach. Ich konnte sehen, wie sie an seinen Lippen hingen, als würden sie ihm ewig zuhören wollen. Nachdem er geendet hatte, herrschte einen Moment lang Stille im Café. Dann brach ein Applaus aus, der mich schlagartig zurück in die Realität katapultierte.

Jasper grinste, während ein Mann – vermutlich sein Agent – einen Stapel Bücher auf seinen Tisch stellte und sich neben Jasper in einen Sessel setzte, um ihm ein paar Fragen über das Buch zu stellen.

Die Magie verflog, als auf Jaspers Lippen das distanzierte, kühle

Lächeln erschien, das ich bereits kannte. Der arrogante Kerl, der es nicht für nötig hielt, einer Kellnerin Beachtung zu schenken, kehrte zurück. Schnaubend wandte ich mich ab.

»Es war unglaublich, oder?« Rachel strahlte mich aus ihren blauen Augen verzückt an.

»Zumindest kann er lesen«, gab ich schulterzuckend zurück.

»Zumindest kann er … wow, Amelia. Selbst du kannst nicht leugnen, dass dieser Mann ein Wahnsinnstalent hat.«

»Kann schon sein.« Ich hatte wirklich keine Lust, über ihn zu sprechen.

»Also ich fand ihn klasse«, wandte Holly ein und fiel mir damit prompt in den Rücken.

Ich warf ihr einen bösen Blick zu, während ich mir inständig wünschte, dass das Interview – und damit der Abend – bereits vorbei wären. »Dabei liest du doch überhaupt keine Fantasyromane«, sagte ich.

»Na und? Ich kann seine Art zu schreiben ja trotzdem toll finden. Was ist überhaupt mit dir los? Erst hast du dich über den Gast gestern aufgeregt, und jetzt passt dir Jasper Havens Auftritt nicht. Ist alles okay?« Holly musterte mich prüfend, aber ich wich ihrem Blick aus.

»Ach«, fing ich an, während ich kurz zu Jasper schaute, der gerade die letzte Frage beantwortet hatte, »ich verstehe nur nicht, warum so ein Wirbel um ihn gemacht wird.«

»Aha.« Sie klang skeptisch, was ich ihr nicht verübeln konnte. Ich benahm mich seltsam, das wusste ich selbst. »Aber echt verrückt, wie viele sich da jetzt anstellen wollen«, schob sie hinterher, als plötzlich alle gleichzeitig aufstanden und nach vorn drängten, um sich eine persönliche Signatur zu holen.

Sofort eilte Chloé herbei und wies Taylor und Rachel an, die Stühle beiseitezuschieben.

»Na ja, die wollen halt ein Autogramm, weil sie denken, dass … oh, Mist!« Ich riss die Augen auf, als ich mich an das Buch in meinem Rucksack erinnerte.

»Was ist?«

»Maisie hat mir eins von seinen Büchern mitgegeben, um es signieren zu lassen.«

»Dann musst du dich wohl ebenfalls in die Reihe der Frauen stellen, die gerade mit großen Augen darauf warten, ein Foto mit ihrem Lieblingsautor zu machen«, sagte Holly feixend.

»Das geht nicht.« Die Vorstellung, mich da jetzt anzustellen, nur um Jaspers schadenfrohem Grinsen zu begegnen, war alles andere als angenehm. »Du musst das machen. Bitte, Holly. Ich frage dich dafür bei der nächsten Prüfung auch ab, obwohl ich von dem ganzen Medizinkram nichts verstehe.«

»Netter Versuch, aber nein. Ich fand die Lesung zwar super, aber deshalb renne ich doch nicht wie ein Fan zu ihm. Und zum Lernen habe ich meine Kommilitonen.«

»Verdammt«, murmelte ich. »Bitte. Ich kann da nicht hin, aber Maisie wäre sicher enttäuscht und …«

Stirnrunzelnd musterte meine beste Freundin mich. »Warum kannst du dich nicht anstellen?«

»Weil …«

»Ja?«

Na super. Dieses Gespräch hatte ich eigentlich vermeiden wollen. Ich senkte meine Stimme, obwohl uns eigentlich niemand beachtete. Rachel war zwar inzwischen zurückgekehrt, war jedoch voll und ganz damit beschäftigt, die letzten Sektgläser zu verteilen und benutztes Geschirr entgegenzunehmen. Taylor räumte währenddessen bereits die ersten Stühle zurück in den Keller, und die meisten Gäste waren im Begriff zu gehen oder standen vor Jaspers Tisch.

»Er ist der Kerl von gestern«, sagte ich mit gesenkter Stimme. »Du weißt schon, der, über den ich mich am Telefon aufgeregt habe. Na ja … er hat mich gehört.«

»Oh!« Holly schlug sich schnell eine Hand vor der Mund, aber ich konnte ihr Lachen trotzdem hören. »Der Gast, den du als attraktiv und arrogant bezeichnet hast?«

Ich stieß ein frustriertes Schnauben aus. »Schön, dass du das so witzig findest.«

»Jetzt werde ich das Buch erst recht nicht für dich signieren lassen.«

»Aber …«

»Da musst du schon selbst durch.« Sie klopfte mir kurz auf die Schulter und ging dann zu Taylor, um ihm mit den Stühlen zu helfen. Na, vielen Dank auch.

Einen Moment lang stand ich unschlüssig herum. Doch schließlich gab ich mir einen Ruck und ging hinter die Theke, um das Buch aus dem Rucksack zu holen. Es wog schwer in meiner Hand, und als ich es aufklappte, sah ich ein Foto von Jasper. Hätte ich das früher gemacht, wäre mir eine Menge erspart geblieben. Andererseits hätte ich ihn vermutlich trotzdem nicht erkannt.

Die Schwarz-Weiß-Aufnahme zeigte einen fröhlich lächelnden Kerl, was so gar nicht zu dem Typen passte, den ich gestern bedient hatte. Selbst auf den Plakaten, mit denen die Lesung beworben worden war, sah er ganz anders aus. Ich wäre nie auf die Idee gekommen, dass es sich dabei um dieselbe Person handeln könnte.

Mein Blick wanderte von dem Foto zu dem echten Jasper, der gerade mit einer blonden Frau flirtete, die, nachdem er ihr irgendetwas gesagt hatte, den Kopf in den Nacken warf und glockenhell lachte.

Erstaunlich, wie von dem schweigsamen Gast kaum noch etwas zu sehen war. Stattdessen wirkte er da vorn wie ein arroganter Kerl, der sich für etwas Besseres hielt. Um Typen wie ihn machte ich grundsätzlich einen Bogen. Sie waren mir eine Spur zu überheblich, zu scheinheilig. Menschen, die glaubten, sie könnten alles und jeden verachten – und die damit auch noch durchkamen, waren mir zuwider. Ein gutes Buch zu schreiben, machte ihn noch lange nicht zu einem guten Menschen. Und ich war nicht jemand, der seine Gefühle verbergen konnte – wie er bereits zweimal zu sehen bekommen hatte. Wenn ich jetzt mit dem Roman vor ihm auftauchte … scheiße aber auch. Maisie hatte ja keine Ahnung, was ich für sie alles auf mich nahm.

Seufzend legte ich das Buch in den Rucksack zurück, da im Moment die Schlange sowieso noch viel zu lang war, und half Rachel beim Aufräumen. Aus dem Augenwinkel behielt ich den Tisch im Blick, und als die letzte Person sich von ihm verabschiedet hatte, schnappte ich mir schnell das Buch und marschierte entschlossen auf ihn zu. Augen zu und durch. Je schneller ich es hinter mich brachte, desto besser.

»Da bist du ja«, begrüßte er mich grinsend, als ich auf ihn zutrat.

Ich musste mich zusammenreißen, um nicht sofort wieder umzudrehen und davonzustürmen. Stattdessen biss ich die Zähne zusammen. »Meine Schwester liest gern«, sagte ich und hielt ihm das Buch hin. Dabei schaute ich kurz auf seinen Namen, der mir verhöhnend in dunkler Schrift von dem Cover entgegensprang.

»Aha.« Jasper legte den Kopf schief und musterte mich eingehend, als wäre ich eine der Frauen, die sich vorhin schmachtend an seinen Tisch gelehnt hatten.

Ich hielt seinem Blick stand, obwohl sich in mir alles zusammenzog und ich ihm am liebsten sein verdammtes Buch entgegengeschleudert hätte. Aber kein Buch der Welt hatte es verdient, durch die Gegend geworfen zu werden.

»Du kannst aufhören, mich anzustarren. Ich werde mich nicht entschuldigen oder verlegen kichern. Meine Schwester liest gern, und aus irgendeinem Grund mag sie deine Bücher, also kannst du bitte einfach für sie deinen Namen reinschreiben?« Meine Stimme klang erstaunlich fest, wofür ich mir innerlich auf die Schulter klopfte.

Jaspers Augen weiteten sich kurz, doch das Lächeln blieb. »In Ordnung …?« Fragend schaute er mich an.

»Amelia«, murmelte ich. »Ich heiße Amelia.«

»Amelia, wie schön.«

»Hör auf damit.« Ich verschränkte die Arme vor der Brust. Warum musste Jasper Haven nicht nur begnadet gut vorlesen können, sondern noch dazu so aussehen? Auch wenn mich seine schicken Klamotten und die Kombination aus schwarzem Jackett und Jeans nicht beeindrucken sollten, musste ich zugeben, dass der Look ihm verflucht gut stand. Elegant und lässig zugleich, und auf eine irritierende Art auch sexy.

»Womit denn aufhören?«

»Mit mir zu reden, als wäre ich eine deiner Verehrerinnen. Ich habe das Buch nicht mal gelesen.«

Das Lächeln auf seinen Lippen erlosch. Kurz durchzuckte mich ein schlechtes Gewissen, und ich fragte mich, wie ich eigentlich dazu kam, einem Fremden so dermaßen angriffslustig zu begegnen. Aber aus irgendeinem Grund gingen mir seine Gleichgültigkeit und die kühle Miene nahe. Vielleicht, weil ich spürte, wie falsch diese Maske war.

»Könntest du bitte einfach das Buch signieren?« Fast schon flehend sah ich ihn an. Ich wollte nur noch hier weg und dieser seltsamen Begegnung entfliehen.

»Klar. Wie heißt deine Schwester denn?«

»Maisie.« Ich lächelte, wie immer, wenn ich ihren Namen aussprach. »Sie heißt Maisie. Mit ie. Und sie … na ja, sie ist total verrückt nach Büchern. Ich kenne niemanden, der so viel liest wie sie, und dass sie das Buch mag …« Mitten im Satz brach ich ab. Wo zur Hölle kamen denn all diese Worte her? Und warum redete ich überhaupt mit ihm?

»Ja?« Seine Stimme klang plötzlich tiefer. Er sah mich mit einer Ernsthaftigkeit an, die mich schwer schlucken ließ.

Ich räusperte mich. »Es muss gut sein. Das Buch. Da sie es liebt, muss es gut sein.«

»Warum ist sie dann nicht selbst hier, um es sich signieren zu lassen?«

Ich erstarrte. Jaspers Blick lag aufmerksam auf mir. Ehrliches Interesse spiegelte sich darin und noch etwas anderes, das ich nicht ergründen konnte. Doch was auch immer es war, es führte dazu, dass ich meinen Mund öffnete und ihm eine Antwort gab, die mich mindestens so sehr überraschte wie ihn.

»Viele Menschen an einem Ort überfordern sie«, sagte ich leise. »Außerdem hätte sie dich nicht um ein Autogramm bitten können. Sie kann es nicht, weil sie nicht spricht. Zumindest nicht mit Fremden.«

Statt einer Antwort nickte er langsam und schlug dann das Buch auf. Er griff nach einem Stift, und ich beobachtete, wie er etwas hineinschrieb. Es waren viel zu viele Wörter für eine einfache Widmung und Unterschrift.

Er klappte das Buch zu und schob es über den Tisch in meine Richtung.

»Du liebst sie.« Keine Frage, eine Feststellung.

Ich nickte. »Sie ist die wichtigste Person in meinem Leben«, gab ich leise zurück. »Sie ist meine Familie.«

»Dann pass gut auf sie auf.«

Ein schmerzvoller Ausdruck huschte über sein Gesicht, als hätte er eine Ahnung von der Tiefe der Gefühle, die ich für meine Schwester empfand. Nur konnte das nicht sein. Er kannte weder mich noch Maisie. Er wusste nicht, was wir durchgemacht hatten und was sie für mich bedeutete.

Plötzlich wurde mir dieses Gespräch zu viel. Es fühlte sich zu intim, zu persönlich an. Da war mir sogar sein selbstgefälliges, kühles Lächeln lieber.

»Danke fürs Signieren.« Ich schnappte mir das Buch und drückte es an mich.

»Gern, und hey, bevor ich gehe, kann ich vielleicht noch ein Glas Wasser haben?« Er zwinkerte mir zu, und ich verdrehte demonstrativ die Augen, bevor ich mich abwandte und Jasper Haven mit seinem verdammten Lächeln den Rücken zukehrte.

»Jasper möchte noch ein Glas Wasser«, gab ich an Rachel weiter, während ich das Buch wieder in meinem Rucksack verstaute. Danach eilte ich zu Taylor und Holly, die bereits die meisten

Stühle in den Keller geräumt hatten, und half ihnen mit dem Rest.

Nachdem Chloé sich von Jasper und seinem Agenten verabschiedet hatte, kam sie freudestrahlend auf uns zu. Immer wieder schwärmte sie davon, wie toll der Abend gelaufen war, während wir zu fünft das Büfett abbauten und die Tische zurück an ihren Platz stellten, damit das *Daydream* morgen wie gewohnt öffnen konnte. Da es nur am Sonntag geschlossen hatte, würde Rachel auch morgen wieder arbeiten, ich hingegen hatte samstags meistens frei.

Während wir alles fertig aufräumten, spürte ich die ganze Zeit über Hollys neugierigen Blick auf mir, doch ich ignorierte sie. Zum Glück bohrte sie nicht nach, aber mir war klar, dass ich ihr spätestens auf dem Heimweg erzählen musste, wie meine Unterhaltung mit Jasper gelaufen war.

Kurz bevor wir das Café verließen, warf ich noch einen schnellen Blick in das Buch, um die Widmung zu lesen. Die Neugierde war zu groß, doch als ich die Worte las, schnappte ich überrascht nach Luft.

Für Maisie.
Wer liest, lebt nicht nur in dieser Welt, sondern in vielen.
Und jede davon birgt ein neues Abenteuer. Doch das größte
Abenteuer von allen ist das Leben, das du mit den Menschen
teilen kannst, die dich lieben.
Viel Vergnügen beim Lesen und Eintauchen in die Welt
von McPhee.
Jasper Haven

Seine Worte trafen direkt ins Schwarze. In den letzten Monaten hatte ich mir zunehmend Sorgen darüber gemacht, dass Maisie zu sehr in ihren Buchwelten lebte und dadurch die realen Menschen in ihrem Leben vergaß. Was Jasper nicht wissen konnte. Trotzdem hatte er genau die richtigen Worte für Maisie gefunden. Wer war dieser Kerl?

5. KAPITEL

Amelia

»Amelia, kannst du Maisie heute Nachmittag nach der Schule zu dem Gespräch mit ihrer Lehrerin begleiten? Ich würde das ja gern übernehmen, aber ich habe selbst Elterngespräche und müsste den Termin sonst verschieben.«

Es war Montagmorgen, und Charlotte stopfte hektisch ein paar Gegenstände in ihre Tasche. Schulunterlagen, Geldbeutel, Handy, Handcreme. Ich schaute ihr dabei zu und versuchte, den Stress zu ignorieren, den sie ausstrahlte.

»Kein Problem, ich geh für dich zu diesem Gespräch.«

Ein Elterngespräch mit der Lehrerin. Ich müsste vermutlich nicht weit ausholen, um zu erklären, was sich daran so komplett verkehrt anfühlte.

»Ich weiß, dass das normalerweise die Erziehungsberechtigten tun sollten, aber …«

»Ist schon gut, du hast einen vollen Tag. Das Gespräch wird ja hoffentlich nicht allzu lange dauern. Und falls die Lehrerin Maisie nicht versteht, kann ich ja auch erklären, was sie ausdrücken will. Ich denke aber nicht, dass das ein großes Problem sein sollte.«

»Danke dir, du bist ein Schatz.« Charlotte warf mir ein erleichtertes Lächeln zu und griff nach ihrer Tasche. »Warum braucht Maisie denn so lange?«, fragte sie mit einem ungeduldigen Blick in Richtung Bad.

»Sie ist sechzehn«, erwiderte ich schulterzuckend.

»Na und?«

»Da habe ich auch durchschnittlich eine halbe Stunde länger gebraucht als sonst.«

Charlotte stöhnte auf. »Erinnere mich bitte nicht an die Phase, in der du nur mit schwarz umrandeten Augen und dunklem Lippenstift rumgelaufen bist. Das war furchtbar.«

»So schlimm war ich gar nicht«, gab ich zurück, musste aber selbst grinsen. Es war nur eine kurze Phase mit Fünfzehn gewesen, in der ich mich rebellisch gegeben hatte, bevor ich mich wieder zurückzog und den Leuten schwer vertraute. Doch die Phase hatte es in sich gehabt.

Bevor Charlotte mir widersprechen konnte, kam Maisie aus dem Bad. Sie trug ein knöchellanges, geblümtes Kleid und eine Jeansjacke. Die bunten Farben standen ihr, und als sie uns fröhlich zulächelte, zog sich in meinem Inneren etwas zusammen. Mein Gefühl sagte mir, dass es gut war, dass sie älter wurde, doch ein Teil von mir hatte noch immer das Bedürfnis, sie vor allem und jedem zu beschützen.

Nachdem Charlotte mit Maisie das Haus verlassen hatte, um zur Schule zu fahren, verschwand ich in meinem Zimmer. Ich hatte noch eine halbe Stunde Zeit, bevor ich ins Café musste. Kurz entschlossen schnappte ich mir meine Gitarre. Meine Hände glitten über das Instrument, das mich in zahlreichen einsamen Stunden davor bewahrt hatte, den Verstand zu verlieren. Singen und

Songs schreiben war meine Therapie. Es half mir, meine Gedanken zu sortieren.

Ich schloss die Augen und entlockte der Gitarre die ersten Töne. Meine Finger zupften an den Saiten, als wüssten sie genau, dass ich heute eine leise, sanfte Melodie brauchte. Während ich spielte, kehrte eine tiefe Ruhe in mir ein. Die Hektik des Morgens verschwand, und ich konnte wieder tief durchatmen. So war es immer, wenn ich Musik machte. Eine einfache Melodie reichte aus, um die Welt sofort ein Stückchen heller zu machen.

Ich verlor mich in dem Song, der mich durch diesen Morgen trug. Momente wie diese waren meine Bojen, an denen ich mich festhielt, wenn der Alltag zu viel wurde. Ich bildete mir gern ein, dass meine Eltern es so gewollt hätten. Dass sie gewollt hätten, dass ich das Beste aus meinem Leben machte, und sie dort, wo auch immer sie jetzt waren, spürten, dass ich nicht komplett zerbrochen war. Dass ich immer noch lächeln, immer noch Glück empfinden konnte.

Als ich wenig später aus dem Haus ging, überraschte mich der Himmel mit einem klaren Blau. Für Mitte März war es erstaunlich mild, und ich lockerte den Schal, den ich eng um meinen Hals geschlungen hatte. Vielleicht war das ja ein Zeichen dafür, dass heute ein guter Tag werden würde.

Da die Lesung am Freitag erfolgreich über die Bühne gegangen war, hatte Chloé mit Sicherheit gute Laune, und im *Daydream* konnte endlich wieder der gewohnte Alltag einkehren. Keine Aufregung wegen irgendwelcher Autoren, keine überzogenen Dekorationen und vor allem keine peinlichen Begegnungen mit gut aussehenden Gästen.

Kurz darauf stieg ich in Charlottes Wagen, den sie heute nicht brauchte, weil sie und Maisie bei einer Kollegin hatten mitfahren können. Normalerweise nahm ich den Bus, an schönen Tagen lief ich auch, obwohl ich dann eine gute halbe Stunde in die Stadt brauchte und es nicht selten regnete, wenn ich das Haus verließ. Doch auch mit dem Auto dauerte es fast dreißig Minuten, bis ich endlich einen Parkplatz gefunden und es ins Café geschafft hatte. Nach Luft ringend stieß ich die Tür auf. Der vertraute Geruch von frisch gekochtem Kaffee und gebackenen Scones schlug mir entgegen, und sofort fiel etwas von der Anspannung von mir ab. Ich atmete tief ein und sog den Duft auf, der meine Nerven jedes Mal beruhigte.

»Guten Morgen!« Lächelnd begrüßte ich die Gäste, die überrascht aufblickten, als sie meine fröhliche Stimme hörten.

Arthur, ein älterer Herr, saß in der Ecke am Fenster und las Zeitung. Er kam fast jeden Morgen vorbei und bestellte jedes Mal einen Scone und einen Schwarztee, in dem er dann gedankenverloren mehrere Minuten lang rührte, bevor er den Löffel beiseitelegte und die Zeitung aufschlug. Ich winkte ihm kurz zu und ging an einem jungen Pärchen vorbei, das in ein Gespräch vertieft war und den Kaffee, der vor ihnen stand, noch nicht einmal angerührt hatte.

»Da hat aber jemand gute Laune.« Rachel musterte mich erstaunt, als ich hinter die Theke kam und ihr zuzwinkerte.

»Na ja, weißt du, während ihr euch alle auf diese Lesung gefreut habt, bin ich einfach froh, dass jetzt alles wieder beim Alten ist. Ich mag den langweiligen Alltag in unserem Café.«

»Ah ja.« Sie zog ihre Augenbrauen hoch und warf mir einen Blick zu, der eindeutig sagte: *Du hast sie doch nicht mehr alle.*

»Jetzt schau nicht so.«

Sie schnaubte. »Du bist zweiundzwanzig! Du solltest dich in Abenteuer stürzen, unvernünftige Entscheidungen treffen und Abwechslung lieben.« Rachel schüttelte den Kopf, als könnte sie es nicht fassen, dass ich den Job einer Weltreise oder einem Studium vorzog. Dabei liebte sie die Arbeit im Café genauso sehr wie ich.

Ein trockenes Lachen brach aus mir hervor. »Klar. Ich sollte vermutlich auch auf Partys gehen, mich betrinken und mit Fremden knutschen, weil das in meinem Alter normal ist. Und vermutlich sollte ich auch nicht mehr bei meiner Tante wohnen oder heute früher Schluss machen müssen, damit ich meine Schwester zu einem Gespräch in der Schule begleiten kann.« Ich seufzte, bevor ich leise hinzufügte: »Mein Leben ist schon seit einer Weile nicht unbedingt so, wie es andere erwarten würden.«

»Das weiß ich. Tut mir leid, ich wollte es nicht so klingen lassen, als wäre ich nicht froh, dass du hier bist. Das bin ich nämlich. Ich wünschte nur, du hättest die Freiheit, dich auch anders zu entscheiden.«

Rachels Blick wurde mitfühlend, und ich wandte mich hastig ab, um ihre traurigen Augen nicht sehen zu müssen. Ich mochte es nicht, wenn die Leute mich so anschauten. Als wäre ich schwach und bemitleidenswert.

»Im Grunde habe ich die Freiheit auch«, widersprach ich, »und jetzt gerade bin ich froh, hier zu sein. Ich wüsste nicht, wofür ich mich sonst entscheiden sollte.« Ich verdrängte die Stimme in meinem Kopf, die mir zuflüsterte, dass ich nur deshalb nicht wusste, was ich machen sollte, weil ich den Gedanken gar nicht erst zuließ.

Rachel sah mich eine Weile skeptisch an, dann zuckte sie mit den Schultern. »Na gut, vergessen wir meinen Kommentar. Ist es okay, wenn ich gleich in der Küche verschwinde und eine Ladung Brownies backe?« Rachel liebte es zu backen, und ihre Brownies waren die besten, die ich je gegessen hatte. Es gab Gäste, die nur deswegen hierherkamen.

»Klar, wenn so wenig los ist, schaffe ich das locker allein«, erwiderte ich.

Rachel drückte mir einen Kuss auf die Wange und steuerte leise summend die blassblaue Tür an, hinter der sich die Küche verbarg.

Schmunzelnd sah ich ihr nach. Ich kannte nicht viele Menschen, die so bedingungslos fröhlich waren wie Rachel. Sie würde selbst in der ausweglosesten Situation noch Gründe zur Freude finden. Ich beschloss, mir an ihr ein Beispiel zu nehmen, und konzentrierte mich in den nächsten Minuten auf die Arbeit, anstatt Grübeleien nachzuhängen, die nirgendwohin führten.

Gerade als ich Arthur einen zweiten Tee servierte, schwang die Tür zum Café auf. Lächelnd drehte ich mich um, um den neuen Gast zu begrüßen, und erstarrte mitten in der Bewegung. *Das darf nicht wahr sein!*

»Guten Morgen.« Jasper Haven ging lächelnd an mir vorbei und setzte sich an einen Tisch im hinteren Teil des Cafés. Fassungslos beobachtete ich, wie er seinen Laptop hervorholte und vor sich hinstellte. War das sein verdammter Ernst?

Er beugte sich über die Tastatur, und während ich noch überlegte, wo sich ein Erdloch auftun könnte, in dem ich verschwinden konnte, winkte er mich zu sich. Den Kerl konnte wohl nichts vertreiben.

Ich unterdrückte ein Seufzen und ging langsam auf ihn zu, unsicher, wie ich mich ihm gegenüber verhalten sollte. Einerseits war ich immer noch sauer, weil er sich so arrogant verhalten hatte, andererseits hatte er Maisie eine persönliche Widmung geschrieben, die vermutlich fast schon zu persönlich war und über die sie sich riesig gefreut hatte. Wäre er wirklich nur ein Idiot, hätte er das nicht gemacht.

»Wenn du jetzt ein Wasser bestellst, kann ich für nichts garantieren«, begrüßte ich ihn und versuchte, meine Stimme scherzhaft klingen zu lassen. Innerlich betete ich, dass er das Zittern darin nicht bemerkte.

»Ich freue mich auch, dich zu sehen, Amelia.« Er warf mir einen Blick zu, den ich nicht einordnen konnte. Wo blieben sein spöttisches Lächeln und die überhebliche Miene?

Er räusperte sich. »Ehrlich gesagt, wollte ich dich gerade fragen, was du mir empfehlen kannst.«

»Wie bitte?« Irritiert starrte ich ihn an. Dieser Typ verwirrte mich. Im einen Moment war er distanziert und kühl, dann las er aus einem Buch vor, dessen Worte mich in eine andere Welt lockten, und kurze Zeit später musste ich feststellen, dass er für seine weiblichen Fans nicht viel mehr als ein aufgesetztes Grinsen übrig hatte. Wer sollte daraus auch schlau werden?

»Ist das nicht dein Job hier? Oder beschränkt der sich darauf, über unhöfliche Gäste zu lästern?«

»Nur wenn sie es verdient haben«, erwiderte ich ungerührt, konnte ein Grinsen jedoch nicht unterdrücken. »Was machst du hier?«

»Arbeiten. Und Kaffee trinken. Vorausgesetzt, der wird mir noch serviert.«

»Na schön.« Ich zückte meinen Block. Nicht dass ich den brauchte, um mir eine einfache Bestellung zu merken, aber ich fühlte mich damit sicherer. Irgendwie professioneller, auch wenn meine Professionalität in seiner Nähe gern mal flöten ging. »Die Brownies«, sagte ich schließlich.

»Was?« Diesmal war er es, der mich irritiert anschaute. Irgendwie beschlich mich das Gefühl, dass in unserer Kommunikation etwas gewaltig schieflief.

»Die Brownies sind gut, die kann ich empfehlen. Vorausgesetzt, du magst Schokolade. Etwas Erfrischenderes wären natürlich die Heidelbeermuffins. Oder der Zitronenkuchen.«

»Wenn du sagst, dass die Brownies gut sind, nehme ich einen«, antwortete er.

»Sie sind nicht bloß gut, sie sind die weltbesten.«

Er schmunzelte. »Alles klar.« Wieder landete sein Blick auf mir, und wieder konnte ich mich seinen dunklen Augen nicht entziehen. »Bekomme ich einen Espresso dazu?«

Seine Stimme klang auf einmal eine Spur tiefer, was seltsame Dinge mit meinem Körper anstellte. Mein Herz schien kurz zu stolpern, und ich hatte plötzlich einen Knoten im Bauch, der sich zusammenzog, als Jasper flüchtig lächelte. Fast so, als wäre ihm das gar nicht bewusst.

Ich schluckte. »Cappuccino.«

»Bitte?«, fragte er.

»Zu den Brownies passt am besten ein Cappuccino. Mit einem Extrashot Espresso.«

»Dann vertrau ich dir einfach mal und nehme den. Vielleicht bist du in deinem Job doch gar nicht so schlecht.« Jaspers Lächeln wurde breiter.

Hastig trat ich einen Schritt zurück und unterbrach damit unseren Blickkontakt. Ich erinnerte mich wieder daran, dass ich genau deshalb hier war: um meinen Job zu machen. Ohne noch einmal in Jaspers Richtung zu schauen, drehte ich mich um und verschwand hinter der Theke. Meine Beine fühlten sich beinahe etwas zittrig an, und ich spürte Jaspers Blick in meinem Rücken.

Verdammt, was war nur los mit mir? Normalerweise ließ ich mich nicht so schnell aus dem Konzept bringen.

Während ich den Cappuccino zubereitete und einen Brownie aus der Vitrine holte, atmete ich tief durch. So schnell würde ich mich nicht durcheinanderbringen lassen. Ganz gleich, wie interessiert er mich musterte oder wie charmant er lächelte. Kerle wie Jasper waren nicht gut für mich. Dennoch konnte ich nicht leugnen, dass er eine Faszination auf mich ausübte, die ich mir nicht erklären konnte. Oder wollte.

Nachdem ich ihm seine Bestellung gebracht hatte, versuchte ich mich, so gut es ging, auf meine Arbeit zu konzentrieren. Dennoch huschte mein Blick immer wieder in seine Ecke, doch weder musterte er mich spöttisch, noch machte er eine Andeutung, dass er mich überhaupt bemerkte. Nur einmal winkte er mich noch zu sich und bestellte einen Espresso und ein Glas Wasser – was sonst. Davon abgesehen, lag seine Aufmerksamkeit ganz auf dem Bildschirm vor ihm, und so ein kleines bisschen gefiel mir die Vorstellung, dass er hier arbeitete. Rachel schien das ähnlich zu sehen, denn als sie mit Backen fertig war und Jaspers Anwesenheit bemerkte, musste ich sie davon abhalten, Fotos zu schießen.

»Vielleicht sind wir sein neues Stammcafé«, flüsterte sie aufgeregt, dabei konnte uns hinter der Theke niemand hören.

Ich zuckte nur mit den Schultern. »Vielleicht.«

»Dann wird das *Daydream* dafür berühmt, dass Jasper Haven

seine Bestseller hier schreibt. Das könnte unser Aushängeschild werden.«

»Wir haben doch bereits ein Aushängeschild«, erwiderte ich schmunzelnd.

»Ach ja, und was?«

»Deine Brownies natürlich.«

Daraufhin lachte sie nur und ging zu Jaspers Tisch, um ihn zu fragen, ob er noch etwas wollte.

Kopfschüttelnd blickte ich ihr nach, bevor ich mich daran machte, den Geschirrspüler auszuräumen. Kurz bevor ich gehen musste, kam Chloé in den Laden und fiel uns vor Dankbarkeit beinahe um den Hals.

»Vielen Dank noch mal, ihr beiden. Ohne euch wäre die Lesung nur halb so erfolgreich gewesen.« Bevor Rachel und ich etwas erwidern konnten, griff sie in ihre Tasche und drückte uns einen Gutschein für eine Massage in die Hand. »Als Ausgleich fürs Stühleschleppen.«

Überrumpelt sah ich sie an. »Danke, Chloé, aber das wäre nicht nötig gewesen«, sagte ich.

»Doch, ist es. Die Lesung war komplett ausverkauft und ein voller Erfolg. Ohne euch … Moment. Ist das Jasper Haven?« Sie deutete auf Jasper, dessen Finger so schnell über die Tastatur flogen, dass ich das Klackern bis hierher hören konnte.

»Ist er«, rief Rachel und presste sich im nächsten Moment eine Hand auf den Mund. »Er sitzt schon seit Stunden da«, fügte sie leiser hinzu.

»Dann haben ihm die Lesung und das Café wohl auch gefallen«, stellte Chloé zufrieden fest. »Hoffentlich kommt er jetzt öfter.«

Kopfschüttelnd musterte ich die beiden. Was hatte es nur mit diesem Drama um den Kerl auf sich?

Ich räusperte mich. »Okay, ich muss los. Wir sehen uns morgen. Und vielen Dank noch mal.« Nachdem ich mich von Rachel und Chloé verabschiedet hatte, warf ich einen letzten Blick auf Jasper und verließ das Café. So viel zu: Es würde alles wie immer sein.

Als ich am Nachmittag zusammen mit Maisie die Schule betrat, in der ich vor einigen Jahren noch selbst zur Schülerschaft gezählt hatte, überkam mich ein merkwürdiges Gefühl. Es war seltsam, durch die bekannten Flure zu gehen, mit denen ich so viele Erinnerungen verband. Und es waren definitiv nicht nur gute.

Zu Hause hatte ich mich für Maisie zusammengerissen und irgendwie funktioniert. Selbst wenn die Trauer und der Schmerz mich zu überwältigen drohten, hatte ich mich für sie aufgerichtet und mir verboten, in meinen Emotionen zu versinken. Doch in der Schule hatte es anders ausgesehen. Dort war ich nicht die große Schwester gewesen. Dort musste ich mich nicht zusammenreißen.

Ich erinnerte mich noch gut an die vielen Stunden, in denen ich mit Holly geschwänzt oder mit einem meiner Exfreunde hinterm Schulgebäude rumgemacht hatte, anstatt dem Unterricht zu folgen. Im Nachhinein betrachtet, musste ich zugeben, dass die Lehrer mir eine Menge hatten durchgehen lassen. Zumindest am Anfang. Vermutlich hatten sie Mitleid mit mir gehabt. Sie hatten natürlich von dem Unfall meiner Eltern gehört, und sie wussten auch, dass meine Schwester seitdem kein Wort mehr gesprochen hatte. Aber solange ich die Therapiesitzungen mit der Schulpsychologin wahrnahm und bei den wichtigen Klausuren einigermaßen gut abschnitt, hatten sie es vermieden, mich zusätzlich unter Druck zu setzen. In den letzten beiden Stufen hatte ich mich dann wieder mehr gefangen und konnte die Zeit davor als wilde Phase abtun.

»Weißt du, warum deine Lehrerin mit uns sprechen will?«, fragte ich Maisie, als wir schließlich vor ihrem Klassenzimmer stehen blieben.

Sie schüttelte den Kopf, trotzdem entging mir die Sorge in ihrem Blick nicht.

»Na komm, es wird schon nicht so schlimm sein. Dafür bist du eine viel zu gute Schülerin.« Ich klopfte an die Tür und drückte die Klinke herunter, als uns eine helle Stimme hereinbat.

Maisies Klassenlehrerin, Mrs Robins, war schon seit Jahren an der Schule. Sie hatte mich damals in Englisch unterrichtet und schien seither keinen Tag gealtert zu sein. Ich schätzte sie auf um die fünfzig, wobei ihr ihr wahres Alter nicht anzusehen war. Sie hatte kurz geschnittene, schwarz gefärbte Haare und trug über einem kariert gemusterten Rock eine weiße Bluse. Ihr Auftreten war stets energisch, aber jeder wusste, dass sie eine liebevolle Lehrerin war, der die Schülerschaft am Herzen lag.

»Amelia Fraser! Wie schön, dich mal wiederzusehen. Wie geht es dir?«

Überrascht über die herzliche Begrüßung ergriff ich ihre ausgestreckte Hand. »Guten Tag, Mrs Robins. Ja, es ist tatsächlich eine Weile her, seit ich in einem der Klassenzimmer war.«

»Ich erinnere mich noch gut an die Zeit, als du mit deinen Freunden durch die Flure gelaufen bist. Setzt euch doch.«

Ich nahm auf einem der beiden Stühle Platz, die sie vor das Pult gestellt hatte, während sie Maisie ebenfalls mit einem Händedruck begrüßte. Mir entging nicht, dass Mrs Robins meine Schwester fragend anblickte und diese kurz nickte, bevor sie sich neben mich setzte. Sie kommunizierte mit ihrer Lehrerin. Das war immerhin ein gutes Zeichen.

»Es freut mich, dass ihr es zu dem Gespräch heute geschafft habt. Eigentlich hatte ich mit eurer Tante gerechnet, aber nun gut.« Mrs Robins räusperte sich, und ihr Blick zuckte zu einem Blatt Papier, das sie vor sich auf dem Tisch liegen hatte.

»Charlotte hatte einen anderen Termin, den sie nicht absagen konnte«, warf ich ein. In meinem Magen rumorte es, und so richtig wohl fühlte ich mich nicht, aber Mrs Robins war eine gutmütige Frau.

»Das verstehe ich natürlich. Das Gespräch dient auch nur dazu, gemeinsam einen Blick auf das bisherige Schuljahr zu werfen. Also nichts Schlimmes.« Sie zwinkerte mir beruhigend zu, bevor sie sich direkt an meine Schwester wandte. »Maisie, wie du weißt, sind deine schriftlichen Leistungen sehr gut. Insbesondere in Geschichte und Englisch gehören deine Essays zu den besten der Klasse.«

Ein Gefühl des Stolzes breitete sich in mir aus. Auch wenn das bei all den Büchern, die Maisie verschlang, nicht verwunderlich war.

»Die anderen Lehrkräfte sind ebenfalls sehr zufrieden und berichten nur Positives. Was uns jedoch Sorge macht, ist, dass die mündliche Beteiligung nach wie vor sehr gering ist. Ich weiß, dass du eine Zeit lang unsere Schulpsychologin gesehen hast, was für dich jedoch nicht die richtige Unterstützung zu sein schien.«

Maisie verzog das Gesicht, was ich ihr nicht verübeln konnte.

Sie hatte klassische Therapiesitzungen, in denen erwartet wurde, dass sie redete, nie gemocht.

Mrs Robins schaute uns eindringlich an, bevor sie fortfuhr: »Ich habe etwas gefunden, das vielleicht helfen könnte. Es ist eine Musiktherapie, die nachmittags hier in der Schule stattfinden könnte. Die Therapeutin arbeitet seit Jahren immer wieder einzeln mit Schülern dieser Schule. Musik ist ein Medium, das kein Sprechen erfordert und mit dem du dich dennoch ausdrücken könntest.« Sie zögerte kurz. »Wir wollen dir natürlich alle Zeit der Welt geben, allerdings stehen die Prüfungen bald an. Und auch in den weiterführenden Stufen oder später am College wird es nicht gänzlich ohne mündliche Beteiligung gehen.«

Maisie begann auf ihrem Stuhl hin- und herzurutschen. Ihre Hände waren zu Fäusten geballt, und ich wusste, dass sie ihre Fingernägel gerade in die Handflächen grub, wo sie halbmondförmige rote Abdrücke hinterließen. Der Anblick schnürte mir die Kehle zu, und am liebsten hätte ich Mrs Robins gesagt, dass sie uns in Ruhe lassen sollte. Dass wir das schon hinbekamen und mit Maisie alles stimmte. Doch tief in mir drin wusste ich, dass sie recht hatte. Wir konnten nicht ewig so weitermachen. Nicht, wenn Maisie ein normales Leben führen wollte. Was auch immer das bedeutete.

»Musiktherapie.« Ich ließ das Wort in mir nachklingen. Dass Musik eine heilende Wirkung haben konnte, bezweifelte ich keine Sekunde lang. Schließlich hatte es bei mir geholfen. Doch Maisie hatte in den letzten Jahren nicht nur an einer Reittherapie teilgenommen, sondern auch mehrere Stunden Kunsttherapie ausprobiert. Und auch wenn sie den Umgang mit den Pferden mochte und erstaunlicherweise ein Talent für das Malen von Aquarellbildern entwickelt hatte, an ihrem Zustand hatte sich dennoch nichts geändert. Sie sprach nach wie vor wenig und wenn, dann nur mit einzelnen Menschen. Vielleicht sollten wir es also doch noch ein weiteres Mal mit einer Therapie versuchen.

»Ich weiß, dass ich dich damit etwas überfalle, Maisie. Du musst dich auch nicht sofort entscheiden. Ich kann euch gern einen Flyer mit den entsprechenden Informationen mitgeben.« Mrs Robins drückte mir eine kleine Broschüre in die Hand.

Ich nickte langsam und wandte mich dann an Maisie. »Du weißt, dass ich dich liebe. Und zwar genau so, wie du bist. Aber diese Musiksache könnte dir vielleicht helfen. Das hat es mir auch, und das tut es immer noch, wenn Gefühle oder Erinnerungen mich überwältigen. Kannst du dir vorstellen, es zumindest zu versuchen?«

Maisie schloss kurz die Augen, und als sie sie wieder öffnete, lag ein resignierter Ausdruck in ihnen. Sie schaute von mir zu ihrer Lehrerin und nickte schließlich.

»Ganz sicher?«

Ein Lächeln erschien auf ihren Lippen. »Ja. Ich probiere es.«

Mein Blick zuckte von meiner Schwester zu Mrs Robins. Sie starrte Maisie an, als hätte sie sie noch nie reden hören, was vermutlich auch der Fall war.

»In Ordnung, gut, dann … also, dann kann eure Tante das sicher in die Wege leiten.« Maisies Worte schienen sie völlig aus dem Konzept gebracht zu haben. Doch in ihren Augen las ich die gleiche Hoffnung, die sich auch in mir breitmachen wollte. Dabei sollte ich sie gar nicht zulassen. Ich hatte mich damit abgefunden, dass meine Schwester nicht sprach und ich das für sie übernahm. Auf keinen Fall wollte ich jetzt Druck auf Maisie ausüben, indem ich auf eine Therapie baute, die vielleicht überhaupt nichts bewirken würde.

»Das macht sie sicher gern. Vielen Dank.« Ich räusperte mich. »Gibt es sonst noch etwas zu besprechen?«

»Nein, das wäre alles.«

Erleichtert stand ich auf und verabschiedete mich von Mrs Robins. Als wir das Gebäude verließen, wirkte Maisie deutlich entspannter als noch vor einer halben Stunde. Ich war so unglaublich stolz auf meine Schwester. Das war das erste Mal, dass sie mit jemand außerhalb der Familie gesprochen hatte. Bevor wir das Auto erreichten, drückte ich sie daher kurz an mich. Sofort schlang sie ihre Arme um mich.

»Siehst du«, sagte ich lächelnd. »Es ist alles gut gelaufen.«

Maisie drückte meine Hand. Unwillkürlich dachte ich wieder daran, was für eine schöne Stimme sie hatte, wenn sie sprach. Es waren nur vier Wörter gewesen, aber jedes Wort aus Maisies Mund war wie ein Lieblingslied, das ich in Dauerschleife hören könnte.

6. KAPITEL

Amelia

In den folgenden Tagen kam Jasper jeden Tag ins Café. Er setzte sich immer an den gleichen Tisch im hinteren Teil des hellen, lichtdurchfluteten Raums, der das *Daydream* ausmachte. Mein Lieblingsplatz wäre einer direkt am Fenster gewesen. In der Ecke, wo ich mich gegen die Wand hinter mir lehnen und gleichzeitig aus dem Fenster schauen konnte, um die Straße und die vorbeieilenden Menschen zu sehen. Aber Jasper bevorzugte es offenbar, sich im Hintergrund zu halten und einen Blick auf das Café anstatt die Welt außerhalb dieser Wände zu haben.

»Ich kann es nicht fassen, dass er jeden Tag hier auftaucht«, wisperte Rachel, dabei war es zu laut hier drin, als dass jemand ihre Worte hören könnte. »Die Lesung ist eine Woche her und er kommt immer noch ins *Daydream*!« Ihre Stimme schoss eine Oktave höher.

»Ja, ich weiß«, sagte ich langsam.

»Gestern hat er mich sogar angelächelt. Einfach so. Er hat ein tolles Lächeln, findest du nicht? Du müsstest es ja wissen, schließlich bedienst du ihn jedes Mal.«

»Rachel, du kannst seinen Tisch gern übernehmen.«

»Nee, lass mal. Er ist nicht wegen mir hier, das ist leider mehr als deutlich zu sehen.« Sie hob ihre Augenbrauen, als wollte sie mir etwas Wichtiges mitteilen, das ich nicht verstand.

»Ich bringe ihm nur Kaffee und Kuchen.«

»Ja klar. Komm schon, du suchst ihm jeden Tag ein anderes Gebäck aus, und er schaut immer vom Laptop auf, wenn du an den Tisch trittst. Das macht er sonst nie. Also erzähl mir nicht, dass er nur irgendein Gast ist.«

Rachel schaute mich mit einer grimmigen Entschlossenheit an. Ganz so, als wollte sie mich um jeden Preis mit ihm verkuppeln. Als bräuchte sie dringend ein Happy End, selbst wenn es nicht ihres war. Nur war das hier kein Märchen oder ein kitschiger Hollywoodfilm. Es war mein Leben – und in dem brachte ich Jasper einfach nur Kaffee und Kuchen.

Schön, vielleicht hatte ich mich inzwischen fast daran gewöhnt, dass er hier auftauchte. Vielleicht huschte mein Blick auch etwas öfter in seine Richtung, als er sollte. Ganz eventuell genoss ich unsere kurzen Gespräche sogar, die sich im Grunde nur darum drehten, welche Spezialität ich heute empfehlen konnte und ob er mit dem Schreiben gut vorankam.

Er arbeitete gerade wohl an der Fortsetzung seiner Reihe, die überall Erfolge feierte. Ich war zu Hause tatsächlich kurz versucht gewesen, mir das Buch von Maisie zu schnappen, hatte mich dann aber doch dagegen entschieden. Er war nur ein Gast. Ein Fremder mit einem seltsam verlorenen Lächeln, das er nur zeigte, wenn er in Gedanken versunken auf seinen Bildschirm schaute.

In dem Moment wurde mir bewusst, dass ich ihn schon wieder anstarrte. Verdammt.

Rachel lachte leise neben mir, als ich mich eilig der brummenden Kaffeemaschine zuwandte, um endlich der jungen Frau am Fenster den Kaffee zu bringen, den sie schon vor ein paar Minuten bestellt hatte.

Nachdem ich sie bedient hatte, ging ich mit Rachels Blick im Rücken zu Jaspers Tisch. Seine Tasse war leer, und er hatte seit einer Stunde nichts bestellt, also war es völlig legitim, ihn zu fragen, ob er noch etwas wollte. Das hatte absolut nichts mit persönlichem Interesse oder einer Faszination zu tun, die Jasper Haven ganz bestimmt nicht auf mich ausübte.

»Möchtest du noch etwas?«, fragte ich.

Braune Augen schauten auf, und ihre dunkle Tiefe zog mich sofort in den Bann. Die Andeutung eines Lächelns lag auf Jaspers Lippen, als er sich gedankenverloren durch die Haare fuhr, die heute zerzauster wirkten als sonst. Seine kantigen Gesichtszüge schienen auf einmal eine Spur sanfter zu werden, doch kurz bevor ich glaubte, jetzt wirklich den Verstand zu verlieren, schüttelte er den Kopf.

»Nein danke.«

»Okay, gut.« Schweigen breitete sich aus, und ich wusste, dass das der Moment war, in dem ich einen Gast in Ruhe lassen und mich wieder meiner Arbeit widmen sollte. Aber meine Beine waren da offenbar anderer Meinung, denn sie wollten sich nicht fortbewegen.

»Ist was?« Seine Stimme klang nicht unfreundlich, aber der Hinweis, dass ich mich gerade lächerlich machte und ihn beim Schreiben störte, war unmissverständlich.

»Nein, sorry.« Mein Körper setzte sich endlich in Bewegung, und ich drehte mich hastig um.

»Amelia?«

»Ja?« Ich ärgerte mich über mich selbst, weil ich sofort wieder stehen blieb und zu ihm zurücksah.

»Hat es ihr gefallen?«

»Was?« Verwirrt schaute ich ihn an.

»Deiner Schwester. Hat sie sich über die Widmung gefreut?«

Es war eine Woche her, dass ich ihr das Buch mit Jaspers Signatur in die Hand gedrückt hatte. Sie hatte es aufgeschlagen, kurz die Stirn gerunzelt und dann über das ganze Gesicht gestrahlt. Ich fragte mich, ob sie verstanden hatte, was er ihr mit seinen Worten hatte sagen wollen. Ob *ich* es überhaupt richtig verstanden hatte. Denn die Sätze klangen, als wüsste Jasper genau, dass Maisie sich manchmal zu sehr in Buchwelten verlor. Und das konnte einfach nicht sein.

»Ja, danke. Das Buch hat jetzt sogar einen Ehrenplatz in ihrem Regal.«

»Gut. Es kommen so viele Menschen zu mir, die das Buch gar nicht richtig gelesen haben, sondern nur den Autor in mir interessant finden. Aber ich schätze, bei deiner Schwester ist das anders.«

»Kann sein. Es würde jedenfalls zu ihr passen. Sie hat ein Talent, hinter die Fassade von Menschen zu schauen.«

»Das klingt, als wäre sie ein toller Mensch.« Ein flüchtiges Lächeln erschien auf seinen Lippen. »Weißt du, was, ich habe es mir anders überlegt. Ich hätte gern doch noch einen Kaffee.« Er warf mir einen Blick zu, bei dem ich mich unwillkürlich fragte, ob es hier nicht eigentlich um etwas ganz anderes als Kaffee ging. Bevor ich mich jedoch in dem Gedanken verlieren konnte, beeilte ich mich, seiner Bestellung nachzukommen.

Der Rest des Tages verging wie im Flug. Jasper saß die ganze Zeit an seinem Tisch, völlig versunken in seiner Arbeit. Er schien tatsächlich alles um sich herum auszublenden, und auf meine Fragen, ob er noch etwas trinken möchte, bekam ich nur einsilbige Antworten. Erst als das Café schloss, packte er seine Sachen zusammen und nickte mir kurz zum Abschied kurz zu.

»Da ist also nichts, ja?«, erklang Rachels Stimme neben mir.

Ich ignorierte ihren Kommentar und griff stattdessen nach meiner Jacke. »Ist es okay, wenn ich losgehe und dir heute das Aufräumen überlasse?«

»Klar.«

»Danke dir. Hab ein schönes Wochenende, Rachel.«

Zu Hause empfing mich der Geruch von frisch gekochtem Essen. Maisie stand in der Küche und rührte gerade in einem Topf mit Nudeln. Ähnlich wie ich beherrschte sie nicht sonderlich viele Gerichte, doch für eine Portion Pasta mit Tomatensauce oder Pesto reichte es.

»Hey, wie war dein Tag?«, fragte ich und legte meine Tasche auf einem der Stühle an unserem Küchentisch ab.

»Gut«, erwiderte meine Schwester, und ich erstarrte kurz.

»Das freut mich«, sagte ich und versuchte, nicht zu aufgeregt zu wirken. Für Maisie war es leichter, wenn kein großer Aufstand darum gemacht wurde, wenn sie sprach.

Sie drehte sich zu mir um, und ein fragender Blick lag in ihren Augen.

»Mein Tag war auch gut. Dieser Autor taucht seit Neuestem ständig im Café auf.«

Maisies Augenbrauen schossen nach oben.

»Ja, ich weiß. Du bist ein Fan seiner Bücher. Vielleicht sollte ich doch mal eins lesen.«

Sie nickte, bevor sie sich der Tomatensauce zuwandte.

»Ich treffe mich später übrigens mit Holly in der Stadt. Heute ist ja diese Open Stage Night, und ich habe Holly versprochen, meine Gitarre mitzubringen«, sagte ich und holte zwei Teller aus dem Schrank. Charlotte war heute mit einer Kollegin essen und würde vermutlich erst spät zurückkommen.

Maisie warf mir ein aufmunterndes Lächeln zu und reckte ihren Daumen hoch.

»Ich weiß, ich schaffe das. Es ist nur, ich habe noch nie vor Publikum gespielt und bin nervös. Aber du hast recht, das wird schon.«

Maisie nickte, und ich drückte sie an mich. Was würde ich ohne sie nur machen?

Kurz darauf war das Essen fertig. Nachdem sich jede von uns eine Riesenportion Nudeln mit Sauce aufgeladen hatte, setzten wir uns damit auf mein Bett. Ich schaltete eine Folge *Friends* ein, eine Serie, die sowohl Maisie als auch ich liebte und immer wieder gern anschaute. Auch wenn wir die Folgen inzwischen schon auswendig kannten. Nach dem Essen verschwand Maisie wieder in ihrem Zimmer, während ich mich um den Abwasch kümmerte und mich für das Treffen mit Holly umzog.

Bevor ich ging, schaute ich noch mal bei Maisie vorbei. Sie saß an ihrem Schreibtisch und verfasste vermutlich eine Buchrezension. Zumindest sah es so aus, als hätte sie die Internetseite von ihrem Buchblog geöffnet.

»Ich bin dann mal weg. Bis morgen«, rief ich und erhielt nur ein kurzes Nicken als Antwort.

Mit schnellen Schritten verließ ich mit meiner Gitarre auf dem Rücken das Haus und schwang mich auf mein Fahrrad. Holly und ich waren in einer Bar in der Innenstadt verabredet, in der einmal im Monat ein Open-Stage-Abend stattfand. Holly lag mir schon seit Wochen damit in den Ohren, und ich hatte ihr versprechen müssen, meine Gitarre zumindest mitzunehmen. Ob ich wirklich den Mut aufbringen würde, einen meiner Songs zu performen, wusste ich nicht. Aber wie Holly so schön sagte: Im Grunde hatte ich nichts zu verlieren.

Als ich etwa fünfzehn Minuten später ankam, musste ich erst mal tief durchatmen, bevor ich die Tür zu der Bar aufstieß. Warme, stickige Luft schlug mir entgegen, und erstaunt stellte ich fest, dass die meisten Tische und Barhocker bereits besetzt waren.

»Da bist du ja.« Holly tauchte wie aus dem Nichts vor mir auf und zog mich in eine enge Umarmung.

»Ja, sorry, ich bin etwas spät dran«, sagte ich und warf einen anerkennenden Blick auf ihr Outfit, das aus einer hochgeschnittenen Jeans und einem bauchfreien weinroten T-Shirt bestand. Bei Holly wirkten alle Klamotten irgendwie lässig und sexy zugleich. Die Ironie dabei war, dass es ihr kaum gleichgültiger sein könnte, wie sie nach außen wirkte. Vermutlich machte aber genau das ihre selbstbewusste Ausstrahlung aus.

»Ich wusste nicht, was ich anziehen sollte«, fügte ich mit einem entschuldigenden Schulterzucken hinzu. »Für den Fall, dass ich nachher wirklich auf die Bühne gehe, wollte ich nicht in Jeans und Pulli kommen.« Ich schälte mich aus der Jacke und wedelte mir frische Luft zu, was natürlich nichts brachte, da die hier drin längst aufgebraucht war.

»Für den Fall? Süße, ich hab dich längst angemeldet. Du wirst heute Abend auftreten.«

»Na toll.« Insgeheim war ich ihr für den Schubser dankbar –

und das wusste sie. Deshalb ging sie auf meine Reaktion auch gar nicht weiter ein.

»Und nebenbei bemerkt, du siehst klasse aus.« Sie deutete auf die schwarze Hose und das enge mintgrüne Top. Dazu trug ich eine lange Kette, an der eine einzelne weiße Feder baumelte. Maisie liebte Federn, und für den Anlass heute hatte ich in ihre Schmuckkiste gegriffen.

»Ich weiß nicht, es ist jetzt schon ziemlich voll, und …«

»Keine Ausreden! Wir holen dir jetzt erst mal einen Gin Tonic und setzen uns hin. Na komm.«

Nachdem Holly unsere Getränke bestellt hatte, steuerten wir einen kleinen Tisch in der Ecke der Bar an, an dem es sich Taylor und sein Mitbewohner John bereits gemütlich gemacht hatten.

»Hey, Leute.« Ich stellte meine Gitarre neben dem Tisch ab und versuchte, das mulmige Gefühl in meinem Magen zu ignorieren.

»Du spielst heute?«, fragte Taylor und beachtete Hollys hektisches Händewedeln neben mir nicht, das ich auch, ohne hinzusehen, mitbekam.

»Sieht so aus, ja.« Ich setzte mich auf einen der freien Stühle und griff nach dem Gin Tonic. Es gab nur wenige Abende, an denen ich ausging und Alkohol trank. Für eine junge Frau in meinem Alter waren es sogar lächerlich wenige. Aber ich orientierte mich schon lange nicht mehr daran, was anscheinend normal war.

»Sehr gut, dann müssen wir uns heute zumindest nicht nur Cover von irgendwelchen Popsongs anhören.« Er prostete mir zu, und ein Stückchen Nervosität fiel von mir ab. Taylor schaffte es immer, dass die Leute sich in seiner Anwesenheit wohlfühlten. Keine Ahnung, wie er das machte, aber er strahlte eine Lockerheit aus, die mich ansteckte.

»Wie war deine Woche?«, wandte sich Holly an mich, während Taylor und John anfingen, über irgendein Fußballspiel zu diskutieren. »Viel los im Café?«

Bildete ich es mir nur ein oder schwang in ihrer Stimme ein neugieriger Unterton mit? Es würde mich nicht wundern, wenn es in den sozialen Medien bereits die Runde gemacht hatte, dass Jasper Haven neuerdings zum Schreiben ins *Daydream* kam. Wenn ich so zurückdachte, war im Café auch viel mehr los gewesen als sonst.

»Ach.« Ich zuckte mit den Schultern. »Es war eigentlich alles wie immer.«

Holly zog die Augenbrauen hoch, erwiderte jedoch nichts.

»Eine ganz normale Woche«, schob ich hinterher und lieferte ihr damit den endgültigen Beweis, dass ich etwas verschwieg. Schnell wechselte ich das Thema. »Aber genug von mir. Wie war es in der Uni?«

Holly sah mich noch einen Moment lang skeptisch an, doch zum Glück bohrte sie nicht weiter nach. »Gut so weit, nur häufen sich langsam die Foliensätze, die ich nacharbeiten muss. Ich liebe Medizin ja, aber manchmal frage ich mich, ob mir klar war, worauf ich mich da einlasse.«

»Verständlich. Ich bewundere dich jedenfalls dafür, dass du das durchziehst.«

»Du weißt ja, dass das immer mein Traum war.«

Das war es tatsächlich. Holly sprach seit der Schulzeit davon, dass sie eines Tages Ärztin werden wollte. Ich hatte sie immer darum beneidet. Nicht um das Studium, sondern darum, dass sie wusste, was sie wollte.

»Falls du mal Unterstützung brauchst, gib Bescheid. Ich bringe dir jederzeit gern Schokolade vorbei oder geh mit dir raus, wenn dir die Decke mal auf den Kopf fällt.«

»Das Angebot würde ich auch nicht ablehnen«, warf Taylor ein, der mit Holly im selben Semester studierte. Die beiden hatten sich in der Einführungswoche kennengelernt und waren seither unzertrennlich.

»Ich schau mal, was sich machen lässt«, erwiderte ich schmunzelnd.

In den nächsten Minuten unterhielten sich Taylor, John und Holly über eine Geburtstagsfeier, die bald anstand und für die sie noch ein Geschenk besorgen mussten. Ich klinkte mich aus dem Gespräch aus und ließ meinen Blick durch die Bar schweifen, die sich mit jeder Minute weiter füllte. Bis auf ein paar wenige Barhocker schien jeder Platz besetzt zu sein.

»Ich hab ganz vergessen, wie viele Leute hier reinpassen«, murmelte ich und nahm einen weiteren großen Schluck, während ich gegen die aufsteigende Nervosität ankämpfte. Im Alltag pendelte ich häufig nur zwischen zu Hause, dem *Daydream* und Hollys Wohnung hin und her. An Menschenmengen und überfüllte Bars war ich daher nicht gewöhnt.

»Du packst das«, raunte Holly mir leise zu.

»Ich weiß.« Ich hatte die Gitarre nicht mitgenommen, um wieder nur dabei zuzuschauen, wie andere Musiker die Bühne betraten, wenn ich mir insgeheim wünschte, ebenfalls dort zu stehen. Trotzdem überkam mich ein Anflug von Panik, als eine junge Frau mit einer Gitarre in der Hand die Bühne betrat, um den Open-Stage-Abend zu eröffnen.

»Ich brauch kurz frische Luft. Bin gleich wieder da.« Bevor einer der drei reagieren konnte, hatte ich mich schon erhoben und schlängelte mich zwischen Tischen und besetzten Stühlen hindurch.

Draußen angekommen, atmete ich tief ein. Ich ging ein paar Schritte zur Seite, legte den Kopf in den Nacken und sah zu der dunkelblauen Schwärze hoch, die von kleinen, hell leuchtenden Sternen durchbrochen wurde. Ein Blick in den Himmel beruhigte mich jedes Mal. Vielleicht lag es an der scheinbar unendlichen Weite, vielleicht an den Farben, die nie dieselben waren. Vielleicht war es aber auch die Vorstellung, dass meine Eltern mir von dort oben zuschauten – und auch wenn ich das nicht wirklich glaubte, war es zumindest ein schöner Gedanke.

Ich liebte Nächte wie diese. Wenn mit der Dunkelheit die Welt langsamer wurde und ich meine Gedanken hören konnte, die tagsüber leiser und durcheinander wirkten.

»Eine schöne Nacht, um Sterne zu zählen.« Die Stimme klang so nah an meinem Ohr, dass ich erschrocken zusammenzuckte. Ich stolperte einen Schritt zurück und starrte mit weit aufgerissenen Augen in Jaspers amüsiertes Gesicht. Was machte er denn hier?

»Schleichst du dich immer so an?« Ich verschränkte die Arme vor der Brust, während ich versuchte, mit Jaspers plötzlichem Auftauchen klarzukommen.

»Nein. Eigentlich nicht.« Er klang verwundert, fast so, als würde er sich selbst fragen, was er hier machte. »Du hast nur irgendwie so eine Wirkung.«

Ich wartete auf eine Erklärung, doch die blieb aus.

»Was für eine Wirkung?«, fragte ich, verwirrt über diese Unterhaltung und diesen Moment. Vor ein paar Tagen noch hatte ich ihn nicht einmal gekannt, und jetzt schien er überall dort aufzutauchen, wo ich war.

»Ich weiß auch nicht. Als würdest du Menschen irgendwie anziehen. Wie Licht die Motten.«

»Und ich bin das Licht?« Ich hatte nicht den blassesten Schimmer, was zur Hölle er mir damit sagen wollte.

»Irgendwie schon.«

»Also ich habe nicht den Eindruck, dass ich andere Menschen anziehe oder ihnen besonders auffalle.«

»Das ist unmöglich.«

Einen Moment lang starrte ich ihn verblüfft an. Irgendwie hatte ich das Gefühl, den Einstieg in unser Gespräch verpasst zu haben. Vermutlich, weil es bei uns so etwas wie Small Talk anscheinend nicht gab. Dann schüttelte ich schnaubend den Kopf.

»Als du das erste Mal im Café warst und ich dich bedient habe … erzähl mir nicht, dass du mich da bemerkt hast. Zumindest nicht, bevor du, na ja, gehört hast, wie ich mich am Telefon über dich beschwert habe.« Ich spürte, wie sich meine Wangen rot färbten, aber ich wandte den Blick nicht ab. Trotzig schaute ich Jasper an, auf dessen Lippen ein verhaltenes Lächeln lag. Es war die Sorte von Lächeln, die zum Songschreiben und Tagträumen verleitete.

»Ich habe dich sehr wohl bemerkt«, sagte er. »Du hattest eine schwarze Hose und einen grün-gelb gemusterten Pullover an. Beim Bedienen hattest du das Tablett in der linken Hand, und du hast jedem Gast ein Lächeln geschenkt, sogar dann, wenn er dich nicht angesehen hat. Deine Haare hattest du zu einem seitlichen Zopf geflochten, und ich habe mich gefragt, wie viele Sommersprossen du wohl hast und ob sie je jemand gezählt hat. In dem Moment hat eine Nebenfigur in meinem Manuskript rote Haare bekommen und helle braune Augen, die immer eine Spur traurig wirken.« Er holte tief Luft. »Also denk nicht, dass ich dich nicht bemerkt hätte, denn das habe ich.«

Sprachlos schaute ich ihn an. Jaspers Worte überraschten mich. *Er* überraschte mich. Mein Herz klopfte auf einmal eine Spur schneller, und in meinem Kopf schwirrte es. Ein Gedanke jagte den nächsten. Wie konnte es sein, dass er mich gesehen hatte, ohne wirklich aufzuschauen? Zumindest war mir nicht aufgefallen, dass er mich zu irgendeinem Zeitpunkt beobachtet hätte.

»Du bist Schriftsteller«, murmelte ich, als würde das irgendwie die plötzliche Spannung zwischen uns erklären. »Details zu bemerken, ist dein Job.«

Er lachte leise, und das Geräusch wurde in meinen Ohren zu Musik. Zu einem Song, den ich später vielleicht schreiben würde, wenn ich auf meinem Fenstersims saß und die Nacht nur mir gehörte.

»Wenn du das sagst.« Seine Stimme klang amüsiert und in seinem Ton lag eine Unbeschwertheit, von der ich gedacht hatte, er würde sie nicht besitzen. Aber was wusste ich schon? Jasper Haven war ein Fremder. Auch wenn es sich in diesem Augenblick nicht so anfühlte.

Verlegen räusperte ich mich. »Ich glaube, ich sollte wieder reingehen.« Es war verführerisch, stehen zu bleiben und in diesem Gespräch mit ihm zu versinken, in dem selbst das Schweigen eine Sprache zu haben schien.

»Ich glaube, ich auch.« Sein Blick lag unverwandt auf mir. Verwirrung und etwas anderes, Unergründbares, spiegelten sich in seinen dunklen Augen.

Plötzlich musste ich daran denken, dass tatsächlich noch nie jemand meine Sommersprossen gezählt hatte und dass mein letzter Kuss Monate her war. Ich wollte es nicht, doch mein Blick fiel auf seine Lippen. Unwillkürlich fragte ich mich, wie es sich wohl anfühlte, Jasper zu küssen. Wie es wäre, in seine Arme zu fallen und seine Wärme zu spüren.

Der Moment dehnte sich aus. Jasper machte einen Schritt nach vorn und stand auf einmal viel zu nah vor mir. Gerade als ich dachte, er würde den Abstand überbrücken, ging ein Ruck durch seinen Körper, und er drehte sich zur Seite. Der Bann brach, und mir fiel wieder ein, mit wem ich hier war. Und weshalb.

Ohne ein weiteres Wort zu verlieren, schob ich mich an ihm vorbei und eilte mit weichen Knien zurück in die Bar. Ich drehte mich kein einziges Mal um, auch wenn alles in mir danach schrie, es zu tun.

Als ich die Tür öffnete, erschlug mich die stickige Luft fast. Doch obwohl ich am liebsten die nächste Bahn nach Hause genommen hätte, kämpfte ich mich zu unserem Tisch vor.

»Amelia! Da bist du ja. Ich wollte gerade los und nach dir suchen. Du bist als Nächste dran!« Holly drückte mir meine Gitarre in die Hand und drängte mich Richtung Bühne.

Ich war zu perplex, um zu reagieren, also ließ ich sie einfach gewähren. In Gedanken war ich meilenweit weg, und ich hatte keine Ahnung, wie ich es schaffen sollte, gleich die richtigen Akkorde zu finden. Doch ich vertraute meinen Händen. Wenn sie erst einmal über die Saiten glitten und ich die Menge vergaß, würde ich mich an die Griffe und den Text erinnern.

»Alles klar?«, hörte ich meine beste Freundin besorgt fragen.

Ich nickte und lächelte, obwohl ich beim besten Willen nicht wusste, ob alles klar war und was sie damit überhaupt meinte.

»Gut«, sagte sie und drückte meine Schulter. »Denk dran, du

hast es drauf! Und es spielt keine Rolle, was die Leute denken, auch wenn sie deinen Song natürlich lieben werden.«

Wieder nickte ich, dann saß ich auf einmal auf einem Hocker auf der Bühne. Ich blinzelte und begegnete neugierigen Blicken, die mich abwartend musterten.

»Hi«, meine Stimme hallte durch das Mikro und erfüllte den Raum. Räuspernd schloss ich kurz die Augen. Ich schaffte das. »Ich bin Amelia und spiele heute einen Song für euch, den ich vor einem Jahr geschrieben habe. Er heißt *Dark Places.*«

Da war er also. Der Moment, in dem ich meine Musik zum ersten Mal mit anderen Menschen teilte. Mit Menschen, die nicht Holly oder Maisie waren. Mein Herz raste wie wild, und für einen Augenblick lang wurde mir übel. Der Impuls, einfach wegzulaufen, wurde übermächtig, aber ich gab ihm nicht nach. Dafür war ich nicht hergekommen.

Ich atmete tief ein. Dann bewegte sich meine Hand, und meine Finger berührten die erste Saite. Ein leiser Ton erklang, und ich lächelte, weil ich wusste, dass Holly recht hatte. Die Zuhörer spielten keine Rolle. Was zählte, war, dass ich den Mut gefunden hatte, hier auf die Bühne zu gehen und meinen Song zu singen. Dass ich meine Leidenschaft lebte und die Musik nicht länger in mir einsperrte, sondern nach draußen in die Welt ließ.

7. KAPITEL

Jasper

Es gab in meinem Leben nur begrenzt Platz. Platz fürs Schreiben, für die Leute von meinem Verlag, für Meetings und für Lesungen. Es gab Platz für meinen Bruder Jamie, auch wenn er diesen Platz nicht mehr zu wollen schien, und für Aiden, meinen einzigen Freund.

Wofür es keinen Platz gab, waren Erinnerungen, Freundschaften und Beziehungen. Vor allem Letzteres nicht. Wenn ich Frauen mit nach Hause nahm, dann nur für eine Nacht. In meiner Wohnung durften sie das Schlafzimmer betreten, das direkt neben der Wohnungstür lag. Wohnzimmer und Küche waren tabu. Ich hielt mich an diese Regeln, als müsste ich es, dabei hatte ich sie mir selbst auferlegt. Doch sie waren notwendig. Denn dadurch fiel es mir leichter, mich auf das Wesentliche zu konzentrieren. Meine Arbeit zu machen und zu schreiben. Wenn es sein musste, stundenlang, bis ich der Realität entfloh und in meinem Roman zum Leben erwachte.

Also hielt ich mich an die Regeln, stand jeden Tag auf, schlüpfte in Klamotten, die viel zu teuer waren, und tippte Wörter auf leere weiße Seiten, bis sie eine Geschichte erzählten. Dieses Leben war zwar nicht perfekt, aber es war gut. Kein Vergleich zu dem Albtraum, der meine Kindheit bestimmt hatte.

Die Leser und die Presse liebten mich – oder vielmehr den Autor Jasper Haven –, und es gab genügend Gründe, glücklich und zufrieden zu sein. An manchen Tagen war ich es auch. Zumindest für ein paar flüchtige Momente. Zum Beispiel wenn ich schrieb oder mir eine Szene gelang, die ich zu lange vor mir hergeschoben hatte, oder wenn meine letzte Pflegemutter anrief und fragte, wie es ihrem Jungen ging. Ich machte mir nicht die Mühe, ihr zu erklären, dass ich nie wirklich ihr Junge gewesen war, auch wenn sie mir für eine kurze Zeit ein Zuhause gegeben hatte. Aber ihre Stimme zu hören, tat gut. Sie gehörte ebenfalls zu den Menschen, für die ich Platz in meinem Leben hatte.

Seufzend rieb ich mir übers Gesicht, bevor ich einen großen Schluck von meiner Cola nahm und meinen Blick auf die kleine Bühne richtete. Ich kam regelmäßig hierher, hauptsächlich, weil mir zu Hause oft die Decke auf den Kopf fiel und ich hoffte, durch Abende wie diesen neuen Input zu bekommen. Keine Ahnung, ob es meinem kreativen Prozess tatsächlich diente, aber ich bezweifelte, dass es gesund für mich war, tagelang in der Wohnung zu sitzen und diese nicht zu verlassen. Also ging ich einmal in der Woche abends aus, manchmal mit Aiden, manchmal allein. Wie heute.

Gerade trat eine junge Frau auf die Bühne. Ich erkannte sie sofort. Nicht zum ersten Mal an diesem Abend fragte ich mich, warum ausgerechnet sie mir ständig über den Weg lief. Warum ausgerechnet sie nun auf diesem Hocker Platz nahm und gleich etwas spielen würde, wo ich doch alles versuchen sollte, um von ihr wegzukommen.

Rostrote, lange Haare ergossen sich über ihre schmalen Schultern. Sie wirkte zerbrechlich, beinahe so, als müsste sie beschützt werden. Vor den Grausamkeiten der Welt. Und vor Menschen wie mir.

Doch dann hob Amelia den Blick, und mein Atem stockte. In ihren haselnussbraunen Augen, die im schummrigen Licht der Bar wie zwei dunkle Seen schimmerten, brannte ein Feuer. Vielleicht lag ich falsch. Vielleicht musste nicht sie beschützt werden, sondern ich.

Ihre Finger glitten über die Saiten der Gitarre, und die ersten Töne erklangen.

Verdammt. Schon als ich sie draußen vor der Bar hatte stehen sehen, den Kopf in den Nacken gelegt und den Blick in Richtung Himmel gerichtet, hätte ich umkehren sollen. Doch wie eine verdammte Motte war ich in ihr Licht geflogen. Und kam seither nicht mehr davon los.

Amelia war eins der Dinge, die in meinem Leben keinen Platz hatten. Sie war schön, nicht auf eine offensichtliche, attraktive Art, sondern auf den zweiten Blick. Ihre haselnussbraunen Augen hatten etwas an sich, das mich wie magisch anzog, und ihr Lächeln erinnerte mich wieder daran, dass ich ein Herz hatte, das manchmal stolperte und schneller schlug.

Ich sollte hier weg. Schnellstens. Am besten, bevor ich mir Gedanken darüber machen konnte, was hinter ihrer blassen Stirn vor sich ging und ob sie vorhin auch diese seltsame Nähe zwischen uns gespürt hatte. Meine Beine zuckten, als wollten sie gleich aufspringen, doch in diesem Moment begann Amelia zu singen.

Wie gebannt blieb ich sitzen und starrte sie an. Ihre Stimme klang tief und unendlich sanft. Sie lullte mich ein, nahm mich mit und trug mich fort. Irgendwo hinaus in die Nacht, wo ich frei schwebte, zwischen Sternenlicht und Windgeflüster. Der Song war traurig, sehnsüchtig und voller Melancholie. Er erzählte von Verlust und Trauer, von dunklen Orten und Finsternis. Aus jeder Zeile sprach so viel Gefühl, so viel Tiefe, dass sich eine Gänsehaut auf meinen Armen ausbreitete. Selten hatte Musik mich so berührt.

Amelia erzählte von inneren Dämonen, die nachts zum Leben erwachten und gegen die sie immer wieder kämpfen musste. Ich fand mich in ihren Worten wieder, fühlte ihren Schmerz und spürte ihn tief in mir nachklingen. Weil ich ihn kannte. Es war unmöglich, kaum zu begreifen, doch ihre Musik, ihre Stimme … sie drückten genau das aus, was ich nie zu Papier brachte.

Mir verschlug es regelrecht den Atem; ich konnte die Augen nicht von ihr abwenden. Ihre Stimme wurde leiser, und in diesem Moment passierte es. Ihr Blick fand meinen, und als sie die letzten Zeilen sang, war es, als wären wir die einzigen Menschen in der Bar. Als würde der Rest der Welt in den Hintergrund rücken, weit weg und unerreichbar für uns. Ihr Gesicht veränderte sich, und ich las dasselbe Erstaunen darin, das sich auch in mir breitmachte. Sie spürte es. Sie spürte, dass ich ihre Worte, ihre Traurigkeit verstand. Dass ich ihren Schmerz fühlen konnte. Dass gerade aus zwei Fremden Menschen geworden waren, die etwas teilten.

Amelias Song endete, und für ein paar Sekunden herrschte Stille. Wir sahen einander immer noch direkt in die Augen. Mein Herz raste, und langsam kroch Panik meinen Rücken hinauf. Was zur Hölle machte ich hier?

Als der Applaus losbrach, senkte Amelia den Blick, und ich stand ruckartig auf. Mit schnellen Schritten bahnte ich mir einen

Weg nach draußen, ignorierte die verärgerten Rufe der Leute, gegen die ich stieß.

Ich musste weg hier.

Weg von dieser Frau, die mich in ihren Bann zog und ungewohnte Worte in meine Gedanken fließen ließ. Worte wie *Hoffnung* und *was wäre, wenn* und *vielleicht könnte es mit ihr anders sein …*

Ich hatte schon so lange keine Hoffnung mehr gespürt. Mein Leben war okay, so wie es war. Ich hatte genug Geld, ich war erfolgreich und hatte erreicht, was ich mir immer gewünscht hatte: vom Schreiben leben zu können. Die anderen Wünsche und Träume, die von meinem Bruder erzählten oder davon, ihn in Sicherheit zu wissen, hatte ich schon vor Ewigkeiten zum Verstummen gebracht. Und denen, die davon sprachen, dass ich mich irgendwann weniger zerbrochen, weniger allein fühlen könnte, dass ich vielleicht irgendwann ankommen, vielleicht wieder lieben würde, schenkte ich ebenfalls längst kein Gehör mehr. Warum also stiegen sie jetzt wie ein alles vernichtender Tornado in mir auf und drohten, jeden Winkel meines Körpers auszufüllen?

Ich beschleunigte meine Schritte und rannte durch die Nacht. Vorbei an beleuchteten Läden, die selbst nach Ladenschluss noch ihre Waren im Schaufenster präsentierten, vorbei an vollen Pubs, aus denen Musik und Stimmengewirr drang. Das Nachtleben klang fröhlich und ich lief noch schneller, um die Geräusche hinter mir zu lassen. Ich rannte, als könnte ich so Amelias Song und ihren Augen entkommen. Als würde ich auf diese Weise vor meinen Gedanken, vor mir selbst davonlaufen können. Dabei müsste ich es längst besser wissen, ich hatte schließlich alles dafür getan, nichts mehr fühlen zu müssen. Und trotzdem tobten die Gefühle jetzt in mir, als wären sie nur hinter einer Tür mit brüchigem Schloss verborgen gewesen. Einem Schloss, das jetzt wegen eines einzigen Songs zerbrach.

8. KAPITEL

Amelia

Der Applaus hallte noch immer in meinen Ohren nach. Ich saß wieder an dem Tisch bei den anderen, Holly strahlte mich an, und auch ich grinste übers ganze Gesicht. Auf einer Bühne zu stehen und vor einem Publikum meine Musik zu spielen, war für mich eine ziemlich große Sache. Es war gigantisch groß, ein Meilenstein, auf den ich verdammt stolz war. Dennoch wanderten meine Gedanken immer wieder zu Jasper, was meine Freude prompt ein wenig trübte.

Er war, kaum dass mein Song geendet hatte, aus der Bar gestürmt, als wäre der Teufel persönlich hinter ihm her. Ich gab mir alle Mühe, seine Flucht nicht auf mich oder meine Qualitäten als Sängerin zu beziehen. Aber angesichts der Tatsache, dass wir direkt davor einen Blick der langen, viel zu intensiven Sorte getauscht hatten, fiel mir das denkbar schwer. Während ich gesungen hatte, war mir der verrückte Gedanke gekommen, dass Jasper mich verstand. Dass er wusste, wovon ich sang. Aber wie konnte das sein, wenn wir uns gar nicht kannten? Wie konnten seine Worte und Gesten etwas in mir berühren, wenn ich mein Innerstes doch sorgfältig vor Fremden verschloss?

»Das war mega! So emotional! Du hast mir mal wieder die Tränen in die Augen getrieben.« Holly klang, als wäre sie mindestens genauso stolz wie ich.

»Danke.« Ich zwang mich, gedanklich zu meinen Freunden zurückzukehren, und griff nach meinem halb vollen Glas Gin Tonic.

»Aber jetzt sag mal«, flüsterte sie mir ins Ohr, als Taylor und John eine Diskussion über den Sänger anfingen, der nach mir auf die Bühne ging. »Was lief denn da zwischen dir und diesem Schreiber?«

»Was?« Ich riss die Augen auf und versuchte, so zu tun, als hätte ich nicht den blassesten Schimmer, wovon sie sprach.

»Verarsch mich nicht, Amelia. Ich habe eure Blicke gesehen. Das war krass! Total intensiv, und selbst mir ist plötzlich etwas wärmer geworden.«

»Du übertreibst.« Ich kämpfte erfolglos gegen ein kleines Lächeln an, das sich klammheimlich auf meine Lippen stahl.

»Tu ich nicht. Was läuft da zwischen euch?« Ihr Ton machte deutlich, dass sie diesmal nicht lockerlassen würde.

»Ich hab keine Ahnung«, sagte ich lauter, als beabsichtigt.

Taylor verstummte mitten im Gespräch und drehte sich überrascht zu mir um. Ich verzog das Gesicht und wartete, bis er sich wieder John zuwandte, der gerade von einem seiner letzten Aufträge als Hochzeitsfotograf erzählte. Er und Taylor kannten sich aus Schulzeiten, weshalb John an manchen Abenden mit dabei war. Obwohl wir nicht viel miteinander zu tun hatten, war ich um seine Anwesenheit froh, weil ich dadurch nicht das Anhängsel von Holly und Taylor darstellte.

Um nicht noch mal aufzufallen, senkte ich die Stimme. »Ich

weiß es nicht, okay? Ich meine, ich kenne ihn überhaupt nicht. Aber als ich draußen war, stand er plötzlich vor mir. Er hat Dinge gesagt … er, ach, verdammt. Er macht mich nervös und unruhig. Gleichzeitig will ich mehr über ihn wissen, und da ist so ein dämlicher Drang, ihm nahe sein zu wollen.« Die Worte strömten aus meinem Mund, als würden sie es keine Sekunde länger ungesagt aushalten.

Hollys Augen weiteten sich nach meinem Ausbruch kurz, dann erschien ein Grinsen auf ihrem Gesicht. »Du magst ihn«, sagte sie, als wäre das eine Feststellung, über die sie sich über die Maßen freute.

»Ich kenne ihn nicht«, widersprach ich schwach.

»Du würdest ihn aber gern besser kennen.«

Darauf erwiderte ich nichts mehr, denn ja, verflucht noch mal, ich würde ihn gern besser kennenlernen. Ich wollte in seinen Augen versinken, auch wenn mich die dunkle Tiefe darin abschrecken sollte. Doch seltsamerweise war es gerade der Anflug von Trauer und Schmerz in seinem Blick, der mich anzog.

Bei vielen Menschen hatte ich das Gefühl, dass es zwischen ihnen und mir eine unsichtbare Grenze gab. Dass sie auf der Sonnenseite des Lebens standen, während ich auf einem seltsam schmalen Grat zwischen Traurigkeit und Freude balancierte, immer nur einen Fehltritt vom Absturz entfernt. Sie lachten und redeten, als wüssten sie nicht, wie grausam das Leben manchmal sein konnte. Sie hatten keine Ahnung, dass ein Lächeln meiner Schwester für mich jahrelang der einzige Lichtblick gewesen war. Inzwischen konnte ich mit dem Schmerz aus der Vergangenheit besser umgehen, auch wenn ich wusste, dass er nie ganz verschwinden würde.

Der Tod meiner Eltern hatte ein Loch hinterlassen, das nicht einfach so wieder gefüllt werden konnte. Aber ich hatte akzeptiert, dass dieses Loch zu mir gehörte.

Holly war seit Jahren ein Teil meines Lebens. Sie kannte meine Dunkelheit und ließ sich davon nicht vertreiben. Charlotte arrangierte sich irgendwie damit, und Rachel trug genug Fröhlichkeit für uns beide in sich. Sie alle akzeptierten mich, aber ich hatte nie das Gefühl gehabt, dass sie mich wirklich verstanden. Und dann kam dieser Autor, dieser Kerl, der große Erfolge feierte und bestimmt ein glückliches Leben führte, und schaute mich an, als würde er meine Traurigkeit nicht nur verstehen, sondern sie auch teilen. Wie konnte das sein?

Fakt war jedenfalls, dass irgendetwas zwischen Jasper und mir passiert war, als ich meinen Song gespielt hatte. Und ich wollte unbedingt herausfinden, was.

Ich stieß einen tiefen Seufzer aus. »Du hast recht, ich würde gern mehr über ihn erfahren«, gab ich zu.

»Dann solltest du ihn bei der nächsten Gelegenheit fragen, was das zwischen euch war. Vielleicht könnt ihr ja mal etwas zusammen unternehmen und euch so besser kennenlernen.«

»Ja, vielleicht mache ich das«, sagte ich und leerte mein Glas.

Kaum hatte ich es auf dem Tisch abgestellt, stand Taylor auch schon auf und griff danach. »Ich hol noch ’ne Runde. Willst du auch noch was?«

»Ja, eine Cola bitte.«

»Geht klar.«

»Wie lange spielst du eigentlich schon Gitarre?«, wandte John sich an mich.

»Seit ein paar Jahren«, erwiderte ich.

»Cool. Du warst übrigens wirklich gut.« Man merkte John an, dass er nicht so recht wusste, worüber er mit mir reden sollte.

Doch als Taylor schließlich mit den Getränken zurückkam und er und Holly das Gespräch in eine allgemeinere Richtung lenkten, taute er etwas mehr auf. In der nächsten Stunde dachte ich nicht länger an Jasper oder den Moment zwischen uns. Stattdessen genoss ich die Zeit mit meinen Freunden und blendete alle sorgenvollen Gedanken aus.

Am nächsten Tag machten Maisie und ich einen Ausflug in einen Park, der außerhalb der Stadt lag. Meine Schwester hatte darauf bestanden, dorthin zu gehen, und mich beauftragt, einige Fotos von ihr zu schießen, die sie für die Umweltschutz-AG brauchte. Sie war der Gruppe dieses Jahr beigetreten und setzte sich mit ihnen für mehr Nachhaltigkeit in der Schule ein. Manchmal gingen sie auch zu Demonstrationen oder informierten über Social-Media-Kanäle über den Klimawandel und was getan werden konnte, um den Planeten zu schützen. Auch wenn ich nicht erwartete, dass Maisie dadurch offener wurde, war ich trotzdem froh, dass sie noch eine andere Leidenschaft als ihre Bücher hatte. Vor allem erleichterte es mich, dass sie auch mit jemand anderem als Charlotte und mir ihre Freizeit verbrachte.

»Das sieht super aus«, rief ich Maisie zu.

Selbstbewusst posierte sie vor einem Baum und hielt ein Schild in die Höhe, auf dem *Wie du im Alltag weniger Plastik nutzen kannst* stand.

»Okay, ich glaube das passt so. Machen wir mit dem nächsten weiter.«

Zufrieden legte Maisie das Schild beiseite und griff nach dem nächsten. Wenn ich sie so sah, regte sich automatisch Hoffnung in mir. Hatte ich vielleicht doch zu früh aufgegeben? Vielleicht würde ihr die Musiktherapie ja tatsächlich helfen können. Meine Schwester war verdammt stark. Und stur. Vielleicht brauchte sie einfach nur ihre Zeit. Veränderungen passierten schließlich nicht von heute auf morgen.

Ich schoss noch ein paar Fotos, bevor wir uns wieder auf den Heimweg machten, wo wir später zusammen mit Charlotte zu Abend essen wollten.

Zu Hause angekommen, verschwand Maisie direkt in ihrem Zimmer, um sich die Fotos anzusehen, bevor sie sie an die Umwelt-AG weiterleitete. Eigentlich rechnete ich damit, dass Maisie erst zum Abendessen wieder rauskommen würde. Tatsächlich kam sie jedoch schon kurz darauf mit einem Buch aus ihrem Zimmer und machte es sich im Wohnzimmer gemütlich, während ich Charlotte beim Kochen half. Ich schnippelte Gemüse, lauschte ihren Erzählungen über irgendeinen Schüler und schweifte in Gedanken wieder einmal zu Jasper ab. Er schlich sich seit gestern Abend in der Bar ständig in meinen Kopf. Fast so, als hätte er sich dort einen eigenen Raum eingerichtet, dessen Tür immer weit offen stand, sodass ich viel zu leicht dort landete. Es war beinahe unmöglich, nicht an ihn zu denken, was mir gehörig auf die Nerven ging. Denn ich hatte nie zu den Mädchen gehört, die für einen Typen schwärmten oder ihm hinterherrannten. Dafür waren sie mir nie wichtig genug gewesen. Seit der Schulzeit war ich zwar vereinzelt auf Dates gegangen oder hatte die Nacht mit einem Typen verbracht, aber diese Bekanntschaften hatten mir nichts bedeutet. Es waren schöne Begegnungen gewesen, aber mehr eben auch nicht.

»Amelia? Hörst du mir überhaupt zu?« Die Stimme meiner Tante ließ mich schuldbewusst zusammenzucken.

»Sorry, ich war in Gedanken versunken.«

»Das habe ich gemerkt. Ist alles okay?« Da war er wieder, der sorgenvolle Blick.

»Jaja, mir geht's gut«, beeilte ich mich zu sagen.

»Du wälzt also nicht irgendwelche Probleme in deinem Kopf hin und her?«

»Nein.«

»Und was beschäftigt dich dann?«

Eine von Charlottes weniger tollen Eigenschaften war ihre Neugierde. Allerdings konnte ich es ihr nicht wirklich übel nehmen. Maisie sprach so gut wie nie, und ich hielt mich mit persönlichen Gedanken meistens ebenfalls zurück. Es war also klar, dass sie sich Sorgen machte. Trotzdem wünschte ich mir, Charlotte könnte sich mehr auf sich konzentrieren. Sie hatte so viel für uns aufgegeben, und es tat mir leid, dass sie sich immer noch um mich sorgte. Wie sie es nach Mums Tod und der plötzlichen Verantwortung für uns damals überhaupt geschafft hatte, stark zu bleiben, war mir ein Rätsel. Doch sie schien diese unerschütterliche Stärke in sich zu tragen, wofür ich ihr unglaublich dankbar war. Deshalb ließ ich mich auch zu einem Satz hinreißen, den ich normalerweise zurückhalten würde.

»Ich habe an einen Typen gedacht.«

Eine halb geschälte Kartoffel fiel dicht gefolgt von dem Schäler zu Boden.

»Oh, wirklich? Du hast jemanden kennengelernt?« Charlottes Stimme überschlug sich fast, und ich wusste, ich hatte einen Fehler gemacht.

»Es ist keine große Sache.« Ich bückte mich, um die gefallene Kartoffel inklusive Schäler aufzuheben. »Eigentlich ist es gar keine Sache. Hirngespinste, nichts weiter.«

»Das glaube ich nicht.« Sie schüttelte den Kopf, und ich fragte mich insgeheim, ob sie sich gut mit Rachel verstehen würde. Zumindest teilten sie die Hoffnung, dass ich irgendwann einen Prinzen abbekommen und mit ihm in den Sonnenuntergang reiten würde.

»Ach, da ist nur so ein Kerl, der letzte Woche jeden Tag ins Café kam und gestern in der Bar war, als ich dort einen meiner Songs performt habe. Wir haben ein paarmal kurz geredet, nichts weiter.«

»Aha«, sagte Charlotte. Ihre Augenbrauen wanderten bedeutungsvoll nach oben.

»Jetzt schau nicht so!« Ich warf ihr einen gespielt bösen Blick zu, konnte mir ein Grinsen jedoch nicht verkneifen.

»Du denkst an einen Mann.« Lächelnd schüttelte sie den Kopf, als hätte sie nicht mehr daran geglaubt, dass das irgendwann noch mal passieren würde.

»Keine große Sache, schon vergessen?« Ich drückte ihr die Kartoffel in die Hand.

»Schon klar.« Sie zwinkerte mir vergnügt zu.

Während sie wieder dazu überging, von der Schule zu reden, kam mir der Gedanke, dass sich das hier auf eine Art wunderbar normal anfühlte. Wie ein Gespräch, das ich vielleicht mit meiner Mutter geführt hätte, wenn die Dinge anders gelaufen wären. Dass ich stattdessen meine Tante hatte, die alles für mich und Maisie tun würde, war wahres Glück.

Das restliche Wochenende war viel zu schnell vergangen. Obwohl ich am Montagmorgen eine halbe Stunde früher aufgestanden war, war ich hellwach. Ich band meine Haare zu einem hohen Zopf zusammen und schlüpfte in ein dunkelblaues Kleid, von dem Holly sagte, dass es einen hübschen Kontrast zu meinen Augen und Haaren bildete. Nach einem prüfenden Blick in den Spiegel kochte ich Kaffee auf und steckte zwei Scheiben Toast in den Toaster.

»Du bist schon wach?« Charlotte betrat leicht atemlos die Küche. Wie jeden Morgen war sie spät dran.

Wortlos schenkte ich ihr einen Kaffee ein, woraufhin sie mich anstrahlte, als hätte ich gerade verkündet, ich wäre in Wahrheit eine gute Fee und könnte ihr drei Wünsche erfüllen.

»Du siehst hübsch aus«, bemerkte sie nach einem Schluck.

»Danke.« Ich beobachtete kopfschüttelnd, wie sie nach einer Scheibe Brot griff und einmal abbiss, bevor sie nach Maisie rief.

»Wir werden schon wieder zu spät kommen«, schimpfte sie leise und legte den Toast auf die Ablage. Ein ausgewogenes Frühstück war das jedenfalls nicht.

Kurz drauf kam Maisie aus dem Bad. Als sie mich erblickte, zog sie anerkennend ihre Augenbrauen nach oben.

»O Mann, ihr tut ja so, als würde ich mich nie zurechtmachen«, bemerkte ich gespielt empört.

Maisie streckte einen Daumen hoch und wackelte erneut mit den Augenbrauen.

»Wahrscheinlich hofft sie, damit einen ganz bestimmten Gast beeindrucken zu können«, sagte Charlotte, woraufhin Maisie breit grinste. Na, vielen Dank auch.

»Das ist überhaupt nicht wahr«, verteidigte ich mich.

»So, wir müssen los. Bis später!« Charlotte scheuchte Maisie aus der Küche, wobei sie sich im Türrahmen noch einmal umdrehte. »Wenn er dich nicht um ein Date bittet, ist er ein Idiot.« Sie deutete auf mein Outfit. »Und falls das wirklich der Fall sein sollte, könntest auch du ihn einfach um eins bitten.« Sie zwinkerte und war verschwunden, bevor ich protestieren konnte.

Ich sah an mir herunter, wobei ich mir vergeblich versuchte einzureden, dass ich mir nicht extra Zeit für mein Outfit und Make-up genommen hatte, weil Jasper später vermutlich ins Café kommen würde. Es war albern, aber ich bekam ihn nicht mehr aus dem Kopf und fragte mich automatisch, ob es ihm genauso ging.

Als ich eine Stunde später das *Daydream* betrat, waren genau drei Gäste da, doch Jasper war keiner von ihnen. Ich schüttelte den Kopf über mich selbst und schwor mir, ihn aus meinen Gedanken zu streichen. Was ungefähr zwei Minuten lang klappte, genau genommen bis zu dem Moment, wo die Tür des Cafés aufschwang und ich erwartungsvoll herumfuhr. Doch es war nur Arthur, der für seinen täglichen Tee zu uns kam. Innerlich schimpfte ich mit mir, äußerlich setzte ich ein strahlendes Lächeln auf und wurde zu der fröhlichen Servicekraft, für die ich so geschätzt wurde.

Ich behielt das Lächeln auf den Lippen, als sich das Café füllte, bis kein Platz mehr frei war, und verlor es erst, nachdem auch der letzte Gast gegangen war. Jasper war nicht aufgetaucht. Nachdem er letzte Woche jeden Tag zum Schreiben ins *Daydream* gekommen war, hatte er sich heute nicht ein einziges Mal blicken lassen.

Vielleicht war es nur Zufall und hatte nichts mit mir oder Freitagabend zu tun. Aber vielleicht hatte ich mir das Knistern zwischen uns und die seltsame Nähe während meiner Performance auch nur eingebildet.

»Er ist heute also nicht aufgetaucht.« Rachel stellte sich neben mich und warf mir einen prüfenden Blick zu.

»Keine Ahnung, wovon du redest«, murmelte ich.

»Oh, Darling, du solltest dein Herz nicht an jemanden wie ihn hängen. Er ist ein Star-Autor – und so wie er schreibt … na ja, es muss zum Teil sehr düster in ihm aussehen.«

»Wolltest du mich nicht letzte Woche noch mit ihm verkuppeln?«, erwiderte ich und gab damit die Ich-tue-als-wäre-mir-das-alles-egal-Haltung auf. Sie durchschaute mich sowieso. In letzter Zeit bröckelte mein Pokerface ziemlich. Erst bei Charlotte heute Morgen und jetzt bei Rachel.

»Da habe ich auch noch nicht geglaubt, dass du wirklich ein Auge auf ihn werfen würdest.« In Rachels Stimme schwang aufrichtige Sorge mit.

Beschwichtigend legte ich ihr eine Hand auf den Arm und zwang mich zu einem Lächeln. »Das habe ich auch nicht. Nicht wirklich. Klar, so ein bisschen interessant finde ich ihn schon, aber im Grunde kenne ich ihn nicht. Lassen wir das Thema einfach, okay?«

»Okay.« Nach einem kurzen Zögern wandte Rachel sich von mir ab und verschwand wieder hinter der Theke.

Während sie die Ablagen abwischte, plagte mich die Frage, warum es ausgerechnet Jasper Haven sein musste, der mein Herz zum ersten Mal seit Ewigkeiten hatte höherschlagen lassen. Und wieso um alles in der Welt er jetzt den Ort mied, von dem er wusste, dass ich mich dort aufhielt. Was hatte ihn am Freitag nur dazu veranlasst, die Bar so fluchtartig zu verlassen?

9. KAPITEL

Amelia

In den folgenden Tagen ging ich meinem gewohnten Alltag nach. Ich kam pünktlich zu meinen Schichten im Café, hörte abends mit Maisie Musik oder schaute einen Film und spielte nachts Gitarre. Seit ich vor drei Jahren meinen Schulabschluss gemacht hatte, hielt ich an diesem Rhythmus fest. Er gab mir ein Gefühl von Sicherheit und die Illusion, die Dinge unter Kontrolle zu haben. Jeden Morgen hielt ich vor dem Spiegel kurz inne und erinnerte mich daran, dass ich mich glücklich schätzen sollte, am Leben zu sein.

Immer seltener wanderten meine Gedanken zu Jasper Haven, der sich die gesamte Woche über nicht ein einziges Mal im *Daydream* hatte blicken lassen. Ich redete mir ein, dass es besser so war, dass seine verwirrende Art mir nur Ärger eingebracht hätte. Das Letzte, was ich jetzt gebrauchen konnte, war Chaos, und Jasper hätte Chaos bedeutet. Mein Leben war schließlich gut so, wie es war. Warum sollte ich also etwas daran ändern? Und manchmal glaubte ich mir das sogar. Meine Songs und die immer wiederkehrenden Zweifel sagten jedoch etwas anderes. Sie erzählten von einer jungen Frau, die sich fragte, ob das wirklich schon alles war.

Ob sie sich tatsächlich frei und glücklich fühlen konnte, wenn sie ein Leben lebte, das sie einschränkte. Es waren selbstsüchtige, unschöne Gedanken, die ich wegsperrte, wenn sie zu laut wurden.

Ich brauchte dringend eine Pause und Zeit für mich, und die hatte ich am besten, wenn ich allein durch die Straßen schlenderte. Mir Schaufenster ansah, mich auf eine Bank setzte, um die vorbeieilenden Leute zu beobachten, oder eine Runde durch den Park ging. Solche Alleingänge halfen mir meist dabei, das Chaos in meinem Kopf zu sortieren.

Doch als ich Freitagnachmittag das Café verließ, wusste ich, dass das heute nicht funktionieren würde. Zielsicher steuerte ich daher stattdessen den kleinen Musikladen an, der sich abseits von der Princes Street, der üblichen Shoppingmeile, befand.

Wenn ich so etwas wie einen Lieblingsladen hätte, dann wäre es der kleine Raum, in dem sich Musikinstrumente, alte Schallplatten sowie Plattenspieler stapelten. Hier hatte ich vor sieben Jahren meine erste Gitarre gekauft, nicht ahnend, dass mir das Instrument bald zu einem Anker werden würde, an den ich mich klammerte, wann immer das Leben zu drückend wurde.

Victor, der Besitzer, war ein schrulliger älterer Mann mit langen silbergrauen Haaren. Er trug immer ein sanftmütiges Lächeln auf den Lippen und verzichtete auch mal auf Small Talk; er schien immer ganz genau zu wissen, wann seine Kunden lieber allein gelassen werden wollten. Das machte ihn zu dem so ziemlich sympathischsten Verkäufer, den ich kannte.

»Guten Abend«, erklang seine dunkle, etwas zittrige Stimme, als ich eintrat. Ich hatte keine Ahnung, wie alt er war, geschätzt könnte er locker achtzig sein, vermutlich hatte er aber noch nicht mal die siebzig erreicht.

»Hallo.« Ich nickte ihm zu, und er lächelte sein vertrautes, warmes Lächeln, das den Tag jedes Mal eine Spur heller machte.

Ohne zu zögern, steuerte ich auf das Regal in der Ecke zu, in dem sich eine beachtlich große Sammlung an Schallplatten stapelte. So etwas wie ein System schien es dabei nicht zu geben, zumindest hatte ich bisher keins erkannt. Platten von Queen lagen zwischen den Beatles und David Bowie und die Bee Gees nach Led Zeppelin. Da ich keinen Plattenspieler besaß – beziehungsweise der meines Vaters nicht mehr funktionierte –, stöberte ich jedes Mal nur durch die alten Klassiker und mir unbekannten Bands, ohne tatsächlich etwas zu kaufen. Dennoch hatte es etwas Tröstendes an sich. Vielleicht, weil mich die Platten an Dad erinnerten, der davon nicht genug hatte haben können. Die Erinnerung, wie ich auf seinem Schoß saß und er mir voller Stolz seine Sammlung zeigte, war für immer in mein Gedächtnis eingebrannt.

Ich griff gerade nach einer Schallplatte von Eric Clapton, als mich ein kühler Luftzug erreichte, gefolgt von einem dunklen »Hi«.

»Hallo«, erklang Victors Stimme beinahe gleichzeitig.

Erstaunt drehte ich mich um. Bisher hatte ich nie einen anderen Gast hier angetroffen und mich insgeheim gefragt, wie sich dieser Laden überhaupt halten konnte. Als ich jedoch sah, wer hier gerade in meinen Lieblingsladen gestolpert war, hätte ich Clapton um ein Haar fallen gelassen.

»Was machst *du* denn hier?«, fragten wir in exakt dem gleichen Moment.

Wäre die Situation nicht so absurd gewesen, hätte ich vielleicht laut losgelacht. Stattdessen starrte ich Jasper an und wusste nicht, ob ich mich wieder den Platten zuwenden oder einfach weglaufen sollte. Aber natürlich tat ich nichts dergleichen. Meine Beine weigerten sich, sich zu bewegen, mein Herz schlug schmerzhaft schnell, und obwohl ich mich zwang, den Blick von ihm zu lösen, konnte ich nicht wegsehen.

»Ich schätze, du brauchst meine Hilfe nicht«, sagte Victor an Jasper gewandt. Sein Blick wanderte irritiert zwischen uns hin und her, bevor er sich mit einem Schulterzucken umdrehte und im hinteren Teil des Ladens verschwand, wo sich auch die Kasse befand.

»Das hier ist mein Laden.« Die Worte entflohen mir, ehe ich sie zurückhalten konnte.

»Dein Laden?« Er zog eine Augenbraue hoch und schaute sich in dem vollgestopften, chaotischen Raum um. Obwohl es auf den ersten Blick wirkte, als sammelten sich hier lediglich ein paar Secondhand-Fundstücke, waren die Musikinstrumente und Platten von großem Wert.

»Es ist mein Lieblingsladen, mein Rückzugsort«, ergänzte ich.

»Verstehe. Du hast also ein Patent darauf, dich als einzige Kundin hier aufhalten zu dürfen.«

»Na ja, nein, aber …« Ich verstummte. »Vielleicht sollte ich einfach gehen und dich in Ruhe hier umschauen lassen. Dann musst du auch nicht plötzlich wieder flüchten.« Der letzte Satz hatte bitterer geklungen, als beabsichtigt, aber sein fluchtartiger Abgang nach dem Konzert hing mir noch immer nach.

Ich legte die Platte zurück und wollte mich an ihm vorbeischieben, doch er legte seine Hand auf meinen Arm, um mich aufzuhalten. Die Berührung brannte sich durch den Stoff und ließ meine Haut ganz warm werden. Sofort schüttelte ich seine Hand ab, doch als ich ihn ansah, schnappte ich leise nach Luft. Seine dunklen Augen, die mich an schwarzen Kaffee erinnerten, schimmerten so intensiv, dass ich mich regelrecht in seinem Blick verlor.

»Geh nicht«, murmelte er.

Ich zögerte kurz, doch dann nickte ich und wartete darauf, dass sich mein Puls beruhigte. Erst als er einen kleinen Schritt zurücktrat, wagte ich es, wieder zu atmen.

»Warum bist du nicht mehr ins Café gekommen?« Die Worte platzten aus mir heraus, bevor ich sie zurückhalten konnte. Schnell versuchte ich, die Situation zu retten. »Ähm, ich meine, was machst du hier?«

Ich hatte kein Recht, ihn zur Rede zu stellen oder beleidigt zu sein. Und ich wollte auf keinen Fall, dass er dachte, ich wäre enttäuscht, weil er nicht mehr ins *Daydream* gekommen war. Doch offenbar setzte mein Verstand in seiner Nähe aus, und ich sprach ungefiltert aus, was mir durch den Kopf ging.

»Ob du es glaubst oder nicht, aber ich höre beim Schreiben manchmal gern Musik und mag alte Schallplatten. Vielleicht, weil das so gut zu dem Klischee des nachdenklichen Autors passt, der an alten Dingen hängt.« Er lächelte, doch es erreichte nicht seine Augen.

Ich wollte schon erleichtert aufatmen, weil er nicht näher auf meine erste Frage eingegangen war, als er sich verlegen räusperte.

»Amelia, ich …« Jasper fuhr sich durch die Haare und senkte den Blick. Schlagartig verschloss sich seine Miene, sodass er mich wieder an den unnahbaren Gast erinnerte, den ich vor etwas mehr als zwei Wochen bedient hatte. »Ich hatte zu tun.«

»Aha«, sagte ich nur. »Und warum hast du mich dann gerade zurückgehalten? Wenn du mich doch offensichtlich nicht sehen willst.« Das war's dann wohl mit dem Plan, gelassen zu bleiben.

Als Jasper nichts darauf erwiderte, riss mir endgültig der Geduldsfaden. »Du kannst mir doch nicht draußen auf der Straße sagen, ich wäre wie ein Licht, das dich anzieht oder so, und dann davonstürmen, wenn ich zum ersten Mal auf der Bühne stehe. Ich habe all meine Gefühle in diesen Song gelegt, und nach diesem intensiven Blickkontakt dachte ich eigentlich, du hättest diesen Schmerz auch verstanden. Verdammt, wenn du unbedingt ein Leben durcheinanderbringen musst, such dir dafür jemand anderen.« Ich verschränkte die Arme vor der Brust. Meine Hände zitterten, und ich fühlte mich seltsam verletzlich. So, als hätte ich Jasper gerade hinter meine Fassade blicken lassen, obwohl ich das normalerweise nicht tat. Zumindest nicht bei einem Kerl, über den ich beunruhigend wenig wusste.

Jasper seufzte und warf einen schnellen Blick in Richtung Kasse, wo Victor ganz geschäftig neue Münzen einräumte. Vielleicht ein bisschen zu geschäftig; ich war mir sicher, dass er jedes unserer Worte gehört hatte. »Lass uns das nicht hier besprechen.« Er griff nach meiner Hand und zog mich aus dem Laden.

Ich war zu überrascht, um mich zu wehren, also folgte ich ihm.

Ein paar Schritte vom Laden entfernt blieb er schließlich stehen und ließ mich los. »Du hast recht«, meinte er leise. »Mein Verhalten war nicht fair. Ich hätte diese Dinge nicht zu dir sagen sollen.«

Mein Herz zog sich zusammen. Nervös wartete ich auf eine weitere Erklärung. In den letzten drei Jahren hatte sich der Kreis der Personen, die in meinem Leben eine Rolle spielten, kaum verändert. War ich während der Schulzeit noch mit Holly auf sämtlichen Feiern unterwegs gewesen, verbrachte ich meine Freizeit inzwischen hauptsächlich nur noch mit ihr oder Maisie. Was vollkommen in Ordnung war. Ich brauchte nicht jedes Wochenende eine Einladung zu einer Party, um glücklich zu sein. Doch in diesem Moment, als mein Puls in die Höhe schoss und ich Jasper anstarrte, wünschte ich mir, ich hätte in letzter Zeit zumindest ein paar Dates gehabt. Dann würde er mich vielleicht nicht ganz so leicht aus der Fassung bringen können. Oder ich könnte es zumindest besser verbergen.

Jasper stieß einen tiefen Seufzer aus. »Du willst den wahren Grund wissen, warum ich nicht mehr ins *Daydream* gekommen bin? Weil ich mich vor deinem verdammten Licht gefürchtet habe. Denn ja, es zieht mich an. Als du gesungen hast …« Er brach ab, sein Blick irrte durch die menschenleere Gasse und traf erneut auf meinen. »Ich weiß nicht, was du durchgemacht hast, aber dieser Schmerz in deinem Song … Vielleicht ist es gar nicht das Licht, das mich anzieht. Vielleicht ist es deine Dunkelheit.«

Als Jasper einen Schritt auf mich zumachte, wich ich unwillkürlich zurück, bis ich eine raue Hauswand im Rücken hatte. Seine Augen nahmen mich gefangen, ich versank regelrecht in diesem dunklen Braun, während mein Herz wie verrückt pochte. Die Spannung zwischen uns war fast unerträglich. Jasper berührte mich nicht einmal, und trotzdem fühlte sich die Nähe zu ihm wahnsinnig intensiv an. Sein Blick ging mir unter die Haut, seine Worte hatten meine Mauern so leicht durchbrochen, als wären sie nur aus Sand, und ich war machtlos gegen die Anziehung, die er auf mich ausübte. Vielleicht hatte er recht. Vielleicht war es diese unbestimmte Dunkelheit in uns, die niemand so richtig verstehen konnte, die die Luft zwischen uns zum Vibrieren brachte.

»Ich sollte mich von dir fernhalten«, flüsterte er. »Ich ziehe dich nur mit mir nach unten. Mein Plan war es, nicht mehr ins Café zu gehen und dich zu vergessen.«

»Pläne sind toll«, brachte ich heiser hervor, »bis das Leben dazwischenkommt.« Mit fehlgeschlagenen Plänen kannte ich mich immerhin sehr gut aus.

»Sag mir, dass ich gehen soll, und ich verschwinde.« Er kam noch näher und stützte sich mit einem Arm an der Hauswand ab. Wir standen so dicht voreinander, dass ich seinen Atem auf meinem Gesicht spüren konnte. »Sag mir, dass das hier ein Fehler ist, und ich bin weg.« Fast schon flehend blickte er mich an.

Ich biss mir auf die Lippe und rang mit mir selbst. Vermutlich wäre es besser, mich an ihm vorbeizuschieben, nach Hause zu gehen und meinem gewohnten Alltag zu folgen. Es wäre sicherer. Aber ich war in den letzten Jahren ständig vorsichtig gewesen, hatte auf alles verzichtet, was mein Leben, so wie es jetzt war, infrage stellen und durcheinanderbringen konnte. Und was hatte es mir gebracht? Nichts, denn meine eigenen Ängste, Zweifel und Selbstvorwürfe ließen sich trotzdem nicht vertreiben. Denn ein Teil von mir sehnte sich tatsächlich fort, während der andere Teil bei Maisie bleiben wollte. Jedes Mal, wenn ich von anderen Orten träumte, die ich ohne meine Schwester bereiste, fraßen mich meine Schuldgefühle regelrecht auf – und das, obwohl ich Maisie mein Leben lang nicht allein gelassen hatte. Und dann war da auch noch die ständige Angst, erneut verlassen zu werden, wie von meinen Eltern. Doch dieses eine Mal würde ich der Angst nicht nachgeben.

»Das kann ich nicht«, wisperte ich und spürte, dass es die Wahrheit war. Ich hatte es satt, mich hinter Mauern zu verstecken. Wie sollte ich je herausfinden, was ich wirklich wollte, wenn ich mich, statt meinen Gefühlen zu folgen, auf selbst gesetzte Grenzen beschränkte?

»Verdammt. Das hatte ich befürchtet.« Jasper streckte seine Hand aus. Fingerspitzen, leicht und zart wie ein Frühlingswind, berührten mein Gesicht, und ich hielt unbewusst den Atem an. »Und ich hatte es gehofft.«

Mein Herz setzte einen Schlag aus, nur um dann mit doppelter Geschwindigkeit weiterzuschlagen, und meine Knie wurden weich. Im nächsten Moment umfasste Jasper mein Gesicht und senkte den Kopf. Ich schloss die Augen, und als sich seine Lippen auf meine legten, explodierte etwas in meinem Innern. Als hätte es da einen Teil in mir gegeben, von dem ich bisher nicht gewusst hatte, dass er existierte. Doch jetzt erwachte er zum Leben, erfüllte mich mit einer nie gekannten Sehnsucht und dem tiefen Wunsch, Jasper näher an mich zu ziehen.

Jasper küsste mich mit einer Sanftheit, die mich vollkommen überraschte. Eine ungewohnte Leichtigkeit überkam mich, beinahe, als würde ich schweben. Alles um mich herum verblasste, bis ich nur noch ihn wahrnahm. Er schlang einen Arm um meine Hüfte, zog mich enger an sich, und ich vergrub meine Hand in seinen Haaren. Sein Mund nahm meinen in Besitz. Als sich seine Zunge zwischen meine Lippen schob und mich liebkoste, spürte ich in meinem Inneren ein Feuerwerk. Eine plötzliche Wärme durchflutete mich, füllte jeden Winkel meines Körpers aus und vertrieb auch den letzten Rest Dunkelheit. In Jaspers Armen verwandelte ich mich in eine leuchtende Fackel. *So fühlte es sich also an, lebendig zu sein.* Kaum war mir der Gedanke durch den Kopf geschossen, löste Jasper sich von mir.

Meine Lider flatterten und öffneten sich langsam.

Atemlos starrte Jasper mich an. Sein Blick war unergründlich, doch in seinem Gesicht spiegelte sich dasselbe Erstaunen, das auch mich erfüllte.

»Wow«, hauchte ich, unfähig, Worte für das zu finden, was in mir vorging.

Ein kleines Lächeln erschien auf seinen Lippen, und ich fragte mich, wie mein Herz sich jemals beruhigen sollte, wenn er mich so anlächelte.

»Wenn das hier ein Fehler ist, dann fühlt es sich nach einem verflucht guten an«, murmelte er und fand damit genau die richtigen Worte. »Was machst du heute Abend?«, fügte er im selben Atemzug hinzu.

Ich brauchte einen Moment, bis seine Frage zu mir durchdrang und ich kapierte, dass er mich gerade um ein Date bat. »Bisher ist der Plan, mit meiner Schwester und meiner Tante einen Spieleabend zu machen und an einem neuen Song weiterzuschreiben.«

»Tja, Pläne sind gut, bis das Leben dazwischenkommt«, erwiderte er zwinkernd. »Gibst du mir deine Nummer? Ich könnte dich um acht Uhr abholen, was meinst du?«

Was ich meinte? Dass das nach einer Sache klang, die absolut untypisch für mich war. Trotzdem zögerte ich keine Sekunde lang. »Acht Uhr klingt gut.«

Meine Finger zitterten leicht, als ich meine Nummer in sein Handy tippte. Kurz durchzuckte mich ein schlechtes Gewissen, weil ich Maisie versetzte, aber ich schob es energisch beiseite.

»Super, danke. Dann bis später.« Er steckte sein Handy ein, drehte sich um und verschwand mit schnellen Schritten um die Ecke.

Verwirrt schaute ich ihm nach. Meine Beine waren weich wie

Pudding, und meine Gedanken bildeten ein wirres Knäuel aus Fragen, Bedenken und Vorfreude.

Was um alles in der Welt war da gerade passiert?

Ich hatte keine Ahnung, was das alles zu bedeuten hatte, aber eines wusste ich genau. Jasper Haven zu küssen, war ein unglaubliches Gefühl gewesen. Er hatte einen Funken in mir entfacht, ein Feuer, von dem ich nicht gewusst hatte, dass es in mir brennen konnte.

Als Kind hatte ich Mum immer wieder danach gefragt, wie sie Dad kennengelernt hatte – und wann sie wusste, dass er der Richtige war. Sie hatte jedes Mal gelächelt, wenn sie die Geschichte erzählte: *Als ich deinen Vater kennenlernte, wusste ich direkt, dass er der Mann fürs Leben sein würde. Nicht, weil er besonders gut aussah oder etwas wahnsinnig Kluges sagte, sondern weil er mich daran erinnerte, wie es sich anfühlte, lebendig zu sein. Wie es war, wenn in einem ein Feuer brannte und plötzlich nichts mehr unmöglich schien.*

Ich hatte ihr mit großen Augen gelauscht und nie ganz verstehen können, wie sich dieses Feuer anfühlen sollte. Als ich in der Schule mit meinem ersten Freund zusammenkam, spürte ich jedenfalls nichts davon. Und auch bei meinen anderen Dates hatte ich es nicht gefühlt. Irgendwann hatte ich schließlich aufgehört, auf das Feuer zu warten.

Bei der Erinnerung an Mum musste ich lachen und zugleich die Tränen hinunterschlucken. Denn so langsam bekam ich eine Ahnung von dem Gefühl, das sie beschrieben hatte. Es war vielleicht noch kein so strahlend helles Feuer wie bei ihr und Dad, aber es war da.

10. KAPITEL

Jasper

Die Kaffeemaschine brummte im Hintergrund, ein vertrautes Geräusch, das mich normalerweise beruhigte. Heute bewirkte es jedoch das Gegenteil und machte mich nur noch nervöser. Ich starrte auf mein Handydisplay. Ihr Name sprang mir entgegen und löste Dinge in mir aus, die niemand auslösen können sollte. *Amelia Brooke Fraser.* Es war ungewöhnlich, dass sie ihren vollen Namen eingespeichert hatte. Andererseits war nichts an Amelia gewöhnlich.

Seufzend legte ich das Handy beiseite und griff nach der Tasse Kaffee. Ich nahm einen großen Schluck, drehte mich um und ließ meinen Blick durch die Wohnung schweifen, die einem Magazin hätte entsprungen sein können. Die geräumige Küche sah nagelneu aus, was daran lag, dass ich sie bisher kaum benutzt hatte. Sie grenzte an mein Wohnzimmer, das mit einer großen Couch und einem Flachbildfernseher ausgestattet war. Die cremefarbenen Möbel waren kalt und unpersönlich. So wie ich, wenn ich zu dem Autor Jasper Haven wurde und mit souveränem Lächeln Lesungen und Signierstunden meisterte.

Das einzig Persönliche in meiner Wohnung waren die Bücherregale, die an so ziemlich jeder freien Wand standen. Ich brauchte keine Fotos an den Wänden oder bunte Möbel und Kissen, um mich wohlzufühlen. Zu Hause war ich dort, wo meine Bücher standen. Dort, wo ich Geschichten hatte, in die ich mich flüchten konnte. Manche meiner Bücher begleiteten mich seit fünfzehn Jahren, wie das vergilbte alte Exemplar von *Peter Pan*, das mir meine erste Pflegemutter zum zehnten Geburtstag geschenkt hatte.

Mein Blick wanderte zurück zu meinem Handy. In fünfzig Minuten sollte ich vor Amelias Tür stehen. Ich hatte mich für die impulsive Idee, sie um ein Date zu bitten, in den letzten Stunden mehrmals selbst verflucht. Trotzdem würde ich nicht kneifen. Nicht nach diesem Kuss. Das Gefühl, das er in mir ausgelöst hatte, wollte mir nicht mehr aus dem Kopf gehen, und mein Körper begann sehnsuchtsvoll zu pochen, wann immer ich an sie dachte. Ich konnte mich nicht daran erinnern, wann eine Frau das letzte Mal eine solche Wirkung auf mich gehabt hatte. Allein das war Grund genug, mich von Amelia fernzuhalten. Sie schaffte es, hinter meine Maske zu blicken, und das war mehr als beunruhigend. Geradezu alarmierend. In ihrer Nähe entwichen mir Worte, die sich zu echt, zu persönlich anfühlten. Doch im Grunde spielte das keine Rolle, denn mein Plan, ihr aus dem Weg zu gehen, war gescheitert. Auf grandiose Weise.

Vielleicht sollte ich also stattdessen versuchen, mich einfach auf die Begegnung einzulassen. Vielleicht war es aber auch längst schon zu spät, und ich hatte gar keine Wahl mehr. Vielleicht hatten wir uns schon zu lange in die Augen geblickt und dabei eine Ahnung von der Dunkelheit erhalten, die in der Seele des anderen schlummerte.

Was, wenn es also gar kein Zurück mehr gab? Wenn Amelia mit einem Song, einem Blick und schließlich einem Kuss zu dem verlorenen Jungen in mir vorgedrungen war und ihm etwas von seiner Traurigkeit genommen hatte? Wenn sie stattdessen neue Hoffnung in mir gesät hatte, die sich nun wie ein Fremdkörper anfühlte? Aber auf eine verdrehte Art doch gut?

Es waren zu viele Fragen, auf die ich keine Antwort hatte. Doch ich würde mich ihnen stellen. Dieses eine Mal würde ich nicht davor weglaufen.

11. KAPITEL

Amelia

Nur noch ein Klingeln an der Tür trennte mich von einem Date mit Jasper. Zum ungefähr hundertsten Mal strich ich meinen Lieblingspulli glatt, ein bunt gestreiftes Oberteil, das ich schon viel zu oft getragen hatte. Es war vielleicht kein passendes Outfit für ein erstes Date, aber ich hatte den Pulli mit einer High-Waist-Jeans kombiniert und fühlte mich wohl darin, was ja wohl das Wichtigste bei der ganzen Sache war.

»Wo bleibt der junge Mann denn?«

Wenn ich schon nervös und ungeduldig war, dann setzte Charlotte mit ihrer Aufgeregtheit locker noch eine Schippe drauf. Sie benahm sich, als wäre *sie* diejenige, die gleich auf ein Date gehen würde, und nicht ich. Dabei hatte ich ihr gar nicht davon erzählen wollen. Zu Hause angekommen, war ich schnurstracks in mein Zimmer gelaufen, um Holly anzurufen. Irgendwie musste Charlotte jedoch ein paar Sätze aufgeschnappt haben, und nun schaute sie alle paar Minuten aus dem Fenster, während Maisie nur grinsend am Küchentisch saß und uns amüsiert beobachtete.

Entnervt stöhnte ich auf. »Kannst du mal mit dem Hin- und Hergerenne aufhören? Du machst mich damit noch wahnsinnig.

Und ich bin schon nervös genug.« Ich wippte auf meinen Zehen auf und ab, wie um die Worte zu unterstreichen.

Meine Hand wanderte wieder zu meinem Mund, und meine Finger verharrten kurz auf meinen Lippen. Inzwischen kam es mir fast wie ein Traum vor, dass Jasper mich vor wenigen Stunden an eine Hauswand gepresst und um den Verstand geküsst hatte. Doch mein wild pochendes Herz war der Beweis, dass ich mir die Begegnung nicht eingebildet hatte. Na ja, das und die Nachricht, in der er mich nach meiner Adresse gefragt hatte.

»Und es ist wirklich dieser Autor, den Maisie so mag, der dich treffen will?«, fragte meine Tante zum gefühlt zwanzigsten Mal.

Maisie und ich sahen uns an und verdrehten gleichzeitig die Augen.

Ich seufzte. »Sie mag seine *Bücher*«, korrigierte ich Charlotte. »Ihn kennt sie ja nicht. Ich glaube, niemand tut das so richtig.«

»Was meinst du denn damit? Ist er etwa kein zuvorkommender, freundlicher …?« Ihre besorgte Ansprache wurde von dem schrillen Klingeln der Wohnungstür unterbrochen. Ich hatte Jasper gesagt, dass wir im Erdgeschoss wohnten und er draußen warten sollte. Ihn hereinzubitten, wollte ich weder ihm noch mir antun.

»Okay, jetzt nur die Ruhe bewahren«, murmelte ich. »Kein Grund, Panik zu schieben. Es ist nur Jasper.« Das sagte ich mir immer wieder, als ich mir meine Jacke schnappte, Charlotte und Maisie zum Abschied zuwinkte und den Hausflur entlang zur Tür ging.

Als ich die Tür öffnete, blieb mir kurz die Luft weg, doch dann fing ich mich wieder. Inzwischen sollte mein Gehirn die Information, dass Jasper ein attraktiver Mann war, verarbeitet haben, aber anscheinend schaltete es bei seinem Anblick immer noch auf Ausnahmezustand.

Mein Blick verselbstständigte sich, glitt über seine dunkelbraunen Haare, die mich daran erinnerten, wie ich noch vor wenigen Stunden mit meinen Fingern hindurchgefahren war, und blieb an seinen vollen Lippen hängen. Ich verfluchte meinen Körper dafür, dass er mit einem wohligen Schauer reagierte, als Jasper lächelte. In meinem Magen machte sich ein seltsames Flattern bemerkbar, was sich ungewohnt anfühlte.

»Du siehst gut aus. Der Pulli steht dir.«

Ich suchte nach einem Anzeichen dafür, dass Jasper sich über mich lustig machte, aber seine Miene war aufrichtig und ernst. Als meinte er tatsächlich, was er sagte.

»Danke.« Leicht irritiert hob ich die Augenbrauen. Kurz überlegte ich, ob ich jetzt sein Outfit, bestehend aus Jeans, einem olivgrünen Hemd und einer Lederjacke, die er offen trug, auch kommentieren musste, entschied mich aber dagegen. Stattdessen räusperte ich mich laut, um die unangenehme Stille zu durchbrechen, und zog die Tür hinter mir zu. »Wollen wir los?«

Jasper lachte leise, als wüsste er genau, wie peinlich berührt ich gerade war. »Bekomme ich denn gar keine Begrüßung? Nicht einmal eine Umarmung?«

»Nur wenn du aufhörst, so überheblich zu grinsen.«

Statt einer Antwort zog er mich einfach in seine Arme. Sein Duft hüllte mich ein und vernebelte meine Gedanken. Als er mich wieder losließ, wich ich schnell zurück und umklammerte meine Handtasche fester.

»Jetzt können wir los.« Er klang ziemlich zufrieden mit sich.

Ich schnaubte leise und schlüpfte in die Jacke, die ich über meinem Arm trug. »Wie schön. Wo geht's überhaupt hin?«

»Das siehst du dann schon. Lass dich überraschen.« Jasper ging voraus, sodass mir nichts anderes übrig blieb, als ihm zu folgen.

»Natürlich. Alles andere wäre ja nicht klischeehaft genug«, kommentierte ich, als wir unsere Straße entlanggingen und links abbogen.

»Du bist unmöglich.« Er schüttelte den Kopf, als würde ihn das irgendwie amüsieren.

»Also dafür, dass du mich kaum kennst, lehnst du dich ganz schön weit aus dem Fenster.«

Das Lachen verstummte. »Das stimmt. Was ich jedenfalls weiß, ist, dass du für Überraschungen gut bist. Auch wenn du sie nicht magst.«

»Was meinst du damit?« Ob wir wohl je eine Unterhaltung führen würden, bei der ich verstand, was er mir sagen wollte?

»Na ja, zum Beispiel stellst du dich auf die Bühne, und auf den ersten Blick steht da nur eine junge Frau, die ein bisschen verloren wirkt. Doch dann fängst du an zu singen und haust so einen Wahnsinnssong raus. Das meine ich damit.«

»Das ist … danke.« Ich spürte, wie sich meine Wangen rot färbten, und hielt den Blick konzentriert auf die Straße vor uns gerichtet. Ich war es nicht gewohnt, Komplimente zu bekommen. Zumindest nicht von einem attraktiven jungen Mann, der küssen konnte, als hätte er in den letzten Jahren nichts anderes getan.

»Verrätst du mir jetzt endlich, wo wir hingehen?«, fragte ich, als wir auf eine Straßenbahnhaltestelle zusteuerten.

»Du magst Überraschungen wirklich nicht, was?« Jasper lachte leise, und bei dem Geräusch kehrte das Flattern in meinem Bauch zurück.

»Nope.«

»Okay. Ein Freund von mir spielt heute Abend in einer Bar. Es wird dir dort gefallen.«

Eine Stunde später betraten wir eine Bar in der Altstadt, in der ich noch nie gewesen war. Auf den ersten Blick handelte es sich um eine gewöhnliche Bar, in der wie überall die Stammgäste an der Theke standen. Mädchen, die mehr Make-up im Gesicht trugen, als ich überhaupt besaß, warfen verstohlene Blicke auf College-Studenten, von denen sie bald auf Tequila-Shots eingeladen werden würden. An einem größeren Tisch in einer Ecke saß eine Gruppe älterer Männer und spielte Karten.

Doch sobald wir den Eingangsbereich und die Theke hinter uns ließen und in den hinteren Teil der Bar gingen, blieb ich erstaunt stehen. Am Ende des Raums befand sich eine kleine Bühne, und anstelle von Tischen und Stühlen waren Sessel und Sofaecken bereitgestellt. Sie sahen verlockend bequem aus und sorgten dafür, dass ich mich sofort wohlfühlte. Von der Decke hingen matt leuchtende Lampen oder vielmehr Glühbirnen, um die sich bronzefarbene Drähte schlangen. Es waren kleine Kunstwerke, die die Wohnzimmeratmosphäre perfekt ergänzten.

»Wow. Es ist wahnsinnig schön hier!« Begeistert drehte ich mich zu Jasper um, der dicht hinter mir stand. Unsere Blicke trafen sich und mein Puls schoss in die Höhe, doch dann fing ich mich wieder und trat einen winzigen Schritt zurück.

»Warum so erstaunt? Ich hätte dich niemals zu einer ganz gewöhnlichen Bar gebracht.« Er zwinkerte, und mir wurde plötzlich ganz warm. Mein Herz klopfte immer noch eine Spur zu schnell, als schaltete es in Jaspers Nähe, genau wie mein Gehirn, auf Ausnahmezustand.

»Schon klar.« Lachend ging ich auf eine freie Couch zu, die einen guten Blick auf die Bühne bot, und ließ mich darauf sinken. »Und hier spielt nachher dein Freund?« Neugierig sah ich mich um. Die Bar war nicht voll und die Atmosphäre intim, beinahe familiär.

Jasper zog seine Jacke aus und setzte sich neben mich. »Ja, er tritt hier öfter auf. Ich bin mir sicher, dass du von ihm begeistert sein wirst.«

»Solange er keine Countrymusik spielt, bin ich zuversichtlich.«

»Wie jetzt? Du stehst nicht auf Cowboys mit Gitarren?« Gespielt erschrocken riss Jasper die Augen auf.

Grinsend schüttelte ich den Kopf. Wer hätte gedacht, dass der kühle Typ, dem ich bei unserem ersten Treffen widerwillig Wasser serviert hatte, so was wie Humor besaß?

»Absolut nicht«, sagte ich. »Wie dir vielleicht aufgefallen ist, bin ich mehr der Balladen-Typ. Oh, und natürlich ein großer Fan von sämtlichen Klassikern.« Schon als Kind hatte ich die alten Schallplatten von meinem Dad rauf- und runtergehört. Mit acht Jahren konnte ich die Texte zu sämtlichen Queen- und Beatles-Songs auswendig.

»Das habe ich mir schon gedacht. Okay, Amelia, ich glaube es wird Zeit für die ultimative Frage.« Jasper lehnte sich ein Stück in meine Richtung, sodass unsere Schultern sich berührten.

Mein Körper spannte sich automatisch an, und ich schluckte schwer, bevor ich mich zu einem Nicken durchrang. Was zur Hölle kam jetzt?

»Ich weiß, dass deine Schwester liest. Aber was ist mit dir? Liest du Bücher?«

»Das ist alles?« Erleichtert atmete ich aus.

»Was heißt hier *alles*? Es sagt eine Menge aus, ob jemand liest oder nicht. Menschen, die kein Bücherregal voller Bücher zu Hause haben, traue ich nicht.« Obwohl Jaspers Mundwinkel verräterisch zuckten, schien er das ernst zu meinen. Wenn für ihn Bücher und Schreiben allerdings das Gleiche waren wie für mich die Musik, dann konnte ich das nur zu gut verstehen.

»Ich lese nicht viel, aber ich lese. Meistens Romane, bei denen ich einfach abschalten kann. Manchmal auch Krimis. Fantasy ist leider nicht so meins. Aber ja, ich besitze ein Regal, in dem sich Bücher stapeln.«

»Gott sei Dank! Dann kann ich dich ja jetzt auf einen Drink einladen.« Jasper zwinkerte mir zu und winkte dann eine Bedienung heran.

»Und wenn ich nicht lesen würde, hätte das Date an dieser Stelle geendet?«, fragte ich nach.

»Eventuell.«

Meine Augenbrauen schossen nach oben. »Echt jetzt? Du hättest mich hier einfach sitzen lassen?«

»Na ja, da wären immer noch deine Augen, dein süßer Pulli und diese Sommersprossen, die ich irgendwann zählen will … Ich hätte ziemlich mit mir ringen müssen.«

Mein Mund öffnete sich, aber es kamen keine Worte heraus. Was sollte ich darauf auch antworten? Bevor der Moment sich ausdehnen und ich rot anlaufen oder dahinschmelzen konnte, trat ein Kellner an unseren Tisch.

»Hey, was möchtet ihr?«

Ich hatte noch gar nicht auf die Karte geschaut, also bestellte ich einen Cider. Damit konnte ich zumindest nichts falsch machen. Ich vertrug nicht allzu viel Alkohol, und spätestens nach zwei Cocktails wurde ich immer zu einem emotionalen Nervenbündel, was ich Jasper unbedingt ersparen wollte.

»Für mich eine Cola bitte«, sagte Jasper.

Erstaunt drehte ich mich zu ihm.

»Ich trinke keinen Alkohol«, erklärte er leise und mit ungewohnt hartem Tonfall, als müsste er sich dafür rechtfertigen.

»Sorry, ich wollte darauf eigentlich gar nicht so reagieren. Das ist wie ein blöder Reflex, weil in unserem Alter fast alle Alkohol trinken.«

»Schon gut. Ich bin es gewohnt, darauf angesprochen zu werden. Aber weißt du, wenn du miterlebst, was Alkohol oder Drogen mit einem Menschen machen können, dann ist das nicht länger etwas Cooles oder Witziges. Es kann alles zerstören. Menschen verwandeln sich in Monster, wenn sie … egal, lassen wir das.« Seine Miene verschloss sich, und ein abwehrender, fast schon wütender Ausdruck lag plötzlich auf seinem Gesicht.

Ich nickte nur und rutschte ein Stück zur Seite. Er musste mir nichts erklären. Ich wusste, wie es war, eine unbestimmte Wut in sich zu tragen, ohne die richtigen Worte dafür zu finden. Was auch immer er erlebt hatte und wer für diesen Schmerz in seinen Augen verantwortlich war, ich würde nicht nachhaken.

Während wir auf unsere Getränke warteten, überlegte ich, wie ich das Thema wechseln könnte, doch Jasper übernahm das selbst.

»Da ist Aiden, der Freund, von dem ich erzählt habe.« Er deutete auf einen jungen Mann, der gerade an den Sofas vorbeiging und auf die kleine Bühne zusteuerte. In der Hand trug er eine Gitarrentasche, womit er sofort meine ganze Aufmerksamkeit hatte.

»Woher kennt ihr euch?«, fragte ich, während ich Aiden beobachtete, wie er sein Instrument auspackte.

Er sah gut aus, nicht so offensichtlich attraktiv wie Jasper, aber ich konnte mir gut vorstellen, dass er gleich ein paar Herzen höherschlagen lassen würde. Mit seinem Hut und dem weiten T-Shirt mit Bandaufdruck strahlte er eine Lässigkeit aus, die so ganz anders war als Jaspers distanziertes Lächeln bei der Lesung. Ich konnte mir nicht wirklich vorstellen, wie die beiden zusammensaßen und lange Gespräche führten. Andererseits traf sich Jasper auch mit mir, was mindestens genauso verwunderlich war. Manchmal täuschte das Äußere eben. Nicht zum ersten Mal kam mir der Gedanke, dass Jaspers elegante, scheinbar perfekte Erscheinung ebenso eine Maske war wie seine kühle Art Fremden gegenüber.

»Aiden und ich kennen uns schon seit sechs Jahren. Ich habe ihn zu Beginn meines Studiums getroffen, als er allein in einer Bar saß und sich abschießen wollte, weil seine Freundin ihn verlassen hatte. Ich hab ihn zu einer Runde Dart aufgefordert, ihm eine Cola ausgegeben, und na ja, seither ist er mein bester Freund.« Jaspers Stimme klang unerwartet warm, und ich wandte mich ihm überrascht zu.

»Er ist dir ziemlich wichtig.«

Jasper nickte. »Er ist einer der wenigen, denen ich vertrauen kann.«

Ich dachte an Holly und wusste, was er meinte.

»Das kenne ich. Ich habe auch so eine Freundin. Es gibt nicht oft Menschen, die einen vollkommen akzeptieren und so lieben, wie man ist«, erwiderte ich leise.

»Dann können wir uns wohl trotz allem ziemlich glücklich schätzen, oder?« In Jaspers Blick lag die gleiche Wehmut, die auch in mir aufstieg. Ich kannte dieses schwermütige Lächeln, das von Verlust und Trauer erzählte, und fragte mich unwillkürlich, wen Jasper wohl verloren hatte. Es musste jemand sein, der ihm viel bedeutet hatte. Denn nur so konnte ich mir erklären, dass er zwischen den Zeilen und hinter meine Worte blicken konnte und scheinbar ganz genau wusste, dass ich auch jemand verloren hatte.

Aidens dunkle Stimme riss mich aus meinen Überlegungen.

»Guten Abend, Leute! Ich bin Aiden und sorge heute für die musikalische Unterhaltung. Lehnt euch zurück und genießt es.« Er winkte lässig in die Runde, und als ich mich umschaute, bemerkte ich erstaunt, dass sich die anderen Plätze gefüllt hatten.

»Selbstbewusstsein hat er«, stellte ich fest, woraufhin Jasper leise auflachte.

»Das kann man so sagen«, sagte er, während Aiden die Saiten der Gitarre anschlug.

Ich lächelte bei dem Klang, doch als er zu singen begann, wurde ich sofort ernst. »Oh, wow!«

Aiden hatte eine warme, tiefe Stimme, die den ganzen Raum erfüllte. Bereits mit den ersten Tönen hatte er mich. Ich versank in der langsamen, fast schon traurigen Melodie, die mich wie eine warme Decke einhüllte und alles andere vergessen ließ.

»Ich wusste, dass es dir gefallen würde«, wisperte Jasper nah an meinem Ohr. Eine Gänsehaut kroch mir den Rücken hinauf, und ich rutsche näher zu ihm, sodass sich unsere Oberschenkel berührten.

»Und wie! Das ist jetzt schon das beste Date, das ich je hatte«, gab ich zurück und war selbst erstaunt, mit welcher Selbstverständlichkeit ich ihm das offenbarte.

Statt einer Antwort legte Jasper einen Arm um meine Schulter, als hätten wir das hier schon tausendmal gemacht. »Dabei hat es noch nicht mal richtig angefangen«, raunte er.

Ich verschluckte mich fast und verfluchte im Stillen die Hitze, die mir in die Wangen schoss. Mit seiner Stimme so nah an meinem Ohr konnte ich keinen klaren Gedanken mehr fassen. Mein Puls schoss nach oben, und ich nahm jede seiner Bewegungen überdeutlich war.

Als wüsste Jasper genau, was ich gerade dachte, richtete er sich schmunzelnd auf und wandte sich wieder Aiden zu, der jetzt einen schnelleren, rockigen Song spielte.

Ich atmete tief durch und versuchte, es ihm gleichzutun, aber Himmel! Jaspers Hand strich sanft über meinen Arm, wanderte meine Seite hinunter und kam schließlich auf meiner Hüfte zum Liegen. Es war unmöglich, mich auf etwas anderes als seine Berührung zu konzentrieren, die sich, trotz des Stoffs meines Oberteils, brennend warm anfühlte. Wie konnte es sein, dass das bereits ausreichte, um den neu erwachten Funken in mir zum Leuchten zu bringen? Wie konnte jemand, der so viel Dunkelheit in sich zu tragen schien, meinen Körper mit einer dermaßen hell strahlenden Hoffnung erfüllen?

Es war lange her, dass jemand auch nur ansatzweise so eine Wirkung auf mich ausgeübt hatte. Umso vorsichtiger sollte ich nun sein, da bei Jasper bereits ein paar geflüsterte Worte auszureichen schienen, um mir den Kopf zu verdrehen. Meine innere Stimme warnte mich davor, mich nicht zu schnell blenden zu lassen. Sie erinnerte mich an die Verantwortung, die ich meiner Schwester gegenüber hatte. Daran, dass ich meine Träume aus gutem Grund als Fantasien abtat, für die ich keine Zeit hatte.

»Alles okay?«, fragte Jasper leise.

Ruckartig kehrte ich in die Bar zurück. »Ja. Ich war nur in Gedanken versunken.«

»Das passiert dir öfter, oder?« Aufmerksam musterte Jasper mich.

Ich zuckte mit den Schultern. »Kann schon sein.«

Ein verständnisvoller Ausdruck trat in seine Augen. »Ich kenne das. Bei mir landen diese Tagträume dann meistens in meinen Geschichten.«

Seine Ehrlichkeit rührte mich. Er machte es mir leicht, die warnende Stimme in meinem Kopf zu ignorieren. »So ist es bei mir mit meinen Songs.«

Ich lächelte, und als Jasper das Lächeln erwiderte, beschloss ich, die Zweifel für heute zu vergessen.

12. KAPITEL

Amelia

»Das war unglaublich gut! Und du hast diese Songs wirklich alle selbst geschrieben?« Ich schaute Aiden mit großen Augen an. Über den Moment, in dem es mir peinlich war, dass ich mich wie ein Fangirl aufführte, war ich längst hinaus.

»Ja, hab ich.« Grinsend warf Aiden einen Blick zu Jasper, der nur mit den Schultern zuckte.

Wir saßen zu dritt an einem Tisch in der Nähe der Bar. Nach Aidens Auftritt hatte Jasper ihn nur kurz begrüßen wollen, doch dann waren wir irgendwie hier gelandet. Aber Date hin oder her, es war spannend, sich mit Aiden zu unterhalten. Und mit dem Wissen, dass er einer der wenigen Menschen war, die Jaspers Vertrauen genossen, fand ich ihn gleich noch viel interessanter.

»Amelia ist auch Musikerin«, eröffnete Jasper plötzlich neben mir. Ich fuhr zu ihm herum, um zu protestieren, doch er ließ mich gar nicht erst zu Wort kommen. »Ich habe bisher leider erst einen Song von ihr gehört, doch der war ein Meisterwerk.«

Verblüfft starrte ich ihn an. Warum erzählte er das vor Aiden? Und, was noch viel wichtiger war, dachte er wirklich so über meine Musik?

»Es hat ihm so gut gefallen, dass er daraufhin aus der Bar gestürmt ist, als wäre sonst wer hinter ihm her.« Ich wandte mich erneut Aiden zu und hoffte, dass den beiden das Zittern in meiner Stimme nicht aufgefallen war. Oder sie zumindest so nett waren, es zu ignorieren. Jaspers Lob machte mich nervöser, als es sollte.

»Tja, manche Menschen verkraften großartige Kunst eben nicht«, witzelte Aiden, und ich entspannte mich augenblicklich.

»Ich will euch ja nicht von eurem hohen Ross runterholen, aber, na ja, ihr seid vielleicht zwei begnadete Musiktalente, aber der Bestsellerautor am Tisch bin immer noch ich.« Jasper grinste Aiden an, als wäre das hier ein Wettbewerb.

»Ernsthaft? Du fühlst dich so bedroht, dass du die Bestseller-Karte spielen musst?«, erwiderte Aiden lachend.

Ich stimmte in sein Lachen mit ein. So langsam kapierte ich, warum die beiden beste Freunde waren.

»So, Leute, ich geh jetzt mal noch ein paar Freunden Hallo sagen. War schön, dich kennenzulernen, Amelia.« Aiden erhob sich und beugte sich zu einer kurzen Umarmung zu mir herunter. Von Jasper verabschiedete er sich mit einem Handschlag. »Melde dich mal wieder, ja?« Eindringlich musterte er Jasper, der knapp nickte.

Nachdem Aiden zwischen den Leuten, die sich an der Theke drängten, verschwunden war, drehte ich mich zu Jasper um. »Und jetzt?«

Sein Blick traf auf meinen, und mit einem Schlag veränderte sich die Stimmung. Wärme durchflutete mich, gefolgt von einem aufgeregten Kribbeln in meinem Bauch, das sich rasend schnell in meinem Körper ausbreitete.

»Sollen wir noch woanders hin?«, fragte Jasper leise. In seinem

Gesicht las ich, dass er genauso wenig wie ich wollte, dass das Date bereits endete.

»Gern.«

»Willst du mit zu mir kommen?«, fragte er, ohne mich dabei aus den Augen zu lassen.

Ich schluckte schwer, während meine Gedanken rasten. Wollte ich? Es wäre eine Lüge, wenn ich behauptete, dass ich nicht neugierig auf Jaspers Wohnung war, und bisher hatten wir einen schönen Abend. Ich fühlte mich wohl bei ihm. Er brachte mich zum Lachen, und es war beruhigend, dass er Small Talk genauso wenig zu beherrschen schien wie ich. Aber zu ihm nach Hause zu gehen, war noch mal eine ganz andere Nummer. Wenn Holly jetzt hier wäre, würde sie mir einen Schubs in Jaspers Richtung geben. Doch sie war nicht da. Diese Entscheidung musste ich also allein treffen.

»Ähm, Amelia, ich weiß ja nicht, in welche Richtung deine Gedanken gerade galoppieren, aber ich dachte da an Unterhaltungen auf meinem Balkon und eine Führung durch meine Bücherregale.« Jasper legte den Kopf schief und musterte mich intensiv, als könnte er so herausfinden, was hinter meiner Stirn gerade vor sich ging.

»Unterhaltungen auf dem Balkon?« Ich schaffte es nicht, die Skepsis aus meiner Stimme zu verbannen. Aber welcher Typ lud denn bitte sein Date zu sich nach Hause ein, um dann auf dem Balkon zu chillen?

»Ja, ob du es glaubst oder nicht, aber ich würde dich niemals mit zu mir nehmen, nur um dich ins Bett zu kriegen«, sagte Jasper.

Ich nickte erleichtert, wobei eine leise Stimme in mir enttäuscht seufzte. Hastig verbannte ich dieses Gefühl, ich hatte diesem Date schließlich nicht mit der Absicht zugestimmt, anschließend mit ihm nach Hause zu gehen.

»Nicht dass ich traurig wäre, solltest du doch in meinem Bett landen … «

»Schon klar.« Ich sprang auf, bevor sich diese Unterhaltung unnötig in die Länge ziehen konnte. Es reichte, dass mir schon wieder eine Spur zu warm war und ich das ungute Gefühl hatte, dass meine Gedanken sich tatsächlich vergaloppierten. »Lass uns gehen.«

»Okay, gut.« Fast schon überrascht stand Jasper auf. Einen Augenblick durchzuckte mich die Sorge, dass er es bereits bereuen könnte, doch dann kehrte das Lächeln in sein Gesicht zurück.

Ich schlüpfte in meine Jacke und steuerte in Richtung Ausgang. Draußen angekommen, begrüßte uns die Nacht mit einem kühlen Wind. Über uns spannte sich ein wolkenverhangener Himmel, der die Sterne verdeckte, trotzdem wirkte die endlose, dunkle Weite über mir beruhigend.

»Was ist das nur mit dir und dem Nachthimmel?« Mit einer Mischung aus Faszination und Neugierde schaute Jasper mich an.

Ertappt senkte ich den Blick. »Irgendwie beruhigt er mich. Wenn hier unten mal wieder alles etwas hektisch und durcheinander ist, dann hilft es mir, in den Himmel zu schauen. Vielleicht, weil er mich daran erinnert, dass es etwas gibt, das nicht vergänglich ist. Egal, wie es mir geht oder wie viele unnötige Sorgen ich mir mache, diese Weite über mir bleibt die Gleiche.«

Auf meine Worte folgte Stille.

Jasper starrte mich an, als sähe er mich zum ersten Mal. »Wow. Ich wusste ja, dass du poetische Songtexte schreibst, aber … wow.« Er wirkte überrascht, fast schon verwundert, und ich fragte mich nicht zum ersten Mal, was da zwischen uns eigentlich passierte.

Räuspernd trat ich einen Schritt zurück. Auf einmal kam mir der Abstand zwischen uns zu gering, die Stille zu schwer vor.

Es gab nur wenige Menschen in meinem Leben, die ich in mein Inneres blicken ließ. Holly und Maisie gehörten dazu. In manchen Bereichen auch Charlotte. Dass sich Jasper nun so mühelos einen Weg in meine Gedanken schlich und mir Worte entlockte, die ich sonst sorgsam hinter einem Lächeln verschloss, beunruhigte mich.

»Na los, gehen wir.« Jasper war mein Zurückweichen offenbar nicht entgangen, doch als er wie selbstverständlich das Thema wechselte und mich nach den seltsamsten Gästen im *Daydream* fragte, entspannte ich mich augenblicklich.

Vielleicht war es ein Fehler, ihm zu vertrauen. Vielleicht beging ich eine riesige Dummheit. Doch ich war es leid, mich zurückzuziehen, nur weil ich fürchtete, jemand könnte die Entscheidung, wie ich mein Leben lebte, nicht verstehen. Ich hatte in den letzten Jahren mein Bestes gegeben, um Maisie und mich selbst zu beschützen. Davor, zu schnell Leute in unser Leben zu lassen, die wir verlieren könnten. Denn ich wusste, dass weder meine Schwester noch ich einen weiteren schweren Verlust ertragen konnten. Es war sicherer so. Aber auch einsamer.

»Okay, da wären wir.« Jasper kramte einen Schlüssel aus seiner Jackentasche und steckte ihn ins Schloss.

Seine Wohnung befand sich in einer Seitenstraße in der Altstadt, eine Gegend, die ich mir nie würde leisten können. Die alten Häuser reihten sich hier in engem Abstand aneinander und hatten einen ganz besonderen Charme. Sie erzählten von jahrtausendalter Geschichte, von Geheimissen, die zwischen den Gemäuern steckten und die Zeit überdauert hatten.

Was Rachel wohl dazu sagen würde, wenn sie wüsste, dass ich kurz davor war, das Reich des berühmten Jasper Haven zu betreten? Ich konnte mir ihre aufgerissenen Augen und das begeisterte Quietschen lebhaft vorstellen.

Grinsend folgte ich Jasper in das Innere des Gebäudes. Er durchquerte einen breiten Flur, ging zwei Stockwerke nach oben und öffnete schließlich eine Tür, die direkt in eine offene Küche führte, an die sich ein Wohnzimmer anschloss.

Sprachlos blickte ich mich um. Keine Ahnung, was ich erwartet hatte. Vielleicht alte Vintage-Möbel, einen Esstisch aus Mahagoniholz oder große Eichenschränke. Irgendetwas mit Persönlichkeit und Stil, wie es zu einem Künstler passen würde. Stattdessen sah ich mich einer modernen Innenausstattung gegenüber, die einen krassen Gegensatz zu dem Altstadtflair bildete. Die Küche war gigantisch groß, besaß eine Kücheninsel und Geräte, die aussahen, als wären sie noch nie benutzt worden.

Ich machte ein paar Schritte nach vorn und gelangte in sein Wohnzimmer, das mit seinen hellen Möbeln eine kühle, fast schon lieblose Atmosphäre ausstrahlte. Lediglich die zahlreichen Bücherregale an den Wänden spiegelten ein Stück von Jaspers Persönlichkeit wider.

»Du musst verdammt viel Geld haben, um dir das hier alles leisten zu können«, rutschte es mir heraus, als ich mich zu ihm umdrehte. Seine Augenbrauen schossen in die Höhe. *Verdammt.* Warum konnte ich nicht *ein* Mal die Klappe halten? »Sorry, was ich sagen wollte ist: Du hast eine beeindruckend große Wohnung.«

»Du findest sie schrecklich.«

»Nein.«

Er lachte leise. »Lügen steht dir nicht. Ich kann mir schon denken, was du hiervon hältst, aber für mich ist es nur eine Wohnung. Ein Platz zum Schlafen. Es ist nicht mein Zuhause.«

Das erklärte einiges. Mir lagen mindestens fünf Fragen auf der Zunge, aber ich schluckte sie hinunter.

»Komm, ich zeig dir den Balkon. Er wird dir gefallen. Von dort aus kann man den Nachthimmel sehen.« Er lächelte schief, und meine Knie wurden weich. Es sollte verboten sein, so zu lächeln. Irgendwie zaghaft. Als würde er sich gerade erst wieder daran erinnern, dass er überhaupt dazu in der Lage war.

Neugierig folgte ich Jasper durchs Wohnzimmer zu einer großen, verglasten Tür. Nachdem er sie geöffnet hatte, ließ er mir den Vortritt, und ich betrat den Balkon.

Wenn Jaspers Wohnung kühl und unpersönlich war, dann war dieses Fleckchen hier das absolute Gegenteil. Mit einem Mal befand ich mich über den Dächern Edinburghs. Die Stadt lag ruhig vor mir, vereinzelt waren hell erleuchtete Fenster zu sehen, und von weit entfernt drang Autolärm zu uns herüber, aber ansonsten war es still.

Der überdachte Balkon war nicht besonders groß; er bot gerade genug Platz für eine Couch, einen kleinen Tisch sowie ein paar Topfpflanzen, die an den Seiten standen. Eine Lichterkette schlang sich um das Geländer, das vor dem freien Fall in die schmale Seitengasse bewahrte. Neben dem Tisch stand ein Hocker, auf dem sich mehrere Bücher stapelten, und ich ahnte, dass Jasper sich hier draußen weitaus öfter aufhielt als in seiner Wohnung. Vielleicht gefiel mir der Balkon auch gerade deshalb so gut. Weil er – im

Gegensatz zu drinnen – unglaublich gemütlich wirkte, fast schon heimelig.

»Ich glaube dieser Teil der Wohnung gefällt mir am besten.« Ich trat an den Rand des Geländers und blickte in den Himmel. Zwischen dunklen Wolkenfetzen waren Sterne zu sehen, kleine, leuchtende Punkte, die mich zum Lächeln brachten.

»Das hab ich mir fast schon gedacht. Es ist auch mein Lieblingsplatz. Hier schreibe ich, wenn ich dafür nicht in einem Café sitze.« Jasper trat neben mich. Unsere Schultern berührten sich, und als ich meinen Kopf zu ihm drehte, ruhte sein Blick auf mir.

»Ich will gar nicht wissen, wie viele sich darum reißen würden, den Platz zu sehen, an dem du deine Bücher schreibst.«

»Ein paar vermutlich schon«, erwiderte er schmunzelnd. »Aber das wären Leute, die in mir nur den Autor sehen. Sie hätten schon längst Hunderte von Fotos geschossen, um damit angeben zu können. Vielleicht lasse ich deshalb nie jemanden hierher. Abgesehen von Aiden natürlich.«

»Nie?« Mein Herzschlag wurde schneller, und die alberne Hoffnung, dass ich etwas Besonderes für ihn war, vernebelte meine Gedanken.

»Nie.« Er drehte sich so, dass er direkt vor mir stand und uns nur noch wenige Zentimeter trennten.

»Warum ich? Wenn du nie jemanden hierherbringst, warum mich?«, flüsterte ich.

»Ich weiß es nicht«, gab er leise zurück. »Du hast etwas an dir, das mich fasziniert.«

Er streckte eine Hand nach mir aus und strich sanft über meine Wange. Ich hielt die Luft an, als er seinen Kopf senkte und seine Stirn gegen meine lehnte. Warmer Atem streifte mich, und meine

Gedanken verstummten. Ich nahm nichts mehr wahr, bis auf Jaspers Nähe. Seine Berührung war federleicht, fast schon vorsichtig. Doch dann schlang er einen Arm um mich und zog mich enger an sich.

Ich hob den Kopf und begegnete seinem dunklen Blick. Auf einmal war da wieder dieser Funke, den er heute Nachmittag in mir erweckt hatte. Ohne darüber nachzudenken, legte ich meine Hände in seinen Nacken. Ich wollte dieses Feuer wieder spüren … dieses unglaubliche Gefühl, am Leben zu sein.

Jasper schien meine stumme Aufforderung zu verstehen. Er überbrückte das letzte bisschen Abstand zwischen uns und küsste mich. Seine Lippen waren warm und einnehmend. Hitze sammelte sich in meinem Magen und breitete sich in alle Richtungen gleichzeitig aus.

Als Jasper den Kuss vertiefte, machte mein Herz einen Satz. Er vergrub eine Hand in meinen Haaren, während sich meine Finger in seinen Rücken krallten. Ich hielt mich an ihm fest und gab mich seinem Kuss hin, als bräuchte ich seine Luft zum Atmen. Unsere Zungen berührten sich, und ich seufzte leise auf. Tausend kleine Feuerwerke schossen durch meinen Körper. Da war nur noch er, seine Hände, seine Lippen, seine Zunge. Jaspers Berührungen löschten all meine Gedanken aus. Ich ertrank in ihm, löste mich auf und wusste nicht mehr, wo ich anfing und er endete. Es war ein berauschendes Gefühl. Berauschend und gefährlich.

Als er sich von mir löste, blinzelte ich und brauchte einen Moment, um zurück in die Realität zu finden. Plötzlich war da wieder fester Boden unter meinen Füßen. Über mir spannte sich derselbe dunkle Himmel wie jede Nacht. Die Welt drehte sich weiter, als wäre meine gerade nicht kurz stehen geblieben. In meiner Brust donnerte mein Herz, laut und kraftvoll, wie Wellen, die sich am Strand brachen. Ungestüm und lebendig.

Keiner von uns sagte ein Wort. Stumm hielten wir uns fest, mit verhakten Blicken und einem atemlosen Keuchen auf den Lippen. Und wieder spürte ich, wie sich etwas zwischen uns veränderte.

»Wollen wir uns setzen?« Jasper deutete auf die Couch hinter uns und löste damit den Bann.

Ich nickte nur, da mein Gehirn offenbar noch nicht bereit war, wieder so etwas wie Wörter zu produzieren. Erst als ich auf der Couch saß und Jasper kurz in der Wohnung verschwand, um eine Decke zu holen, beruhigte sich mein Puls wieder.

»Okay, erzähl mir etwas von dir.« Jasper setzte sich neben mich und reichte mir eine bunt karierte Wolldecke, die ich sofort über mir ausbreitete.

Mit hochgezogenen Augenbrauchen sah ich ihn an. »Ist das jetzt der Teil, bei dem wir auf dem Balkon sitzen und reden?«

»Ganz genau«, sagte er.

Ich zögerte. Reden war nicht unbedingt das, wonach mir gerade war. Jaspers Nähe machte mich nervös, außerdem tendierte ich bei ihm dazu, Dinge auszuplaudern, die ich normalerweise lieber für mich behielt. »Was willst du denn hören?«

»Na ja, bisher weiß ich nicht viel über dich. Ich weiß, dass du Songs schreibst, Musik liebst und beim Kellnern immer ein Lächeln auf den Lippen trägst, außer die Gäste sind arrogante Mistkerle. Ich weiß, dass du eine Schwester hast, die du sehr liebst, und eine beste Freundin, die dir wichtig ist.«

Wieder einmal verblüffte er mich mit seinem aufrichtigen Interesse. Ganz offensichtlich war Jasper ein besserer Zuhörer, als ich dachte.

»Na ja«, erwiderte ich ausweichend, »viel mehr gibt es da eigentlich auch nicht zu wissen.«

»Das glaube ich nicht. Was ist mit deinen Träumen? Deinen Zielen?«

Ich zuckte zusammen. Wie oft hatte Holly mir dieselbe Frage gestellt, wohl wissend, dass ich darauf keine Antwort hatte. Zumindest keine gute. Unwillkürlich nahm ich eine Abwehrhaltung ein. »Wer sagt denn, dass ich mit meinem Leben, so wie es ist, nicht glücklich bin?«

»Bist du es denn?«, fragte er leise und mit einer Ernsthaftigkeit, die meinen inneren Widerstand endgültig zum Einsturz brachte.

»Ich weiß es nicht.« Ich schluckte schwer. »Was dann wohl Nein heißt.«

Es war das erste Mal, dass ich die Worte laut aussprach. So lange hatte ich die Wahrheit – auch mir selbst gegenüber – verdrängt, hatte versucht, mir einzureden, dass ich glücklich war. Mein Blick wanderte zum Himmel, bevor ich mich wieder Jasper zuwandte, der mich stumm beobachtete, mich aber nicht drängte. Er schien zu merken, wie schwer es mir fiel, darüber zu reden.

Ich atmete tief durch, gab mir einen Ruck. »Ich glaube, du musst da erst noch etwas über mich wissen, um das verstehen zu können. Meine Schwester, Maisie. Sie ist nicht wie andere in ihrem Alter. Unsere Eltern kamen vor zwölf Jahren bei einem Unfall ums Leben – und Maisie saß mit ihnen im Auto. Sie hat den Verlust nie ganz verarbeitet, und na ja … sie braucht mich. Klar frage ich mich manchmal, was für Abenteuer draußen in der Welt auf mich warten, aber …« Ich hielt inne, rang mit den nächsten Worten, die ich selbst Holly gegenüber noch nie so direkt ausgesprochen hatte. »Ich würde gern auf Reisen gehen, vielleicht studieren und herausfinden, wie es ist, allein zu wohnen. Aber ich kann es mir nicht leisten, nur das zu tun, was mich vielleicht glücklich macht. Ich kann meinen Träumen nicht folgen, wenn ich dadurch Maisie verletzten würde.«

Jasper antwortete nicht sofort. Ich versuchte, in seiner Miene zu lesen, doch es war unmöglich zu erraten, was er gerade dachte.

»Jetzt verstehe ich es«, sagte er nach einem kurzen Moment. »In deinem Song … Da hat so viel Wut und Trauer gesteckt. Als wüsstest du, wie es ist, wenn einem alles entrissen wird, was man liebt.« Plötzlich klang er bitter, fast schon wütend. »Das Schicksal ist ein verfluchter Dreckskerl, und diese Welt ist keinen Deut besser, wenn sie nicht einmal so gute Menschen wie dich verschont.«

Ich starrte ihn überrascht an. Damit hatte ich nicht gerechnet. Wenn ich den Leuten von dem Verlust meiner Eltern erzählte, reagierten sie für gewöhnlich mit Betroffenheit und mitleidigen Blicken. Manchmal wurden sie auch sentimental oder zogen mich ungefragt in ihre Arme. Aber noch nie hatten sie angefangen zu fluchen.

»Du verstehst es wirklich, oder? Diesen Schmerz, diese Wut … Was hast du erlebt, dass du meinen Song verstanden hast?« Meine Stimme war nur noch ein Flüstern, die Worte kamen kaum über meine Lippen, aber sie waren da und schwebten zwischen uns.

Ich konnte Jasper ansehen, wie er mit sich rang, wie er gegen den Drang ankämpfte, sich zu verschließen und zurückzuziehen. Gott, ich kannte dieses Gefühl so gut! »Vergiss es, du musst nicht …«

»Ich habe keine Eltern«, unterbrach er mich leise, und ich beugte mich unmerklich in seine Richtung. »Hatte ich nie. Keine richtigen Eltern – zumindest keine, die dieses Wort verdient hätten. Es gab zwar Pflegeeltern, die dem nahekamen. Doch wir … ich blieb nie lange genug, um sie tatsächlich als meine Familie zu betrachten. Bis auf meine letzte Pflegemutter habe ich auch mit niemandem aus meiner Vergangenheit mehr Kontakt.«

Er zögerte einen Moment, schien sich zu sammeln. »Ich weiß, wie es sich anfühlt, jemanden zu verlieren, der einem viel bedeutet. Wie es ist, eine Verantwortung zu tragen, die man eigentlich nicht tragen kann, weil man viel zu jung dafür ist. Deshalb liebe ich es, zu lesen. Schon als Kind konnte ich mich so in andere Welten flüchten, die nicht so beschissen waren wie unsere. Es ist schrecklich, mit einem Loch im Inneren durch die Gegend zu laufen und das Gefühl zu haben, dass es dem Rest der Welt besser geht. Und sich zu fragen, warum es nicht jemand anderen getroffen hat. Was natürlich ein selbstsüchtiger und wahnsinnig dummer Gedanke ist, aber na ja … « Jasper zuckte mit den Schultern.

»Ich weiß, was du meinst.« Das wusste ich wirklich. Es war nur ungewohnt, das Gefühl plötzlich mit jemandem zu teilen, der es verstand. Ungewohnt und schön. Am liebsten hätte ich nachgefragt, was seinen Eltern zugestoßen und warum er in Pflegefamilien aufgewachsen war, aber ich wollte ihn nicht drängen.

Schweigen breitete sich aus, und ich lehnte mich zurück, sodass mein Kopf auf dem weichen Polster ruhte. Die Stille fühlte sich angenehm an, irgendwie friedlich. Abgesehen von Maisie gab es nicht viele Menschen, mit denen ich gut schweigen konnte. Doch Jasper schien einer von ihnen zu sein.

Wir blieben noch lange sitzen. Unsere Oberschenkel berührten sich unter der Decke, die uns vor der kalten Nachtluft schützte. Mein Herz klopfte schon seit einer Weile eine Spur zu schnell, doch es war ein gutes Gefühl. Irgendwann fingen wir wieder an zu reden, erzählten uns Anekdoten aus der Jugend, Geschichten über Freunde und verflossene Liebschaften. Jasper erwähnte, dass er früher Briefmarken gesammelt hatte, weil sie ihn daran erinnerten, dass er irgendwann so erfolgreich werden wollte, dass er die ganze Welt bereisen konnte. Ich gestand meinen jahrelangen Wunsch, Friseurin zu werden, und erzählte sogar davon, dass ich Maisie mehrmals die Haare geschnitten hatte, was Charlotte jedes Mal fast einen Herzinfarkt beschert hatte. Wir redeten über seine Lieblingsbücher und meine Lieblingsbands, die er fast alle nicht hörte, weil seine Schreibplaylist nur aus epischen Filmsoundtracks bestand.

Wir redeten und redeten. Inzwischen war es weit nach Mitternacht, und ich konnte die Augen kaum noch offen halten. Irgendwann, zwischen einer Erzählung und einem Moment des Schweigens, schlief ich ein.

Es musste ein tiefer Schlaf gewesen sein. So tief, dass ich nicht bemerkte, wie Jasper mich schließlich hochhob und in sein Bett trug. Ich bekam nicht mehr mit, wie er mich zudeckte und sich dann auf das Sofa im Wohnzimmer legte.

Mein Schlaf war so tief, dass ich weder merkte, wie die aufgehende Sonne den neuen Tag mit ihren warmen Strahlen begrüßte, noch wie draußen die Stadt zum Leben erwachte, Autos losfuhren und Menschen durch die Straßen eilten. Ich merkte auch nicht, dass mein Handy klingelte. Immer wieder. Ich schlief, während zuerst Maisie, dann Holly und meine Tante versuchten, mich zu erreichen.

13. KAPITEL

Jasper

Leise zog ich die Tür hinter mir ins Schloss. Es war zwar schon kurz nach neun, trotzdem hatte ich mir alle Mühe gegeben, keinen Mucks zu machen, um Amelia nicht aufzuwecken. Auf Zehenspitzen war ich durch meine Wohnung geschlichen, die ich jetzt nach einem kurzen Zögern hinter mir ließ. Die kurze Nacht steckte mir in den Knochen, doch ich hatte es keine Sekunde länger auf dem Sofa ausgehalten. Nachdem ich Amelia in mein Bett gebracht hatte, war ich noch eine ganze Weile wach gewesen, bevor ich endlich eingeschlafen war. Es war ein unruhiger Schlaf gewesen, immer wieder hatte ich mich hin- und hergedreht, bis ich es schließlich aufgegeben hatte.

Mit schnellen Schritten ging ich durch die Straßen, die sich längst mit Menschen gefüllt hatten. Ich brauchte dringend ein paar Minuten außerhalb meiner vier Wände, um einen klaren Kopf zu kriegen. Nur war das bei dem Gedanken an die Frau, die gerade in meinem Bett lag, ein Ding der Unmöglichkeit.

Fuck!

Es hätte nie so weit kommen sollen. Ich hatte nicht vorgehabt, Amelia meine Wohnung und sogar den Balkon, meinen ganz persönlichen Rückzugsort, zu zeigen. Ich hatte nicht von meinen Eltern sprechen wollen, beziehungsweise davon, dass ich nie wirklich welche hatte. Beinahe hätte ich sogar Jamie erwähnt, dabei sprach ich nie über ihn. Seit Tagen hatte ich nichts mehr von ihm gehört, und jeder Gedanke an ihn schmerzte wie ein Fausthieb.

Das war alles so nicht geplant gewesen. Es war einfach passiert. *Amelia* war einfach passiert. Sie zog mich mit ihrer Dunkelheit und dem verlorenen Lächeln an, gleichzeitig strahlte sie jedoch heller, als ich es je könnte. Ich verstand ihren Verlust, ihre Trauer, doch ihr Schmerz war ein anderer als meiner. Ihre Eltern hatten sie geliebt. Sie hätten ihre Kinder niemals freiwillig aufgegeben. Ihre Geschichte war also nicht wie meine. Und trotzdem. Amelias Nähe fühlte sich verflucht gut an. Vertraut. Sie brachte mich dazu, Dinge zu wollen, mit denen ich bereits abgeschlossen hatte. Als hätte sie meine Schutzwände einfach so durchbrochen und die Warnschilder ignoriert. Aber ich war nicht gut für sie. Merkte sie das denn nicht?

Ich war kein liebevoller, geduldiger Freund, der ihr jeden Wunsch von den Augen ablesen konnte. Ich würde nie einer sein. Aber vielleicht … vielleicht konnte ich bei ihr die Dinge trotzdem richtig machen. Oder es zumindest versuchen.

Der Gedanke kam unerwartet, wie aus dem Nichts, aber ich wusste, dass ich es tatsächlich versuchen wollte. Automatisch beschleunigten sich meine Schritte. Ich bog in eine größere Straße ein, rechts und links erhoben sich Häuser mit Steinfassaden und schmalen Fenstern. Sie sahen aus, als stammten sie aus einer anderen Epoche, was der Altstadt den mystischen Flair gab, den die Touristen so liebten. Das perfekte Fotomotiv, um die Freunde zu Hause ins Fernweh zu stürzen. Um diese Uhrzeit hatten die meisten Passanten jedoch keinen Blick für die Schönheit der Gassen. Sie eilten mit einem Kaffeebecher in der einen und einem Handy in der anderen Hand durch die Straßen, als wären sie zu spät für einen wichtigen Termin.

Zwei Blocks von meiner Wohnung entfernt, betrat ich ein Café, in dem ich manchmal meine Mittagspause verbrachte, wenn ich etwas Abstand zu meinem Manuskript brauchte. Es war nicht viel los, und ich ging direkt zu der Theke, um zu bestellen. Ich würde Amelia mit Kaffee und Muffins überraschen. Dann könnten wir auf dem Balkon frühstücken, uns unterhalten und so tun, als wären wir zwei normale junge Menschen, die sich gerade besser kennenlernten. Wir könnten zusammen lachen, und irgendwann würde ich vergessen, dass ich dazu normalerweise gar nicht in der Lage war.

Atemlos und mit einem viel zu schnell in meiner Brust schlagenden Herzen öffnete ich meine Wohnungstür. Der Schlüssel drehte sich im Schloss, ich atmete zitternd aus und trat ein.

Leise streifte ich mir die Schuhe von den Füßen, legte die Tüte mit Muffins in der Küche ab und ging zu meinem Schlafzimmer, vor dem ich innehielt. Den warmen Kaffeebecher hielt ich so fest umklammert, dass er beinahe meine Hand verbrannte.

Nur noch ein leises Klopfen trennte mich von Amelia. Als keine Antwort kam, drückte ich die Klinke herunter. Die Tür sprang sofort auf und bot einen Blick auf – ein leeres Bett.

Verwirrt runzelte ich die Stirn. Es brauchte ein paar Sekunden, bis mir langsam dämmerte, dass ich völlig falsch gelegen hatte. Wir würden nicht zusammen frühstücken und gemeinsam den Morgen genießen. Was auch immer ich in den letzten Stunden zu fühlen geglaubt hatte, Amelia hatte es scheinbar nicht gefühlt.

Verdammt, ich war ein Idiot!

Ich ging zurück in die Küche, stellte den Kaffeebecher neben die Tüte mit den Muffins. Vermutlich sollte ich erleichtert sein. Sie nahm mir die Entscheidung ab, bewahrte mich davor, mich in dieser Sache zwischen uns zu verrennen, dieser Sache, die gar keine Sache war.

Wahrscheinlich hätte es sowieso nicht funktioniert. Sie und ich. Es wäre eine Katastrophe geworden, bei der am Ende nur jemand verletzt worden wäre. Ich kannte mich. Es war also besser so.

Bevor ich weiter in Grübeleien versinken konnte, die mich nur runterzogen, ging ich zu dem kleinen Couchtisch im Wohnzimmer. Dort hatte ich gestern zuletzt geschrieben. Was ich jetzt brauchte, war mein Laptop. Eine neue Datei, leere Seiten, die darauf warteten, gefüllt zu werden. Ich musste in eine andere Welt eintauchen, brauchte Ablenkung. Flucht. Das half immer. Eine Pause von meinem Leben, das nach außen perfekt und gleichzeitig so unglaublich beschissen war.

Ich griff gerade nach dem Laptop, als mein Handy summte.

Sorry, musste weg. Notfall.

Sorry? Sollte das ein Witz sein? Ich ließ mich auf die Couch sinken und starrte Amelias Nachricht gedankenverloren an. Vermutlich sollte es mir egal sein und mich nicht weiter kümmern. Sie musste weg, weil es einen Notfall gab. Das klang nicht gut, es klang nach Stress, nach Schwierigkeiten, und vor allem klang es so, als könnte sie jemanden gebrauchen, der jetzt für sie da war. Jemand, der nicht wie ich war, denn dafür war ich nicht der Richtige. Ich hatte eine Deadline einzuhalten, sollte mit dem Manuskript bereits hundert Seiten weiter sein, und soweit ich mich erinnerte, standen in den nächsten Wochen mehrere Lesungen auf dem Terminplan. Ich hatte also keine Zeit, mir Sorgen um eine junge Frau zu machen, die mich mit ihrer Verletzlichkeit und ihrer Stärke faszinierte.

Und trotzdem. Sie hätte mir die Nachricht nicht geschickt, wenn die letzte Nacht ihr nicht auch etwas bedeutet hätte. Wir waren uns nicht mehr fremd. Sie hatte auf meinem Balkon gesessen, wir hatten gelacht und geredet, als wäre es vollkommen in Ordnung, dass sie in mein Leben platzte, um alles durcheinander zu bringen. Sie hatte nicht einmal um Erlaubnis gefragt. Sie hatte es einfach getan – und ich hatte mich darüber gefreut, hatte sie geradezu eingeladen, in meine Welt zu spazieren.

Scheiße aber auch!

Mit bebenden Fingern wählte ich ihre Nummer. Das hier war eine der dümmsten Ideen, die ich je hatte. Aber ich konnte nicht anders. Keine Ahnung, wann und wie es passiert war, doch Amelia Fraser war nicht mehr nur eine hübsche Kellnerin, die ich heimlich beobachtete, während ich so tat, als würde ich konzentriert auf meinen Laptop starren. Sie war jemand, der mir unter die Haut ging. Jemand, der mir etwas bedeutete. Was auch immer das hieß.

14. KAPITEL

Amelia

Weiße Wände. Alles, was ich sehe, sind weiße Wände. Eine Krankenschwester beugt sich über das Bett, in dem meine Schwester liegt. Ein Arzt redet mit meiner Tante, die leise schluchzt.

Da sind keine Farben, kein blauer Himmel über mir, keine leuchtende Sonne. Nur weiße Wände.

Mir ist kalt. Schrecklich kalt. Ich will hier raus, aber ich kann nicht ohne Maisie gehen. Sie liegt im Bett, ihre Augen sind geöffnet. Angst und Panik spiegeln sich darin. Ich reiße meinen Blick von den weißen Wänden los und gehe zu ihr. Nehme ihre Hand. Tränen laufen ihr übers Gesicht. Ich will sie in meine Arme schließen, aber sie hat einen Verband um ihren Kopf und ein großes Pflaster auf der Stirn. Und ich will ihr nicht wehtun.

Als die Krankenschwester sie am Arm berührt, weil sie den Verband prüfen will, schlägt Maisie um sich. Also drücke ich ihre Hand, versuche, sie auf diese Weise zu trösten. Gerade eben saß ich noch bei Holly im Garten, wir redeten und alberten herum. Dann kam ihre Mutter – und der Ausdruck in ihrem Gesicht ließ unser Lachen verstummen. Hollys Mutter hatte mich angesehen und mit leiser Stimme gesagt, dass sie mich ins Krankenhaus bringen würde. Schnell.

»Amelia?« Meine Tante kommt zu mir, geht neben mir auf die Knie und blickt mich traurig an. »Du musst jetzt stark sein, okay? Deine Eltern … sie sind … sie haben …« Sie schluckt, kann nicht weiterreden. Obwohl sie es nicht ausspricht, weiß ich, was sie sagen will. Doch die Bedeutung dringt nicht zu mir durch, ich weigere mich, es zu glauben.

Maisie beginnt zu zittern. Dann fängt sie an zu schreien.

Ich setze mich zu ihr aufs Bett, ignoriere den Verband und das Pflaster und ziehe sie in meine Arme. Eine schreckliche Angst ergreift mich, schnürt mir die Luft ab, sodass ich kaum atmen kann. Ich halte Maisie fest, während sie tobt, weint und schreit. Ich halte sie fest und sage ihr leise: Alles wird gut, ich bin bei dir. Ob es stimmt, weiß ich nicht, aber ich sage es immer wieder, bis ich es selbst glaube. Ich sage es genauso sehr für mich wie für sie, klammere mich selbst an die Worte, die seltsam leer klingen.

Irgendwann gehen wir. Lassen die weißen Wände und ein Stück Kindheit zurück. Was bleibt, ist Dunkelheit und Schmerz. Und ein Schweigen, das sich tief in Maisies Seele gräbt. Was bleibt, sind unser Zusammenhalt und mein Versprechen, sie nicht zu verlassen.

Atemlos betrat ich das Krankenhaus. Seit ich von Jaspers Wohnung losgehetzt war, lief ein nicht endender Film in meinem Kopf ab. Zwölf Jahre war es her, und bei jedem Schritt durch die Gänge des Krankenhauses musste ich gegen die Panik ankämpfen, die mich zu überwältigen drohte.

Ich hatte unzählige verpasste Anrufe, und Holly hatte mir eine Nachricht geschrieben, nachdem ich nicht ans Handy gegangen war.

Wir sind im Krankenhaus, Maisie hatte einen Unfall.

Dieser eine Satz hatte meine Welt bis auf die Grundmauern erschüttert. Den Rest ihrer Nachricht hatte ich daraufhin nicht mehr gelesen, sondern war direkt losgestürmt. Auf dem Weg hatte ich Jasper schnell geschrieben, dass ich wegmusste, doch mit jeder Minute, die verstrich, war er weiter in den Hintergrund gerückt.

»Wo ist sie?«, fragte ich und kam schlitternd vor der Anmeldestelle zum Stehen. »Wo ist meine Schwester?«

»Beruhigen Sie sich erst mal«, antwortete die Frau hinter der Theke und warf mir ein beschwichtigendes Lächeln zu. Was im Moment eindeutig die falsche Taktik war.

»Wo ist Maisie Fraser?«, fauchte ich.

Ihr Lächeln verrutschte und wich einem nervösen Stirnrunzeln. »Hören Sie mal, das hier ist ein Krankenhaus und ganz sicher kein Ort …«

»Wollen Sie mich verarschen?« Ich holte tief Luft, bereit, der Dame meine Meinung zu ihrer Haltung zu geigen, als die Stimme meiner Tante erklang.

»Amelia? Gut, dass du da bist.«

Erleichtert drehte ich mich zu ihr um und lief auf sie zu. »Was ist passiert? Ist Maisie …? Ist sie …?« Ich schnappte nach Luft. Dunkle Flecken tanzten vor meinen Augen. »Ich darf sie nicht auch noch verlieren.«

Eine Krankenschwester blieb besorgt stehen und legte mir eine Hand auf den Rücken, doch das machte alles nur schlimmer.

»Kann ich Ihnen helfen?«, fragte sie, und ich schüttelte mit zusammengebissenen Zähnen den Kopf. Ich kannte die mitleidigen

Gesichter der Schwestern, die mich trösten wollten, noch von damals. *Alles wird wieder gut.* Als könnte es jemals gut werden, wenn man die eigenen Eltern verloren hatte.

»Nicht Maisie.« Ich schüttelte die Hand der Krankenschwester ab und machte einen Schritt auf meine Tante zu. »Wo ist sie?«, fragte ich eine Spur zu laut und lenkte damit die Aufmerksamkeit des gesamten Eingangsbereichs auf mich.

»Amelia, es ist alles okay.« Charlotte griff nach meinem Arm, doch ihre Worte drangen kaum zu mir durch.

»Ich will sofort zu ihr, ich habe es ihr versprochen! Ich muss …« Abrupt brach ich ab, als Holly mit meiner Schwester den Gang entlang auf uns zukam.

Eine Welle der Erleichterung durchflutete mich. Mit wenigen Schritten war ich bei Maisie und zog sie in meine Arme. Ein ersticktes Schluchzen drang aus meiner Kehle, doch der Druck auf meiner Brust ließ langsam nach.

»Es geht dir gut«, wisperte ich und drückte sie enger an mich. Maisie versuchte, mich wegzuschieben, aber ich konnte nicht loslassen. »Ich hatte solche Angst.«

»Ähm, Amelia.« Bei dem Klang von Hollys Stimme löste ich mich widerwillig von Maisie und wandte mich meiner besten Freundin zu. In ihren Augen spiegelte sich Besorgnis. »Ich hab dir doch geschrieben, dass sie sich nur einen Arm gebrochen hat.«

»Was?« Ich starrte von ihr zu Maisie und entdeckte erst jetzt den Gips, den sie trug. Wie hatte ich das nur übersehen können? Meine Schwester warf mir einen Blick zu, der genervt und besorgt zugleich war. Ich runzelte die Stirn, während die Panik, die mich eben noch fest im Griff hatte, langsam abebbte.

»Sie ist auf dem Weg zum Café mit dem Fahrrad gestürzt und hat versucht, dich und Charlotte zu erreichen. Als ihr nicht drangegangen seid, hat sie mir geschrieben. Ich bin sofort hingefahren und mit ihr ins Krankenhaus, um sicherzugehen, dass es keine Gehirnerschütterung ist.«

»Ich habe nur den ersten Satz gelesen«, gab ich leise zu.

»Das erklärt deinen Aufstand.« Holly warf mir einen Blick zu, den ich nicht deuten konnte. Auf einmal war mir meine Reaktion wahnsinnig unangenehm.

Ich räusperte mich. »Was hat der Arzt gesagt? Wenn es nur ein gebrochener Arm ist, können wir, also, können wir gehen?« Ich sah Charlotte hoffnungsvoll an, doch sie wich mir aus.

»Ich bin auch erst vor ein paar Minuten gekommen«, meinte sie.

Holly seufzte. »Der Arzt möchte euch sprechen«, sagte sie leise.

»Wieso?« Alarmiert legte ich einen Arm um Maisie. Sie war blass, und ihr Blick huschte unsicher zwischen uns hin und her.

»Das hat er nicht gesagt. Ich muss zurück in die Uni, weil wir heute ein Blockseminar haben, aber ruf mich an, wenn ihr wieder zu Hause seid, ja?«

Ich nickte und sah Holly hinterher, die mit schnellen Schritten das Krankenhaus verließ.

Kurze Zeit später saß ich mit Charlotte und Maisie im Büro von Dr. Russell, wo er uns noch mal versicherte, dass Maisie sich nur den Arm gebrochen hatte. Gerade als ich mich fragte, warum er uns dafür extra sprechen wollte, betrat eine Frau den Raum.

»Ah, schön, dass Sie so schnell kommen konnten«, begrüßte Dr. Russell die Frau. »Das ist meine Kollegin, Susan Smith«, fügte er an uns gewandt hinzu.

»Guten Morgen«, sagte sie und reichte jedem von uns die Hand, während Dr. Russell seine Kollegin vorstellte.

»Dr. Smith ist eine sehr gute Psychologin, und ich habe sie hinzugezogen, da Maisie auf keine meiner Fragen geantwortet hat.«

Ich warf einen Seitenblick zu Maisie, die mit zusammengepressten Lippen zwischen Charlotte und mir saß. Ihr war deutlich anzusehen, wie wenig sie hier sein wollte, was ich mir nach dem Schrecken heute Morgen nur zu gut vorstellen konnte.

»Gut«, sagte Dr. Russell und erhob sich, »ich muss leider auch schon weiter, aber Sie sind hier in den besten Händen.« Mit diesen Worten überließ er sein Büro Susan Smith, die sich nun direkt an meine Schwester wandte.

»Maisie – ich darf dich doch so nennen? –, du scheinst nicht unter Schock zu stehen, daher würde ich gern wissen, ob alles in Ordnung ist? Gibt es einen bestimmten Grund, warum du nicht mit uns redest?«

Maisie zuckte mit den Schultern und verzog im nächsten Moment das Gesicht. Ganz offensichtlich hatte sie Schmerzen im Arm.

Mit gerunzelter Stirn sah ich zu der Psychologin. Was sollte das? Am liebsten wäre ich aufgesprungen und hätte Maisies Hand genommen, um endlich dieses Krankenhaus zu verlassen, doch Charlotte machte mir einen Strich durch die Rechnung.

»Maisie spricht seit Jahren kaum noch, und wenn sie es tut, dann nur mit vertrauten Menschen.«

»Verstehe.« Susan Smith nickte verständnisvoll.

In meinem Magen machte sich ein ungutes Gefühl breit, während sie Maisie weiter mit Fragen löcherte, die Charlotte für sie beantwortete. Hatte Maisie es je mit einer Psychotherapie versucht? Wie viele soziale Kontakte hatte sie? Wie erging es ihr in der Schule? Schlief sie gut?

»Wie lange soll diese Fragerunde noch gehen?«, meldete ich mich zu Wort, als die Psychologin kurz innehielt.

»Nicht länger, als nötig. Ich möchte nur sicherstellen, dass es Maisie gut geht und ich sie in einem stabilen Zustand entlasse«, erwiderte sie.

»Maisie *ist* stabil«, widersprach ich und warf einen schnellen Blick zu meiner Schwester.

Sie sah mich mit einer unergründlichen Miene an, was mich kurz zögern ließ. Handelte ich doch zu übereilt? Dennoch kam ich nicht gegen die Sorge an, die mir die Kehle zuschnürte. Irgendetwas hier lief gewaltig schief.

»Wenn du willst, können wir gehen«, sagte ich leise zu ihr. »Du musst wegen eines gebrochenen Arms nicht länger hierbleiben, als notwendig.«

Maisie runzelte die Stirn, als wüsste sie nicht, was sie von der Situation halten sollte, und ich wandte mich wieder der Psychologin zu.

»Mit Maisie ist alles in Ordnung. Ich bin mir sicher, zu Hause können wir uns alle von dem Schreckmoment am besten erholen.« Ich richtete mich in meinem Stuhl auf und verlieh meiner Stimme so viel Autorität wie möglich.

Doch die Psychologin beeindruckte das nicht im Geringsten. Vielmehr schien gerade ein Puzzlestück in ihrem Kopf an die richtige Stelle zu fallen, denn ihr Gesicht erhellte sich, noch während ich sprach. »Verstehe«, murmelte sie erneut.

Ich unterdrückte ein wütendes Knurren, denn zur Hölle noch mal, diese Frau verstand überhaupt nichts.

»Du bist die junge Frau, die die Anmeldung gestürmt hat, richtig?«

Woher wusste sie das? Klatsch und Tratsch schien sich hier genauso schnell zu verbreiten wie bei der Arztserie *Grey's Anatomy*, der einzige Kontext, in dem ich Krankenhäuser mochte.

»Was tut das zur Sache?« Mit verschränkten Armen starrte ich die Frau an.

»Hören Sie«, sagte sie mit ruhiger Stimme, »ich will Ihnen nichts Böses. Ich wurde nur dazugerufen, weil Dr. Russell sich Sorgen um Maisies psychischen Zustand gemacht hat.«

»Sie ist nicht verrückt!« Wütend sprang ich auf. »Ich hör mir das nicht länger an.« Ich wollte mich an Charlotte vorbeidrängen, doch sie hielt mich am Arm fest.

»Lass sie ausreden«, sagte meine Tante mit einem scharfen Tonfall, den ich von ihr nicht kannte.

Widerwillig sank ich zurück auf meinen Stuhl.

Maisie hatte sich nicht vom Fleck gerührt, doch in ihrem Blick flackerte etwas auf. Vielleicht war es Wut, vielleicht aber auch etwas anderes. Sie musste diese Situation hassen. Dass wir über sie sprachen, weil sie es nicht konnte, und dass die Psychologin sie musterte, als könnte sie so Wörter aus ihr herauslocken.

»Wir haben es mit verschiedenen Therapien probiert, aber …« Charlotte verstummte und zuckte hilflos mit den Schultern.

Ich presste meine Lippen fest aufeinander, um nichts Unbedachtes zu sagen.

Susan Smith sah uns verständnisvoll an. »Verstehe. Normalerweise würde ich Ihnen jetzt anbieten, dass Sie mit Maisie zusammen noch mal zu mir kommen, doch das hier ist eine besondere Situation, und es scheint mir, als wäre ein schnelleres Handeln sinnvoller.« Sie zögerte kurz. »Ich würde Ihnen gern eine Klinik empfehlen, die sich spezialisiert hat auf Kinder und Jugendliche, die Traumata erlitten haben und an psychischen Erkrankungen leiden. Sie behandeln ihre Patienten stationär und sind mit einem multidisziplinären Team aus Psychologen, Ärzten, Sozialarbeitern und Therapeuten sehr gut aufgestellt, um sich den Bedürfnissen der Jugendlichen anzunehmen, was …«

In meinen Ohren begann es zu rauschen. Die Worte *Klinik* und *stationäre Behandlung* blieben in meinem Kopf hängen und nahmen mir kurzzeitig die Luft zum Atmen. Das hatten früher auch schon andere Ärzte vorgeschlagen, doch für Maisie war es bisher nie eine Option gewesen, uns für mehrere Tage am Stück zu verlassen.

»Das kommt nicht infrage«, unterbrach ich sie grob. Normalerweise redete ich mit Fremden nicht so, aber die Angst um Maisie überlagerte gerade alles andere.

Überrascht wandte sie sich mir zu. »Mir war nicht klar, dass Sie das zu entscheiden haben.«

Ich biss mir auf die Lippe. Sie war gut. Sie war sogar richtig gut. Doch ich wusste es besser. Maisie hatte es mit diversen Therapien versucht, aber keine hatte ihre Stimme zurückbringen können. Nicht dauerhaft.

»Wir sollten darüber nachdenken«, sagte Charlotte und fiel mir damit prompt in den Rücken.

Die Psychologin räusperte sich vernehmlich. »Wie wäre es, wenn wir Maisie selbst fragen?«

Einen Moment lang herrschte Schweigen, und ich suchte Maisies Blick. »Es tut mir leid«, murmelte ich. »Aber du musst nicht von uns weggehen. Du bist gesund und am Leben.« Ich blinzelte die Tränen zurück, die mir plötzlich in die Augen traten. »Wir können heimgehen, Maisie.«

Sie sah mich lange an, ein beinahe entschuldigender Ausdruck trat in ihre Augen. Dann schob sie ihr Kinn vor und öffnete den Mund. »Nein.«

Sprachlos starrte ich sie an. Nein? Damit hatte ich nicht gerechnet.

»In Ordnung, Maisie, lass es dir in Ruhe durch den Kopf gehen. Ich gebe dir einen Flyer mit, und bei Interesse kannst du dich gern bei mir melden, dann stelle ich den Kontakt her und schreibe dir eine entsprechende Empfehlung.« Die Psychologin drückte Maisie ein Infopapier in die Hand, doch ich bekam es kaum mit.

Meine ganze Aufmerksamkeit lag auf meiner Schwester, die mich entschuldigend, aber auch entschlossen anschaute. Was auch immer der Unfall bei ihr ausgelöst hatte, er warf sie nicht zurück, nicht so wie mich. Im Gegenteil. Rasch verdrängte ich den Gedanken wieder.

Mit einem dicken Kloß im Hals griff ich nach Maisies Hand, und nachdem wir uns von Susan Smith verabschiedet hatten, verließen wir schweigend das Krankenhaus.

Während der Fahrt nach Hause beruhigte sich mein Herzschlag langsam wieder. Die Panik, die Hollys Nachricht in mir ausgelöst hatte, löste sich, doch die Angst, Maisie zu verlieren, blieb. Sie war mein Ein und Alles, der Mittelpunkt meines Lebens, und die Vorstellung, sie in irgendeine Klinik zu schicken, wo ich sie nicht sehen konnte, war unerträglich. Trotzdem konnte ich nichts gegen die leise Stimme in mir tun, die sich fragte, ob es für Maisie nicht vielleicht doch das Richtige wäre. Sogar ihre Lehrerin hatte mehr als deutlich zu verstehen gegeben, dass es ohne mündliche Beteiligung schwierig für sie werden würde.

Mit einem tiefen Seufzer lehnte ich meinen Kopf an die Scheibe. Vor wenigen Stunden noch hatte ich in Jaspers Bett gelegen, und meine Welt war in Ordnung gewesen. Jetzt kam mir unser Date mit einem Schlag unendlich weit weg vor. Es hatte sich gut angefühlt, für eine Weile eine ganz gewöhnliche junge Frau zu sein, die sich mit einem Mann traf. Eine Frau, die keine Angst davor hatte, jemandem zu vertrauen und ihn an sich heranzulassen; eine Frau, die sich nicht von ihren Schatten leiten ließ.

Mein Blick zuckte zu Maisie, die mit starrem Gesichtsausdruck ihre Hände musterte. Ein schmerzhafter Stich durchfuhr mich. Ich war nicht diese Frau. Nicht wirklich. Der Verlust meiner Eltern saß noch immer zu tief, das hatte meine überstürzte Flucht aus Jaspers Wohnung deutlich gezeigt. Und obwohl ich ihm eine Nachricht geschrieben hatte, hatte ich seine Anrufe seither ignoriert.

Was auch immer ich in Jaspers Nähe gefühlt hatte, in dem Moment, in dem meine Schwester mich brauchte, rückte er in den Hintergrund. Es war naiv vor mir gewesen, zu glauben, dass es diesmal anders sein könnte.

15. KAPITEL

Amelia

Drei Tage später stand die Entscheidung. Maisie hatte sich, nachdem wir aus dem Krankenhaus zurückgekommen waren, in ihrem Zimmer verkrochen, war den gesamten Samstag und Sonntag dort geblieben und hatte dann Montag nach der Schule verkündet, dass sie in die Klinik gehen würde, um sich stationär behandeln zu lassen. Weder Charlotte noch ich hatten etwas einzuwenden, auch wenn mir der Gedanke an Maisies Abwesenheit Bauchschmerzen bereitete. Ich wollte das Beste für sie, das hatte ich immer getan, und wenn sie die Klinik für eine gute Idee hielt, stand ich natürlich hinter ihr. Auch wenn es mir schwerfiel. Aber vielleicht würde es dieses Mal tatsächlich anders laufen, weil Maisie sich selbst dazu entschieden hatte. Vielleicht konnten sie ihr dort wirklich helfen.

Charlotte hatte daraufhin sofort Susan Smith angerufen, und dann ging alles ganz schnell. Ich half Maisie beim Packen, während meine Tante das Ganze mit der Schule klärte, und bereits am nächsten Tag brachten Charlotte und ich Maisie zusammen zu der Klinik, die ein ganzes Stück hinter Edinburgh lag. Der Abschied war mir nicht leichtgefallen, aber Maisie zuliebe hatte ich mich zusammengerissen. Ihr würde es dort bestimmt gut gehen.

Auf dem Rückweg herrschte ein merkwürdiges Schweigen. Ich war froh, dass Charlotte am Steuer saß, denn die Tränen in meinen Augen nahmen mir die Sicht. Mein Verstand sagte mir, dass ich überreagierte und Maisie nicht wirklich verlor, aber es fühlte sich so an. In den letzten Jahren waren wir unzertrennlich gewesen. Ich hatte sie jeden Tag gesehen, und bereits jetzt fehlte mir ihre sanfte Art, mit der sie es immer schaffte, Licht in meine dunklen Gedanken zu bringen.

Zu Hause angekommen, ging ich wortlos in mein Zimmer. Mit der Gitarre auf dem Schoß setzte ich mich in den großen Sessel am Fenster und fing an zu spielen. Es dauerte nicht lange, bis ich mich in der Musik verlor. Sie hüllte mich ein wie eine tröstende Umarmung, und mit jedem Ton fühlte ich mich besser. Ich flüchtete in die Melodien, die mich für einen Moment vergessen ließen, was passiert war.

Irgendwann musste ich eingeschlafen sein, denn als ich das nächste Mal die Augen aufschlug, dämmerte es draußen. Mit steifen Bewegungen erhob ich mich aus dem Sessel und tapste in mein Bett. In zwei Stunden würde mein Wecker klingeln, und vielleicht konnte ich mich noch ein bisschen ausruhen, bevor ich ins *Daydream* musste.

Wie erwartet, wurde meine Schicht im Café zu einer mühsamen Tortur, durch die ich mich mit viel Koffein und Rachels Brownies quälte. Mein Körper tat von der unbequemen Nacht auf dem Sessel weh, doch das war nichts im Vergleich zu dem dumpfen Schmerz in meinem Innern. Maisies Fortgehen hatte eine alte

Wunde aufgerissen, und mit einem Schlag war all die Sehnsucht nach meinen Eltern wieder zurück. Ich vermisste sie mit jedem Atemzug und fühlte mich unendlich allein. Genau wie damals.

»Hey, Amelia, hast du bald Pause?« Holly trat fröhlich grinsend auf mich zu, doch als sie meinem Blick begegnete, erlosch das Lächeln sofort. »Was ist los?«, fragte sie alarmiert.

»Ich habe in zehn Minuten kurz Zeit, dann können wir quatschen, okay?«

Mit einem weiteren besorgten Blick in meine Richtung setzte sich Holly im hinteren Teil des Cafés an einen freien Tisch, wo sie geduldig auf mich wartete. Nachdem ich Chloé Bescheid gesagt hatte, dass ich eine Pause machte, brachte ich zwei Tassen Kaffee zu Holly an den Tisch, bevor ich mich neben ihr auf einen der Stühle fallen ließ.

»Du siehst aus, als würdest du dich für eine Statistenrolle in *The Walking Dead* vorbereiten, was ist los?«, fragte sie und rührte in ihrem Kaffee um.

»Sehr charmant.« Ich verzog das Gesicht. Wenn Holly mich mit einem Zombie verglich, sah ich wohl wirklich genauso beschissen aus, wie ich mich fühlte. »Wir haben Maisie gestern in die Klinik gefahren«, sagte ich leise, während ich versuchte, meine kalten Hände an der Kaffeetasse zu wärmen.

Holly verzog das Gesicht. »Stimmt, das habe ich völlig vergessen. Tut mir leid, dass ich danach nicht zu dir gekommen bin, aber ich hatte dieses Treffen mit der Lerngruppe, das ich unmöglich absagen konnte.«

»Das weiß ich doch, mach dir keine Gedanken.« Ich rang mich zu einem beschwichtigenden Lächeln durch. »Es ist nur … mir ist nicht wohl bei der Sache.«

»Das klang doch aber, als könnten sie Maisie dort helfen?«, wandte sie vorsichtig ein.

»Ja, schon.« Ich zuckte mit den Schultern. »Es ist nur ungewohnt, dass sie nicht da ist. Und irgendwie hat der Unfall einen alten Schmerz wieder hochgeholt. Ich … keine Ahnung, ich hatte nur gerade gedacht, dass es mir endlich mal wieder gut geht. Als ich in Jaspers Bett lag, war ich so glücklich, aber jetzt ist da wieder so viel Schwere.«

»Wow. Warte, was? Wann warst du in Jaspers Bett?« Hollys Augen wurden kugelrund.

Mist. Für *dieses* Gespräch war ich absolut nicht bereit.

»Ich will jetzt nicht darüber …«

Sie machte eine ungeduldige Handbewegung. »Nichts da. Ich will alle Details. Danach reden wir über Maisie und überlegen uns, wie wir dich aus deinem Tief holen, aber zuerst erzählst du mir, wie du in Jaspers Bett gelandet bist.«

»Na schön«, grummelte ich, wohl wissend, dass sie nicht lockerlassen würde.

»Wir haben uns zufällig in dem Musikladen an der Ecke getroffen«, hörte ich mich sagen.

»Deinem Lieblingsladen?«, warf Holly ein.

»Genau der.« Die Begegnung lag gerade mal wenige Tage zurück, doch es kam mir vor, als wären seitdem Wochen vergangen. »Wir haben geredet oder, besser gesagt, diskutiert, ich weiß es gar nicht mehr genau, jedenfalls standen wir irgendwann auf der Straße draußen, und er … na ja, er hat mich geküsst. Und dann hat er mich um ein Date gebeten. Wir haben uns am Abend getroffen, sind in eine Bar gegangen und danach zu ihm nach Hause.«

Ich presste die Lippen aufeinander, während die Erinnerungen an die Gespräche mit Jasper in meinem Kopf wieder lebendig wurden. Ich wollte diese Gefühle nicht, wollte ihn nicht vermissen oder mich fragen, was er gerade machte, doch Holly hatte mit ihrer Frage einen Stein ins Rollen gebracht, den ich nicht aufhalten konnte.

»Wir haben die ganze Nacht lang geredet. Ich habe mich bei ihm wahnsinnig wohlgefühlt. Er ist überhaupt nicht so, wie ich zuerst dachte. Er ist nicht arrogant und kalt. Nicht wirklich.« Ich seufzte und starrte eine Weile gedankenverloren in meine Tasse. »Jedenfalls muss ich irgendwann eingeschlafen sein, und als ich das nächste Mal aufgewacht bin, lag ich in seinem Bett. Er war nicht da, und mein Handy zeigte mehrere verpasste Anrufe von Maisie, dir und Charlotte an. Ich hatte panische Angst, dass etwas Schlimmes passiert ist.«

Verständnis zeichnete sich auf Hollys Gesicht ab. »Also bist du gegangen?«

»Ja, ich hab ihm auf dem Weg ins Krankenhaus eine Nachricht geschrieben. Seither hat er zwar mehrmals versucht, mich zu erreichen, aber ich hab es ignoriert.«

Einen Moment lang herrschte Schweigen. Meine beste Freundin musterte mich prüfend, als suchte sie nach den richtigen Worten. »Du solltest ihn zurückrufen«, sagte sie schließlich und sah mich eindringlich an.

»Ich weiß nicht, Holly. Das Date kommt mir so wahnsinnig weit weg vor, und Maisies Unfall, so glimpflich er auch war, hat mir wieder vor Augen geführt, dass ein Mann wie Jasper keinen Platz in meinem Leben hat. Dass überhaupt kein Mann darin Platz hat.« Ich atmete frustriert aus. »Ich meine, ich bin zweiundzwanzig und lebe bei meiner Tante! Meine Gedanken kreisen pausenlos um meine Schwester, die von der Psychologin als traumatisiert eingestuft wurde. Solange es ihr nicht besser geht, bin ich niemand, der für Beziehungen geeignet ist. Und bevor du jetzt sagst, ich könne auch einfach nur Spaß mit Jasper haben, garantiert nicht. Dafür ist er viel zu … viel zu, viel zu *er* eben.«

»Oha. Das ist 'ne Menge.« Holly holte tief Luft. »Amelia, ich versteh ja deine Bedenken, aber denkst du nicht, es ist an der Zeit, aus deinem Schneckenhaus zu kommen? Du hast dir ein Leben aufgebaut, das sicher und stabil ist, aber eben auch verdammt einengend. Ich meine, wann hast du zuletzt etwas nur für dich gemacht? Etwas, das nicht Film schauen mit Maisie oder Gitarre spielen in deinem Zimmer ist.«

»Das ist nicht fair«, flüsterte ich tonlos. Hollys Worte trafen mich mehr, als sie sollten.

»Ich will dir doch nur helfen«, sagte sie sanft. »Und ich will nicht dabei zusehen müssen, wie du einen so großartigen Kerl wie Jasper Haven in den Wind schießt.«

»Ich weiß, du meinst es nur gut, aber ich weiß nicht, ob ich dafür schon bereit bin«, erwiderte ich. Schmerz flackerte in meiner Brust auf. Das Gefühl, durch den Verlust meiner Eltern anders zu sein, begleitete mich jetzt seit zwölf Jahren. Ich war es so leid, Angst davor zu haben, einen geliebten Menschen zu verlieren. Davor, dass ein weiteres Stück aus meinem Herzen gerissen wurde und nur ein schwarzes Loch zurückblieb.

»Irgendwann wirst du es sein.« Holly griff über den Tisch nach meiner Hand und drückte sie sanft.

»Hoffentlich.«

Am Abend saß ich wieder mit meiner Gitarre auf dem Bett, doch anders als sonst spürte ich kein freudiges Kribbeln in den Fingern. Hollys Worte liefen in meinem Kopf in Dauerschleife, und so sehr ich mich auch dagegen wehrte, sie fingen an, sich einzunisten.

Wann hast du zuletzt etwas nur für dich gemacht?

Einem plötzlichen Impuls folgend, stand ich auf und ging hinüber in Maisies Zimmer. Stille empfing mich. Zum ersten Mal fiel mir auf, wie laut und lebendig Maisies Schweigen eigentlich war. Sie füllte es nicht nur mit Gesten und ihrer Mimik, sondern auch mit Musik oder dem Geräusch von Seitenrascheln, wenn sie in einem Buch blätterte.

Gedankenverloren ließ ich mich auf ihr Bett sinken und atmete den vertrauten Geruch ein, der in der Luft hing. Nach außen musste es wirken, als wäre ich Maisies Stütze, um durch den Alltag zu kommen, doch in der Stille, die mich nun umgab, realisierte ich schlagartig, dass es in Wahrheit andersherum war. Sie gab mir einen Grund, mich immer wieder aufzuraffen und dem Leben mit Zuversicht zu begegnen.

Unruhig starrte ich an die Decke über mir. Wie auch immer sie Maisie in der Klinik helfen wollten, ich hoffte, sie behandelten sie gut. In der Zwischenzeit musste ich lernen, dass mein Leben auch ohne Maisie einen Sinn hatte.

Ich musste es einfach …

Als ich meine eigene Unentschlossenheit nicht mehr aushielt, ging ich zurück in mein Zimmer und griff nach meinem Handy. Bevor ich es mir anders überlegen konnte, antwortete ich auf Jaspers letzte Nachricht, die ich seit Sonntag ignorierte.

Ich bin mir nicht sicher, ob ich mir Sorgen machen soll oder ob dein Verschwinden ein Zeichen dafür ist, dass unser Date nicht verlaufen ist, wie ich dachte. Geht es dir gut?

Mir geht's gut. Sorry, dass ich mich jetzt erst melde. Ich fand unser Treffen sehr schön, und mein Verschwinden tut mir wirklich leid. Es hat nichts mit dir zu tun, sondern mit einem Familiennotfall, der sich jetzt aber geklärt hat. Hoffe, bei dir ist alles in Ordnung!

Mein Herz klopfte wie verrückt, als ich auf *Senden* drückte. Ich verstand selbst nicht, warum ich auf einmal so nervös war. Oder das Gefühl hatte, etwas unglaublich Dummes getan zu haben. Aber es waren Hollys Worte, die mich letztendlich dazu getrieben hatten. Außerdem hatte Jasper zumindest eine Erklärung verdient. Aus seiner Sicht sahen meine Flucht und die knappe Nachricht von Samstag vermutlich wie eine fadenscheinige Ausrede aus.

Das plötzliche Vibrieren meines Handys riss mich aus meinen Gedanken. Mit einer fahrigen Bewegung entsperrte ich das Display. Jasper hatte mir geantwortet.

Bekomme ich die Chance, mich bei einem Kaffee persönlich davon zu überzeugen, dass es dir gut geht?

Verdammt. Das hatte ich damit nicht bezwecken wollen. *Rede dir das ruhig ein.* Ich verfluchte die Stimme in meinem Kopf, denn natürlich hatte sie recht. Es war vorauszusehen gewesen, dass Jasper nicht so schnell aufgeben würde. Nicht nachdem er mir erzählt hatte, dass ich die erste Frau war, die seinen Balkon betreten durfte.

> Wenn du morgen um fünf ins *Daydream* kommst, dann ja. So lange muss ich leider arbeiten.

Ich schickte die Nachricht ab, bevor ich es mir anders überlegen konnte. Dass Jasper mich überhaupt noch sehen wollte, nachdem ich ihn die letzten Tage ignoriert hatte, war alles andere als selbstverständlich. Scheinbar hatte ich mich wirklich in ihm geirrt. Er war ein viel netterer Kerl, als ich gedacht hatte.

Die Schicht am nächsten Tag wurde zu einer einzigen Achterbahnfahrt der Gefühle. Alle paar Minuten schielte ich zur Tür, dabei sollte ich es besser wissen, schließlich hatte ich Jasper geschrieben, dass er um fünf Uhr kommen könnte.

»Alles klar bei dir? Ich hab das von deiner Schwester gehört.« Rachel tauchte mit einem beladenen Tablett neben mir auf.

Erschrocken zuckte ich zusammen. »Woher weißt du davon?«, fragte ich und wich ihrem mitleidigen Blick aus.

»Chloé hat erwähnt, dass du deshalb am Dienstag freigenommen hast.«

»Ja, es war Maisies Entscheidung, und sie erhält dort eine gute therapeutische Betreuung«, antwortete ich ausweichend, bevor ich mich mit schnellen Schritten von Rachel abwandte, um die Bestellung eines Pärchens aufzunehmen, das direkt am Fenster saß. Sie konnten kaum die Blicke voneinander lösen. Aus irgendeinem Grund versetzte mir ihr Geturtel einen Stich. Ob ich je in der Lage sein würde, genauso sorgenfrei dazusitzen und einen Mann anzuschmachten? Ich schob den Gedanken beiseite und konzentrierte mich auf meine Arbeit.

Rachel sprach mich nicht noch mal auf Maisie an, brachte mir aber in einem ruhigen Moment einen frischen Brownie aus der Küche. Für Momente wie diese liebte ich meine Arbeitskollegin.

Um Punkt vier Uhr betrat Jasper das Café. Bei seinem Anblick rutschte mir fast das Tablett aus der Hand. In letzter Sekunde schaffte ich es, mich zusammenzureißen und das Ding sicher auf einem Tisch abzustellen.

»Hi«, krächzte ich.

Jasper kam langsam auf mich zu. Seine dunklen Augen blitzten freudig auf, als er mich in seine Arme zog, doch ich sah auch die stummen Fragen darin.

Überrumpelt erwiderte ich die Umarmung. Und prompt machte sich in meinem Körper ein aufgeregtes Kribbeln breit, doch ich drängte das Gefühl rasch zurück. »Du bist zu früh«, sagte ich, als ich mich von ihm löste.

Im Hintergrund hörte ich Rachel, wie sie einen anderen Gast bediente, wobei ich keine Sekunde daran zweifelte, dass sie gerade in unsere Richtung starrte.

»Kein Problem. Ich habe mein Notizbuch dabei, um an dem nächsten Band weiterzuplotten.«

»Alles klar«, erwiderte ich. »Soll ich dir ein Glas Wasser bringen? Oder doch lieber Kaffee?« Ich versuchte, meiner Stimme einen neckischen Ton zu geben, damit man mir meine Unsicherheit nicht anmerkte.

Jaspers Mundwinkel zuckte leicht. »Überrasch mich einfach«, sagte er und setzte sich an einen Tisch in der Nähe der Theke. Wenige Augenblicke später war er bereits in seinen Notizen versunken.

Kopfschüttelnd verschwand ich hinter der Theke. Als ich Jasper kurz darauf einen Brownie und einen Cappuccino brachte, bedankte er sich mit einem Zwinkern dafür. Und sofort spürte ich wieder ein Flattern in meinem Magen.

Die Stunde verging wie im Flug, wobei ich mich dabei ertappte, in jeder freien Minute zu Jasper rüberzustarren. Es war wie ein Zwang, den ich nicht kontrollieren konnte. Oder wollte. Inzwischen war ich mir da nicht mehr sicher.

»Dich hat es ja echt ganz schön erwischt«, bemerkte Rachel, als ich gerade eine Tasse Tee auf ein Tablett stellte, die eine ältere Damen an einem Tisch am Fenster bestellt hatte.

Ertappt zuckte ich zusammen. »Das hat nichts zu bedeuten«, erwiderte ich reflexartig.

»Was genau meinst du? Deine sehnsüchtigen Blicke? Oder sein Lächeln, wenn du ihn bedienst?«

»Na schön«, murmelte ich. »Eventuell sind wir verabredet.«

»Was? Und das sagst du erst jetzt? Worauf wartest du noch?« Rachel nahm mir das Tablett ab und sah mich auffordernd an. »Na los. Ich schaff den Rest auch allein, es sind ja kaum Gäste da. Du kannst ruhig schon Feierabend machen.«

»Bist du sicher?« Mein Blick huschte zu Jasper, der prompt in diesem Moment von seinem Block aufschaute.

»Ja, geh schon.«

Ich konnte das Lächeln kaum noch zurückhalten. »Danke! Du hast echt was gut bei mir.«

»Ich nehm dich beim Wort«, erwiderte sie lachend, »und jetzt lass den armen Kerl nicht länger warten.«

Ich schaute Rachel noch kurz nach, dann trat ich an Jaspers Tisch. »Okay, ich bin fertig für heute.«

»Super!« Jasper ließ den Notizblock in seinem Rucksack verschwinden und stand auf. »Wollen wir eine Runde durch die Stadt schlendern, und du erzählst mir, warum du aus meiner Wohnung geflüchtet bist? Und dabei frischen Kaffee verschmäht hast, wohlgemerkt. Und dann tagelang meine Nachrichten ignoriert hast?«

Ich nickte schwach. Er hatte eine Erklärung verdient. Gleichzeitig wusste ich nicht, wo ich anfangen sollte. Wie sollte ich ihm nur begreiflich machen, dass ich ihn zwar mochte, jedoch nicht für eine schnelle Nummer zu haben war? Dass ich im Moment aber auch nichts Festes eingehen konnte. Nicht solange die Abwesenheit meiner Schwester ausreichte, mich in eine Sinnkrise zu stürzen. Wenn ich damit schon nicht klarkam, wie sollte ich dann erst herausfinden, was ich wirklich von Jasper wollte? Ich hatte mich so lange an meiner Routine festgehalten, dass ich jetzt, wo mein Alltag nicht mehr der Gleiche war, nicht wusste, wohin mit mir.

»Erde an Amelia.« Jaspers Stimme holte mich sanft aus meinen Gedanken, die schon wieder in eine finstere Richtung abzudriften drohten.

»Ein Spaziergang klingt gut«, beeilte ich mich zu sagen.

Jasper runzelte die Stirn, erwiderte jedoch nichts. Natürlich entging ihm nicht, dass von der unbeschwerten Frau, die bei ihm auf dem Balkon gesessen hatte, heute nicht viel übrig war. Allerdings hinderte es ihn nicht daran, mir die Tür zu öffnen und aufmunternd zuzunicken. Es war eine Einladung, mit ihm zu reden und uns beiden eine neue Chance zu geben. Ich hoffte nur, dass ich das auch konnte.

16. KAPITEL

Jasper

Etwas war anders. Ich konnte Amelias Anspannung beinahe am eigenen Körper spüren. In ihren Augen lag ein vorsichtiger Ausdruck, und ihre Haltung drückte eine Distanz aus, wie ich sie bei unserer ersten Begegnung im Café erlebt hatte. Was auch immer der Grund für ihre Flucht aus meiner Wohnung war, er hatte Spuren hinterlassen.

»Also, was war los?«, fragte ich sanft. »Warum bist du so plötzlich verschwunden? Ist etwas mit Charlotte oder Maisie passiert?«

Amelia zuckte zusammen. »Sorry«, murmelte sie. »Ich bin etwas durch den Wind.«

»Das sehe ich. Du musst auch nichts erzählen, was du nicht willst. Aber ich habe mir Sorgen gemacht. Und mich ehrlich gesagt etwas über die Funkstille gewundert.«

»Das weiß ich, und es tut mir wirklich leid. Normalerweise verschwinde ich nicht ohne Erklärung. Aber als ich an dem Morgen in deinem Bett aufgewacht bin, hatte ich eine Nachricht auf dem Handy, in der stand, dass Maisie im Krankenhaus ist. Ich bin sofort losgestürmt. Ich glaube, in dem Moment ist bei mir eine Sicherung durchgebrannt, und ich hatte nur noch Panik. Es hat mich so sehr an den Moment vor zwölf Jahren erinnert, als ich erfahren habe, dass meine Eltern und Maisie einen Unfall hatten. Jedenfalls kam ich im Krankenhaus an, aber Maisie hatte sich nur einen Arm gebrochen.« Sie holte tief Luft. Ihre Stimme klang gepresst, und ich ahnte, dass das noch nicht alles war.

»Ich war natürlich wahnsinnig erleichtert und wollte mit ihr und Charlotte nach Hause, aber dann hat der Arzt eine Psychologin dazugeholt. Sie haben sich Sorgen gemacht, weil Maisie nicht spricht, und, na ja.« Wieder machte sie eine kurze Pause.

Am liebsten hätte ich ihr tröstend über den Rücken gestrichen, doch ihr angespannter Körper hielt mich davon ab.

»Die Psychologin hat Maisie vorgeschlagen, sich stationär in einer Klinik behandeln zu lassen. Die haben da 'ne Menge Therapeuten und Spezialisten, die bei Traumata und psychischen Erkrankungen helfen können. Ich wusste zuerst nicht, was ich davon halten soll. Maisie hat schon verschiedene Therapien probiert, und nichts hat geklappt, aber letztendlich hat sie sich dazu entschieden, dorthin zu gehen. In der ganzen Aufregung hatte ich nicht den Kopf, dir zu schreiben. Was mir wirklich leidtut.«

»Das verstehe ich. Ich kann mir gut vorstellen, wie schwierig es für dich sein muss, dich an Maisies Abwesenheit zu gewöhnen.« Dass die beiden Schwestern eine enge Verbindung hatten, war mir schnell klar gewesen. Es versetzte mir jedes Mal einen kleinen Stich, wenn Amelia von Maisie sprach, was dämlich war. Ich sollte nicht eifersüchtig auf die Beziehung der beiden sein. Trotzdem war ich es.

Ameilia stieß einen tiefen Seufzer aus. »Es ist kompliziert«, murmelte sie und steuerte auf eine Bank am Straßenrand zu.

Ohne zu zögern, folgte ich ihr und setzte mich dicht neben sie.

»Das Verhältnis zwischen Maisie und mir ist sehr eng. Seit unsere Eltern gestorben sind, ist kaum ein Tag vergangen, an dem ich sie nicht gesehen habe.«

»Wirklich?« Erstaunt schaute ich sie an. »Du hast nie Urlaub ohne sie gemacht? Oder bist mal für ein paar Tage in eine andere Stadt gefahren?«

»Nein.« Sie zuckte mit den Schultern, als wäre es keine große Sache, doch ihr Blick verriet sie.

»Wow. Ihr habt wirklich eine besondere Verbindung, oder?« Ich ignorierte den Schmerz, der mich durchzuckte, als ich an Jamie dachte. So eine Beziehung hatten wir nie gehabt.

»Meine beste Freundin sagt, dass ich für Maisie zu viel aufgebe«, sagte Amelia leise.

Nachdenklich schaute ich sie an. Mir war bereits derselbe Gedanke gekommen. Das, was Amelia bisher erzählt hatte, klang ganz so, als hätte sie ihr eigenes Leben für ihre Schwester komplett hintangestellt. Etwas, das ich nicht geschafft hatte. Ich verdrängte die Schuldgefühle, bevor sie Wurzeln schlagen konnten. Der Mist der Vergangenheit kreiste in letzter Zeit sowieso schon zu oft durch meinen Kopf.

»Und was denkst du?«, fragte ich.

»Keine Ahnung. Bis vor Kurzem habe ich das als Blödsinn abgetan. Aber obwohl wir Maisie gerade erst in die Klinik gebracht haben, vermisse ich sie. Es fühlt sich seltsam an, nach Hause zu kommen und zu wissen, dass sie nicht da ist.« Ihre Stimme brach.

Shit. Im Trösten und Zuversicht-Zusprechen war ich eine absolute Niete. Mit wachsender Panik registrierte ich, dass ihre Augen verdächtig glänzten. Wenn sie jetzt zu weinen anfing, war ich verloren. Wie zum Teufel war ich nur in dieser Situation gelandet? Normalerweise ging ich genau aus diesem Grund jeglichen emotionalen Gesprächen aus dem Weg. Ich konnte damit einfach nicht umgehen.

»Jasper? Alles klar? Du atmest komisch.« Sie musterte mich besorgt, und das Glänzen verschwand.

Ich räusperte mich laut. »Alles bestens.«

»Sicher?«

»Ja.« Ich zwang mich, meine Gesichtsmuskeln wieder zu entspannen. »Wenn du mich fragst, klingt das, als könntest du einen Tapetenwechsel gebrauchen«, sagte ich nach einem Moment des Schweigens.

»Was meinst du?«

»Na ja, wenn du Maisie in den letzten Jahren jeden Tag gesehen hast, warst du vermutlich nicht besonders viel außerhalb von Edinburgh unterwegs. Oder seid ihr zusammen viel gereist?«

»In den Schulferien haben wir manchmal Ausflüge oder Kurztrips an die Küste gemacht«, erwiderte sie. »Der letzte Urlaub ist aber sicher zwei Jahre her.«

»Dann ist das jetzt vielleicht deine Chance, etwas zu erleben.«

Amelia seufzte. »Jetzt klingst du wie Holly und Rachel. Sie haben nie verstanden, warum ich immer hiergeblieben bin, aber Maisie allein zu lassen, war für mich einfach undenkbar.«

»Aber jetzt kannst du weg, oder?«, hakte ich nach.

Sie blickte mich unschlüssig an. »Ich weiß nicht«, sagte sie leise. »Es fühlt sich falsch an, jetzt in den Urlaub zu fahren. So als hätte ich nur darauf gewartet, dass Maisie weg ist.«

»Ich glaube, du machst dir viel zu viele Gedanken darüber.«

»Vermutlich. Aber … ich weiß auch nicht, es kommt mir gerade so vor, als würde ich festecken«, murmelte sie. »Ich habe nicht den blassesten Schimmer, was ich mit meinem Leben machen soll, also stehe ich jeden Tag auf, gehe ins Café, lasse keine neuen Menschen in mein Leben, damit ja alles beim Alten bleibt …« Sie schluckte. Ihr Blick irrte die verlassene Straße vor uns entlang, und auf einmal wirkte sie unendlich verloren.

Bevor ich realisierte, was ich tat, hatte ich einen Arm um sie gelegt. »Das ist ein beschissenes Gefühl«, sagte ich. »Aber mal ehrlich, die wenigsten Menschen haben ihr Leben im Griff. Oder wissen, was sie wollen. Die meisten sind nur verdammt gut darin, die Zweifel zu verstecken. Oder sie sind so abgestumpft, dass sie gar nicht mehr merken, wie unglücklich sie in Wahrheit sind.«

»Das sagst ausgerechnet du?«

»O ja. Natürlich ist Schreiben das, was ich immer tun wollte, aber es ermöglicht mir nur zeitweise eine Flucht vor meinen Problemen. Nämlich dann, wenn ich tatsächlich schreibe. Aber der Erfolg, die Leser, die Presse … das alles interessiert mich ehrlich gesagt nicht. Ein vermeintlich erfolgreicher Autor zu sein, bewahrt einen nicht vor den Schattenseiten des Lebens.« In meiner Stimme schwang viel zu viel Bitterkeit mit.

»Wir sind wohl beide ziemlich verkorkst, was?« Amelia lachte erstickt.

»Ein klitzekleines bisschen vielleicht«, gab ich schmunzelnd zurück.

»Na komm.« Mit einem Ruck stand Amelia auf. »Gehen wir noch ein paar Schritte.«

Das Gespräch war damit dann wohl beendet. Eigentlich wäre das der Moment gewesen, in dem mich Erleichterung hätte durchfluten müssen. Keine Tränen mehr, keine emotionalen Geständnisse und Erzählungen, mit denen ich nicht umzugehen wusste.

Doch stattdessen drehten sich meine Gedanken nur um Amelia und ihre Sorgen. Ich verstand nicht, wie es hatte passieren können, dass es mich so sehr kümmerte, wie es ihr ging. Ich sollte in meiner Wohnung oder einem Café sitzen und schreiben. Mir Gedanken um Deadlines, Signierstunden und Leserbriefe machen. Und was tat ich stattdessen? Zerbrach mir den Kopf, wie ich Amelia helfen konnte. Verdammt.

Schweigend liefen wir noch ein Stück nebeneinander durch die Altstadt. Die Sonne stand bereits tief am Himmel. Nicht mehr lange und die Dämmerung würde einsetzen. Vor meiner Wohnung blieben wir schließlich beide stehen.

»Sehen wir uns bald wieder?«, fragte ich vorsichtig.

»Gern«, sagte sie und trat einen Schritt auf mich zu.

Ich umarmte sie zum Abschied, wobei wir uns ein bisschen länger festhielten, als es unter Bekannten oder Freunden üblich wäre. Oder unter dem, was auch immer wir waren.

Viel zu früh löste sie sich von mir, und als sie sich mit einem zaghaften Lächeln verabschiedete, sah ich ihr nach, bis sie um die Ecke verschwunden war. In was war ich da nur reingeraten?

»Wie sieht's aus? Die Deadline ist in vier Wochen, und der Verlag wartet gespannt auf die Fortsetzung.«

Ich unterdrückte ein Stöhnen. Daniel, mein Agent, hatte mich um neun Uhr aus dem Bett geklingelt. Müde klammerte ich mich an meine Kaffeetasse, die ich mir gemacht hatte, während Daniel mich zutextete. Ich hatte jetzt nicht die Nerven für so ein Gespräch. Das hatte ich nie.

»Und in sieben Tagen ist die Lesung in Inverness, vergiss das nicht.« Daniel klang ungeduldig. Wie immer.

»Hallo?«, fragte er gereizt, als ich nicht antwortete.

»Ich hab dich verstanden. Deadline in vier Wochen, Lesung in sieben Tagen. Sonst noch was?«

»Wie weit bist du mit dem Manuskript? Dein Lektor vom Verlag hat nachgefragt, weil wir das letzte Mal schon die Deadline verschoben haben und er sichergehen will, dass du diesmal gut vorankommst.«

Nur mit Mühe unterdrückte ich ein qualvolles Stöhnen. *Wie weit ich war? Ungefähr fünfzehntausend Wörter hinter dem Schreibplan.* Doch das konnte ich ihm natürlich nicht sagen. »Es läuft alles bestens. Sonst noch was?«

»Nein, das war alles. Ich wollte mich nur vergewissern, dass du am Ball bleibst. Bis bald, Jasper.« Mit diesen Worten legte er auf.

»Shit.« Ich drehte die Kaffeetasse und kippte die bittere Flüssigkeit in einem Zug runter. Das Koffein sollte besser Wunder wirken, wenn ich mein Tagessoll von sechstausend Wörtern schaffen wollte.

Mit einem Seufzen nahm ich meinen Laptop und setzte mich auf die Couch. Nach zwei Stunden, in denen ich eine Menge Wörter getippt und wieder gelöscht hatte, klappte ich den Laptop frustriert wieder zu. In meinem Kopf herrschte das reinste Chaos. Ich konnte die Figuren und ihre Entwicklung vor mir sehen, doch sobald ich zu schreiben anfing, steckte ich fest. Der Plot passte nicht, und ich hatte keine Ahnung, wo sich der Fehler verbarg. Irgendein Detail übersah ich.

Unruhig sprang ich auf. Lief auf und ab, schnappte mir schließlich meine Jacke und verließ die Wohnung. Ich hielt es keine Sekunde länger hier aus. An der frischen Luft atmete ich zum ersten Mal wieder tief durch. Wenn es so weiterging, würde ich bald in ernsthaften Schwierigkeiten stecken. Ziellos schlenderte ich durch die Straßen, durchquerte kleine Gassen, bis ich irgendwann auf der Victoria Street landete, auf der sich für meinen Geschmack viel zu viele Menschen tummelten. Ständig blieb jemand mitten auf dem Weg stehen, um ein Foto zu schießen. Genervt verließ ich die Altstadt und ging in den neueren Teil der Stadt, der zwar nicht so schön, dafür aber weniger touristisch war.

Mein Gehirn suchte verzweifelt nach Inspiration und Lösungen, dabei wusste ich genau, dass die Ideen so nicht kamen. Sie flogen mir dann zu, wenn ich nicht damit rechnete, wenn ich keine Zeit zum Schreiben oder Nachdenken hatte. Gäbe es eine funktionierende Anleitung für Kreativität, wären sämtliche meiner Probleme gelöst.

In einem meiner vielen Schreib-Cafés machte ich schließlich halt. Ich bestellte einen Schwarztee und setzte mich ans Fenster, wo ich einen Blick auf die vorbeieilenden Leute hatte. Daniels ungeduldige Stimme hallte noch immer in meinen Ohren wider. Verfluchter Mist.

Kurz entschlossen zerrte ich mein Handy aus der Tasche. Ich gab Amelias Namen ein und starrte auf ihre Nummer. Sie hatte mir gestern nur eine Erklärung liefern wollen, warum sie sich die letzten Tage nicht gemeldet hatte. Dabei war mir die Vorsicht in ihrem Blick nicht entgangen, und ich wusste genau, was sie tat. Meine eigenen Mauern standen meterdick zwischen mir und dem Rest der Welt. Ich kannte das Gefühl, keinem vertrauen zu können. Trotzdem war da eine Verbundenheit zwischen uns, die ich nicht leugnen konnte. Und genau deshalb drückte ich jetzt auch auf ihre Nummer.

Ich wusste einfach nicht weiter, und während ich dem Freizeichen lauschte, kamen mir meine Worte von gestern wieder in den Sinn. *Klingt, als könntest du einen Tapetenwechsel gebrauchen.* Das traf wohl nicht nur auf sie zu.

»Jasper?«

»Ja, ähm, hi«, brachte ich stotternd hervor und hätte mir am liebsten gegen die Stirn geschlagen. Der Preis für den verkorktesten Gesprächsanfang ging an …

»Hi.«

Mein Hirn war plötzlich wie leer gefegt, und eine peinliche Stille entstand.

Das lief ja mal wieder großartig. Schließlich räusperte ich mich. Und tat etwas unglaublich Dummes. »Weißt du noch, wie ich gestern meinte, dass es dir vermutlich guttäte, mal aus der Stadt rauszukommen? Tja, zufälligerweise hänge ich gerade mit meinem Manuskript fest und komme nicht weiter. Ich muss ebenfalls aus dieser Stadt und meiner verfluchten Wohnung raus, die mich noch in den Wahnsinn treibt.«

»Okay …?« Sie klang irritiert. Kein Wunder.

»Ich hab in einer Woche eine Lesung in Inverness. Willst du mich vielleicht begleiten und das Ganze mit einem Roadtrip verbinden?«

Erneut herrschte Stille.

Was zur Hölle hatte ich mir hierbei nur gedacht? Nicht besonders viel offenbar. Der Druck der Deadline ließ mich vollkommen durchdrehen. Anders konnte ich es mir nicht erklären, warum ich mein Angebot nicht zurückzog, sondern ungeduldig auf ihre Antwort wartete.

»Okay.«

Überrascht und gleichzeitig erleichtert stieß ich die Luft aus.

Amelia war mir wichtig, das war mir in den letzten Tagen deutlich bewusst geworden. Der Roadtrip würde mir vielleicht tatsächlich Klarheit bezüglich des Manuskripts verschaffen und Amelia von ihrer Sorge um Maisie ablenken. Doch in erster Linie erhoffte ich mir Klarheit über das Gefühlschaos, das Amelia in mir auslöste.

»Wann kann es losgehen?«, fragte ich.

»Ich muss das erst noch mit meiner Chefin absprechen. Und mit Charlotte.« Sie lachte erstickt. »So was habe ich noch nie gemacht.«

»Aber du bist wirklich dabei?«, vergewisserte ich mich.

Sie zögerte kurz, und ich konnte mir bildlich vorstellen, wie sie mit sich rang. Vermutlich runzelte sie die Stirn, biss sich auf die Lippe und wägte fieberhaft das Pro und Contra ab.

»Ja«, sagte sie schließlich. »Ich bin dabei.«

17. KAPITEL

Amelia

Weite, tiefgrüne Wiesenlandschaften, die im Licht der untergehenden Sonne noch dunkler wirkten, zogen an mir vorbei. Vereinzelt tauchte eine Herde Schafe auf, weiße Tupfer in dem dunklen Grün. Mein Kopf lehnte an der Fensterscheibe, leise Musik plätscherte aus dem Autoradio, ansonsten war es ruhig. Seit zwei Stunden waren wir nun schon unterwegs, und bisher hatten Jasper und ich kaum ein Wort miteinander gewechselt. Er ließ mich in Ruhe, als wüsste er ganz genau, dass ich noch zu begreifen versuchte, was ich hier eigentlich machte. Die Idee, für ein paar Tage aus Edinburgh wegzukommen, hatte verlockend geklungen. Spontan und verrückt, aber verlockend.

Nach dem Telefonat mit Jasper hatte ich sofort Holly angerufen. Mit erstickter und fast schon panischer Stimme hatte ich ihr von Jaspers Vorschlag erzählt, davon, dass ein Teil von mir unbedingt mitwollte und ein anderer schreckliche Gewissensbisse wegen Maisie hatte. Es fühlte sich falsch an, dass meine Schwester gerade mal seit ein paar Tagen in der Klinik war und ich direkt einen Roadtrip plante – als hätte ich nur darauf gewartet, dass sie endlich weg war. Holly hatte daraufhin versucht, mich zu beruhigen und mir Mut zuzusprechen. Sie meinte, wenn es sich richtig anfühlte, sollte ich es tun. Maisie würde bestimmt auch wollen, dass ich aus der Stadt rauskam und Abenteuer erlebte. Der Gedanke, dass Maisie mir das Gleiche gesagt hätte, war es schließlich auch, was mich überzeugt hatte.

Am nächsten Tag hatte ich mit Chloé gesprochen, die mir ohne zu zögern freigab, weil sie ohnehin ihre Nichte in dieser Woche einarbeiten wollte. Nachdem ich auch mit Jasper noch mal geklärt hatte, dass wir Samstag nach meiner Schicht im *Daydream* aufbrechen würden, hatte Holly mir beim Packen geholfen. Charlotte hatte das Ganze halb besorgt, halb fassungslos beobachtet. Doch auch sie war der Meinung, dass ich auf mein Gefühl hören sollte.

Obwohl mein Weggehen also scheinbar für niemanden ein Problem darstellte, konnte ich mich nicht entspannen. Die Frage, wie es Maisie ging, nagte an mir, auch wenn Charlotte mir versprochen hatte, mich sofort anzurufen, sollte es etwas Neues geben. Am liebsten würde ich Maisie über alles auf dem Laufenden halten, sie an meinen Abenteuern teilhaben lassen, doch die Leute in der Klinik hatten gemeint, dass es für sie besser wäre, sich erst mal nur auf sich selbst zu konzentrieren. Deshalb hatte ich ihr von dem Roadtrip auch nicht erzählt, obwohl alles in mir danach drängte, ihre Meinung zu hören. Vor allem wollte ich von ihr hören, dass ich das Richtige tat.

Es fühlte sich surreal an, dass ich Jaspers spontanen Vorschlag angenommen hatte und nun tatsächlich in seinem Auto saß. Aber auch gut. Mein Herz klopfte, seit wir losgefahren waren, eine Spur schneller, und ich genoss die Aufregung, die sich in mir breitmachte. Eigentlich hatte ich gedacht, dass mir Reisen und

Abenteuer nicht fehlten und ich meinen geregelten Alltag mochte, wie er war, doch jetzt war ich mir nicht mehr sicher, ob das wirklich stimmte.

»Wie hast du dir die nächsten Tage vorgestellt?«, fragte ich in die Stille, um meine nervtötenden Gedanken zu übertönen.

Jasper stieß einen Fluch aus und kam fast von der Fahrbahn ab. »Erschreck mich doch nicht so!« Empört funkelte er mich von der Seite an.

Ein kleines Grinsen stahl sich auf mein Gesicht, das sich in ein leises Glucksen verwandelte, als Jasper in die nächste Parkbucht einfuhr. »So schlimm? Ich dachte, du wärst ein erfahrener Autofahrer und ich hätte nichts zu befürchten?«, zog ich ihn auf.

»Du …« Er schaute mich verwundert an. Ich wusste nicht, ob es daran lag, dass ich das Schweigen gebrochen hatte oder weil er erkannte, dass ich doch noch so etwas wie Humor besaß.

Schnell räusperte ich mich. »Also? Was ist der Plan? Wenn du mich schon spontan auf einen Roadtrip entführst, will ich zumindest wissen, wo genau es hingeht.«

»Na ja, die Lesung in Inverness ist in fünf Tagen.«

»So viel weiß ich auch«, warf ich ein, um zu zeigen, dass nicht alle Informationen ungehört an mir vorbeigerauscht waren, nachdem er am Telefon mit seiner Idee rausgerückt war.

»Ich hatte gedacht, dass wir durch die Highlands fahren könnten. Vielleicht zu der Isle of Skye. Es ist wunderschön dort, und wir könnten ein paar Nächte bleiben, bevor wir nach Inverness fahren. Was hältst du davon?« Er drehte sich zur Seite und schaute mich direkt an. In seinen dunklen Augen lag ein warmer Schimmer, und ich spürte, wie die Schmetterlinge in meine Magengrube zurückkehrten.

Plötzlich kam mir die Luft im Auto viel zu schwer und spannungsgeladen vor. Erinnerungen strömten auf mich ein. Erinnerungen an Jasper, der so nahe vor mir stand, dass ich seinen warmen Atem spüren konnte, der über mein Gesicht strich. Seine Hand in meinen Haaren. Unsere Lippen, die sich zu einem leidenschaftlichen Kuss trafen. Seine Berührung auf meiner Haut … Das Kribbeln in meiner Magengrube wurde stärker, breitete sich im ganzen Körper aus und ließ mein Herz schneller schlagen.

»Amelia …« Jasper Stimme war nur noch ein Flüstern, das sanft über meine Lippen strich. Erst in diesem Augenblick bemerkte ich, dass ich mich in seine Richtung lehnte und uns nur noch wenige Zentimeter trennten.

Unwillkürlich hielt ich die Luft an. Als seine Lippen meine streiften, wich ich abrupt vor ihm zurück. »Sorry«, keuchte ich. »Dein Plan klingt gut. Auf der Isle of Skye war ich noch nie.« Ich bemühte mich um einen lockeren Tonfall, doch meine heisere Stimme verriet mich. Erst nach einem kurzen Moment wagte ich es, den Blick wieder zu heben. In seinen Augen lag ein Ausdruck, den ich nicht recht deuten konnte: Enttäuschung? Erleichterung? Beides?

»Jasper, ich … es tut mir leid. Das gerade war, ich weiß selbst nicht, was das gerade war. Seit Maisies Abwesenheit weiß ich einfach nicht, wo mir der Kopf steht, und in meinem Inneren herrscht so ein Chaos.« Ich holte tief Luft, während ich versuchte, die richtigen Worte für meine wirren Gedanken zu finden. »Ich meine, versteh mich nicht falsch. Ich freue mich riesig auf diese Reise und bin dir wahnsinnig dankbar, dass du mich mitnimmst. Aber wir … ich, ich weiß nicht, ob das eine gute Idee ist, und Maisie …

und …« Mein nervöses Gestammel ergab nicht den leisesten Sinn, aber Jasper schien mich trotzdem zu verstehen.

»Du kannst dich gerade nicht auf etwas anderes als Freundschaft einlassen?«, fragte er und brachte es damit auf den Punkt.

Ich nickte, auch wenn mein Herz immer noch eine Spur zu schnell schlug. Mein Körper signalisierte eindeutig etwas anderes, aber darum ging es hier nicht. Die letzte Woche war eine einzige Achterbahnfahrt gewesen. Ich konnte die Anziehung zwischen Jasper und mir nicht leugnen, aber genau das machte mir Angst. Ich erinnerte mich noch viel zu gut daran, wie ich ins Krankenhaus gestürmt war. Nicht nur, dass Jasper da plötzlich unbedeutend geworden war. Die Möglichkeit, Maisie zu verlieren, hatte mir eine Scheißangst eingejagt. In diesem Moment war mir schlagartig klar geworden, dass ich das nicht noch mal durchstehen konnte. Mein Herz verkraftete keinen weiteren Verlust. Und ich wusste, sobald ich Jasper erst einmal in mein Herz ließ, würde ich ihn so schnell nicht wieder loslassen können.

»Ich … es wäre nicht fair dir gegenüber«, sagte ich und sah ihn entschuldigend an. Ich wusste selbst nicht, ob ich das zu meinem Schutz sagte oder zu seinem. Eigentlich spielte es auch keine Rolle. Es war besser so. Zu viel Nähe bedeutete Gefühle, und Gefühle führten zu Komplikationen. Ich musste das nicht ausführen. Jasper verstand mich auch so.

»Schon gut«, murmelte er und wandte den Blick ab. »Ich verstehe das.« Ohne eine Antwort abzuwarten, startete er den Wagen und fuhr los.

Zum Glück hielt die seltsame Stimmung nicht lange an, da Jasper schließlich anfing, von sich zu erzählen. Irgendwie entwickelte sich daraus eine Art Fragespiel, bei dem ich unter anderem erfuhr, dass er ein großer Fan von dystopischen Filmen war, Erdnussbutter hasste und als Kind immer zwei unterschiedliche Socken getragen hatte. Auch wenn das Spiel nur zu deutlich zeigte, wie wenig wir uns eigentlich kannten, fühlte sich Jaspers Nähe wahnsinnig vertraut an.

Gegen Abend erreichten wir schließlich unsere erste Unterkunft. Müde stieg ich aus dem Auto. Ich fühlte mich ausgelaugt, was vielleicht daran lag, dass ich eine lange Schicht im Café hinter mir hatte. Seit wir Maisie vor vier Tagen in die Klinik gebracht hatten, hatte ich kaum eine Nacht durchgeschlafen, was nun seinen Tribut forderte.

»Na komm.« Jasper legte einen Arm um meine Schulter und lotste mich zu dem Eingang des Guesthouses, in dem wir schlafen würden. Kurz zuckte ich zusammen, weil die Berührung schon wieder ein Flattern in meinem Bauch auslöste, aber im selben Moment versuchte ich, mir einzureden, dass es nur eine freundschaftliche Geste war und ich die Nähe deshalb ohne schlechtes Gewissen genießen konnte.

Eine junge Frau, die sich als Molly vorstellte, öffnete uns freudestrahlend die Tür. Nachdem Jasper ihr seinen Ausweis gezeigt hatte, machte sie einen Haken auf der Liste in ihrer Hand und führte uns dann in den ersten Stock.

»Wie hast du es eigentlich geschafft, das so kurzfristig zu buchen und zu organisieren?«, fragte ich, während wir das Zimmer betraten. Die Frage war allerdings sofort vergessen, als ich das Doppelbett sah.

Während Molly auf dem Flur stehen blieb und etwas von Frühstückszeiten, WLAN-Passwort und Restaurants in der Nähe erzählte, konnte ich nur das Bett anstarren. Scheiße! Daran hatte ich überhaupt nicht gedacht. Sobald Molly uns einen schönen Aufenthalt gewünscht hatte und wieder nach unten verschwunden war, platzte es aus mir heraus: »Du hast uns ein Doppelbett gebucht?«

»Das war keine Absicht! Ich habe nur vergessen, ausdrücklich um Einzelbetten zu bitten. Es musste alles recht schnell gehen, weil wir so spontan los sind.« Er sah unglücklich von mir zum Bett, als würde ihm die Vorstellung, dort die ganze Nacht mit mir zu liegen, ebenfalls Kopfzerbrechen bereiten.

Zugegeben, das Zimmer war ansonsten perfekt. Neben dem Bett stand ein breiter Schrank, und auf einer kleinen Kommode befand sich ein Tablett mit einem Wasserkocher, Tee und Keksen. Das Schönste war jedoch das große Fenster, das einen Blick auf den Ort Oban freigab. Am Himmel dämmerte es, und für einen kurzen Moment verlor ich mich in dem Anblick. Unwillkürlich musste ich daran denken, wie ich mit Maisie manchmal auf meinem Fenstersims saß und wir hinausschauten, während ein Hörbuch lief.

»Ich kann fragen, ob sie eine zweite Decke für uns hat, und auf dem Boden …«

»Quatsch«, unterbrach ich ihn. »Wir werden das schon überstehen. Solange du nicht schnarchst oder mir im Schlaf die Decke klaust, sollte es keine Probleme geben.«

»Okay.« Er klang nicht gerade überzeugt, aber was sollte er schon sagen? Uns war beiden klar, dass Deckenklauen nicht das eigentliche Problem war.

Allein beim Gedanken daran, die ganze Nacht neben ihm zu liegen, ohne ihn zu berühren, zog sich mein Innerstes zusammen. Aber gut, diese Entscheidung hatte ich selbst getroffen, also musste ich damit leben. Und meine Hormone in den Griff kriegen. So schwer konnte das ja wohl nicht sein.

»So müde, wie ich bin, falle ich nachher ohnehin halbtot ins Bett«, schob ich hinterher, als machte das die Situation irgendwie besser.

»Alles klar, dann geh ich mal unser Gepäck holen.« Beinahe fluchtartig verließ Jasper das Zimmer.

Verflixte Axt! Mit einem Stöhnen ließ ich mich auf das Bett fallen. Dieser Roadtrip war eine miese Idee gewesen. Ich hätte zu Hause bleiben sollen. Unruhig griff ich nach meinem Handy. Als ich Hollys Frage las, ob es noch zu früh wäre, um sich zu erkundigen, was zwischen Jasper und mir bereits lief, verdrehte ich die Augen, bevor ich ihr mit einem *Natürlich gar nichts* antwortete. Was sie mir keine Sekunde lang glauben würde.

»Was hast du denn alles eingepackt? Deinen ganzen Kleiderschrank?« Jasper kehrte schwer beladen in das Zimmer zurück und ließ meinen Reiserucksack mit einem Ächzen fallen.

Ich verkniff mir einen Kommentar und griff nach dem zugegebenermaßen sehr schweren Gepäckstück. Holly hatte beim Packen offenbar nicht verstanden, dass das hier ein Roadtrip werden sollte und keine Fashionshow. Nicht dass irgendein Kleidungsstück von mir auch nur ansatzweise für eine Fashionshow geeignet wäre.

»Wie wär's, wenn wir noch ein bisschen durch den Ort laufen und dann einen Abstecher in ein Restaurant machen? Oder bist du dafür zu müde?«, fragte Jasper.

»Ehrlich gesagt, bin ich ziemlich k. o. und würde lieber hierbleiben.«

»Alles klar, dann geh ich mal einen Supermarkt suchen.«

»Okay.« Ich kramte nach meinem Schlafanzug, während Jasper seinen Geldbeutel einsteckte und das Zimmer verließ.

Sobald Jasper weg war, ging ich ins Bad, um die Müdigkeit mit einer Dusche zu vertreiben. Vergeblich. Das heiße Wasser tat zwar unglaublich gut, doch die Müdigkeit hielt mich fest gepackt. Mit einem tiefen Seufzer schlüpfte ich in meinen Pyjama und machte es mir mit dem Handy auf dem weichen Bett gemütlich. Gedankenverloren scrollte ich durch meine Fotos. Bei den Bildern von Maisie im Park hielt ich inne. Sie strahlte so selbstbewusst in die Kamera, dass mich ein jäher Stich durchzuckte. Wie es ihr wohl in der Klinik ging? Bevor ich mich jedoch in meiner Sorge um sie verlieren konnte, klopfte es an der Tür.

»Ja?«

»Ich bin es nur.« Jasper schob sich in das Zimmer. Er hatte eine Tasche dabei, die er auf der Kommode ablegte. Kurz darauf schlüpfte er aus den Schuhen, holte Brötchen, Käse und Hummus hervor und packte alles auf das Tablett.

Eine plötzliche Wärme durchflutete mich. Jasper hatte mich, ohne zu zögern, auf diesen Roadtrip mitgenommen, und auch wenn er behauptete, dass er dringend Abwechslung brauchte, um sein Manuskript zu retten, wusste ich es besser. Er machte das hier genauso sehr für mich wie für sich. Und das, obwohl ich ihn nicht nahe an mich heranlassen konnte. Obwohl ich Tausend Fragezeichen mit mir herumtrug und nicht wusste, wo mir der Kopf stand. All das akzeptierte er einfach; er ließ mir Zeit, gab mir den Raum, den ich brauchte. Was alles andere als selbstverständlich war, auch wenn er gern so tat, als wäre es das.

»Danke«, sagte ich in die Stille hinein.

Jasper drehte sich mit einem erstaunten Gesichtsausdruck zu mir um. »Wofür?«

»Für alles. Für das Essen. Dafür, dass wir jetzt hier sind.«

»Klar, gern«, erwiderte er und stellte das Tablett zwischen uns aufs Bett.

Kopfschüttelnd sah ich ihn an. Ob ich je aus ihm schlau werden würde? Bevor ich noch etwas Dummes sagen konnte, griff ich nach einem Brötchen. Obwohl es nur ein einfaches Essen war, schmeckte es herrlich. Während wir schweigend aßen, wurden meine Augen mit jeder Minute schwerer.

»Ich glaube, ich muss ins Bett«, murmelte ich schließlich und unterdrückte ein Gähnen.

»Ist gut, ich wollte mich sowieso noch ein bisschen an den Laptop setzen. Vorausgesetzt, das stört dich nicht?«

»Nein, quatsch. Mach nur«, sagte ich und verschwand im Bad, um mir die Zähne zu putzen. Mein Spiegelbild, das eine blasse und unendlich müde Version von mir zeigte, ignorierte ich dabei, so gut es ging.

»Gute Nacht«, murmelte ich, als ich mich zurück ins Bett legte und die Decke über mich zog. Das Letzte, was ich hörte, war Jaspers dunkle Stimme, die mir ebenfalls eine gute Nacht wünschte. Dann umfing mich warme Dunkelheit, die alles andere auslöschte.

Das Nächste, was ich mitbekam, war, dass jemand an meiner Schulter rüttelte. Brummend drehte ich mich um, doch das Rütteln blieb.

»Guten Morgen, Amelia.« Die dunkle Stimme erklang so nah

an meinem Ohr, dass ich schlagartig wach wurde. Das war nicht Charlotte und auch ganz bestimmt nicht Maisie. Blinzelnd drehte ich mich um und erblickte Jasper. Er stand mit leicht verkniffenem Gesichtsausdruck neben mir.

»Ist es schon so spät«, murmelte ich und sah mich in dem Zimmer um. Langsam fiel mir auch wieder ein, wo wir waren.

»In einer halben Stunde endet das Frühstück, wir sollten also runtergehen«, sagte Jasper, bevor er sich zurückzog und seine Tasche fertig packte.

Obwohl ich am liebsten noch eine Weile liegen geblieben wäre, schwang ich mich aus dem Bett, schnappte meine Klamotten und verschwand im Bad. Nach einer schnellen Dusche zog ich mich an, kämmte meine Haare und legte ein dezentes Make-up auf. Die Schatten unter meinen Augen waren inzwischen kaum noch zu sehen, was vermutlich daran lag, dass ich die Nacht komplett durchgeschlafen hatte und mich nun angenehm ausgeruht fühlte.

Mit neuer Energie saß ich wenig später im Auto. Ganz im Gegenteil zu meinem Reisegefährten. Jasper hatte seit dem Aufstehen und auch während des Frühstücks, das aus Toast, Marmelade und Porridge bestanden hatte, kaum ein Wort mit mir gewechselt und im Minutentakt gegähnt.

»Hast du nicht gut geschlafen?«, fragte ich, nachdem wir eine Weile schweigend unterwegs waren, und erntete prompt einen bösen Blick.

»Das kann man so nicht sagen, nein«, knurrte er.

Oookay. Da war wohl jemand ein Morgenmuffel oder hatte eine wirklich üble Nacht hinter sich.

»Oh, das tut mir leid«, sagte ich vorsichtig, um ihn nicht noch mehr zu reizen.

»Mmh«, brummte er.

»Okay, was ist los? Habe ich dich im Schlaf getreten?«

»Nein. Das war nicht das Problem.« Diesmal klang er ein bisschen versöhnlicher, wenn auch immer noch weit entfernt von freundlich.

»Dir die Decke geklaut?«, riet ich weiter.

Jasper umklammerte das Lenkrad fester. Sein Blick huschte kurz zu mir, dann richtete er ihn wieder auf die Fahrbahn vor uns. »Nicht ganz. Du hast dich irgendwann in die Mitte gerollt und dich an mich geschmiegt. Als ich dich zurück auf deine Seite drehen wollte, bist du nur noch näher gerutscht.«

»Ich hab was?« Entgeistert starrte ich ihn an.

»Einfach einzuschlafen, war angesichts deiner Nähe nicht gerade leicht.«

Ups. Bei der Vorstellung, wie ich im Schlaf Jasper auf die Pelle gerückt war, schoss mir das Blut in die Wangen.

»Es tut mir … leid?« Konnte diese Sache eigentlich noch peinlicher werden?

»Schon gut. So schlimm war es auch wieder nicht.« Jaspers Blick verirrte sich erneut für den Bruchteil einer Sekunde zu mir.

Ich schluckte schwer. Wir waren keine vierundzwanzig Stunden unterwegs und schon jetzt schien meine Entscheidung, es bei Freundschaft zu belassen, uns beide auf die Probe zu stellen. Großartig.

Zum wiederholten Mal fragte ich mich, ob das hier nicht fürchterlich schiefgehen würde. Doch dann bogen wir um eine enge Kurve – und meine Gedanken und Zweifel lösten sich in Luft auf. Vor uns taten sich in der Ferne steile Felsen auf, und ein breiter Fluss schlängelte sich zwischen den Steinen entlang. Durch die Morgensonne, die auf der Wasseroberfläche eine glitzernde Spur hinterließ, erinnerte die Landschaft an ein Postkartenmotiv. Mit offenem Mund starrte ich aus dem Fenster.

»Ich wusste, dass dir die Strecke gefallen würde«, sagte Jasper, als er meine Reaktion sah.

Lächelnd wandte ich mich ihm zu. »Und wie! Es tut wahnsinnig gut, mal etwas anderes als die Straßen Edinburghs zu sehen. Oder die Tische im *Daydream.*«

Was tatsächlich der Wahrheit entsprach. Und mit jedem kleinen Wasserfall, an dem wir vorbeifuhren, und jedem Sonnenstrahl, der auf mein Gesicht fiel, fühlte ich mich ein bisschen leichter. Ein bisschen lebendiger. Als würde nach einer langen, dunklen Nacht endlich wieder ein neuer Morgen anbrechen.

Einem plötzlichen Impuls folgend, zog ich ein Notizbuch aus meiner Tasche und fing an zu schreiben. Manchmal war zuerst eine Melodie da, manchmal war es der Text. Doch wenn die Idee zu einem neuen Song erst einmal in meinem Kopf war, musste ich sie schnellstmöglich zu Papier bringen.

Während ich die weißen Seiten mit Notizen füllte, vergaß ich alles um mich herum, nahm nur noch die Landschaft und die Gefühle wahr, die der Anblick in mir auslöste. Erst als Jasper auf einen Parkplatz am Straßenrand fuhr, schaute ich wieder auf und sah mich um. Vor uns lag ein weites Tal. Staunend legte ich das Notizbuch weg und folgte Jasper nach draußen. Außer uns war niemand hier, was echtes Glück war, denn Aussichtspunkte wie diese waren begehrte Spots für Touristen.

»Das ist bestimmt eine tolle Inspiration für deinen Roman, oder?«, fragte ich.

»Ist es. Das Buch spielt in den Highlands, auch wenn einige

Schauplätze in einer Parallelwelt liegen, aber in meinem Kopf sind es Plätze wie dieser.«

Ich nickte, griff nach meinem Handy, um ein paar Fotos zu schießen, bevor ich mich wieder ganz auf die Szene vor mir konzentrierte. Schmale Bäche schlängelten sich durch grünes Gras, und die Weite vor uns strahlte eine Ruhe aus, die auch auf mich überging. Irgendwo am Horizont waren Häuser zu sehen, so winzig, dass es sich genauso gut um eine Spielzeugstadt handeln könnte. Ansonsten gab es keine Anzeichen bewohnter Flächen oder anderer menschlicher Spuren in der Natur. Bis auf vereinzelte vorbeifahrende Autos war es still.

Maisie hätte es hier gefallen. Der Gedanke kam wie aus dem Nichts. Er tat weh, doch ich sagte mir, dass ich ihr auf jeden Fall von diesem Moment erzählen würde. So wie ich Maisie kannte, würde sie lächeln und sich für mich freuen. Sie würde wollen, dass ich die Zeit mit Jasper genoss.

»Wie groß die Welt doch eigentlich ist«, sagte ich in die Stille hinein. »Und wir zerbrechen uns über so viele Kleinigkeiten den Kopf. Soll ich den Rock oder die Hose zum Arbeiten anziehen? Warum schreibt er nicht zurück? Was, wenn ich ein Leben lang in diesem Job feststecke, den ich eigentlich hasse?«

»Ich weiß, was du meinst.« Jasper stand dicht neben mir, den Blick auf das beeindruckende Panorama vor uns gerichtet. »Werden die Leser den nächsten Roman lieben oder hassen? Schaffe ich es, die Deadline einzuhalten?«

»Gott, wir Menschen sind manchmal echt dämlich, oder?«

»Allerdings.«

Wir schwiegen erneut eine Weile, dann drehte ich mich zu Jasper. »Ich bin froh, dass ich dir begegnet bin.«

Fragend hob er die Augenbrauen.

»Ohne dich würde ich jetzt nicht diese fantastische Aussicht genießen können. Ich habe es bereits gestern gesagt, aber ich muss mich noch mal bedanken. Du hast innerhalb von zwei Tagen einen Roadtrip geplant, Unterkünfte gebucht, und jetzt stehen wir hier … So was hat noch nie jemand für mich gemacht.«

»Normalerweise mache ich so etwas auch nicht.« Er trat einen Schritt zurück, als würde die fehlende Distanz ihm Unbehagen bereiten. Dafür, dass ich gestern noch verkündet hatte, nur Freundschaft zu wollen, löste sein Zurückweichen jetzt ein zu starkes Gefühl der Enttäuschung in mir aus.

Ich wandte mich ab und blickte erneut auf die Weite vor uns. Mir war bewusst, dass es für Jasper nicht zur Tagesordnung gehörte, Roadtrips für Frauen zu organisieren, die er erst seit kurzer Zeit kannte. Das war mir bereits klar gewesen, als er mir erzählt hatte, normalerweise niemanden in seine Wohnung zu lassen. Warum auch immer er irgendwann damit angefangen hatte, Mauern um sich zu errichten, es war ihm offenbar wichtig, sie aufrechtzuerhalten. Was ich verstand. Verdammt gut sogar. Ich wusste schließlich, wie es sich anfühlte, vorsichtig zu sein, um das eigene Herz zu schützen. Ein Grund mehr, ihm für diesen Trip dankbar zu sein. Ich hoffte nur, dass er es nicht irgendwann bereute.

18. KAPITEL

Amelia

»Unfassbar, dass du die Band nicht magst.« Kopfschüttelnd drehte ich das Radio lauter. Gerade lief *I Want To Break Free* von Queen, und wie immer sang ich voller Inbrunst mit. Es gab Interpreten, bei denen es unmöglich war, sie stumm anzuhören. Und Queen gehörte eindeutig dazu.

»Ich bin einfach nicht so der Fan von Rockmusik«, meinte Jasper amüsiert.

»Pff, dann entgeht dir definitiv etwas.« Ich lehnte mich in seine Richtung und schmetterte ihm den Refrain entgegen.

Sein Schmunzeln verwandelte sich in ein tiefes Lachen, das wie Musik in meinen Ohren klang. Ich war froh, dass die Stimmung zwischen uns nicht mehr so angespannt war wie gestern, als wir Oban hinter uns gelassen hatten. Nach unserem kurzen Fotostop waren wir weitergefahren und hatten schließlich in Glencoe halt gemacht, um das schöne Wetter in der Natur zu genießen. Im Laufe des Nachmittags hatte Jaspers Laune sich erheblich verbessert, und nach einer offenbar erholsameren Nacht als die davor strömte er auch heute eine gewisse Leichtigkeit aus. Statt einem ernsten und verschlossenen Gesichtsausdruck hatte er seit einigen

Minuten ein breites Grinsen auf den Lippen, was eine schöne Abwechslung war. Das sollte er definitiv öfter machen.

»So ein bisschen hast du schon einen an der Waffel, oder?«, rief er über meinen lautstarken Gesang hinweg.

»Ein ganz kleines bisschen vielleicht.« Ich lehnte mich wieder zurück, während die letzten Akkorde erklangen. »Großartig. Damals war Musik wirklich noch Kunst.«

»Wow, du klingst gerade ungefähr fünfzig Jahre älter«, stichelte Jasper.

»Ach, halt die Klappe. Du magst Queen nicht, du hast also kein Mitspracherecht, wenn es um Musik geht.«

»Autsch«, sagte er und verzog übertrieben das Gesicht, als hätte ihn mein Kommentar tatsächlich getroffen. »Das ging aber schnell.«

»Tja, Pech gehabt.«

»Eine zweite Chance gibt es nicht?«

»Nope. Zumindest nicht heute.« Grinsend bemerkte ich, wie Jasper ernst wurde. »Aber keine Sorge, morgen lasse ich mal die Playlist von meinem Handy laufen. Bei über zweihundert Songs sollte ja was dabei sein, was dir gefällt«, schob ich hinterher.

Das Geplänkel zwischen uns ging noch eine Weile so weiter. Es tat gut, nicht ständig an Maisie und die Zukunft zu denken und mich auch mal unbeschwert zu fühlen. Als wäre ich ein ganz normales Mädchen, das lachen konnte und Witze machte.

Doch nach einer Weile starrte ich wieder gedankenverloren aus dem Fenster. Die Landschaft um Glencoe herum, wo wir gestern den ganzen Nachmittag verbracht hatten, war schon unglaublich gewesen, aber der Anblick auf dem Weg zur Isle of Skye war einfach nur überwältigend. Bei jeder Kurve wartete ich gespannt, welches schöne Detail ich als Nächstes entdecken würde. Die Wildheit der Natur, die vollkommen unberührt vor uns lag, strahlte eine raue Schönheit aus, die mich sofort in den Bann zog.

»Hier fällt es einem nicht schwer, daran zu glauben, dass Magie tatsächlich existiert«, bemerkte ich, als wir zwischen kargen Felslandschaften, tiefgrünen Wiesen und weiten braunen Feldern hindurchfuhren. Kleine Bäche und Seen tauchten vereinzelt in dem braungrünen Hügelmeer auf und sorgten für helle Farbtupfer. Über uns spannte sich ein blassblauer Himmel, der von weißen Schleierwolken bevölkert wurde. Er erzählte von unendlich vielen Möglichkeiten und ließ mich glauben, dass ich alles erreichen konnte. Die Frage, wie ich mein Leben gestalten wollte, wurde mit jeder Minute stärker. Dabei hatte ich sie in den letzten Jahren so erfolgreich zurückgedrängt.

»Absolut. Deshalb liebe ich diese Strecke auch. Sie steckt voller Inspiration.«

»Das stimmt«, sagte ich leise und dachte an den Songtext, den ich gestern während der Fahrt geschrieben hatte. »Worum geht es eigentlich in dem Roman, an dem du gerade schreibst?«

»Interessiert dich das wirklich?« Jasper warf mir einen schnellen Seitenblick zu, als erwartete er, dass ich mich nur über ihn lustig machte.

»Natürlich!« Das Schreiben war ein großer Teil von ihm. Auch wenn ich ihn nicht in erster Linie als den erfolgreichen Autor Jasper Haven sah, faszinierte es mich, mit welcher Leidenschaft er über Geschichten sprach.

»Also, in *Schatten der Nacht* – dem ersten Teil – geht es um Ian McPhee, den Sohn eines Clanoberhauptes. Seit dem Moment seiner Geburt steht fest, dass er eines Tages den Platz seines Vaters einnehmen wird. Doch Ian hat ein Geheimnis, von dem niemand wissen darf …«

Während Jasper von seinem Buch erzählte, veränderte sich die Stimmung im Auto. Seine Stimme wurde mit jedem Wort weicher und lebendiger. Es war, als strahlte sein ganzer Körper plötzlich eine Energie aus, die die dunkle Traurigkeit, die ich schon mehrmals an ihm wahrgenommen hatte, völlig zurückdrängte. Wenn Jasper über das Schreiben sprach, verwandelte er sich in einen jungen Mann, der voller Begeisterung und Lebensfreude steckte.

Stumm musterte ich ihn von der Seite. Sein Blick war auf die Fahrbahn gerichtet, aber ich konnte trotzdem das Lächeln erkennen, das auf seinen Lippen lag.

Ohne dass ich es mitbekommen hatte, hatten sich die Wolken über uns inzwischen verdichtet, und schon nach wenigen Minuten brach ein Schauer über uns herein. Starker Regen prasselte gegen die Windschutzscheibe und übertönte mein Herz, das viel zu schnell in meiner Brust pochte. Es schlug geradezu schmerzhaft gegen meine Rippen und machte es mir unmöglich, die Wahrheit zu leugnen, die glasklar vor mir lag.

Jasper Haven ging mir unter die Haut. Er entfachte etwas in mir, das sich fremd und aufregend zugleich anfühlte. Egal, wie sehr ich mir vornahm, mich nicht auf ihn einzulassen. Er löste eine tiefe Sehnsucht in mir aus, die ich so nicht kannte. Ich hatte in den letzten Stunden versucht, mein Gefühlschaos zu ordnen, doch je länger ich mit Jasper zusammen war, desto mehr bereute ich meine Entscheidung, das zwischen uns als Freundschaft abzutun. Ich hatte immer noch eine Scheißangst, mich auf ihn oder irgendjemanden sonst einzulassen. Aber die Anziehung, die er auf mich ausübte, war schwer zu leugnen. Vor allem, wenn wir in einem Wagen saßen und sein Duft meinen Verstand vernebelte. Meine Hand wanderte zu meinen Lippen, als könnte ich noch immer unseren letzten Kuss vor zehn Tagen spüren. Als wäre ich nie aus Jaspers Wohnung geflohen, um ins Krankenhaus zu eilen.

Doch der Gedanke an Maisie, die gerade einen Alltag lebte, von dem ich keine Ahnung hatte, holte mich schlagartig in die Realität zurück. Es kostete mich alle Mühe, mich von Jaspers Anblick loszureißen, der immer noch konzentriert auf die Straße schaute und von meinem Gefühlschaos zum Glück nichts bemerkte.

»Alles klar?«, fragte Jasper plötzlich leise und wandte den Kopf in meine Richtung. Offenbar hatte er doch etwas von meiner schwankenden Stimmung gespürt.

Ich wich seinem Blick aus und nickte hastig. »Ja, alles gut«, sagte ich ausweichend. Was auch immer das eben gewesen war, es wäre besser, wenn ich es in den Griff bekam.

Leise seufzend lehnte ich mich an das Fenster. Draußen goss es in Strömen. Mit einem Finger zeichnete ich die Spur nach, die der Regen auf der Scheibe hinterließ. Doch so angestrengt ich auch in die Landschaft starrte, meine Gedanken wanderten immer wieder zu dem Mann neben mir. Es war, als hätte Jasper sich einen Weg in meinen Kopf geschlichen und dort allen Platz für sich beansprucht.

»Wie wäre es mit einer kleinen Pause?« Eine gute Stunde später, irgendwo kurz nach Fort William, deutete Jasper auf ein kleines Schild am Straßenrand, das auf einen Laden mit angeschlossenem Café wenige Meter weiter zeigte.

»Wahnsinnig gern«, sagte ich, obwohl ich es kaum noch erwarten konnte, endlich die Isle of Skye zu sehen, von der Jasper bereits so viel geschwärmt hatte. Aber meine Blase drückte seit geraumer Zeit, und die Aussicht auf einen Kaffee und etwas zu Essen klang verlockend. Außerdem würde ich so ein bisschen Abstand zwischen Jasper und mich bringen können. Und den brauchte ich dringend, wenn ich meine Hormone unter Kontrolle kriegen wollte.

Als ich vor zwei Tagen mit Jasper aufgebrochen war, hätte ich nie gedacht, dass es eine Qual sein könnte, mit ihm in einem Auto zu sitzen. Nachdem wir Maisie in die Klinik gefahren hatten, hatte ich alle anderen Gefühle von mir geschoben. Doch jetzt, Meilen von Edinburgh entfernt und trotz meiner Entscheidung, in Jasper nur einen Freund zu sehen, traf mich das Verlangen nach seiner Nähe mit voller Wucht. Was nicht gut war. Ganz und gar nicht gut.

»Okay, auf drei?« Jasper hatte den Wagen geparkt und schaute mich erwartungsvoll an.

»Ähm, was?« Irgendwie war mir der Anfang dieser Konversation entgangen.

»Auf drei rennen wir rüber in den Laden«, erklärte Jasper. »Weil es draußen immer noch so stark regnet«, schob er hinterher, als ich ihn nur verwirrt anstarrte. »Wo bist du denn mit deinen Gedanken?«

»Auf drei klingt super«, murmelte ich. Mit einer fahrigen Bewegung griff ich nach meiner Handtasche. Ich konnte es kaum erwarten, aus dem Auto rauszukommen.

Nass, dafür aber mit einer entleerten Blase und einem Tomaten-Käse-Sandwich vor mir, saß ich wenige Minuten später um einiges glücklicher im Café. Von außen hatte der Laden wie eine übliche Touristenanlaufstelle gewirkt, da sich im vorderen Teil ein Shop mit Souvenirs befand, wo man hauptsächlich Tassen und Kissen mit Abbildungen des Hochlandrinds oder dem Umriss von Loch Ness kaufen konnte. Doch im hinteren Teil verbarg sich eine Theke mit Sandwiches und Muffins, und an den Wänden hingen Fotos von dem Glenfinnan-Viadukt, der berühmten Brücke, die seit den Harry-Potter-Verfilmungen wirklich jeder kannte. Trotz der eher touristischen Dekoration strahlte das Café mit seinen hellen Holzmöbeln und den blumenbestickten Tischdecken eine heimelige Atmosphäre aus.

Ich umklammerte die Kaffeetasse fester, als wäre es mein Lebenselixier. Mit jedem weiteren Schluck von der dunklen Flüssigkeit, die mein Innerstes wärmte, ließ meine Anspannung nach. Vielleicht hatte ich mir die Spannung zwischen Jasper und mir im Auto auch nur eingebildet. Vielleicht waren nur die Hormone mit mir durchgegangen und hatten mich etwas spüren lassen, was gar nicht da war.

»Wie geht es eigentlich Maisie?«, fragte Jasper, der gedankenverloren in seinem Tee rührte.

Ich zuckte mit den Schultern. »Soweit ich weiß, gut. Sie darf in den ersten Tagen in der Klinik mit niemandem von außerhalb sprechen. Nicht dass sie unbedingt die gesprächigste Partnerin für Telefonate wäre, aber …« Ich verzog das Gesicht.

»Und wie geht's dir damit?« Jasper klang ungewohnt ernst. Als würde er sich tatsächlich Gedanken um Maisies Zustand und meine Gefühle machen. Mein Herz schlug schneller. Verdammt, und ich hatte mir eben noch einreden wollen, dass ich mir das mit der Anziehung nur eingebildet hatte. Aber das war wohl Wunschdenken, denn Jaspers dunkle Augen nahmen mich gefangen, lockten mich mit ihrer Tiefe, und es kostete mich alle Kraft, nicht darin zu versinken.

»Ganz okay«, sagte ich zu meiner Kaffeetasse.

»Amelia?«

»Ja?« Ruckartig schoss mein Kopf wieder nach oben. Es war wie ein Reflex. Jasper sagte meinen Namen, und mein Körper, dieses verräterische Ding, reagierte.

Jasper musterte mich besorgt. »Wenn du nicht darüber reden möchtest, verstehe ich das. Aber wenn du es doch willst, bin ich da, um zuzuhören. Das weißt du doch, oder?«

Ich seufzte und klammerte mich noch fester an meine Tasse. Eigentlich wollte ich nicht darüber reden, aber irgendwie hatte sich bei mir ein Schalter umgelegt, als er vorhin im Auto von seinem Buch geredet und ich die Begeisterung in seiner Stimme gehört hatte. Es war, als hätte er mit ein paar Wörtern und Sätzen meine Mauern niedergerissen, sodass die sorgsam versteckten Gefühle jetzt einfach aus mir herausströmten.

»Na ja, ich …«, begann ich und holte tief Luft. »Wenn du es genau wissen willst, ich hab keine Ahnung, wie ich mich fühle. Es geht mir gut und schlecht zugleich. Ich vermisse sie. Maisie gehört zu meinem Alltag dazu, und dass ich sie nicht mehr jeden Tag sehen kann, ist hart. Versteh mich nicht falsch, gestern und heute war unfassbar schön. Aber ich hatte plötzlich Fragen im Kopf wie: Was will ich eigentlich? Was würde ich machen, wenn ich nicht bei Charlotte leben würde? Es ist alles so verwirrend. Vor allem, weil ich diese Gedanken überhaupt haben nicht will. Meine Eltern sind tot! Und meine Schwester hat mich seither an ihrer Seite gebraucht. Da war nie Platz für Träume und Was-wäre-wenn-Spielchen.«

Ich hatte keinen Schimmer, wo all die Worte auf einmal herkamen, doch offenbar hatten sie darauf gebrannt, gesagt zu werden. »Trotzdem bin ich froh, mit dir hier zu sein. Ich glaube, wegzufahren war die richtige Entscheidung.« Schnell presste ich die Lippen zusammen, dabei war es längst zu spät. Ich konnte das Gesagte nicht mehr zurücknehmen. Jasper gegenüber mein Herz auszuschütten, gehörte nicht zu meinem Plan. Andererseits war in den letzten Tagen nichts nach Plan gelaufen.

»Das ist 'ne Menge.« Jaspers Hand zuckte, als wollte er über den Tisch nach meiner greifen, doch dann umklammerte er stattdessen seine Tasse.

Enttäuschung machte sich in mir breit. Doch rasch drängte ich das Gefühl wieder zurück, das vollkommen fehl am Platz war.

»Ich bin froh, dass du nicht nach einem Tag wieder umkehren wolltest.« Ein kleines Lächeln erschien auf seinen Lippen, und sofort fühlte ich mich ein wenig besser. »Und ich glaube, dass es völlig normal ist, dass du gerade eine Menge Dinge gleichzeitig fühlst. Ich wünschte mir nur …« Er zögerte und fuhr sich unruhig durch die Haare.

»Sag schon. Wir waren bisher immer ehrlich zueinander. Jetzt ist kein guter Zeitpunkt, um damit aufzuhören.« Ich versuchte, ebenfalls ein Lächeln, das sich allerdings mehr wie eine Grimasse anfühlte. Doch es schien seinen Zweck zu erfüllen.

Jasper räusperte sich, bevor er schließlich leise fortfuhr: »Ich wünschte mir nur, du würdest dir Zeit für diese Träume nehmen. Ich wünschte, du würdest dir möglichst viele Was-wäre-wenn-Fragen stellen. Darum geht es doch im Leben. Sich auszumalen, was alles möglich wäre. Um dann irgendwann den Mut zu fassen, die Träume auch zu verwirklichen.«

Sprachlos starrte ich ihn an. Damit hatte ich jetzt nicht gerechnet. Es sollte mich vermutlich nicht wundern, dass ein Bestsellerautor es schaffte, auf meinen Ausbruch genau die richtigen Worte zu finden, doch ich war trotzdem überrumpelt.

»Das ist nicht fair«, flüsterte ich. »Du solltest diese Dinge nicht sagen.«

»Manchmal muss man die Wahrheit einfach hören«, meinte Jasper schulterzuckend, wieder ganz der selbstbewusste, überhebliche Autor.

Ich verdrehte die Augen und griff ich nach meinem Kaffee. »So meinte ich das nicht.«

Jasper sah mich verwirrt an. »Okay. Dann klär mich auf.«

Diesmal war ich es, die zögerte.

»Amelia, wir versuchen es hier doch mit Ehrlichkeit, oder?« Seine Stimme klang so sanft und einfühlsam, dass ich mir einen Ruck gab.

»Na schön. Ich meinte, du darfst nicht solche perfekten Dinge zu mir sagen. Das führt dazu, dass ich mich besser fühle, weil du mich auf eine seltsame Art einfach jedes Mal zu verstehen scheinst. Und das ist ein Problem! Weil … weil es mir dadurch verdammt schwerfällt, dich nur als Freund zu sehen. So war das nicht vereinbart.«

»Vereinbart?« Seine Augenbrauen schossen in die Höhe, als hätte er den Rest meines Gestammels überhaupt nicht gehört.

»Na, du weißt schon …«

»Ich kann mich nicht erinnern, dass wir irgendetwas vereinbart hätten.«

»Hör auf, Jasper, bitte.«

Doch diesmal ließ er nicht locker. »Ich kann mich daran erinnern, dass *du* gesagt hast, dass du dich gerade auf nichts anderes als Freundschaft einlassen kannst. Was für mich okay ist. Aber ich habe mit dir nie eine Vereinbarung oder Ähnliches getroffen. Und *ich* habe auch nie behauptet, dass ich nur Freundschaft will.«

Darauf fiel mir nichts ein. Sprachlos starrte ich ihn an, während mein Herz einen Salto schlug, weil es seine Worte sofort aufgesogen hatte.

»Willst du noch was?«, wechselte er plötzlich das Thema. »Ich würde mir noch einen Kaffee holen, kann ihn aber auch *to go* nehmen, falls du fertig bist.«

»Du … Ernsthaft?« Ich kniff die Augen zusammen und versuchte, meinen Puls zu ignorieren, der schon wieder in die Höhe schnellte. »Du willst jetzt gehen? Mitten im Gespräch?« Ungläubig musterte ich ihn.

»Willst *du* dieses Gespräch etwa weiterführen?« Jasper lehnte sich in meine Richtung, sodass sein Gesicht nur wenige Zentimeter von meinem entfernt schwebte.

Ich schluckte, weil mein Mund plötzlich staubtrocken war. Mein Blick huschte über seine dunkelbraunen Haare, durch die ich am liebsten mit meinen Fingern fahren würde, glitt über seine kantigen Wangenknochen und blieb schließlich an seinen vollen Lippen hängen.

»Nein«, wisperte ich mit heiserer Stimme.

»Das habe ich mir gedacht.« Er stand auf und brachte unser Geschirr zurück. Mit wild klopfendem Herzen starrte ich ihm nach.

Was zur Hölle war das bitte gewesen?

19. KAPITEL

Jasper

Fuck! So hatte ich mir das nicht vorgestellt. Ich umklammerte das Lenkrad fester, den Blick hielt ich konzentriert auf die Straße gerichtet. Noch immer goss es in Strömen, und es sah ganz so aus, als würde es sich für längere Zeit einregnen. Fantastisch. Das hieß dann wohl, dass Amelia und ich so schnell nicht aus dem Auto kommen würden. Natürlich könnten wir noch mal in ein Café gehen, aber da wir erst vor zwei Stunden aus einem gekommen waren, war das nicht wirklich eine Alternative. Eigentlich hatte ich Amelia erst das Glenfinnan-Viadukt und danach das Örtchen Mallaig zeigen wollen, von wo aus die Fähre zur Isle of Skye fuhr. Im strömenden Regen hatte es allerdings wenig Sinn, durch die Ortschaft zu laufen. Also war ich auf der anderen Seite des Loch Linnhe wieder hinunter, den Loch Sunhart entlang und rauf Richtung Mallaig gefahren, in der Hoffnung, dass sich in der Zwischenzeit das Wetter besserte und wir doch noch etwas von der Landschaft sehen konnten. Was bis jetzt leider nicht der Fall war.

Wir hätten zwar auch über die Skye Bridge auf die Insel fahren können, aber ich wollte Amelia die Fährfahrt nicht vorenthalten. Es war ein ganz besonderes Gefühl, an der Reling zu stehen, auf das Wasser zu blicken, während der Wind an den Kleidern zerrte und alle Gedanken aus dem Kopf pustete. Ich hoffte nur, dass es zu regnen aufhörte, wenn wir in zwei Stunden auf die Fähre fuhren.

Bis dahin mussten wir uns irgendwie die Zeit vertreiben, denn wir würden den Hafen in einer halben Stunde erreichen. Womit eine viel zu lange Wartezeit blieb.

Normalerweise hätte ich nichts dagegen, mit einer hübschen Frau im Auto zu sitzen, während der Regen ans Fenster prasselte. Es gab schließlich genügend Dinge, die mir spontan einfielen, um sich die Zeit zu vertreiben.

Das Problem war nur, dass Amelia nicht irgendeine Frau war. Und ich wollte nicht der Arsch sein, der es ausnutze, dass wir hier festsaßen. Amelia trug eine Menge Ballast mit sich herum, und ich war wirklich der Letzte, der ihr helfen konnte, das Chaos zu beseitigen.

Also musste ich mein Verlangen nach ihr unterdrücken. Was verdammt schwer war, wenn ihr blumiger Duft in jedem Winkel des Autos hing und meinen Kopf vernebelte. Er pflanzte Vorstellungen in meine Gedanken, wie zum Beispiel jetzt sofort rechts ranzufahren, sie auf meinen Schoß zu ziehen, die Hände in ihren Haaren zu vergraben und ihren Mund mit Küssen zu bedecken.

Was ich nicht tun würde.

Ich biss die Zähne zusammen und versuchte, an etwas anderes zu denken, bevor es in meiner Jeans noch enger wurde als ohnehin schon. An meine näherrückende Deadline zum Beispiel. Wenn ich nächste Woche nicht mindestens fünfzig Seiten schaffte, würde es mit dem Erscheinungstermin knapp werden. Am Anfang hatte der Zeitplan gut ausgesehen, doch dann hatte ich mich im Manuskript in eine Sackgasse geschrieben, aus der ich erst langsam wieder herausfand. In der ersten Nacht, als Amelia früh schlafen gegangen war, hatte ich immerhin noch viertausend Wörter geschafft. Trotzdem würde ich mit Daniel über eine mögliche Verschiebung reden müssen. Der Gedanke war zwar nicht besonders verlockend – zumal mir mein Agent wahrscheinlich wieder einen ewig langen Vortrag halten würde –, aber immerhin war ich nicht länger angetörnt.

Mein Blick huschte zu Amelia, die auffallend still war. Seit wir das Café verlassen hatten, saß sie mit verschränkten Armen neben mir und starrte finster in den Regen hinaus.

Wenn sie doch nur nicht wieder mit diesem ganzen Freundschaftsthema angefangen hätte! Dann hätte ich meine Klappe gehalten, ihre Entscheidung akzeptiert und die Spannung zwischen uns weiterhin ignoriert. Doch jetzt, wo ich wusste, dass sie sie auch wahrnahm und es ihr offenbar genauso schwerfiel wie mir …

Ich biss erneut die Zähne zusammen. Am liebsten würde ich den Kopf gegen die Wand schlagen, um meine Gedanken loszuwerden. Doch es half nichts, sie wanderten immer wieder zu Amelia und wie es sich anfühlen würde, ihre nackte Haut unter meinen Händen zu spüren. Oder ihr leises Lachen an meinem Ohr zu hören.

»Es gibt wirklich gute Gründe, warum wir während dieses Roadtrips nur Freunde sein sollten.« Amelias Stimme erklang so unerwartet, dass ich erschrocken zusammenzuckte und für einen Moment fast auf die andere Fahrbahn abkam.

»Ich weiß«, stieß ich hervor. Himmel, diese ganze Situation war eine einzige Katastrophe. Sie erinnerte mich wieder daran, warum ich mich grundsätzlich nicht auf andere Menschen einließ.

Zumindest nicht auf einer emotionalen Ebene. Die Dinge wurden dadurch viel zu schnell kompliziert und anstrengend.

Das hatte ich schon früh erkennen müssen. Nachdem mein Vater uns verlassen hatte, hatte meine biologische Mutter zwar immer mal wieder Affären, aber die hielten nie länger als ein paar Monate. Was vor allem an Mums Suchtverhalten lag. Als Kind hatte ich die vielen Flaschen und Tabletten neben ihrem Bett nicht richtig deuten können, aber ich hatte immer gewusst, dass sie der Grund für ihre heftigen Stimmungsschwankungen waren. Ihr Verhalten hatte fast immer zu Streitereien geführt, bei denen nicht selten jemand handgreiflich geworden war. In ihren Augen hatte es jedoch nur einen einzigen Grund für die vielen Trennungen gegeben: Jamie und mich. Für sie waren wir eine Bürde gewesen, eine Last, die sie nur an den Versager von Mann erinnerte, der sie kurz nach Jamies Geburt verlassen hatte.

Als wir schließlich vom Jugendamt aus der heruntergekommenen Dreizimmerwohnung, die damals unser Zuhause gewesen war, geholt wurden, hatte unsere Mutter zugedröhnt im Wohnzimmer gelegen und ferngesehen. Ich war damals sieben Jahre alt gewesen und hatte die Hand meines kleinen Bruders festgehalten, bis wir draußen waren und die Tür der Wohnung für immer hinter uns zufiel. Keine Ahnung, wer erleichterter über unser Weggehen gewesen war: sie oder ich.

Die Pflegefamilien, in denen wir danach untergebracht wurden, waren zwar um einiges besser als die Hölle, aus der wir kamen, aber auch da gab es ständig Streit. Spätestens, als Jamie zur Schule ging und Ärger gemacht hatte. Ich wusste nicht, wie oft unsere Pflegeeltern ins Büro der Schulleiterin gerufen wurden.

Nein, was zwischenmenschliche Beziehungen anging, glaubte

ich nicht mehr an so etwas wie *Und sie lebten glücklich bis an ihr Lebensende.* So etwas gab es nur in Märchen. Oder in Büchern. Vermutlich liebten die Menschen Geschichten deshalb so sehr. Sie konnten sich der Illusion hingeben, dass es ein Happy End gab, das ewig andauerndes Glück versprach.

Ich seufzte schwer und richtete meine Aufmerksamkeit zurück auf Amelia. »Ich glaube, du hast recht. Es ist besser, wenn wir nur Freunde sind«, sagte ich und spürte ihren prüfenden Blick auf mir, als wollte sie herausfinden, wohin meine Gedanken gerade abgedriftet waren.

Sie schien mit sich zu ringen, doch dann platzte es aus ihr heraus: »Wieso hast du dann im Café gerade diese Andeutung gemacht, dass du nicht nur … ach, vergiss es! Ich hätte überhaupt nicht damit anfangen sollen.« Ihre Stimme wurde mit jedem Wort leiser.

Ich schaute zu ihr rüber und bemerkte, dass sie ihre Lippen fest zusammengepresst hatte. Verdammt. Die ganze Situation überforderte mich. Zum ersten Mal in meinem Leben wollte ich bei einer Frau das Richtige tun, nur hatte ich keine Ahnung, was das war. Kurz entschlossen fuhr ich bei der nächsten Parkbucht raus und brachte den Wagen mitten zwischen zwei großen Pfützen zum Stehen. Ich konnte nicht weiterfahren, solange es ungesagte Worte zwischen uns gab.

»Hör zu«, fing ich an, bevor ich es mir anders überlegen konnte, »ich weiß, ich hätte das vorhin nicht sagen sollen. Ich will auf keinen Fall deine Grenzen überschreiten, und du hast recht, wenn du sagst, dass eine Freundschaft vielleicht klüger wäre. Trotzdem werde ich nicht lügen und so tun, als würde ich mich nicht zu dir hingezogen fühlen. Auch wenn ich von Anfang an wusste, dass ich mich von dir fernhalten sollte.« Die Worte kamen mir nur schwer über die Lippen.

Amelia musterte mich angespannt. »Darf ich dich etwas fragen?«

»Klar«, sagte ich.

»Wenn du schon wusstest, dass du dich von mir fernhalten sollst, wieso hast du mich damals zu diesem Date eingeladen? Und mich auch noch mit zu dir nach Hause genommen?«

Verdammt gute Frage. Ich seufzte. »Das war aus einem Affekt heraus. Du faszinierst mich. Das tust du, seit du dich auf die Bühne gestellt und diesen Song gesungen hast, der mich nicht mehr losgelassen hat. Aufgefallen bist du mir aber schon vorher. Mit deinen roten Haaren und den Sommersprossen bist du ja kaum zu übersehen, aber wirklich interessant fand ich dich erst, nachdem du gespielt hast. Da wusste ich, dass ich mich wirklich von dir fernhalten sollte.«

»Warum?«, fragte sie leise.

Ich seufzte. »Weil ich eine Menge Ballast mit mir herumtrage und du das nicht gebrauchen kannst. Ich bin nicht unkompliziert oder gut im Trösten. Das war ich nie, und es hat mich auch nicht gestört. Bis ich dich besser kennengelernt habe. Ich weiß nicht, ob ich ein Mann sein kann, den du verdienst. Aber ich wünschte, ich hätte die Chance, es zu versuchen.« Mit wild klopfendem Herzen starrte ich Amelia an.

Ihre Augen weiteten sich überrascht.

Ich verstand selbst nicht, was über mich gekommen war, dass ich ihr all das einfach so gesagt hatte, aber jetzt war es zu spät, meine Worte zurückzunehmen. Davon abgesehen, waren wir von Anfang an ehrlich zueinander gewesen. Und wenn wir den Rest des Roadtrips nicht völlig verkrampft nebeneinandersitzen wollten, mussten wir das hier klären.

»Du denkst, du wärst nicht gut für mich?« Sie klang verwirrt.

»Ja. Tue ich. Nach allem, was du mir erzählt hast, glaube ich nicht, dass du jemanden in deinem Leben gebrauchen kannst, der keinen Plan hat, was er eigentlich will.«

»O Mann.« Amelia schüttelte den Kopf. »Ich wünschte, du könntest dich mal mit meinen Augen sehen. Jasper, du bist …« Sie brach ab und setzte neu an. »Danke, dass du so ehrlich bist. Und dass du das alles mit mir teilst. Allein das macht dich zu einem guten Menschen, auch wenn du das selbst nicht siehst. Aber mir geht es nicht besser als dir. Ich weiß doch auch nicht, was ich will.«

Sie sah mich direkt an, und in ihrem Gesicht spiegelte sich dasselbe Chaos, das in meinem Kopf herrschte.

»Was machen wir hier nur?«, flüsterte sie.

»Keine Ahnung«, gab ich zurück und versuchte vergeblich, meinen donnernden Herzschlag zu ignorieren.

Ihr Blick zuckte von mir zu dem Wetter draußen. Der Regen hatte minimal nachgelassen, prasselte aber immer noch laut gegen die Fenster. »Ich glaube, ich muss hier kurz raus«, murmelte sie, und ehe ich kapierte, was überhaupt los war, öffnete sie die Autotür und sprang hinaus in den Regen.

»Fuck!« Ich löste den Gurt, der mich noch in meinem Sitz hielt und stand wenige Sekunden später mit beiden Füßen in einer Pfütze. Spitze! Meine Schuhe saugten sich sofort mit kaltem Wasser voll, doch es blieb keine Zeit, sich darüber zu ärgern. Entschlossen lief ich um den Wagen herum. »Amelia?«

Sie stand nur ein paar Schritte neben dem Auto, mitten im Regen und hatte die Hände zu Fäusten geballt, als müsste sie einen inneren Kampf ausfechten.

»Amelia, komm wieder rein. Du wirst nur krank, wenn du hier draußen stehst. Wir können das Thema auch fallen lassen und einfach weiterfahren, aber bitte komm zurück ins Auto.«

»Nein.« Amelia drehte sich ruckartig zu mir um. Das Chaos in ihren Augen war verschwunden und einer Entschlossenheit gewichen, die deutlich machte, dass sie eine Entscheidung getroffen hatte. Eine Entscheidung, die alles zwischen uns ändern würde.

Als ich ihren Blick auffing, löste sich jeglicher gute Vorsatz in Luft auf. Unwillkürlich machte ich einen Schritt auf sie zu. Es war unmöglich, mich länger von ihr fernzuhalten.

Amelia hatte nichts mehr mit dem unsicheren Mädchen, das nicht wusste, was es wollte, gemeinsam. Stattdessen stand eine junge Frau vor mir, die das pure Leben ausstrahlte. Der Regen prasselte unermüdlich auf uns, er färbte Amelias rostrote Haare dunkler und durchnässte ihren dünnen Pullover. Doch er kam nicht gegen die Hitze an, die sich in meinem Körper ausbreitete, als Amelia den Abstand zwischen uns überbrückte.

»Nein, ich will nicht zurück ins Auto und das Thema einfach fallen lassen.« Sie reckte ihr Kinn und schaute mich direkt an. Da war kein Zögern, kein Hadern in ihrem Blick. Sie wusste ganz genau, was sie tat. Und einen Moment später verschränkte sie ihre Arme in meinem Nacken und presste ihren Mund auf meinen.

Für den Bruchteil einer Sekunde war ich wie erstarrt, zu überrumpelt von ihrer Nähe. Mein Herz setzte einen Schlag aus, als könnte es nicht glauben, dass Amelia mich küsste. Leidenschaftlich und mit wilder Entschlossenheit. Im nächsten Moment zog ich sie, ohne nachzudenken, eng an mich. Ich schlang einen Arm um ihre Taille und erwiderte den Kuss, während ihre Hände nach oben wanderten und sich in meinen Haaren vergruben. In dem Augenblick vergaß ich alles um mich herum.

Da war nur noch Amelia. Amelia und ihr fantastischer Körper, der sich an mich presste, als wäre er genau dafür gemacht. Dort, wo ich hart war, war sie weich, und als sie den Kuss vertiefte, setzte mein Verstand völlig aus. Unsere Zungen trafen aufeinander und entfachten ein heftiges Verlangen in mir. Ich fuhr mit einer Hand ihre Taille entlang und schob den Pullover nach oben, bis ich auf nackte Haut traf. Amelia erzitterte unter meiner Berührung und drängte sich noch enger an mich.

Himmel!

Ich schnappte nach Luft und löste mich von ihr. Blut rauschte in meinen Ohren, mein Körper stand unter Strom und ich hatte weiche Knie. Weiche Knie, verflucht! Das war mir bisher noch nie passiert.

Ein leises Lachen lenkte meine Aufmerksamkeit zurück zu Amelia. Sie schaute mich aus dunklen, geweiteten Augen an, die nie schöner ausgesehen hatten. Auf ihren Lippen lag ein Lächeln, und sie wirkte so lebendig und frei, dass sich mein Herz plötzlich zusammenzog. Ich wusste nicht, was diese Enge in meiner Brust zu bedeuten hatte, doch in diesem Moment schwor ich mir, alles dafür zu tun, dass Amelia dieses Strahlen nicht wieder verlor. Zumindest nicht sofort.

Wir hatten noch vier Tage, bevor wir zurück in die Realität mussten. Vier Tage, die ich nicht länger mit dämlichen Vereinbarungen und Vorsätzen verschwenden wollte. Gut möglich, dass das hier ein Fehler war. Aber es war ein Fehler, der es wert war. Wahrscheinlich der beste Fehler, den ich je machen würde.

20. KAPITEL

Amelia

Kalte Meeresluft wehte mir entgegen, während ich hinaus auf das weite und unruhige Meer starrte. Wir hatten die Fähre gerade noch rechtzeitig erwischt, und mein Herz schlug immer noch etwas zu schnell. Was vermutlich nicht nur daran lag, dass wir die letzten Meter rennen mussten, sondern vielmehr an dem Gefühl von Jaspers Lippen auf meinen; ich konnte das leichte Kribbeln immer noch spüren. Nach dem Kuss im Regen waren wir völlig durchnässt ins Auto zurückgekehrt, wo wir uns unter Verrenkungen und viel Gelächter trockene Sachen angezogen hatten. Ich konnte nicht genau sagen, was dazu geführt hatte, dass ich meine Meinung änderte. Vielleicht lag es an Jaspers aufrichtigem Geständnis, dass er selbst nicht wusste, was er wollte. Vielleicht hatte ich auch die Anziehung, die er auf mich ausübte, einfach nicht länger ignorieren wollen. In Jaspers Nähe fühlte ich mich zum ersten Mal seit Langem wieder lebendig – und dieses Gefühl wollte ich voll auskosten. Selbst wenn es nur für ein paar Tage war.

Ich schlang den Schal enger um meinen Hals und konzentrierte mich wieder auf den Ausblick, der sich mir bot. Meine Hände umklammerten das Geländer der Reling, während eine Böe an meinen Haaren riss. Es hatte zwar inzwischen aufgehört zu regnen, dennoch wehte ein kalter Wind, dem ich mit einer warmen Jacke und einem dicken Schal trotzte. Unter mir bäumte sich ein unruhiges blauschwarzes Meer auf. Fasziniert starrte ich auf die weiße Gischt, die wild auf den Wellen tanzte. Es war, als spiegelte das aufgewühlte Wasser meinen inneren Zustand wider. Meine durcheinanderwirbelnden Gedanken verloren sich in dem Anblick der blauen Weite, die mich wieder einmal vollkommen in ihren Bann zog.

»Was geht dir durch den Kopf?« Jaspers Stimme drang leise an mein Ohr. Er stand hinter mir und blickte über meine Schulter auf das Meer hinaus.

»Gerade denke ich eigentlich nur, dass ich am liebsten die Zeit anhalten würde. Jetzt sofort. Dann könnte ich ewig hier auf diesem Schiff bleiben.«

Jasper lachte leise auf. Es war ein warmes Geräusch, das in meinem Körper vibrierte und mir eine Gänsehaut der angenehmen Sorte bescherte.

»Ich glaube, dir würde schnell langweilig werden«, bemerkte er und trat noch einen Schritt näher. Statt einer Antwort lehnte ich mich an ihn und schloss lächelnd die Augen, als er sofort einen Arm um mich schlang.

»Das glaube ich nicht«, erwiderte ich.

»Dann warte erst mal ab, bis wir auf der Insel sind. Dort ist es noch viel schöner. Sobald du erst mal einen Fuß auf Skye gesetzt hast, wirst du nicht mehr wegwollen.«

Vermutlich nicht. Aber jetzt gerade konnte ich mir nichts Schöneres vorstellen, als mit Jasper hier zu sein. Irgendwo zwischen den schottischen Highlands und der Isle of Skye. Zwischen zwei

Inseln auf dem weiten Meer, das von Tausend Möglichkeiten erzählte.

Ich wusste, dass Jasper und ich irgendwann über den Kuss reden mussten. Darüber, was er zu bedeuten hatte. Doch ich wollte das Gespräch so weit wie möglich hinauszögern. Wir hatten noch ein paar wenige Tage auf der Insel, bevor Jasper zu seiner Lesung nach Inverness musste, und ich hatte nicht vor, die Zeit mit einem lästigen In-welcher-Schublade-stecken-wir-Gespräch zu verschwenden. Und Jasper schien es ähnlich zu gehen, denn er hatte den Kuss bisher auch noch nicht angesprochen.

Trotzdem flüsterte eine Stimme in meinem Kopf, dass ich einen riesigen Fehler beging. Dass ich mein Herz an ihn verlieren und es gebrochen werden würde. Dass ich meine Mauern aus gutem Grund hochgefahren hatte und nicht zulassen durfte, dass sie von ihm einfach eingerissen wurden. Er hatte selbst gesagt, dass er nicht gut für mich sei, und ich konnte diese Zweifel nicht gänzlich zurückweisen.

»Du grübelst schon wieder, oder?« Jasper drehte mich sanft herum, sodass ich ihn anschauen musste.

»Ein bisschen vielleicht«, gab ich zu.

»Amelia, du steuerst gerade auf einen der schönsten Orte Schottlands zu. Von allen Zeitpunkten, an denen es unangebracht wäre, über Dinge zu grübeln, ist dieser hier der ungünstigste.«

»Ich weiß! Ich will diesen Roadtrip ja auch genießen. Okay, nein. Ich *werde* ihn genießen.« Ich lächelte, und als Jasper mich enger an sich zog, glaubte ich meinen Worten sogar.

»Genau das wollte ich hören.« Er hob eine Hand und strich mir eine Haarsträhne, die sich aus meinem Zopf gelöst hatte, hinters

Ohr. Die Berührung ließ eine Wärme in mir aufsteigen, die auch den letzten Rest meiner Bedenken wegwischte.

Bevor ich jedoch zu einer Antwort ansetzen konnte, ertönte eine Stimme aus dem Lautsprecher direkt über uns, die erklärte, dass alle in ihre Autos zurückkehren sollten. Ich hielt mir schützend die Ohren zu, in denen es nach der lauten Ansage rauschte, und griff dann nach Jaspers Hand. Als wäre es das Selbstverständlichste auf der Welt, verschränkte er seine Finger mit meinen und zog mich in Richtung Treppe. Mein Herz machte einen kleinen Sprung, und ein albernes Lächeln erschien auf meinen Lippen. Kurz durchzuckte mich der Gedanke, was Holly wohl sagen würde, wenn sie mich jetzt sehen könnte. Bei der Vorstellung wurde mein Lächeln noch breiter. Gott, sie würde ausflippen! Sobald wir in unserer Unterkunft waren, würde ich mich bei ihr melden, das hatte ich in den letzten beiden Tagen völlig vergessen. Nur Charlotte hatte ich zwischendurch mit den üblichen Sätzen versichert, dass bei mir alles in Ordnung war und sie sich keine Sorgen machen musste. Wie es ihr wohl ging? So ganz allein in der Wohnung, die Maisie und ich normalerweise mit Leben füllten …

Bevor ich mich wieder in meinen Gedanken verlieren konnte, schob ich sie beiseite und konzentrierte mich auf die Isle of Skye, die wir gleich erreichten. Je näher wir kamen, desto größer wurde meine Vorfreude.

In der ersten halben Stunde auf der Insel sprach ich kein Wort, zu sehr war ich damit beschäftigt, die Landschaft in mich aufzusaugen. Jasper schien genau zu spüren, wie es mir ging, denn er ließ mich meinen Gedanken nachhängen, während im Hintergrund leise Musik lief. Da wir mein Handy angeschlossen hatten, um meine Playlist laufen zu lassen, folgte ein Lieblingssong dem nächsten.

Hatte ich auf dem Schiff noch geglaubt, der Moment wäre perfekt, um die Zeit anzuhalten und darin zu verweilen, wurde ich jetzt eines Besseren belehrt. Während wir eine kurvige, steile Straße an der Küste entlangfuhren, schaute ich fasziniert zwischen dem weiten Meer und der felsigen Landschaft, die sich hinter den leuchtend grünen Wiesen erhob, hin und her. Es war unglaublich! Als wären wir plötzlich in einer anderen Welt gelandet. Die Natur war hier noch mystischer und unberührter als auf der bisherigen Strecke. Sie erzählte von alten Legenden und Geschichten. Von verlorenen Schlachten, einst geträumten Sehnsüchten und Geheimnissen.

Jasper warf mir immer wieder wissende Seitenblicke zu und trommelte zufrieden im Takt der Musik auf das Lenkrad.

Nachdem wir eine Weile gefahren waren, bog Jasper auf eine kleine Seitenstraße ab, die zu einem Parkplatz mit Aussicht auf die steile Küste führte. Obwohl es inzwischen wieder regnete, sprang ich sofort aus dem Auto. Wind peitschte mir ins Gesicht, Regen prasselte auf mich nieder, doch ich breitete die Arme aus. Es war, als würde das stürmische Wetter sämtliche Sorgen mit sich reißen. Die Frage, wie es Maisie ging, blieb, aber zum ersten Mal seit Langem fühlte ich mich ganz wie ich selbst. Als wäre ich gerade genau dort, wo ich sein sollte. Am richtigen Ort, zur richtigen Zeit.

Ein Schrei löste sich irgendwo tief in meinem Innern. Mit geschlossenen Augen legte ich den Kopf in den Nacken und ließ all die Gefühle zu, die in mir brodelten. Es brach alles aus mir heraus. Meine Angst, dass sich alles veränderte und die Therapeuten Maisie nicht helfen konnten. Der Schmerz, keine Eltern mehr zu haben. Die Zweifel, ob ich wirklich das Leben lebte, das ich wollte. Während Jasper im Auto geduldig wartete, ließ ich den Schmerz der letzten Wochen los. Bis eine seltsame Leere in mir einkehrte, die sich befreiend und gut anfühlte.

Ich blieb noch eine Weile stehen und genoss die Aussicht, bevor ich wieder ins Auto zurückkehrte, zum zweiten Mal an diesem Tag vollkommen durchnässt. Und befreit.

»Besser?« Jasper musterte mich aufmerksam. Er schien es kein bisschen verrückt oder seltsam zu finden, dass ich mit ausgebreiteten Armen schreiend im Regen stand und dann sein Auto volltropfte.

Ein warmes Gefühl stieg in mir auf. Dankbarkeit und etwas anderes, das ich noch nicht einordnen konnte, überschwemmte mich. Ohne darüber nachzudenken, beugte ich mich zu ihm, schlang meine Arme um seinen Hals und presste meine Lippen auf seine. Es war, als hätte ich erst die sorgenvolle Amelia aus Edinburgh hinter mir lassen müssen, um mich Jasper hingeben zu können.

Er gab einen überraschten Laut von sich, dann erwiderte er meinen überfallartigen Kuss mit einer Heftigkeit, die meinen Körper beben ließ. Seine Hände vergruben sich in meinen Haaren, seine Zunge drängte sich fordernd zwischen meine Lippen. Ich klammerte mich an seinen Schultern fest, als ich den Kuss unterbrach, um auf seinen Schoß zu klettern. Kurz durchzuckte mich der Gedanke, was zur Hölle ich hier eigentlich machte, doch dann traf mein Blick auf Jaspers – und in seinen Augen las ich eine Sehnsucht, die mich erschütterte.

Ich lehnte meine Stirn an seine und schloss die Augen. Mein Herz donnerte so laut in meiner Brust, dass ich glaubte, es würde jeden Moment zerspringen. Was auch immer das zwischen uns war, es war überwältigender als alles, was ich bisher erlebt hatte. Noch nie hatte ich mich so lebendig und frei gefühlt. In Jaspers Nähe verwandelte ich mich in eine Frau, die ich nicht kannte. Doch ich wollte sie kennenlernen. Unbedingt.

»Du bist unglaublich, weißt du das eigentlich?«

Jaspers leise Stimme ließ mich aufschauen. Ich schluckte den Kloß hinunter, den ich plötzlich im Hals hatte, und legte eine Hand an seine Wange. Sein Blick wurde dunkler, und im nächsten Moment trafen sich unsere Lippen erneut. Hitze schoss durch meinen Körper, als bräuchte er tatsächlich nicht mehr als Jaspers Hände unter meinem Top und seine Zunge in meinem Mund, um in Flammen zu stehen.

Ich presste mich enger an Jasper, neigte den Kopf, um den Kuss noch zu vertiefen. Seine Finger auf meiner nackten Haut jagten Schauer über meinen Rücken und trieben mich regelrecht in den Wahnsinn. Doch es war nicht genug. Ich brauchte mehr von ihm. Mehr von Jasper und weniger störende Kleidung. Als er sich atemlos von mir löste, gab ich ein unwilliges Brummen von mir.

»Ich glaube, wenn wir bald ankommen wollen, solltest du von mir runter.« Jasper hob sein Becken ein wenig, sodass ich seine Härte durch den rauen Stoff der Jeans spüren konnte. Ich merkte, wie ich rot wurde, doch ich wandte den Blick nicht ab.

»Ich meine es ernst«, sagte Jasper mit rauer Stimme. »Du hast ja keine Ahnung, was du mit mir anstellst. Das hier ist mehr, als ein Mann ertragen kann.«

Einen Moment lang starrte ich ihn nur an. Dann entfloh mir ein ersticktes Kichern. Ich wollte es nicht, aber der Moment war zu surreal. Ich saß auf Jaspers Schoß, in einem Auto irgendwo auf der Isle of Skye, während der Regen aufs Dach prasselte. Und dann sagte er auch noch so etwas.

»Lachst du mich gerade aus?« Seine Augenbrauen schossen nach oben, doch seine Mundwinkel zuckten verdächtig.

»Nein! Tu ich nicht«, versicherte ich wenig überzeugend. »Diese Situation ist nur total absurd.«

»Eine Knutscherei mit mir in einem Auto ist absurd?«

Plötzlich konnte ich mich nicht länger zurückhalten. Lachend presste ich eine Hand auf meinen Mund, während Jasper gespielt verständnislos den Kopf schüttelte. Doch dann lagen seine Hände erneut auf meiner Taille.

Das Lachen erstarb auf meinen Lippen, und ich schluckte schwer. »Ich glaube, wir sollten weiterfahren«, sagte ich leise, und das Bild von Jasper und mir in einem Zimmer, das nur uns gehörte, schoss mir durch den Kopf.

»Das glaube ich auch.« Seine Augen waren immer noch dunkel, und mein Puls raste, als er mir half, zurück auf meinen Sitz zu klettern.

Ich warf einen schnellen Blick aus dem Fenster, um mich zu vergewissern, dass der menschenleere Parkplatz immer noch genau das war – und erstarrte.

»Ähm, Jasper…« Ich deutete nach draußen, wo ein Bus direkt neben unserem Auto geparkt hatte.

Die Reisegruppe, die gerade dabei war auszusteigen, starrte uns mit großen Augen an; ihre Kameras baumelten zum Glück ungenutzt um ihren Hals, aber trotzdem. Hektisch zog ich meinen Pulli nach unten und fuhr mit den Fingern durch meine zerzausten Haare, was es natürlich kein bisschen besser machte.

»Können die uns sehen?«, fragte ich und merkte im selben Moment, wie dämlich die Frage war.

Jasper schmunzelte. »Es sind zwar Regentropfen auf der Scheibe, aber wenn sie nicht vollkommen blind sind, dann ja, sie können uns sehen.«

Wir schauten uns an, dann brachen wir gleichzeitig in Gelächter aus. Während Jasper den Motor anließ, winkte ich, immer noch glucksend, der Reisegruppe zum Abschied zu. Ihre weit aufgerissenen Augen waren das Letzte, was ich sah, bevor wir vom Parkplatz fuhren.

»Denen haben wir eine schöne Show geliefert.« Ich drehte mich grinsend zu Jasper um, der kurz zu mir rübersah, bevor er sich wieder auf die Straße konzentrierte.

»Pech für sie, dass sie das Finale verpassen werden«, erwiderte er leise.

Sofort verschwand mein Grinsen. In meiner Magengrube machte sich ein aufgeregtes Flattern bemerkbar, und die alberne Stimmung war mit einem Schlag wie weggewischt. Als ich Jasper von der Seite beobachtete, blieb mein Blick an seinen Lippen hängen, und der Gedanke daran, wie er mich damit küsste, entfachte erneut ein Feuer in mir.

Ich glaubte immer noch nicht ganz, dass die Sache zwischen Jasper und mir eine gute Idee war. Was auch immer diese Sache überhaupt war. Doch meine Gefühle waren da offensichtlich anderer Meinung. Außerdem war es längst zu spät. Ich konnte das Knistern zwischen uns nicht länger ignorieren. Und ich wollte es auch nicht.

Obwohl Jasper aufs Gaspedal drückte, verging die Fahrt nach Portree, der einzigen Stadt auf der Insel, viel zu langsam. Die

Landschaft war atemberaubend schön, aber meine Aufmerksamkeit lag woanders. Alle paar Sekunden huschte mein Blick zu Jasper, und auf meinen Lippen spürte ich noch immer unseren Kuss, der sich in mein Gedächtnis eingebrannt hatte.

Als wir schließlich am frühen Abend in einer Seitenstraße vor einem kleinen weißen Häuschen mit dunkelrot gestrichener Tür hielten, sprang ich sofort aus dem Auto. Jasper folgte mir, und gemeinsam betraten wir unsere Unterkunft für die nächsten drei Tage.

»Das hier ist der Schlüssel für die Eingangstür, nach 22 Uhr ist sie meistens verschlossen. Der kleinere hier ist für euer Zimmer.« Die Besitzerin des B & B, die sich als Elisabeth vorgestellt hatte, drückte Jasper einen Schlüsselbund in die Hand.

Ihre Unterkunft war blitzsauber und strahlte dennoch eine heimelige Atmosphäre aus. Sie befand sich am Rande von Portree, sodass wir zu Fuß in wenigen Minuten im Stadtzentrum waren. Gerade führte sie uns durch ein großes Wohnzimmer, das mit seiner breiten Couch und dem Kamin regelrecht dazu einlud, es sich hier bei Regenwetter mit einer Tasse Tee und einem Buch gemütlich zu machen.

Während Elisabeth redete, gestikulierte sie lebhaft. Ich schätzte sie auf etwa sechzig Jahre alt. Sie trug eine beigefarbene Hose und eine weiße Bluse, was ihr ein elegantes Aussehen verlieh, gleichzeitig strahlte sie aber eine Herzlichkeit aus, die sie mir sofort sympathisch machte. Trotzdem bekam ich kaum etwas von ihrer Einführung mit. Denn meine ganze Aufmerksamkeit galt dem Mann neben mir, der gerade nah genug stand, dass unsere Arme sich berührten.

Seit unserer Knutscherei im Auto konnte ich an nichts anderes denken als an seine Lippen auf meinen. Das und sein gemurmeltes Versprechen, dass das noch nicht alles war, trieben mich fast in den Wahnsinn. Am liebsten hätte ich Elisabeth das Infoblatt mit dem WLAN-Passwort und den Frühstückszeiten aus der Hand gerissen, Jaspers Arm gepackt und ihn in unser Zimmer gezerrt.

»Gut, das wäre es dann erst mal …«

»Gott sei Dank!«, entfuhr es mir. Erschrocken schlug ich eine Hand vor den Mund. »Entschuldigung«, murmelte ich, »ich muss nur schon ganz dringend …« Verlegen sah ich weg.

Jasper warf mir einen irritierten Blick zu, doch irgendetwas in meinen Augen musste mich verraten, denn mit einer unerwartet schnellen Bewegung nahm er Elisabeth den Zettel aus der Hand. »Vielen Dank«, sagte er mit einem freundlichen Lächeln an Elisabeth gewandt. »Ich bin mir sicher, dass wir uns prima zurechtfinden werden. Bis später.«

Bevor sie etwas erwidern konnte, griff er nach meiner Hand und zog mich in Richtung Treppe. Aus dem Augenwinkel sah ich, dass Elisabeth uns verdutzt hinterherstarrte, während wir in den ersten Stock stolperten, in dem sich unser Zimmer befand.

Jasper öffnete die Tür, und ich folgte ihm langsam, wobei sich Aufregung und Vorfreude in mir abwechselten. Als ich die Innenausstattung des Zimmers sah, beschleunigte sich mein Puls. Der Raum hatte eine angenehme Größe, und neben einer hellen Kommode in der Ecke, auf der ein Teeservice, Kekse und ein Wasserkocher bereitstanden, gab es einen Eichenschrank für unsere Kleider und ein Bett. Ein großes Bett. Es nahm den Großteil des Raums ein, und bei dem Anblick wurde mein Mund augenblicklich ganz trocken.

»Amelia?«, fragte Jasper leise, als hätte er meinen Stimmungswechsel gespürt. Langsam drehte er sich zu mir um.

Mein Herz pochte wie wild. Im Auto hatte ich mich verwegen gefühlt. Spontan und irgendwie wild. Doch jetzt, in einem Zimmer, in dem uns niemand stören würde, machte sich plötzlich Unsicherheit in mir breit. Was, wenn das hier schieflief und die nächsten Tage verkrampft und peinlich wurden? Jasper hatte in den letzten Jahren mit Sicherheit ein spannenderes Sexleben gehabt als ich.

»Hey.« Seine Stimme klang unendlich sanft, als er eine Hand an mein Kinn legte. »Sieh mich an. Es ist alles okay. Wir werden nichts machen, was du nicht willst. In Ordnung?« Eindringlich schaute er mich an.

Ich rang mich zu einem Nicken durch, und als er vorsichtig lächelte, fiel ein Teil der Anspannung von mir ab. Mein Bauchgefühl sagte mir, dass ich mich bei Jasper sicher fühlen konnte. Vielleicht wurde es Zeit, auch darauf zu hören.

»Okay.« Ich amtete zitternd ein und lehnte mich ihm entgegen. Unsere Münder waren nur noch wenige Zentimeter voneinander entfernt, und mein Herz raste. »Ich vertraue dir«, murmelte ich, bevor ich meine Lippen auf seine legte und Jasper küsste.

21. KAPITEL

Amelia

Es war, als ob Tausend kleine Leuchtkäfer eine Party in meinem Körper feierten. Sie vertrieben die letzten dunklen Gedanken, wischten alle Zweifel beiseite und ließen keinen Platz für Angst. Als Jasper meinen Kuss erwiderte, rückte alles andere in den Hintergrund. Er küsste mich so tief und besitzergreifend, dass ich mich unwillkürlich fragte, ob er sich bisher zurückgehalten hatte. Vielleicht spürte er aber auch, wie die Grenzen zwischen uns verschwammen, und die Mauern, die wir hochgezogen hatten, einbrachen.

Instinktiv drückte ich mich ihm entgegen, um ihn noch intensiver zu spüren. Jasper stöhnte auf und verstärkte den Griff um meine Hüfte. Er biss sanft in meine Unterlippe, was mir ein raues Keuchen entlockte.

Im nächsten Moment löste er sich jedoch von mir. »Bist du dir ganz sicher?« Er warf mir einen forschenden Blick zu. Dabei war seine Sorge völlig unbegründet. Ich war mir nie sicherer gewesen.

»Bin ich, Jasper.«

Als hätte er nur auf diese Worte gewartet, versiegelte Jasper meinen Mund mit einem Kuss, der mich bis in die Zehenspitzen erschütterte. Es war berauschend. Fast schon fiebrig glitten meine Hände zu dem Saum seines Shirts und schoben es nach oben. Ich löste meine Lippen von seinen, und mit einem Ruck zog ich ihm den Stoff über den Kopf. Jasper keuchte leise auf, doch ich ließ mich davon nicht beirren und griff nach meinem Pulli, der kurz darauf neben seinem Shirt landete. Nur noch mit BH und Jeans bekleidet, stand ich vor ihm.

»Wow.« Jaspers Augen weiteten sich kurz. In seinem Blick las ich Verlangen, aber auch eine Zuneigung, die mich völlig unerwartet traf. Sie rührte etwas tief in meinem Inneren.

Ein warmes Gefühl stieg in mir auf, und als ich meine Hände ausstreckte, um Jasper zu berühren, wusste ich, dass wir eine weitere Grenze überschritten. Meine Fingerspitzen strichen über seinen harten Bauch und zeichneten eine Spur bis zu seiner Leiste.

Jasper erzitterte unter meiner Berührung. Ich hörte ihn leise nach Luft schnappen, dann lagen seine Lippen erneut auf meinen. Diesmal küsste er mich unendlich sanft. Fast schon zaghaft. Als wollte er diesen Moment voll auskosten, um ihn für immer in seinem Gedächtnis zu speichern.

»Du fühlst dich so gut an«, murmelte er. Seine Hände lagen schwer und warm auf meiner nackten Taille.

Ich atmete scharf ein, als er mit seinen Daumen Kreise auf die empfindliche Haut an meinem Bauch malte. Das hier war unglaublich. Noch nie hatte ich mich so sehr nach jemandem verzehrt. Jasper löste ein Verlangen in mir aus, das mir fremd war. Dabei war ich nicht völlig unerfahren; ich hatte bereits mit mehreren Männern geschlafen, aber es hatte sich nie *so* angefühlt.

Im nächsten Moment schob Jasper mich sanft auf das Bett zu. Seine Hand wanderte nach hinten zu meinem BH, den er mit einem zielsicheren Griff öffnete. Wenige Sekunden später landete er ebenfalls auf dem Boden. Mit weichen Knien sank ich rückwärts auf die Matratze. Mein Herz klopfte wie verrückt, und mein Körper kribbelte erwartungsvoll. Ohne sich von mir abzuwenden, öffnete Jasper seine Jeans und schob die Hose von seinen Beinen. Mit angehaltenem Atem beobachtete ich ihn, saugte jedes Detail von ihm auf. Ich prägte mir seinen schlanken Körper ein und ließ meinen Blick über seine Bauchmuskeln wandern, die in einem V unter dem Bund seiner Boxershorts verschwanden.

»Du musst aufhören, mich so anzusehen«, raunte Jasper plötzlich ganz heiser.

»Warum?«, flüsterte ich und erzitterte, als er sich zwischen meinen Beinen auf das Bett kniete. Ich rutschte ein Stück zurück, sodass ich in der Mitte der breiten Matratze lag.

»Weil du es mir so unmöglich machst, mich zurückzuhalten.« Seine Stimme war dunkel und voller Verlangen.

Ich richtete mich auf und stützte mich auf meinen Armen ab. »Du brauchst dich nicht zurückzuhalten«, erwiderte ich leise. Ich wusste nicht, wann meine Unsicherheit verschwunden war, doch unter Jaspers Blick fühlte ich mich stark und wunderschön. Er gab mir das Gefühl, begehrenswert zu sein.

Seine Pupillen weiteten sich. »Das hättest du nicht sagen dürfen«, stieß er zwischen zusammengebissenen Zähnen hervor.

Statt zu antworten, öffnete ich den Knopf meiner Jeans. Ich hatte immer noch viel zu viel an. Jasper verstand sofort, und als ich das Becken anhob, zog er die Hose nach unten und ließ sie neben das Bett fallen.

Mein Herz raste, als Jasper den Kopf senkte, um Küsse auf meinem Bein zu verteilen. Seine Hände glitten sanft über meine Knie und weiter nach oben. Unwillkürlich hielt ich den Atem an. Seine Bartstoppeln kratzten über die Innenseiten meiner Oberschenkel, und Hitze sammelte sich in meiner Magengrube. Ich spürte, wie sich mein Körper anspannte.

»Geht es dir gut?« Unter halb gesenkten Lidern schaute er zu mir hoch.

»Ja, verdammt«, stieß ich hervor. Wenn er mir diese Frage noch einmal stellte, würde ich durchdrehen.

Jasper lachte leise auf und verteilte weitere Küsse auf den Innenseiten meiner Schenkel. Quälend langsam wanderten seine Hände über meine Taille und zu dem Bund meines Slips. Gerade als ich dachte, dass ich es keine Sekunde länger aushalten würde, glitten seine Finger unter den dünnen Stoff. Überrascht keuchte ich auf. Es war, als jagten Blitze durch meinen Körper. Ich schloss die Augen und genoss seine Berührungen, die meine Lust ins Unermessliche steigerten.

»Jasper«, murmelte ich erstickt, und er hielt sofort inne. »Ich brauche dich«, flüsterte ich. »Jetzt.« Es war das erste Mal, dass ich diese Worte aussprach, doch es fühlte sich kein bisschen seltsam oder entblößend an. Im Gegenteil. Bei Jasper war es leicht, das auszusprechen, was ich dachte, und zu sagen, was ich wollte.

Er öffnete den Mund, doch ich kam ihm zuvor. »Wenn du mich jetzt fragst, ob ich mir sicher bin, beende ich das hier ohne dich.«

Überrascht starrte er mich an. Dann lachte er leise auf, ein Geräusch, das mich an warme Sommertage und den Geruch von Regen erinnerte.

»Das werde ich nicht zulassen.« Er hakte seine Finger unter meinen Slip und zog ihn mit einem Ruck nach unten. Ich hob die Füße, um ihm zu helfen, und stieß erleichtert die angehaltene Luft aus, als auch seine Boxershorts neben der anderen Kleidung auf dem Boden landete.

»Moment, ich habe hier irgendwo ein Kondom.« Ich hörte ihn in seiner Tasche herumkramen. Kurz darauf erklang das Rascheln von Folie.

Mein Herz schlug mir bis zum Hals, als er sich wieder zu mir umdrehte. Für ein paar Sekunden ging sein Blick flammend heiß über meinen Körper, dann war er endlich wieder bei mir. Er stützte einen Ellenbogen neben meinem Gesicht auf, sodass wir einander in die Augen sehen konnten. Sofort legte ich eine Hand in seinen Nacken und zog ihn zu mir herunter. Seine Lippen trafen auf meine und ließen mich alles andere vergessen. Wo wir waren und weshalb. Es zählte nur noch der Moment. Jasper vertiefte den Kuss, unsere Zungen trafen aufeinander, bewegten sich in einem wilden Tanz, der nach Freiheit und Sehnsucht schmeckte.

In diesem Augenblick wusste ich es. Das hier war kein Fehler. Etwas, das sich so gut und richtig anfühlte, konnte nicht falsch sein.

»Amelia«, raunte er und strich zärtlich eine Strähne aus meinem Gesicht.

Ohne zu zögern, drückte ich mich ihm entgegen. Wir hielten beide den Atem an, als er langsam in mich eindrang. Ich brauchte einen Moment, um mich an ihn zu gewöhnen, doch dann schlang ich meine Beine um seine Hüften, um ihn tiefer in mich aufzunehmen. Wir stöhnten beide auf, und als Jasper eine Spur aus Küssen über meinen Hals zog, musste ich mich an seinen Schultern festklammern.

Himmel! Das fühlte sich jetzt schon so intensiv an, dass ich es kaum aushielt. Mein ganzer Körper schien zu pulsieren, Blut rauschte in meinen Ohren, und ich fühlte mich auf eine wundervolle, fast schon schmerzhafte Art lebendig.

Das intensive Gefühl, ihm näher zu sein als je zuvor, war überwältigend. Unser Keuchen erfüllte den Raum, und mein Name wurde zu einem heiseren Flüstern auf seinen Lippen. Ein letztes Mal drang Jasper in mich, bevor sein ganzer Körper erbebte. Schwer atmend sank er auf mich, und ich hielt ihn fest, während mein Herz wild pochte und Wellen der Lust über mich hinwegspülten.

»Das war unglaublich«, sagte er leise und drückte einen Kuss auf meinen Hals. Lächelnd fuhr ich durch seine Haare, immer noch bewegt von dem, was gerade zwischen uns passierte.

»Das war es«, gab ich ebenso leise zurück. Er rollte von mir herunter und schlang einen Arm um mich.

Sofort schmiegte ich mich an ihn. Alle Gedanken waren verstummt. Da war nichts als ein warmes Gefühl der Zufriedenheit. Ich schloss die Augen und ließ mich von Jaspers Wärme einhüllen, die mich vom Rest der Welt abschirmte.

Dämmriges Abendlicht fiel durch das Fenster unseres Zimmers, als ich träge blinzelte. Jasper hatte einen Arm um mich geschlungen, und ich kuschelte mich enger an ihn. Von mir aus hätten wir ewig so liegen bleiben können. Doch mein Magen knurrte gerade zum dritten Mal, und es war schwer, den Hunger länger zu ignorieren.

»Ich glaube, wir sollten aufstehen und auf die Suche nach Essen gehen«, murmelte Jasper und drückte mir einen Kuss auf die Haare.

»Oder wir bleiben einfach für immer hier.« Ich vergrub mein

Gesicht in seiner Halsbeuge und atmete seinen vertrauten Geruch ein.

Er lachte leise auf, was meinen Körper beben ließ.

»Nein, wirklich«, sagte ich ernst. Ich hob den Kopf und stützte mich auf seiner Brust auf, um ihn direkt anzusehen. »Wir könnten uns Essen liefern lassen. Du kannst deine Bücher auch hier schreiben. Holly soll mir meine Gitarre bringen, und dann werden wir in diesem Zimmer alt.«

»Natürlich. Wir gehen nie wieder raus. Unsere Kinder wachsen in einem achtzehn Quadratmeter großen Raum auf. Und irgendwann wird über uns eine Doku gedreht. Klingt verlockend.« Schmunzelnd streckte er eine Hand nach mir aus und strich sanft über meine Wange.

Ich stieß ein zufriedenes Seufzen aus. Es war verflucht schön, sich einzureden, dass dieser Moment eine kleine Ewigkeit sein könnte. Doch ich wusste es besser. Die Realität würde uns schneller einholen, als mir lieb war.

Als hätte Jasper meine Gedanken gehört, veränderte sich etwas in seinem Blick – als würde er sich innerlich distanzieren und seine Mauern wieder hochziehen. Zumindest ein kleines Stück. Vermutlich sollte ich deswegen erleichtert sein, weil er es mir so einfacher machte, ebenfalls wieder auf Abstand zu gehen. Doch stattdessen versetzte es mir einen schmerzhaften Stich, der mich wieder daran erinnerte, dass ich mich ihm gegenüber schon viel zu sehr geöffnet hatte.

Ich räusperte mich. »Oder wir holen uns irgendwo Pizza.« Ich bemühte mich um einen lockeren Tonfall, als ich mich von Jasper zurückzog und nach meinen Klamotten auf dem Boden griff.

»Pizza klingt fantastisch.«

In den letzten Stunden war eine Nähe zwischen uns entstanden, die wir beide vor der Reise nicht geplant hatten. Es war einfach passiert. Doch jetzt war wieder eine Distanz zwischen uns, die mich verunsicherte. Ob Jasper es bereute?

»Hör auf zu grübeln.« Jasper kam um das Bett herum und drehte mich so, dass wir uns gegenüberstanden. »Zwischen uns ist alles okay.«

»Ist es das?« Zweifelnd erwiderte ich seinen Blick. Die Tatsache, dass er schon wieder genau gespürt hatte, was in mir vorging, war beunruhigend. Und schön.

»Ist es. Wir sollten diesen Roadtrip genießen.« *Weil wir danach in die Realität zurückmüssen, in der jeder sein eigenes Leben hat.*

Er sprach es nicht aus, aber ich wusste, was er dachte. Dieser Trip war wie eine Blase, in der wir zu zwei Menschen wurden, die nicht gebrochen waren und mit Löchern im Herzen durch die Welt liefen. Wir waren frei, mutig und unbeschwert. Es war eine wunderschöne Illusion. Doch mir war klar, dass diese Blase irgendwann platzen würde. Daher sollten wir das, was wir hier hatten, genießen. Davon abgesehen, war ich auch noch nicht bereit, wieder zu der Amelia zu werden, die ihre Träume zurückdrängte und nicht viel vom Leben erwartete.

»Du hast recht. Ich sollte aufhören, zu viel nachzudenken.«

Jasper nickte. »Los, holen wir dir eine Pizza.« Er reichte mir meinen Pulli, der immer noch auf dem Boden lag, wo ich ihn vor wenigen Stunden achtlos hingeworfen hatte.

Als wir das B&B verließen, war es draußen bereits dunkel geworden, und dort, wo die Wolken sich verzogen hatten, waren helle Sterne zu sehen. Gedankenverloren starrte ich sie einen Moment lang an.

»Vielleicht kann ich nachher einen Song über das hier schreiben«, sagte ich leise.

»Über diesen Abend?«, hakte Jasper nach.

Ich zuckte mit den Schultern und breitete meine Arme aus. »Über all das. Über unseren Roadtrip, diesen Abend.« *Über uns.*

»Das klingt gut.« Er lächelte, und mein Herz machte einen Sprung. Es war dieses echte, ehrliche Lächeln, das mir von Anfang an weiche Knie beschert hatte. »Vielleicht schreibe ich irgendwann ein Buch darüber …«

Unsicher, ob er nur einen Witz machte oder es ernst meinte, sah ich zu ihm rüber. Doch Jaspers Miene war unergründlich.

»Das würde ich dann vielleicht sogar lesen«, bemerkte ich zwinkernd.

»Stimmt, du hast meine Bücher ja nicht gelesen.«

»Nö, ist einfach nicht mein Genre, aber wenn ich zurück bin, kann ich mir von Maisie sicher eins ausleihen und vielleicht doch mal einen Blick reinwerfen.« Sie hatte alle Bücher von Jasper gelesen, und das waren immerhin fünf Stück, soweit ich wusste.

»Ach, irgendwie gefällt mir der Gedanke, dass du meine Geschichten nicht kennst. Dadurch weiß ich, dass du nicht an dem Autor Jasper interessiert bist, sondern tatsächlich an mir.«

Erstaunt blieb ich stehen. Etwas an seinen Worten rührte mich. Nicht zum ersten Mal kam mir der Gedanke, dass Jasper in seinem Leben nicht so viel Liebe und Anerkennung erhalten hatte wie ich.

»Das weißt du inzwischen hoffentlich auch so«, sagte ich und trat einen Schritt auf ihn zu. Obwohl sein Blick abwehrend wurde, drückte ich ihm einen kurzen Kuss auf die Lippen. Vielleicht konnten wir nicht lieben und vertrauen, wie es andere Menschen taten, aber das hieß nicht, dass wir deshalb mit unseren Sorgen allein fertigwerden mussten.

Ohne ein weiteres Wort zu sagen, griff Jasper nach meiner Hand. Schweigend gingen wir die menschenleere Straße entlang in Richtung Innenstadt. Und während immer mehr Sterne hinter den Wolken hervorkamen, fragte ich mich, wann ich das letzte Mal so glücklich gewesen war.

22. KAPITEL

Amelia

»Wann machen wir Pause?« Atemlos blieb ich stehen und hielt mir meine stechende Seite.

»Wir sind gerade mal seit einer Stunde unterwegs«, erwiderte Jasper ungläubig und natürlich kein bisschen außer Atem. Tatsächlich sah er aus, als wäre er erst vor fünf Minuten losgelaufen, während mir bereits der Schweiß auf der Stirn stand.

Doch trotz der Anstrengung genoss ich die Landschaft – und die Zeit mit Jasper. Um nichts in der Welt würde ich darauf verzichten wollen. Er war gestern Abend zwar wieder etwas auf Distanz gegangen, und auch heute war er noch nicht so offen wie davor, aber zwischen uns hatte sich definitiv etwas verändert. Wir gingen viel vertrauter miteinander um, als wäre das nicht das erste Mal, dass wir zusammen unterwegs waren – als würden wir uns schon viel länger kennen.

Nach einem ausgiebigen Frühstück mit Toast und Rührei hatte Jasper sich an seinen Laptop gesetzt, während ich unten im Wohnzimmer mit Holly telefonierte und ihr erzählte, was gestern zwischen Jasper und mir gelaufen war. Sie hatte wie erwartet jedes Detail wissen wollen und mich mit Fragen gelöchert. Als ich danach wieder auf unser Zimmer gegangen war, war Jasper immer noch am Schreiben. Auf meine Nachfrage, ob er mit dem Manuskript vorankomme, hatte er nur abwesend genickt, als wäre er tief versunken in der Welt von Ian McPhee. Während Jasper also weiter Wörter tippte, hatte ich Charlotte kurz auf die Mailbox gesprochen und ihr versichert, dass es mir gut ging. Von Maisie gab es nach wie vor keine Neuigkeiten, was vermutlich ein gutes Zeichen war. Trotzdem machte es mich nervös. Um mich von meinen Gedanken abzulenken, hatte ich mich aufs Bett gesetzt und an einem neuen Song gearbeitet. Als sich gegen Mittag die Sonne durch die Wolken gekämpft hatte, hatte Jasper den grandiosen Einfall gehabt, einen Ausflug in die Natur zu machen. Dem ich natürlich begeistert zugestimmt hatte. Doch so langsam bereute ich meine Entscheidung.

»Ich dachte, du findest die Idee, wandern zu gehen, großartig?«, schob er hinterher und erinnerte mich damit unnötigerweise an meine Zustimmung für diesen Wahnsinn hier. »Soweit ich mich erinnere, waren deine exakten Worte heute Morgen nämlich: *Wandern klingt großartig.*«

»Äffst du mich gerade nach?« Ich verschränkte die Arme und zog die Augenbrauen hoch, wobei ich mir alle Mühe gab, Jasper wütend anzublitzen. Was angesichts seines entschuldigenden Lächelns und, na ja, dem Rest von ihm, schwieriger war, als gedacht. Ich gab meinen Hormonen die Schuld und ließ die Arme wieder sinken. »Als du vorgeschlagen hast, wandern zu gehen, dachte ich du meinst *wandern.* Und nicht *wir sprinten in Rekordgeschwindigkeit den Berg hoch.*«

Er gab ein leises Glucksen von sich und schüttelte den Kopf.

»Was ist so witzig?« Meine Füße taten weh, und ich fühlte mich, als wäre ich siebzig und nicht zweiundzwanzig. Dabei war meine Kondition gar nicht so übel. Zumindest hatte ich das gedacht, bevor ich mit Jasper Haven zu einer Wandertour aufgebrochen war.

»Nichts. Du erinnerst mich gerade nur stark an den Tag, als ich dich zum ersten Mal gesehen habe. Da hattest du einen ähnlich genervten Zug um den Mund.«

Gegen meinen Willen schlich sich bei der Erinnerung daran ein Grinsen auf meine Lippen. »Tja, vielleicht, weil du gerade wieder zu dem arroganten Kerl mutierst, der mir an diesem Tag extrem auf die Nerven gegangen ist.«

»Und das wirklich nur, weil ich zu wenig bestellt habe?« Die Belustigung in seiner Stimme war unverkennbar.

»Hey«, empörte ich mich. »Du hast immerhin drei Stunden lang nur Wasser getrunken!«

Jasper räusperte sich verlegen. »Na schön. Wir können gern eine Pause machen«, wechselte er das Thema und zog eine Wasserflasche aus seinem Rucksack, die er mir als eine Art Friedensangebot reichte. Nachdem ich ein paar Schlucke getrunken hatte, steckte er sie wieder ein und schulterte den Rucksack. »Gut, können wir dann weiter?«

Ich wusste nicht, ob ich schreien oder lachen sollte, also zuckte ich lediglich mit den Schultern. »Klar. Nach dieser überaus erholsamen Pause bin ich voller Energie für den restlichen Anstieg.«

»Ha ha. Ironie steht dir nicht. Na komm, wenn wir erst mal oben sind, wirst du mir dafür dankbar sein.«

»Ganz bestimmt, Mister Großspurig.«

Jasper musterte mich nachdenklich. »Ich gehe dir gerade wohl wirklich etwas auf die Nerven, oder?« Doch bevor ich zu einer Antwort ansetzen konnte, beugte er sich zu mir herunter, zog mich an der Taille zu sich und legte seine Lippen auf meine. Der Kuss war sanft und verheißungsvoll. Er sandte einen Strom warmer Energie durch meinen ganzen Körper und erinnerte mich daran, wie sehr ich ihm verfallen war.

Als er sich von mir löste, brachte ich kein Wort über die Lippen. Das Kribbeln in meinem Bauch wurde stärker, verwandelte sich schließlich in ein sehnsuchtsvolles Pochen, als Jasper mir einen langen Blick zuwarf.

»Jetzt ist immerhin dieser genervte Ausdruck verschwunden«, stellte er zufrieden fest, bevor er sich umdrehte, um den schmalen Pfad weiterzugehen.

Mistkerl!

Leise fluchend setzte ich mich in Bewegung und folgte Jasper den Berg hinauf. In der nächsten Stunde sprachen wir kaum ein Wort. Jasper hatte das Tempo etwas gedrosselt, sodass ich mit ihm mithalten konnte und tatsächlich anfing, Spaß am Wandern zu haben.

Er hatte vorgeschlagen, bis zum Quiraing, dem nördlichsten Kamm des Trotternish-Gebirges auf der Isle of Skye, zu laufen. Auch wenn es gemeinhin als Berg bezeichnet wurde, handelte es sich beim Quiraing im Grunde eher um eine Felsformation, die sich inmitten einer kargen Landschaft erhob. Der Anblick hatte etwas Unwirkliches und erinnerte an die Landschaften aus *Der Herr der Ringe* oder *Game of Thrones*. Kein Wunder also, dass es hier normalerweise von Touristen wimmelte.

Doch heute waren wir bisher erst zwei anderen Menschen begegnet, und die Stille, die uns einhüllte, tat richtig gut. Inmitten der felsigen Landschaft, wo es nichts als grauen Stein und grüne Wiesenflecken gab, schien die Zivilisation weit weg zu sein. Vereinzelt war aus der Ferne das Brummen eines Motors zu hören, doch ansonsten war es still. Hier oben war es daher leicht, meine Gedanken schweifen zu lassen.

Die alltäglichen Sorgen verschwanden und machten unzähligen Fragen Platz, unter anderem, was ich eigentlich vom Leben wollte. Was ich tun würde, wenn meine Möglichkeiten grenzenlos wären … Träume, wie ich auf einer großen Bühne stand und meine Songs performte, aber auch, wie ich am anderen Ende der Welt an sandweißen Stränden entlangspazierte, tauchten in meinem Kopf auf. Träume, die von Freiheit erzählten, davon, dort hinzugehen, wo ich hinwollte. Davon, Abenteuer zu erleben, meinen Horizont zu erweitern und herauszufinden, wer ich wirklich sein wollte.

»Wir haben es fast geschafft.« Jaspers Stimme riss mich schlagartig aus meinen Träumereien.

Ich blinzelte und verdrängte die Bilder, die eine ungewohnte Sehnsucht in mir weckten. Es war albern, über all das nachzudenken, denn ich würde Edinburgh nicht verlassen können. Trotzdem ertappte ich mich, seit wir aufgebrochen waren, immer öfter dabei, wie sich meine Gedanken eine Zukunft ausmalten, an die ich bisher nicht zu denken gewagt hatte.

»Ist alles okay?« Jasper blieb stehen, was mich dazu zwang, ebenfalls innezuhalten.

»Alles bestens«, versicherte ich ihm und schaute mich zum ersten Mal richtig um. Erst jetzt bemerkte ich, dass uns tatsächlich nur noch wenige Meter von dem höchsten Punkt der Strecke trennten, einem breiten Felsvorsprung, der einen fantastischen Blick bis zur Küste bot. Schnell schob ich mich an Jasper vorbei und kletterte auf den Vorsprung.

»Wow. Vorsicht!«, erklang seine Stimme dicht hinter mir, doch ich ließ mich nicht beirren und setzte mich einen Meter vom Rand entfernt auf den steinigen Boden. Obwohl hier oben ein kalter Wind wehte, der an meinen Haaren riss, war es der perfekte Ort für eine kurze Pause.

»Hab dich nicht so.« Ich klopfte auf den Platz neben mir, doch Jasper rührte sich nicht vom Fleck. »Sag bloß, du hast Höhenangst?«

Bildete ich mir das nur ein oder wurde Jasper wirklich etwas blass um die Nase?

»Ein bisschen vielleicht«, murmelte er.

Ich verkniff mir ein Lachen und rutschte ein kleines Stück zurück. Zögernd setzte er sich neben mich, wobei er einen Blick in Richtung Abgrund ganz offensichtlich vermied.

»Wenn das deine Leser wüssten«, stichelte ich und grinste, als er das Gesicht verzog. »Aber es hat sich gelohnt«, schob ich hinterher. In meinen Waden machte sich zwar ein unangenehmes Spannen bemerkbar und ich konnte mir bereits vorstellen, wie ich morgen mit einem fiesen Muskelkater aufwachte, doch diese Aussicht war es wert.

»Genau deshalb wollte ich so unbedingt hier hoch«, bemerkte Jasper leise.

Ich drehte meinen Kopf in seine Richtung und wollte schon zu einer spöttischen Bemerkung ansetzen, als ich den Ausdruck in seinen Augen wahrnahm. Die Ernsthaftigkeit darin traf mich völlig unerwartet. Ich schluckte schwer, während die Luft um uns herum sich zu verdichten schien. Die Spannung war beinahe greifbar, und eine Gänsehaut breitete sich auf meinen Armen aus.

»Was machst du nur mit mir?« Die Worte waren mir herausgerutscht, ehe ich sie zurückhalten konnte. In meiner Magengrube flatterte es, als wären die Leuchtkäfer zurück, und mein Puls beschleunigte sich.

»Das fragst du mich? Du bist es doch, die *mich* durcheinanderbringt«, erwiderte Jasper rau. Er neigte den Kopf in meine Richtung, und ich hielt unwillkürlich den Atem an. Ob ich in seiner Nähe irgendwann nicht mehr so aufgeregt sein würde, als wäre es unser erster Kuss?

Jasper überbrückte den Abstand, und mein Herz machte einen Sprung. Als seine Lippen auf meine trafen, seufzte ich leise auf. Ich rückte näher zu ihm und vertiefte den Kuss. Jasper schmeckte nach Minze und salzigem Wind, was ich für immer mit diesem Moment verbinden würde. Meine Hand wanderte in seinen Nacken, und ich gab mich seiner Nähe hin, als hätten wir nur diesen einen Kuss. Mit geschlossenen Augen ließ ich mich fallen. Ich versank in seinen Armen, verlor mich in dem Gefühl seiner Lippen auf meinen und vergaß alles um mich herum.

In diesem Augenblick war ich frei. Ich spürte das Leben in mir pulsieren, und zum ersten Mal seit zwölf Jahren bekam ich eine Ahnung davon, wie es sich anfühlen könnte, nicht mehr gebrochen zu sein. Wie es wäre, wenn das Loch in meinem Innern sich mit Hoffnung und Träumen füllte, die den Schmerz überdeckten. Es war nur der Hauch einer Ahnung, nur ein schwaches Leuchten im dunklen Grau. Doch es reichte aus, um einen Funken in mir zu entfachen, der die Dunkelheit durchbrach.

Als Jasper sich sanft von mir löste, klopfte mir das Herz bis zum Hals. Blinzelnd öffnete ich die Augen. Für ein paar Sekunden sprach keiner von uns ein Wort. Der Kuss war anders gewesen als alle bisherigen. Sanfter. Intimer. Und genau das machte ihn so bedeutungsvoll.

Ich lehnte mich ein Stück von Jasper weg und ließ meinen Blick über die Insel schweifen, die bereits jetzt zu meinem neuen Lieblingsort geworden war. Mit einem zufriedenen Lächeln auf den Lippen legte ich meinen Kopf in den Nacken.

»Natürlich. Der Blick in den Himmel«, bemerkte Jasper mit einem amüsierten Lächeln in der Stimme.

»Kannst du mir etwas versprechen?«, fragte ich, die Augen auf die graue Wolkendecke über uns gerichtet.

»Was denn?«

»Dass wir, egal was passiert, diesen Moment nicht vergessen. Dass er für uns besonders bleibt, auch wenn diese Reise vorbei ist.«

Jasper schwieg. So lange, dass ich mir auf die Lippen biss. Ich wollte die Worte schon zurücknehmen, als ich seine Hand auf meinem Knie spürte.

»Ja«, sagte er schlicht, und an dem Ton in seiner Stimme erkannte ich, dass er es genau so meinte.

Wir blieben noch ein paar Minuten auf dem Felsen sitzen, bevor wir uns wieder auf den Rückweg machten. Diesmal ging ich voraus, wobei ich mir extra Zeit ließ, um den Moment, wenn wir in das Auto stiegen, hinauszuzögern.

»Brauchst du etwa schon wieder eine Pause?«, fragte Jasper, als ich an einer Weggabelung anhielt.

»Sehr witzig. Nein, ich weiß nur nicht, aus welcher Richtung wir gekommen sind.«

»Von dem schmaleren Pfad.« Jasper deutete auf den Weg, der steil bergab führte.

»Ich will noch nicht zurück«, murmelte ich leise, doch er hörte es trotzdem.

»Wir können ja morgen noch mal wandern gehen.«

»Das meinte ich nicht.« Ich schüttelte den Kopf und drehte mich zu ihm um. »Ich will nicht *zurück.*«

Ein Schatten huschte über Jaspers Gesicht, als bereitete ihm der Gedanke an das Ende unseres Roadtrips ebenfalls Kopfschmerzen. »Amelia, wir sollten die Zeit …«

»Hier genießen, ja, ich weiß. Aber ich kann nicht anders, als mich zu fragen, was danach kommt.«

Er seufzte tief. Sein Blick wurde abwehrend, und ich bereute es sofort, das Thema überhaupt angesprochen zu haben. Wir hatten bisher nicht darüber geredet, was das zwischen uns war und wie es weitergehen sollte, wenn wir nach Edinburgh zurückkehrten. Warum musste ich auch ausgerechnet jetzt darüber nachdenken? Dabei war mir klar, dass es wahrscheinlich an unserem Kuss lag, der Dinge in mir ausgelöst hatte, die ich nicht empfinden wollte.

»Ich weiß nicht, was du jetzt von mir hören willst. Können wir nicht einfach den Moment genießen?«

Ich unterdrückte ein Seufzen. »Klar.« Was hatte ich auch erwartet? Jasper war und blieb ein Rätsel. Ich wusste, dass er mich bereits mehr in sein Leben ließ als alle anderen. Er hatte mir seine Wohnung gezeigt, die bis auf Aiden niemand kannte, und war mit mir zu diesem Roadtrip aufgebrochen. Trotzdem stieß ich auf eine Mauer, sobald ich versuchte, mehr über ihn zu erfahren. Fürs Erste konnte ich mich damit zufriedengeben, doch ich wusste, dass ich irgendwann darauf zurückkommen würde.

Während wir zurück zum Auto gingen, kreisten meine Gedanken jedoch weiter um die ungesagten Worte, die zwischen Jasper und mir standen. Ich wusste so gut wie nichts über seine Kindheit oder seine Familie. Bis auf die Andeutung, dass er keine Eltern hätte und jede Menge Ballast mit sich herumtragen würde, hatte er nichts preisgegeben. Ich kannte nur den Jasper, der er heute war, und selbst von ihm war mir ein großer Teil noch fremd.

Es war seltsam. In manchen Augenblicken waren wir uns wahnsinnig nah und vertraut, und dann lag wieder ein ganzes Meer aus unausgesprochenen Gedanken zwischen uns. Dabei war das nicht einmal das Problem. Das Problem war, dass es anfing, mir etwas auszumachen. Jasper war mir wichtig. Und das viel zu sehr.

Als wir seinen Wagen erreichten, zögerte ich kurz. Mein Blick ging noch einmal zurück in die Richtung, aus der wir gekommen waren.

»Schau bitte nicht so traurig, Amelia.« Jasper kam um das Auto herum und stellte sich vor mich.

Ich blinzelte, als könnte ich so die Wehmut abschütteln, die mich plötzlich ergriffen hatte. »Tut mir leid, ich bin nur etwas sentimental. Vielleicht tut mir Wandern doch nicht so gut.« Ich versuchte es mit einem Lächeln, brachte aber nur eine Grimasse zustande.

»Das glaube ich nicht«, erwiderte er ungewohnt ernst. »Das heute war besonders. Ich wünschte, ich könnte dir mehr geben, aber …« Er zuckte hilflos mit den Schultern.

»Nicht.« Ich streckte eine Hand nach seinem Arm aus. »Vergiss, was ich gesagt habe. Es war ein schöner Ausflug. Ich werde die Strecke und den Felsen nie vergessen.«

»Ich auch nicht. Schließlich haben wir es uns versprochen.«

Ich nickte stumm, und als ich diesmal lächelte, fühlte es sich fast wieder echt an.

Kurz darauf drehte Jasper den Schlüssel im Zündschloss um und erweckte den Wagen mit einem Brummen zum Leben. Mit gemischten Gefühlen sah ich zu, wie der Parkplatz im Seitenspiegel kleiner wurde. Was auch immer der Kuss zwischen uns zu bedeuten hatte, er hatte etwas verändert. Er hinterließ ein warmes Gefühl, das mich trotz allem mit Hoffnung erfüllte. Und mit bodenloser Angst.

Es war nie Teil des Plans gewesen, mich in Jasper Haven zu verlieben. Er hätte sich nie einen Platz in meinem Herzen erschleichen sollen. Doch hier war ich, irgendwo auf der Isle of Skye mit einem Kerl, der nicht glaubte, dass er lieben könnte, und verliebte mich trotzdem.

23. KAPITEL

Jasper

Kalte Nachtluft strömte durch das gekippte Fenster in unser Zimmer. Draußen war es schon seit einer Weile dunkel, aber ich fühlte mich hellwach, als wäre ich gerade erst aufgestanden.

Nachdem Amelia und ich in einem Restaurant zu Abend gegessen hatten, waren wir in einvernehmlichem Schweigen in das B&B zurückgekehrt. Irgendwann hatte ich meinen Laptop herausgeholt, um das aktuelle Kapitel, das ich am Morgen begonnen hatte, zu beenden. Dieser Roadtrip durch die mystische Landschaft, die Abwechslung zu Edinburgh tat tatsächlich gut. Ich kam mit dem Schreiben endlich wieder voran und hatte eine passende Lösung für das Problem meines Protagonisten gefunden. Wenn Amelia schlief oder wie jetzt über ihrem Notizbuch gebeugt auf dem Bett neben mir saß und ich nichts außer ihren regelmäßigen Atem hörte, kehrte jedes Mal Ruhe in mir ein. Ich hatte mich viel zu schnell an ihre Nähe gewöhnt. Und während ich normalerweise nur schreiben konnte, wenn ich allein war, flossen die Wörter in Amelias Anwesenheit nur so aus mir heraus.

Dennoch spürte ich, wie sich seit der Wanderung die Stimmung zwischen uns verändert hatte. Sie war nicht mehr so unbeschwert und leicht. Stattdessen lag eine gewisse Schwere in der Luft. Als wüssten wir beide, dass wir eine Grenze überschritten hatten, die wir nie überschreiten wollten. Der Kuss auf dem Felsen hatte etwas mit mir gemacht. Ich konnte es nicht in Worte fassen, aber er hatte etwas verändert.

Amelia stellte meine Welt auf den Kopf, löste Dinge in mir aus, die zu überwältigend, zu intensiv waren. Die starke Anziehung, die sie auf mich ausübte, der heftige Drang, ihr nah zu sein … Ich wollte nicht so fühlen.

Ich hatte die ganze Sache völlig falsch eingeschätzt. Klar, sie hatte mich von Anfang an fasziniert, und wir waren uns erschreckend schnell nähergekommen. Doch ich war überzeugt gewesen, dass sich das Gefühl genauso schnell wieder verflüchtigen würde. Eine kleine Schwärmerei, nichts weiter. Doch seit dem Moment im Auto, als ich ihr gesagt hatte, dass ich eine Chance wollte, war alles anders. Die Angst, nicht der Richtige für sie zu sein, war nicht verschwunden. Doch die Zweifel waren leiser geworden. Mit jedem Kuss und jeder Berührung rückten sie weiter in den Hintergrund und ließen mich vergessen, warum ich Abstand halten sollte.

»Irgendetwas fehlt noch im Refrain«, murmelte Amelia. Sie tippte mit dem Stift ungeduldig auf die Seite, die sie bereits mit unzähligen Zeilen gefüllt hatte.

Mein Herz schwoll bei dem Anblick an. Es schlug schneller, klopfte und pochte, und erinnerte mich mit jedem Schlag schmerzhaft daran, dass es noch immer in der Lage war, zu fühlen. Viel zu viel zu fühlen. Dabei hatte ich bereits im Alter von sieben Jahren, als Jamie und ich von unserer Mutter fortgebracht worden waren, verstanden, dass Gefühle gefährlich waren. Sie füllten das Herz mit Hoffnung, nur um es einem dann zu brechen. Damals hatte ich mir nichts mehr gewünscht als Eltern, die mich liebten. Die Sehnsucht nach Armen, die mich festhielten und trösteten, war mein täglicher Begleiter gewesen. Während ich tagsüber für Jamie lächelte und Geschichten über andere, bessere Welten erzählte, weinte ich mich nachts, wenn er schlief, in den Schlaf.

»Ist alles okay?« Amelias leise Stimme drang wie aus weiter Ferne zu mir.

Ich blinzelte und kämpfte mich in die Realität zurück. In ihren Augen spiegelte sich Sorge, und ich fragte mich, wann das passiert war. Wann wir angefangen hatten, die Gefühle des anderen zu lesen und uns zu sorgen.

»Ja, sorry, ich war gerade nur in Gedanken versunken.«

Sie nickte, als wüsste sie genau, was ich meinte. Was sie vermutlich auch tatsächlich tat. Amelia hatte mich von Anfang an verstanden. Sie konnte in meinem Schweigen lesen und schien selbst den Schmerz, der manchmal in mir tobte, einfach zu akzeptieren. Dabei schaffte ich das nicht einmal selbst.

Ich atmete hörbar aus, als könnte ich so die Hoffnungslosigkeit loswerden, die in mir aufstieg. Es war nicht fair, dass Amelia mir so viel bedeutete. Sie sollte sich nicht mit meinen Dämonen und Schattenseiten auseinandersetzen müssen. Niemals. In ihrem Leben hatte es bereits zu viel Verzweiflung, zu viele Verluste gegeben. Und trotzdem. Ich konnte mich nicht von ihr fernhalten. Nicht hier, wenn wir weit weg von Edinburgh zusammen auf einem Bett saßen und sie diese konzentrierte Falte zwischen den Augen trug, die verdammt niedlich aussah.

»Du schreibst an einem Song?«, fragte ich, um das Thema zu wechseln und mich von meinen Gedanken abzulenken, die geradewegs auf ein schwarzes Loch zuzusteuern schienen.

»Ja, es geht um Maisie. Darum, wie sehr ich sie liebe. Und wie wir nach dem Tod unserer Eltern zusammengehalten haben.«

Ihre Worte waren wie ein Schlag in den Magen.

»Das klingt schön«, hörte ich mich sagen, während ich nichts gegen die Bitterkeit tun konnte, die sich in mir ausbreitete.

Ich hatte keine Ahnung, wo sich mein Bruder herumtrieb. Seit Wochen versuchte ich, ihn zu erreichen oder herauszufinden, was er machte. Unser Verhältnis war nie leicht gewesen, aber diese absolute Funkstille toppte all unsere bisherigen Auseinandersetzungen.

»Wenn sie zurückkommt, will ich ihn ihr vorspielen.«

»Das wird sie sicher freuen.« Meine Stimme klang viel zu belegt. Ich räusperte mich, doch natürlich hatte Amelia es bemerkt.

»Was ist los?« Sie ließ den Block sinken und schaute mich direkt an.

»Nichts«, wehrte ich ab. »Mir geht gerade nur viel durch den Kopf, das ist alles.« Ich wich ihrem Blick aus, doch Amelia ließ sich dadurch nicht abwimmeln. Sie sah mich einfach nur an. Und wartete.

Ich stieß einen tiefen Seufzer aus. »Hör zu, ich will dich nicht mit meinem Kram belästigen. Wir sollten …«

»Wenn du jetzt wieder sagst, dass wir die Zeit hier einfach nur genießen sollten, schmeiße ich irgendwas nach dir.«

Überrascht schaute ich auf. Ein kleines Grinsen stahl sich auf mein Gesicht. »Ich mag es, wenn du einfach sagst, was du denkst.« Als sich unsere Blicke trafen, verschwand etwas von der Schwere in meinen Gedanken.

»Ich weiß, dass du nicht gern über deine Gefühle redest. Oder deine Vergangenheit. Aber du kannst mir vertrauen, Jasper. Und nach allem, was wir in den letzten Tagen zusammen erlebt haben … Ich dachte, es wäre inzwischen klar, dass wir füreinander da sind.«

Nach ihrer kleinen Ansprache herrschte kurz Schweigen. Ihre Worte rüttelten tief in meinem Innern an etwas, das ich vor langer Zeit weggeschlossen hatte. Und für einen kurzen Moment gab ich mich der Vorstellung hin, ihr alles erzählen zu können. Ich stellte mir vor, wie ich den Mund aufmachte und darüber redete, wie Jamie und ich uns im Schrank versteckt hatten, weil der neue Freund unserer Mutter wieder mal betrunken und wütend nach Hause gekommen war. Wie ich meiner Mutter morgens Frühstück gemacht hatte und sie anflehte, aufzustehen, sie aber mit zugezogenen Gardinen im Bett liegen blieb. Wie ich mich vor Jamie gestellt hatte, als der letzte Freund unserer Mutter mit einer Eisenpfanne auf ihn losgehen wollte. Wie ich mit einer Platzwunde an der Stirn und einem leichten Schädel-Hirn-Trauma im Krankenhaus aufgewacht war.

Oder davon, wie unsere Pflegeeltern uns mit einer warmen Mahlzeit begrüßt hatten und Jamie in Tränen ausgebrochen war, weil er sich so sehr auf vernünftiges Essen gefreut hatte. Ich könnte ihr erzählen, wie Jamie mit vierzehn angefangen hatte, mit den falschen Leuten herumzuhängen. Wie die Lehrerin um ein Gespräch mit unserer damaligen Pflegemutter gebeten hatte, weil er nicht zum Unterricht erschien und ich Drogen in seinem Rucksack gefunden hatte. Wie ich trotz allem bei ihm geblieben war, als die Pflegeeltern uns schweren Herzens wieder abgaben, weil sie mit Jamies Verhalten nicht zurechtkamen. Wir waren in insgesamt vier verschiedenen Pflegefamilien untergebracht gewesen, und jedes Mal hatte ich gehofft, diesmal anzukommen. Doch ich hatte mich nie komplett wie zu Hause gefühlt.

Die Vorstellung, Amelia all das erzählen zu können, war schön. Und verdammt beängstigend. Ich wollte Amelia auch nicht erschrecken, wollte nicht ihr Mitleid und ihr Entsetzen, das unweigerlich folgen würde. Sie spürte vielleicht, dass ich innerlich kaputt war, doch sie wusste nicht, warum. Und ich hatte nicht vor, daran etwas zu ändern. Nein. Es war besser, das Vergangene nicht wieder an die Oberfläche zu holen.

»Danke, Amelia«, sagte ich leise. »Ich weiß das wirklich zu schätzen, aber manchmal ist es besser, die Vergangenheit ruhen zu lassen. Glaub mir. Reicht es nicht, dass du den Menschen kennst, der ich heute bin?«

Als sie nichts darauf erwiderte, zog sich mein Herz schmerzhaft zusammen. War das der Punkt, an dem sie erkannte, dass sie sich besser von mir fernhalten sollte? Dass ich zu verkorkst war, um so etwas wie Freundschaften zu führen, ganz zu schweigen von Beziehungen?

Angst stieg in mir auf. Für ein paar schreckliche Sekunden bekam ich keine Luft mehr. Doch dann lächelte Amelia kaum merklich, und die Panik verflog.

»Ich weiß es nicht. Keine Ahnung, ob das für eine Freundschaft, oder was auch immer das zwischen uns ist, reichen kann. Aber jetzt gerade will ich, dass es reicht.«

Sie tastete nach meiner Hand, und ich hielt sie fest. Ihr Blick traf auf meinen, und mein Herz machte einen Sprung. Es war verblüffend und völlig neu für mich, wie stark mein Körper auf sie reagierte. Ein Lächeln, ein langer Blick genügte, und meine Knie wurden weich. Amelia legte ihr Notizbuch auf den Nachttisch neben dem Bett, und ich stellte meinen Laptop auf den Boden. Wir brauchten keine Worte, um zu wissen, was der andere gerade dachte. Im nächsten Moment krabbelte sie auf meinen Schoß, überbrückte den Abstand zwischen uns, bis unsere Gesichter nur noch wenige Zentimeter voneinander entfernt waren. Wir atmeten gleichzeitig ein, teilten dieselbe Luft, hielten die Welt für einen kurzen Moment an und erschufen ein Stückchen Ewigkeit. Verlangen schoss durch meinen Körper, doch da war auch noch etwas anderes. Ein warmes Gefühl, leicht wie eine Feder, das ein seltsames Flattern in meiner Magengegend auslöste. Ich hatte Amelia nie mehr gewollt als in diesem Augenblick.

»Jasper«, wisperte sie, als hätte sie meine Gedanken gehört. Schweigend schauten wir uns an. Der Moment dehnte sich aus, bis die Spannung unerträglich wurde.

Wie aufs Stichwort bewegten wir uns gleichzeitig, steuerten aufeinander zu wie zwei Magnete, die sich näher sein mussten, so nah, dass nichts mehr zwischen sie passte.

Atemlos schlang ich meine Arme um sie, vergrub meine Hände in ihren Haaren und mein Gesicht in ihrer Halsbeuge. Ihr Duft hüllte mich ein, hüllte mich in süßes Vergessen …

Ich tastete unter den Saum ihres Shirts, und sie zog es sich, ohne zu zögern, über den Kopf. Mein Oberteil folgte keine Sekunde später. Unsere Hände glitten fiebrig über den Körper des anderen. Ich küsste ihren Hals, liebkoste ihr Schlüsselbein mit meinem Mund, schmeckte ihre Haut, ertrank in ihrem Geruch. Amelia zu berühren und ihr nah zu sein, war ein berauschendes Gefühl. Ihre Finger glitten durch mein Haar, über meine Schultern und meinen Rücken. Sie jagten heiße Wellen durch meinen Körper, bis ich in Flammen zu stehen schien.

»Du bist so schön«, flüsterte ich. »So unfassbar schön.« Ich griff nach ihrem Haargummi und löste den Zopf. Rostrote Haare ergossen sich über ihre Schultern.

Amelia lächelte, und bei dem Anblick vergaß ich beinahe zu atmen. Sie ließ sich neben mir auf das Bett sinken und zog mich mit sich, sodass ich über ihr landete. Ihr dunkler Blick war verschleiert, und ich konnte mich keine Sekunde länger beherrschen.

Mit zittrigen Fingern öffnete ich den Knopf ihrer Jeans, doch sie schlug meine Hand spielerisch beiseite und schlüpfte in einer Geschwindigkeit aus ihrer Hose, die mich sprachlos zurückließ.

»Na los.« Sie zupfte am Bund meiner Jeans, und ich beeilte mich, meine Hose ebenfalls loszuwerden. Mit fahrigen Bewegungen griff ich nach meinem Rucksack und fischte ein Kondom aus einer Seitentasche.

Kaum war ich wieder über ihr, fanden sich unsere Münder erneut. Der Kuss war wild und ungestüm. Ihre Zunge schob sich fordernd zwischen meine Lippen, und ich stöhnte in ihren Mund, als sie ein Bein um meine Taille schlang und mich an sich drückte. Unser Kuss wurde noch intensiver, unsere Bewegungen wurden immer ungeduldiger.

Mit einem keuchenden Geräusch, das mich wahnsinnig machte, löste Amelia sich von mir. In ihren Augen tobte ein Sturm von Emotionen. Ich konnte nur erahnen, was in ihr vorging. Doch wenn sie auch nur einen Hauch dessen empfand, was ich fühlte, dann pendelte sie irgendwo zwischen unendlichem Glück und tiefem Erstaunen. Ich strich ihr eine Strähne aus dem Gesicht und musterte sie stumm, bevor ich meine Finger weiter über ihre Stirn, über ihre geröteten Wangen, die mit Sommersprossen übersät waren, bis zu ihren vollen Lippen wandern ließ. Ich prägte mir jeden Zentimeter ein, als wäre es das letzte Mal, dass ich sie in meinen Armen halten durfte. Eine plötzliche Enge in meiner Brust ließ mich innehalten, doch dann schlang Amelia ihr zweites Bein um meine Taille und zog mich an sich.

Ich hielt ihren Blick mit meinem fest, als ich in sie drang. Ihre Augen weiteten sich, und ich keuchte auf, überwältigt von dem Gefühl. Mit jedem Stoß, jedem Eindringen, verlor ich mich mehr in ihr. Ich vergaß alles andere, vergaß, wer ich war und wer ich niemals sein konnte. Ich versank in ihr, Jasper Haven verschwand, und ich war nur noch ein Mann, der sie begehrte. Ihr Körper verkrampfte sich in zitternden Wellen um mich, mein Name kam als leiser Schrei aus ihrem Mund. Ich vergrub mein Gesicht an ihrer Schulter, und als der Orgasmus über mich hinwegfegte, hielt sie mich fest. Bebend verharrte ich so, während ein Gefühl der tiefen Zuneigung und Dankbarkeit mich durchflutete.

»Das war der Wahnsinn«, flüsterte sie.

Lächelnd hob ich den Kopf und drückte ihr einen Kuss auf die verschwitzte Stirn. »Das war es, Baby. Das war es wirklich.«

Ich hatte nicht gewusst, dass Sex sich so anfühlen konnte. So intensiv und intim. Ich war eins mit Amelia geworden, hatte mich selbst und das Gefühl für Zeit und Raum verloren.

Schwer atmend rollte ich mich von ihr und entsorgte das Kondom im Badezimmer. Dann kehrte ich zu ihr zurück. Amelia kuschelte sich an mich, ihr Kopf ruhte auf meiner Brust, ihr Arm lag träge auf meinem Bauch. In diesem Moment machte sich eine tiefe Zufriedenheit in mir breit. Ich fühlte mich seltsam matt und … glücklich. Unfassbar glücklich.

»Wenn ich könnte, würde *ich* jetzt die Zeit anhalten«, murmelte ich.

»Ich auch«, erwiderte sie schläfrig. »Und ich würde für immer so liegen bleiben.«

Lächelnd schloss ich die Augen. Ich wollte wegdämmern, bevor die Realität mich einholte und ich wieder zu dem Jasper Haven wurde, der Menschen von sich stieß und Mauern um sich errichtete. Der eine Vergangenheit hatte, die Schatten bis in die Gegenwart warf und schonungslos jede Hoffnung auf Glück zerstörte.

Ich schlang meine Arme enger um Amelia, vergrub mein Gesicht in ihren Haaren und ließ mich von ihrer Nähe einlullen, bis meine Gedanken endlich verstummten.

Obwohl ich in Amelias Armen so gut geschlafen hatte wie schon lange nicht mehr, wachte ich am nächsten Tag schon früh auf. Da Amelia noch tief und fest schlief, löste ich mich vorsichtig von ihr, zog mich an und setzte mich an den kleinen Tisch, der in der Ecke des Zimmers stand. Heute Abend würden wir nach Inverness fahren, und ich musste noch die Seiten für die Lesung markieren. Normalerweise las ich immer das erste Kapitel und eine Stelle weiter hinten vor, trotzdem wollte ich noch mal alles durchgehen. Der Gedanke, die Insel wieder zu verlassen, trübte meine Stimmung. Ich war noch nicht bereit, wieder zurück in den Alltag zu müssen. Zurück in meine leere Wohnung, in der nichts außer meine Kaffeemaschine und der Schreibtisch wartete.

Als Amelia wenig später aufwachte, gingen wir nach unten, um zu frühstücken. Wir sprachen nicht viel, und als wir in unser Zimmer zurückkehrten, zog Amelia mich wortlos in Richtung Bett, wo wir den ganzen Vormittag verbrachten. Ich las Amelia auch aus meinem Roman vor und genoss es, wie sie sich an mich schmiegte. In diesem Augenblick war ich einfach nur glücklich.

Doch schließlich kam der Zeitpunkt, an dem wir unsere Sachen packen und das B&B verlassen mussten. Nachdem wir alles ins Auto geräumt hatten, liefen wir noch einmal durch Portree. Die schmalen Straßen und der kleine Hafen, der einen ungetrübten Blick auf das ruhige Meer bot, strahlte eine friedliche Stimmung aus. Es war ruhig. Still. Ganz anders, als es in Inverness sein würde.

»Ich will nicht von hier weg«, murmelte Amelia und sprach genau das aus, was ich dachte.

»Ich weiß.« Ich griff nach ihrer Hand, und zusammen genossen wir den Anblick des Wassers, dessen Oberfläche sich im Wind leicht kräuselte.

So standen wir eine ganze Weile, bis es schließlich leicht zu regnen anfing. Ich unterdrückte einen tiefen Seufzer und schlug vor, noch in einem Pub etwas zu essen, bevor wir nach Inverness aufbrachen. Als wir uns kurz darauf ins Auto setzen, verfielen wir beide in wehmütiges Schweigen. Diesmal lief keine Musik, und weder Amelia noch ich sagten viel, während wir über die Brücke fuhren, die uns von der Isle of Skye zurück in die Realität brachte.

24. KAPITEL

Amelia

Die Buchhandlung war brechend voll. Im hinteren Teil des Ladens waren mehrere Stuhlreihen aufgebaut, die schon vor einer halben Stunde bis auf den letzten Platz besetzt gewesen waren. Am Rand und hinter den Reihen standen eng aneinander gedrängt noch mal mindestens genauso viele Leute. Und es kamen immer noch welche dazu.

Jasper saß an einem Tisch, der auf einer kleinen Bühne aufgestellt worden war, während sein Agent Daniel leise auf ihn einredete. Ich hatte nur kurz mit ihm gesprochen, als Jasper mich als seine Reisebegleitung vorgestellt hatte, aber das hatte gereicht: Ich hatte Daniel von der ersten Sekunde an nicht gemocht. Er wirkte genau so, wie ich es nach Jaspers Erzählungen erwartet hatte. Kühl und unsympathisch. Es war offensichtlich, dass er sich nur für Jaspers Erfolg interessierte und nicht für den Menschen dahinter. Doch Jasper schien das nicht weiter zu stören, was ich nicht verstehen konnte. Je länger Daniel auf Jasper einredete, desto distanzierter wurde das Lächeln auf seinen Lippen, das mir jetzt sogar noch falscher vorkam als bei der Lesung im *Daydream.*

Ich unterdrückte ein Seufzen. Irgendetwas hatte sich verändert, seit wir gestern Abend die Isle of Skye verlassen hatten, doch ich konnte nicht genau festmachen, was.

Nach unserer Ankunft in Inverness hatten wir in einem Hotel in der Innenstadt eingecheckt, das einfach eingerichtet war und eine gewisse Charakterlosigkeit ausstrahlte. Es war kein Vergleich zu den liebevoll gestalteten Unterkünften der letzten Tage. Da es bereits relativ spät gewesen war, waren wir sofort auf unser Zimmer gegangen. Jasper hatte sich wortlos ins Bett gelegt und den Fernseher angemacht. Obwohl mich sein Schweigen getroffen hatte, hatte ich das Engegefühl in meiner Brust ignoriert und mich an ihn gekuschelt, in der Hoffnung, dass ich bald einschlafen würde. Doch auch Stunden später, als Jasper neben mir bereits tief und fest schlief, war ich immer noch hellwach und lauschte der lauten Musik und dem Autoverkehr, die zu uns ins Zimmer drangen.

Da ich wegen des Lärms, den ich nicht mehr gewohnt war, die halbe Nacht wachgelegen hatte, war ich heute morgen entsprechend übermüdet aufgewacht. Nach einem späten Frühstück hatte Jasper vorgeschlagen, dass ich die Stadt erkunden könnte, während er an seinem Manuskript weiterschreiben wollte. Die Stimmung war angespannt gewesen, und ich hatte gespürt, dass er seine Mauern erneut hochfuhr. Dennoch hatte ich zugestimmt und war stundenlang durch verschiedene Läden und Cafés gebummelt. Ich hatte eine Tasse als Mitbringsel für Maisie gekauft und eine Karte für Holly, auf der in geschwungenen Buchstaben *Lieblingsmensch* stand. Anschließend war ich ins Hotel zurückgekehrt, wo Jasper sich bereits für die Lesung umzog.

Und nun waren wir hier. In einer Buchhandlung, in die sich mit jeder Minute noch mehr Menschen drängten.

Vielleicht war ich nur paranoid, doch je länger ich Jasper beobachtete, desto stärker wurde das ungute Gefühl. Wenn ich die Augen schloss, konnte ich zwar noch immer seine Küsse und Hände auf meiner Haut spüren. Aber als Daniel zurücktrat und Jasper sich räusperte, um mit der Lesung zu beginnen, fiel es mir schwer, in ihm den Mann zu erkennen, der mit mir durch die Highlands gefahren war. Der mich im Regen geküsst und mit mir einen Berg bezwungen hatte.

Es tat weh, ihn jetzt so zu sehen. So kühl. So unpersönlich. Mit einer Maske auf dem Gesicht, die beinahe arrogant wirkte.

»Ist er nicht großartig?«, sagte eine junge Frau direkt neben mir.

Ich hatte mich mittig in das Publikum gesetzt, um Jasper gut sehen zu können, doch in diesem Moment bereute ich es beinahe.

Denn die Frau neben mir warf einen schmachtenden Blick in Richtung Jasper und zückte ihr Handy, um ein Foto zu schießen. »Ich meine, er ist unglaublich heiß!«, schwärmte sie weiter. »Und erfolgreich. Ein absoluter Traumtyp.«

Ich unterdrückte ein genervtes Stöhnen. Warum war ich ausgerechnet neben ihr gelandet? Unwillkürlich fragte ich mich, wie lange ich wohl den Impuls unterdrücken konnte, ihr ins Gesicht zu schleudern, wie hohl und oberflächlich sie klang. Und dass sie keine Ahnung hatte, wer Jasper Haven eigentlich war.

Doch dann begann Jasper zu lesen. Seine Stimme erfüllte den Raum, warm, dunkel und einnehmend. Die Atmosphäre veränderte sich, es wurde still, stiller, als ich es für möglich gehalten hatte. Jeder im Raum schien den Atem anzuhalten und gebannt in seine Richtung zu starren.

Ein wehmütiges Lächeln stahl sich auf meine Lippen, während ich Jaspers Worten lauschte. In seiner Geschichte steckte so viel

Schmerz, aber auch eine Leidenschaft, die vermutlich die Herzen aller Anwesenden höherschlagen ließ. Er entführte einen mit seinen Worten in eine andere Zeit, in ein anderes Schottland, und erzählte von gewonnenen Schlachten und Intrigen, aber auch von heimlichen Liebschaften und magischen Geschöpfen.

Nachdem er geendet hatte, brach lauter Applaus aus. Die Frau neben mir klatschte wie wild in die Hände und riss mich damit unsanft aus dem Bann, in den Jasper mich gezogen hatte.

»Ich sag doch, ein absoluter Traumtyp!« Mit leuchtenden Augen drehte sie sich zu mir um. »Ich muss mir auf jeden Fall ein Autogramm holen.«

»Klar«, krächzte ich, während um mich herum plötzlich alle gleichzeitig aufstanden und sich nach vorn drängten. Fotos wurden geschossen, Jasper posierte mit halbherzigem Lächeln, Frauen schmachteten ihn an. Ich beobachtete, wie er mit ihnen flirtete, wie er Witze riss und sie zum Lachen brachte.

In diesem Moment wurde mir schlagartig etwas klar: Das da vorn war nicht länger *mein* Jasper. Das war nicht mehr der Jasper, der mir im Bett vorlas, mich nachts in seine Arme zog und mich fragte, was in meinem Kopf vor sich ging. Das da vorn war der Bestsellerautor Jasper Haven.

Und in diesem Moment wurde mir noch etwas klar: Ich hatte mich geirrt. Nicht nur die Frau neben mir hatte keine Ahnung, wer Jasper eigentlich war. Ich wusste es auch nicht.

Mit zitternden Händen kramte ich mein Handy aus meiner Tasche. Ich musste hier raus und mit Holly sprechen. Sie musste mir sagen, dass ich mir das alles nur einbildete. Dass zwischen Jasper und mir alles gut war, und dass das Ende der Reise nicht das Ende von dem war, was zwischen uns lief.

Kaum war ich draußen angekommen, wählte ich ihre Nummer und hielt mir das Handy ans Ohr.

»Amelia? Ist alles okay?« Der Klang von Hollys Stimme trieb mir die Tränen in die Augen.

Ich presste eine Hand auf meinen Mund und schluckte den Kloß hinunter, der mir plötzlich im Hals saß.

»Amelia?«

»Hi, sorry, ja, es geht mir gut.«

»So hörst du dich aber nicht an. Ich hab mir echt schon Sorgen gemacht, weil ich in den letzten Tagen wenig von dir gehört habe.«

»Ich weiß. Es tut mir leid«, erwiderte ich zerknirscht. »Wir waren auf der Isle of Skye, und ich war ... keine Ahnung, irgendwie habe ich alles andere ein bisschen vergessen.«

»Oh, okay.« Holly schwieg einen Moment lang. Ich befürchtete schon, dass sie diesmal wirklich sauer auf mich war, aber dann sprach sie weiter: »Das ist doch eigentlich gut, oder nicht? Genau deshalb war es ja so wichtig, dass du mal Abstand zu Edinburgh bekommst.«

»Damit ich alles andere vergesse? Selbst Maisie und Charlotte? O Mann, was bin ich nur für eine schlechte Schwester! Da fahre ich einmal mit einem Kerl durch die Gegend, und anstatt an meine Familie zu denken, anstatt nachzufragen, wie es Maisie in der Klinik geht, verliebe ich mich und genieße den Urlaub. So war das alles überhaupt nicht geplant!« Atemlos schnappte ich nach Luft. Ich hatte zu lange nicht mehr mit Holly geredet, und jetzt strömten die Worte viel zu schnell und ungefiltert aus meinem Mund.

»Okay, okay, warte kurz. Du hast dich in Jasper verliebt?«

»Holly! Von allem, was ich gesagt habe ...«

»Charlotte wird sich bei dir melden, wenn sie was von Maisie hört«, unterbrach sie mich.

Ich seufzte tief. »Ja, vermutlich hast du recht«, gab ich schließlich leise zu und lehnte mich an die Hauswand hinter mir.

»Außerdem kommst du doch morgen wieder zurück, oder?«

»Ja, das ist der Plan.«

»Na also. Und freust du dich darauf? Oder würdest du lieber weiter mit Jasper herumreisen? Und viel wichtiger: Können wir jetzt bitte auf die Verliebt-sein-Sache zurückkommen?« Holly klang plötzlich ganz aufgekratzt, als wäre es eine wahnsinnig große Sache, dass ich so etwas wie Gefühle für einen Mann entwickelt hatte. Na ja, irgendwie war es das auch, aber es auszusprechen, machte es viel zu real.

»Das ist mir einfach so rausgerutscht«, murmelte ich. »Die letzten Tage waren verrückt. Wir waren wandern, er hat mir aus seinem Buch vorgelesen, wir lagen die ganze Nacht zusammen im Bett, haben geredet und …«

Holly stieß ein jauchzendes Geräusch aus. Vermutlich saß sie gerade mit weit aufgerissenen Augen und einem breiten Grinsen auf ihrer Couch.

»Es war wie in einem kitschigen Liebesroman, Holly. Ich war so glücklich. Mein Leben in Edinburgh war plötzlich weit weg, und obwohl ich ihn nie in mein Herz schließen wollte, ist er mir mit jedem Tag wichtiger geworden. Aber dann sind wir von der Insel runtergefahren, und seit wir hier in Inverness sind, ist alles anders. Du hast Jasper ja bei der Lesung im *Daydream* erlebt. Dieser arrogante Kerl, der mit einem selbstgefälligen Lächeln Autogramme gibt? Tja, der ist jetzt wieder da. Und *diesen* Jasper mag ich absolut nicht. Er ist so verdammt verschlossen! Ich weiß kaum etwas über seine Vergangenheit oder seine Familie. Und wenn ich ihn frage, weicht er mir ständig aus. Vielleicht war es ein riesengroßer Fehler, mich überhaupt auf ihn einzulassen …«

»Puh, also erst mal … diese Zeit auf der Isle of Skye, wenn du zurück bist, dann will ich Details!«

Ein ersticktes Kichern entwich mir, und ich presste das Handy fester an mein Ohr, als könnte ich Holly so näher sein. »Die bekommst du«, versprach ich ihr.

»Gut, und was diesen arroganten Kerl angeht, zu dem er gerade wieder mutiert … Vermutlich ist das seine Art, sich zu schützen. Vielleicht geht ihm das alles einfach zu schnell. Und wenn er nicht über seine Vergangenheit redet, hat das bestimmt einen Grund. Gib ihm einfach ein bisschen Zeit. Denn ganz ehrlich, so wie du von ihm erzählst, bist du ihm verdammt wichtig. Er würde dir sicher nicht absichtlich das Herz brechen.«

»Ich weiß nicht«, sagte ich leise. »Keine Ahnung, ob er wirklich so für mich empfindet wie ich für ihn.«

»Ich bitte dich, Amelia! Er hat dich zu einem Roadtrip eingeladen, dir vorgelesen und dich damit vermutlich mehr in sein Leben gelassen als sonst jemanden. Natürlich fühlt er auch so. Er weiß es vielleicht nur noch nicht. Manche Menschen checken so etwas nicht sofort.«

»Na toll«, stieß ich mit einem Schnauben hervor. »Und wie soll ich jetzt mit ihm umgehen? Ich habe keine Lust, die restlichen Stunden der Reise mit einem verschlossenen Jasper abzuhängen.«

»Vielleicht sagst du ihm das einfach?«

»Sollte ich vielleicht …« Ich biss mir unschlüssig auf die Lippe. In meinem Magen machte sich ein flaues Gefühl breit, ob vor Aufregung oder Angst, konnte ich nicht sagen.

»Du wirst das schon hinkriegen. Und du kannst mich jederzeit anrufen«, sagte Holly und holte mich wie so oft aus meinem schwarzen Loch. Erst jetzt wurde mir bewusst, wie sehr ich das vermisst hatte. Ihre Worte, ihr Lachen.

»Ich weiß. Danke dir! Oh, ist bei dir alles gut? Jetzt hab ich nur von mir geredet.«

»Du kennst doch meinen langweiligen Uni-Alltag. Und mit Taylor läuft es auch gut.«

»Du liebst es, zu studieren«, widersprach ich schmunzelnd. »Dein Leben ist außerdem alles andere als langweilig.«

»Stimmt«, gab sie lachend zurück. »Du siehst also, es ist alles unverändert hier, aber wir können ja richtig reden, wenn du wieder da bist. Ich freue mich schon!«

»Ich freue mich auch.« Das tat ich wirklich. Ich brauchte dringend einen Abend mit meiner besten Freundin. Gerade nach den letzten Tagen hatte ich unglaublich viel zu erzählen.

»Okay, dann wage ich mich mal zurück und schau, was der *Traumtyp* Jasper Haven so treibt.«

»Traumtyp?«

»Erkläre ich dir, wenn ich zurück bin. Bis bald.«

»Bis bald, Süße. Pass auf dich auf.«

Nachdem ich aufgelegt hatte, blieb ich noch einen Moment lang stehen. Das Gespräch mit Holly war wie eine tröstende Umarmung und ein Arschtritt zugleich gewesen. Genau das, was ich gebraucht hatte. Entschieden hob ich den Kopf. Ich würde mich von Jasper nicht einfach so einschüchtern lassen. Wenn er die Signierstunde nur mit einer aufgesetzten Maske überstand, war das seine Sache. Aber ich wusste, dass er auch noch eine andere Seite hatte, und die würde ich nicht aufgeben. So leicht ließ ich mich nicht vertreiben.

Mit grimmiger Entschlossenheit betrat ich erneut die Buchhandlung. Sie war schon deutlich leerer als noch vor einer halben Stunde, auch wenn die Schlange vor Jaspers Tisch nur minimal kürzer geworden war. Da das sicher noch eine Weile dauern würde, beschloss ich, die Gelegenheit zu nutzen und mich etwas in dem Laden umschauen. Vielleicht fand ich ein Buch, das ich Maisie mitbringen konnte.

Ohne noch einmal in Jaspers Richtung zu schauen, wandte ich mich ab und steuerte auf die Ecke mit den Liebesromanen zu.

Nach einer gefühlten Ewigkeit kehrte ich zu Jaspers Tisch zurück. Die Schlange hatte sich inzwischen aufgelöst, und es stand nur noch ein einzelner Mann da, der leise auf Jasper einredete. Er trug eine abgewetzte Jeans und wirkte einige Jahre älter als ich. Irritiert trat ich einen Schritt näher. Der Mann passte irgendwie nicht hierher.

Vorsichtig ging ich auf die beiden zu, die so ins Gespräch vertieft waren, dass sie mich gar nicht bemerkten. Ich warf einen Blick auf Jasper und blieb abrupt stehen. Was auch immer der Mann von ihm wollte, es machte ihn anscheinend verdammt wütend. Mit zusammengekniffenen Lippen beugte er sich vor und sagte etwas, das ich nicht verstehen konnte.

»Schon gut, ich gehe! Ich wollte dir nur einen Gefallen tun. Das war ich dir schuldig.« Als Jasper nichts erwiderte, drehte der Mann sich um und rauschte mit schnellen Schritten an mir vorbei.

»Ist alles in Ordnung?« Ich ging zu Jasper, der mit finsterem Blick zu mir aufschaute. »Wer war das?«

»Wo warst du?«, fragte er leise und mit zusammengebissenen Zähnen.

Irritiert runzelte ich die Stirn. Hatte ich etwas nicht mitbekommen? Warum war er auf einmal wütend auf *mich*?

»Ich habe mit Holly telefoniert und mich hier etwas umgeschaut, während du Autogramme verteilt hast. Glückwunsch übrigens zur gelungenen Lesung.« Ich wollte nicht schnippisch klingen, doch sein Tonfall ärgerte mich. Ich verstand nicht, was los war, und ich war es leid, mir den Kopf darüber zu zerbrechen.

»Danke.« Er musterte mich kurz, dann wurde sein Blick wieder abwesend. In Gedanken schien er meilenweit weg zu sein.

»Jasper, was ist los?«, fragte ich erneut. »Wer war dieser Kerl?«

»Ich hab jetzt keine Zeit dafür«, sagte er und sprang abrupt auf.

»Zeit wofür? Dich mit mir zu unterhalten? Mir zu erklären, was zur Hölle eigentlich los ist?«

»Ganz genau«, erwiderte er kalt, bevor er sich an mir vorbeischob.

Mein Innerstes zog sich zusammen. Mir wurde plötzlich schlecht, und Angst stieg in mir auf. Eine schreckliche Angst, die mir die Luft abschnürte und mich lähmte.

»Jasper!« Meine Stimme brach, und irgendetwas in meinem verzweifelten Ruf ließ ihn innehalten. Ein Schatten huschte über sein Gesicht, und kurz sah ich etwas von dem Jasper, den ich in den letzten Tagen erlebt hatte, in seinem Blick aufblitzen.

»Komm mit. Ich erkläre es dir draußen«, sagte er nur und flüchtete dann aus der Buchhandlung.

Sprachlos schaute ich ihm nach. Irgendetwas stimmte ganz und gar nicht. Was auch immer der Mann zu ihm gesagt hatte, es zog Jasper den Boden unter den Füßen weg, und jetzt stieß er mich von sich. Ich riss mich aus meiner Starre und rannte ihm nach.

»Was ist los?« Ich holte ihn wenige Meter neben dem Laden ein.

Er wich weiterhin meinem Blick aus, lief unruhig hin und her und fuhr sich nervös durch die Haare. Ich hatte Jasper noch nie so erlebt. Er erinnerte mich an ein gefangenes Tier, das nicht wusste, wohin mit sich.

»Jasper?« So langsam bekam ich Panik. »Bitte sag etwas.«

»Ich muss nach Glasgow.« Endlich blieb er stehen.

»Du musst was?«

»Nach Glasgow. Der Mann war ein … er ist so etwas wie ein Bekannter. Er war mir noch einen Gefallen schuldig und dachte, er könnte ihn eintauschen, indem er nach Inverness zu meiner Lesung kommt und mir erzählt, dass mein Bruder in Schwierigkeiten steckt. Wieder einmal. Dass er seinen Job verloren hat. Wieder einmal. Und dass er jetzt Geld braucht, sich aber nicht bei mir meldet, weil er mich für ein Arschloch hält, das reich und berühmt ist und mit dem er nichts mehr zu tun haben will.« Jaspers Stimme war mit jedem Wort lauter geworden. Mit geballten Fäusten stand er schwer atmend vor mir.

Ich starrte ihn an, mein Herz klopfte bis zum Hals, während die Bedeutung seiner Worte langsam bei mir ankam.

»Du hast einen Bruder?«

25. KAPITEL

Amelia

»Du hast nie erzählt, dass du einen Bruder hast.« Fassungslos schaute ich Jasper an.

Er wich meinem Blick aus und fuhr sich unruhig durch die Haare. Es war offensichtlich, wie sehr ihn diese Situation überforderte, trotzdem konnte ich dieses Mal nicht diejenige sein, die einfach so Verständnis zeigte, obwohl er mir eine Menge Dinge verschwiegen hatte.

»Unser Verhältnis ist nicht das Beste.«

»Und da dachtest du, du tust einfach so, als gäbe es ihn gar nicht?«

»Was?« Jasper sah mich entgeistert an. »Nein, natürlich nicht! Es ist nur … Ich rede nicht gern über meine Familie.« Seine Stimme war leiser geworden, seine geballten Fäuste lockerten sich und seine Arme fielen seitlich an seinem Körper herab, als hätte ihn plötzlich alle Kraft verlassen.

»Deine Familie?«, hakte ich nach. »Du hast mir gesagt, du hast keine Eltern mehr, okay. Aber was ist mit dem Rest deiner Familie?« Ich machte vorsichtig einen Schritt auf ihn zu.

Jasper sah so verloren aus. Wie ein kleiner Junge, der wieder und wieder verletzt worden war. Doch dann hob er den Kopf, und seine Gesichtszüge wurden wieder hart. Die Maske war zurück. Ich hielt mitten in der Bewegung inne und kämpfte erfolglos gegen die Enttäuschung an.

»Ich kann jetzt nicht darüber reden, Amelia. Ich muss nach Glasgow.«

»Ist das dein Ernst?« Wütend funkelte ich ihn an. »Wir wollten morgen zurück nach Edinburgh fahren. Mir zu erklären, was los ist, dauert wenige Minuten. So viel Zeit ist ja wohl noch!«

Jasper schnaubte. »Du willst wissen, was los ist? Na schön! Mein Bruder hängt vermutlich gerade in irgendwelchen Bars rum und lässt sich volllaufen, weil er seinen Job verloren hat. Unser Verhältnis ist schwierig, aber ich will definitiv nicht, dass er wie unsere Mutter endet, die wahrscheinlich gerade zugedröhnt bei irgendeinem neuen Lover im Bett liegt.«

Ich schnappte nach Luft. »Deine Mutter lebt?« Wie konnte es sein, dass ich das nicht wusste? Er hatte gesagt, dass er keine Eltern hatte und deshalb in Pflegefamilien aufgewachsen war. Daraus hatte ich geschlossen, dass sie tot waren. So wie meine auch. Ich hatte gedacht, dass ich seinen Schmerz verstehen konnte, weil es derselbe war wie meiner. Doch da hatte ich mich geirrt. Scheiße, ich hatte mich in so vielen Dingen geirrt!

»Wieso hast du das nie erzählt?«, fragte ich atemlos.

Jasper zuckte mit den Schultern, ein resigniertes Seufzen drang über seine Lippen. »Weil ich nicht gern darüber rede, und weil ich Angst hatte, dich damit zu vertreiben. So was erzählt man doch nicht einfach mal schnell: *Hey, ich habe übrigens eine suchtkranke Mutter …*«

»Das verstehe ich ja, es ist nur … Nachdem ich dir von meinen

Eltern, Maisie und Charlotte erzählt habe, tut es weh, zu erfahren, dass du mich komplett ausschlossen hast. Während ich dich einfach in mein Leben gelassen habe, weiß ich so gut wie nichts von deinem.« Tränen schossen mir in die Augen, und meine Stimme brach.

»Das stimmt nicht, Amelia. Du kennst mich! Du weißt, wer ich heute bin. Ich habe dir nur nichts von der Vergangenheit erzählt, weil ich genau diesen Blick nicht sehen wollte. Ich will dein Entsetzen und dein Mitleid nicht.« Diesmal schaute er mich direkt an. In seinen Augen tobte ein Sturm, der erahnen ließ, wie zerrissen er sich gerade fühlte. Doch das änderte nichts an meiner Wut. Oder an der Enttäuschung, die mit jeder Sekunde größer wurde.

»Mein Entsetzen? Ich verstehe gerade überhaupt nichts mehr, Jasper! Ich habe dir vertraut. Dich in mein Herz geschlossen. Und du willst was? Jetzt nach Glasgow fahren und mich einfach so zurücklassen? Die letzten Tage … Habe ich mir das nur eingebildet? Diese Nähe zwischen uns?« Mühsam blinzelte ich die Tränen zurück.

Jasper seufzte. »Nein, hast du nicht.« Schmerz und Bedauern lagen in seinen dunklen Augen, als er den Abstand zwischen uns überbrückte, eine Hand hob und mir sanft über die Wange strich. »Was du zwischen uns gefühlt hast, war echt. Ich habe es auch gespürt …«

Ich hielt die Luft an. Blut rauschte in meinen Ohren, die ich mir am liebsten zugehalten hätte, denn ich wusste, dass ich die nächsten Worte nicht hören wollte. Dass sie mir das Herz brechen und meine Träume zerschmettern würden.

»Aber?«, flüsterte ich.

»Aber ich muss nach Glasgow. Ich muss nach meinem Bruder

suchen. Und du musst zurück zu deiner Schwester und deiner Tante. Zu Holly. Zu den Menschen, die dich lieben.« Jasper zögerte kurz. »Du gehörst nach Edinburgh. Es ist dein Zuhause. Ich will dich nicht zurücklassen, Amelia, ich will dich dorthin bringen, wo du hingehörst.«

»Was willst du damit sagen?«, fragte ich leise, obwohl ich die Antwort bereits kannte.

»Ist das nicht offensichtlich? Du hast meine Wohnung doch gesehen. Ich habe kein Zuhause, keine Menschen, die auf mich warten. Du hast jemanden verdient, der nicht so verkorkst ist wie ich. Jemanden, der über seine Vergangenheit reden kann, der nicht kaputt und gebrandmarkt von einer kranken Mutter und einer tragischen Kindheit ist. Du und ich – das kann nicht funktionieren. Vermutlich hatten wir nie wirklich eine Chance. Die letzten Tage waren wie ein Traum. Sie waren eine Illusion, in der ich jemand anders war. Es ist Zeit, dass wir in die Realität zurückkehren.«

Ich konnte spüren, wie etwas in mir zerbrach. Vielleicht war es mein Herz, vielleicht war es der letzte Hoffnungsschimmer, der mit seinen Worten schlagartig erlosch.

»Das ist nicht wahr! Hör auf, so zu tun, als wärst du hier das Wrack und ich die glückliche, normale Frau. Das bin ich nämlich nicht! Und das *weißt* du. Du hast meinen Song gehört, du hast ihn *verstanden*«, sagte ich. »Was du jetzt tust, ist feige! Du stößt mich von dir, weil du Angst hast, zu vertrauen. Und das verstehe ich. Glaubst du, es hat mir keine Angst gemacht, mit dir in dieses Auto zu steigen? Jeden Morgen neben dir aufzuwachen? Aber ich will mich nicht länger von dieser Angst bestimmen lassen. Ich glaube, du liegst falsch. Ich glaube, wir haben eine Chance. Du denkst, dass du nicht gut genug für mich bist, aber du irrst dich.«

Ich reckte mein Kinn, mein Blick lag fest und unerschütterlich auf ihm. Ein letzter Versuch. Ein letzter Versuch, das zu retten, was wir vielleicht nie wirklich gehabt hatten. Denn ich wollte die Wahrheit nicht sehen. Wollte nicht glauben, dass meine Gefühle für ihn ein Fehler waren.

»Ich kann das nicht, Amelia.« Seine Stimme war nur noch ein Flüstern. »Es tut mir leid. Ich fahre dich natürlich nach Edinburgh, aber ich kann nicht bis morgen warten. Wir müssen jetzt los, Jamie braucht mich, und …« Er brach mitten im Satz ab. Senkte den Blick und setzte einen kühlen, distanzierten Ausdruck auf. Er wurde wieder zu dem Jasper Haven, der mir fremd war. Ein abweisender Kerl, der niemanden nah an sich ranließ und mit falschem Lächeln Bücher signierte. »Wir müssen los.«

Ich schluckte schwer. Das war also der Moment, vor dem ich mich gefürchtet hatte. Der Moment, in dem ich ihn verlor. In dem mir der Mann entglitt, der mich in den letzten Tagen in seinen Armen gehalten hatte, als würde ich ihm die Welt bedeuten. Der mich liebevoll angeschaut hatte, bevor er sich zu mir beugte, um mich sanft zu küssen. Und es tat weh. Es tat schrecklich weh.

Holly hatte sich geirrt. Seine Gefühle waren nicht dieselben wie meine. Während ich mich in ihn verliebt hatte, hatte er weiterhin Mauern errichtet. Während ich alles von mir preisgab, hatte er mir nur einen sorgfältig ausgewählten Teil gezeigt.

Das hier war das Ende zwischen uns.

Ich schnappte nach Luft. Mein Hals war wie zugeschnürt, jeder Atemzug schmerzte, und die Tränen in meinen Augen begannen stärker zu brennen. Aber ich wollte nicht weinen. Nicht, solange er mit dem Gesicht eines Fremden vor mir stand.

»Bring mich zum Bahnhof.«

»Was? Nein, ich kann dich wirklich …«

»Bring mich sofort zum Bahnhof. Ich nehme den nächsten Zug nach Edinburgh.« Ich drehte mich um und lief in Richtung Auto. Mein Gesicht fühlte sich seltsam taub an, meine Hände hatten sich zu Fäusten geballt. Fingernägel gruben sich in meine Handflächen und lenkten mich von dem Schmerz in meinem Inneren ab.

Nicht vor Jasper weinen, nicht weinen. Unablässig wiederholte ich die Worte wie ein Mantra: den ganzen Weg von der Buchhandlung zu seinem Auto und sogar auf der Fahrt zum Bahnhof. Als wir endlich dort ankamen, sprang ich sofort aus dem Wagen und zerrte meinen Rucksack aus dem Kofferraum. Jasper sagte die ganze Zeit über kein Wort. Auch jetzt stieg er nicht aus, um mich zu verabschieden. Ein gemurmeltes *Tschüss* war alles, was ich bekam, als ich die Kofferraumtür mit einem lauten Knall zuschlug. Ich drehte mich um und marschierte mit schnellen Schritten auf das Bahnhofsgebäude zu. Tränen strömten über meine Wangen, doch ich sah nicht zurück. Nicht ein einziges Mal.

Die Tränen versiegten erst, als ich Inverness längst hinter mir gelassen hatte. Ich saß am Fenster, einen dicken Schal um meinen Hals gewickelt, in dem ich meine Nase vergrub, als könnte ich so verhindern, dass der Fahrgast neben mir mein Schniefen hörte.

Ich hasste es, dass ich überhaupt wegen Jasper weinte. Dass ich wütend, verletzt und traurig hier saß und nicht verstand, was eigentlich passiert war. Auf der Isle of Skye waren wir glücklich gewesen. Ich hatte meine Zweifel von mir geschoben und mich der naiven Hoffnung hingegeben, dass wir vielleicht tatsächlich ein *Wir* sein konnten. Der einsame Schriftsteller und die traurige Hobbysängerin.

Nachdem Holly und Taylor im letzten Schuljahr ein Paar geworden waren, hatte ich angefangen, mir heimlich dasselbe zu wünschen. Liebe, Glück. Bei ihnen sah es so einfach aus. Als wäre es etwas, das jeder Mensch haben konnte. Tja, ganz offensichtlich galt das nicht für mich.

Ich atmete tief durch und setzte mich aufrecht hin. Energisch wischte ich mir über die Wangen, den Blick starr aus dem Fenster gerichtet. Ich würde aufhören zu heulen. Und zwar jetzt, auf der Stelle. Selbst wenn mein Herz gerade in Tausend kleine Teile zersplitterte, ich war stärker als der Schmerz. Ich hatte nach dem Tod meiner Eltern weitergemacht. Hatte nie aufgegeben, ganz gleich, wie schwer manche Tage gewesen waren. Diesmal würde ich es auch überstehen.

Irgendwann würde ich wieder freier atmen können. Ganz bestimmt. Irgendwann würde das Loch, das Jaspers Worte hinterlassen hatten, wieder zuwachsen. Irgendwann, nur nicht heute.

Den Kopf an die Scheibe gelehnt, sah ich aus dem Fenster, beobachtete die grünen Wiesen, die draußen an mir vorbeizogen. Erschöpfung griff nach mir und schließlich ließ ich mich von der Müdigkeit einlullen, die meine Gedanken verlangsamte. Ob Jasper gerade an mich dachte? Ob er es bereute? Ich wollte die Fragen beiseiteschieben, wollte nicht darüber nachdenken, doch es war wie ein Zwang. Jasper war überall. In meinem Kopf, in meinem Herzen, auf meiner Haut, die sich viel zu gut an seine Berührungen erinnerte …

Eine plötzlich einsetzende Melodie durchbrach die Stille und riss mich aus meiner Traurigkeit, die mich mit jedem Atemzug weiter in die Tiefe zu ziehen drohte.

Entgegen jeder Vernunft kramte ich hoffnungsvoll nach meinem Handy. Das schrille Klingeln wurde zu einem möglichen Anker, zu einem Strohhalm, der mich vor dem Ertrinken retten konnte. Vielleicht hatte er es sich anders überlegt, vielleicht wollte er doch, dass ich ihn begleitete, vielleicht vermisste er mich zu sehr und hatte erkannt, was für ein unglaublicher Fehler es war, mich gehen zu lassen, und – der Anrufer war nicht Jasper.

Die Enttäuschung traf mich hart, aber ich fasste mich schnell wieder, als ich ranging und die Stimme meiner Tante hörte. Sie klang atemlos, und sofort stieg Panik in mir auf.

»Amelia? Hörst du mich?«

»Ja, ja ich hör dich! Was ist los? Ist alles okay? Ich bin auf dem Weg nach Edinburgh und in zwei Stunden da.«

»Oh, wie gut«, stieß Charlotte hervor.

»Was ist los?«, drängte ich, denn langsam bekam ich es wirklich mit der Angst zu tun.

»Maisie darf über das Wochenende nach Hause. Sie hat wohl gute Fortschritte gemacht und sich gewünscht, uns zu besuchen. Ich fahre sie morgen abholen.«

26. KAPITEL

Jasper

Die Bar war rappelvoll. Der Geruch von verschüttetem Alkohol und Zigarettenqualm schlug mir entgegen, als ich die Tür aufstieß. Es roch nach Verzweiflung, falschen Versprechen und Elend. Und ich hasste es. Hasste jeden Atemzug, den ich in dieser Hölle verbringen musste.

Mit zusammengekniffenen Augen schaute ich mich um. Männer, die aussahen, als wären sie fünfzig, obwohl sie die vierzig mit Sicherheit noch nicht überschritten hatten, saßen vor gefüllten Whiskygläsern. Ihre Augen blickten ins Leere, als hätten sie die Hoffnung auf ein besseres Leben längst aufgegeben. Ich schob mich an ihnen vorbei, genauso wie an der jungen Frau mit den bunten Haaren, die sich an ihr Bier klammerte, als wäre ihr nichts anderes mehr geblieben. Von einem Tisch in der Ecke, an der eine Gruppe Leute in meinem Alter saß, ertönte lautes Gelächter. Doch auch sie konnten die deprimierende Stimmung hier drin nicht heben. Niemand konnte das.

Entschlossen bahnte ich mir einen Weg zu der Theke und gab dem Barkeeper ein Zeichen.

Seit Stunden suchte ich jetzt schon nach Jamie. Anfangs hatte ich noch versucht, ihn anzurufen, doch er ignorierte jeden meiner Anrufe. Daher hatte ich mich dazu entschieden, die Plätze abzuklappern, von denen ich wusste, dass er früher öfter dort gewesen war. Damals, als wir beide noch in Glasgow gewohnt hatten.

Ich schluckte schwer. Es war schmerzhafter als erwartet, durch die Straßen Glasgows zu ziehen. An jeder Ecke lauerten Erinnerungen, die ich in den letzten Jahren zurückgedrängt hatte. Bilder von einem jüngeren Jasper, der durch die Bars zog, um sich volllaufen zu lassen, stiegen in mir auf. Sie waren gestochen scharf, was angesichts der Menge an Alkohol, die ich zu diesen Zeiten in mich geschüttet hatte, ein verdammtes Wunder war. Damals hatte mich die Aussicht, für ein paar Stunden meinen Gedanken zu entkommen, regelrecht verführt. Der Rausch war befreiend gewesen. Das böse Erwachen am Tag darauf dafür umso beschissener. Denn die Realität hatte mich jedes Mal eingeholt. So wie jetzt auch.

Kurz tauchte das Bild von Amelia in meinem Kopf auf, doch ich schob es mit aller Macht beiseite. Ich durfte jetzt nicht an sie denken. Daran, wie ich es verbockt hatte. Ihr verletzter Blick verfolgte mich, seit ich den Bahnhof in Inverness hinter mir gelassen hatte. Von allen Dingen, die ich bereute, war Amelia zu verletzen das Schlimmste.

»Was darf's bei dir sein?«, fragte der Barkeeper und riss mich damit aus meinen Gedanken.

Schnell verbannte ich die Erinnerungen an Amelia. Vergrub die Reue dort, wo auch die anderen Gefühle lagen. Irgendwo tief in mir, wo ich sie nicht erreichen konnte. Sie hatte jetzt keinen Platz in meinem Kopf. Genauso wenig wie die Deadline, die mit jedem Tag näherrückte. Zwei Drittel des Buchs waren fertig und lagen bereits im E-Mail-Postfach meines Lektors. Doch das Manuskript musste warten. Genauso wie alles andere. Was jetzt zählte, war mein Bruder.

Ich räusperte mich. »Ehrlich gesagt, bin ich auf der Suche nach jemandem.«

»Aha.« Er hob fragend die Augenbrauen, was immerhin besser war, als mich aus der Bar zu schmeißen, weil ich eine Auskunft wollte. So wie der Dreckskerl von Barkeeper aus dem Pub, in dem ich davor gewesen war. Oder war es die Bar davor gewesen?

»Ja, ich suche Jamie Hunter. Zweiundzwanzig Jahre alt, braune Haare, dunkle Augen.«

Der Barkeeper musterte mich eingehend, bevor er sich schließlich über den Tresen beugte. »Meinst du zufällig den Kerl da drüben?« Er zeigte an das Ende der Theke, wo ein junger Typ auf einem Barhocker saß. Sein Gesicht war im schummrigen Licht nur undeutlich zu sehen, doch ich erkannte ihn trotzdem sofort.

Mein Mund wurde plötzlich trocken, meine Kehle war wie zugeschnürt. Scheiße. Enttäuschung und Reue, gefolgt von einem schlechten Gewissen machten sich in mir breit. Es war ein knappes Jahr her, dass ich ihn zuletzt gesehen hatte. Ein verdammtes Jahr! Und selbst da waren wir uns nur über den Weg gelaufen, weil unsere Mutter wegen wiederholten Diebstahls vor Gericht gestanden hatte. Ich hatte einen viel zu teuren Anwalt besorgt, weil ein schwacher Teil von mir sich trotz allem um sie sorgte. Es war der kleine Jasper von früher, der sich an jedem Lächeln meiner Mum festhielt, als könnte es die vielen schlechten Tage wettmachen. Dieser Teil war es auch, der mich dazu gebracht hatte, bei dem Termin aufzutauchen. Ich wollte zumindest einen kurzen Blick auf sie werfen. Mich vergewissern, ob wirklich noch alles beim

Alten war. Obwohl ich damit gerechnet hatte, war der Anblick ihres schmalen Körpers und des müden Gesichts wie ein Schlag gewesen. Es ging ihr nicht besser. Sie betäubte sich immer noch mit Tabletten und Alkohol oder was auch immer sie inzwischen nahm, um sich den Rausch zu beschaffen, den sie brauchte.

Jedenfalls war Jamie ebenfalls dort aufgekreuzt, und das Wiedersehen hatte in einem Streit geendet, bei dem er mir unter anderem vorgeworfen hatte, mein Leben in Glasgow gegen einen Alltag als reicher Möchtegern-Upperclass-Kerl eingetauscht zu haben. Es war ein beschissener Tag gewesen, der mich wieder daran erinnert hatte, warum ich damals so dringend aus Glasgow hatte weggehen wollen.

Unwillkürlich fragte ich mich, warum um alles in der Welt ich jetzt überhaupt hierher zurückgekehrt war. Jamie wollte nichts mehr mit mir zu tun haben. Er hatte mich nicht angerufen, obwohl er laut Simon zufolge schon vor einiger Zeit seinen Job verloren hatte und in Schwierigkeiten steckte.

Trotzdem war er mein Bruder. Der Junge, den ich jahrelang, ohne zu zögern, mit meinem Leben beschützt hätte. Er war die einzige Familie, die ich noch hatte. Ich schluckte schwer, bedankte mich bei dem Barkeeper und ging langsam auf Jamie zu. Ob er es wollte oder nicht, ich würde ihn nicht einfach so aufgeben.

»Hey, Jamie.«

Sein Kopf zuckte nach oben und fuhr zu mir herum. Seine dunkelbraunen Augen formten sich zu zwei Schlitzen, und eine steile Falte erschien zwischen seinen Brauen. Er sah wirklich übel aus. Seine Wangen wirkten eingefallen, sein Gesicht in der spärlichen Beleuchtung der Bar viel zu bleich. Wie lange war es wohl her, dass er eine ganze Nacht lang durchgeschlafen hatte?

»Was willst du hier?« Die Worte, zwischen zusammengebissenen Zähnen hervorgepresst, trafen mich wie ein Hieb.

Ich hatte mit so einer Reaktion gerechnet, trotzdem versetzte sie mir einen Stich. Es hatte einmal eine Zeit gegeben, in der wir zusammengehalten hatten, komme, was wolle. Wir waren ein unzertrennliches Team gewesen. Wenn uns eine Pflegefamilie einfach wieder abgegeben hatte, weil Jamies Verhalten nicht mehr tragbar gewesen war, war ich, ohne zu zögern, bei ihm geblieben. Erst unsere letzte Pflegemutter – Annie – hatte uns so etwas wie Liebe und Zuneigung entgegengebracht. Und ausgerechnet von ihr war Jamie fortgelaufen. Mit fünfzehn Jahren hatte er beschlossen, keine Familie mehr zu brauchen und stattdessen bei seinen Freunden zu wohnen. Ich war damals achtzehn gewesen, und obwohl ich bei unserer Pflegemutter blieb, ging es von da an bergab. Seit dem Tag war zwischen Jamie und mir nichts mehr wie zuvor.

Während Jamie sich einer Gruppe junger Leute angeschlossen hatte, die in einem Trailerpark am Rande der Stadt lebte, und den Kontakt zu mir immer mehr ablehnte – schließlich hatte er eine neue Familie gefunden –, hatte ich eine Zeit lang zum Alkohol gegriffen, um irgendwie mit allem klarzukommen. Als ich eines Morgens im Park aufwachte und nicht mehr wusste, wie ich dorthin gekommen war, hatte ich zum ersten Mal, seit Jamie weggelaufen war, Annie um Rat gebeten. Sie war es, die mir klargemacht hatte, dass ich meine Zukunft nicht wegwerfen durfte, nur weil meine Vergangenheit schwierig gewesen war. Dass ich nicht wie meine biologische Mutter enden sollte. Dass ich erst mein eigenes Leben auf die Reihe kriegen musste, damit ich meine Beziehung zu Jamie wieder reparieren konnte. Vor allem dieser Punkt hatte mich letztendlich überzeugt, nicht aufzugeben.

Ich hatte meinen Abschluss gemacht und dann mit neunzehn ein Stipendium erhalten, sodass ich Literatur studieren konnte. Jamie hingegen war trotz meiner Versuche immer weiter in genau die Szene abgerutscht, aus der ich so dringend wegwollte. Während ich für mein Studium also nach Edinburgh zog, mir als Autor einen neuen Nachnamen zulegte und ein neues Leben begann, blieb Jamie in Glasgow. Als ich wenig später meinen ersten Verlagsvertrag unterschrieb, hatte das einen endgültigen Cut von meinem alten Leben bedeutet. Ich war zu Jasper Haven geworden und hatte den alten Jasper hinter mir gelassen.

Dennoch hatte ich immer wieder den Kontakt zu Jamie gesucht. Er hatte sich so weit aufgerappelt, dass er zumindest seinen Abschluss machte. Wir hatten uns zwei-, dreimal im Jahr getroffen, und ich hatte ihm regelmäßig Geld überwiesen, bis er einen Job gefunden hatte und nichts mehr von meinem Geld sehen wollte. Unser Verhältnis war zwar immer noch angespannt, aber erst in den letzten zwei Jahren war es zu monatelanger Funkstille gekommen. Warum, wusste ich nicht. Vielleicht lag es daran, dass ich nicht mehr so viel Zeit hatte, vielleicht hatte Jamie sich auch zurückgezogen, weil er es nicht ertrug, dass ich ein ganz anderes Leben führte als er.

»Also?«, fragte Jamie, als ich nicht antwortete.

»Simon ist bei meiner Lesung in Inverness aufgetaucht. Er hat mir erzählt, dass du deinen Job verloren hast und Geld brauchst. Du kannst mich von mir aus hassen, aber ich bin immer noch dein großer Bruder.«

»War ja klar, dass Simon dir davon erzählt«, stieß Jamie hervor und verdrehte die Augen.

Simon war damals unser Nachbar gewesen und hatte gesehen,

wie das Jugendamt uns aus der Wohnung unserer Mum holte. Seither hatte er sich immer wieder mal mit uns getroffen. Als Jugendliche waren wir oft zusammen im Park gewesen, wobei Simon, der ein paar Jahre älter war, stets ein Auge auf uns gehabt hatte.

»Und was willst du jetzt?«, fuhr Jamie mich wütend an. »Mir etwa helfen? Mir etwas von deinem fetten Konto abgeben? Stell dir vor, ich brauche keine Almosen.«

»Jamie, komm schon.« Ich seufzte tief. »Ich weiß, wir haben uns lange nicht mehr gesehen, ich weiß, du schaffst das auch alleine, aber bitte lass mich dir helfen. Ich kann deine Miete übernehmen, bis du einen neuen Job hast.«

»Alter, kapierst du es nicht? Ich brauche dein Geld nicht! Du bist vor sechs Jahren gegangen und hast dieses Drecksleben hinter dir gelassen. Also komm jetzt nicht wieder bei mir an, um mich zu bemitleiden. Das kannst du dir sparen.«

»Du hast es mir immer noch nicht verziehen, oder?« Ich atmete hörbar aus. »Nach Edinburgh zu gehen, war meine einzige Chance, hier rauszukommen. Und ich habe immer gewollt, dass du mitkommst.«

Jamie schnaubte. »Was hätte ich denn dort machen sollen? Schau dich doch mal um! Ich gehöre hierher. Ich bin nicht so begabt, so angepasst wie du. Den Abschluss hab ich nur knapp bestanden. Schon in der Schule warst du der Musterschüler und ich das Problemkind. Nein, ich habe in einer Stadt wie Edinburgh nichts verloren.« Seine Stimme klang so hasserfüllt, dass ich erschrocken zusammenzuckte. Es stand schlimmer um ihn, als ich dachte.

Ich unterdrückte einen Fluch. Jamie war viel zu jung, um sich selbst aufzugeben und sich seinem vermeintlichen Schicksal zu fügen. »Das ist nicht wahr«, sagte ich leise. »Du gehörst hier nicht her. Nur weil wir hier geboren sind und unsere Mutter …«

»Wag es nicht, sie auch nur zu erwähnen!« Jamie rutschte von seinem Hocker und hob drohend eine Hand. »Ich weiß nicht, was Simon dir erzählt hat, aber ich komme klar. Kümmere du dich um deinen eigenen Scheiß. Hast du nicht ein Buch zu schreiben? Oder irgendwo Autogramme zu geben? Je schneller du die Stadt wieder verlässt, desto besser. Glaub mir!« Er schüttelte den Kopf und ließ die Hand sinken, als kostete ihn diese Auseinandersetzung zu viel Kraft.

Ich wollte gerade etwas sagen, doch Jamie ließ mich gar nicht erst zu Wort kommen.

»Spar's dir. Ich hau ab. Das hier ist mir zu blöd.« Er schob sich an mir vorbei, vergrub die Hände in den Hosentaschen und lief mit gesenktem Kopf zum Ausgang.

Ich starrte ihm nach, unfähig, mich zu bewegen. Aus ihm sprach so viel Wut, so viel Resignation. Und ich verstand ihn. Ein Teil von ihm war immer noch ein kleiner Junge, der von Familie zu Familie geschickt wurde, weil ihn niemand haben wollte. Fuck! Kein Wunder, dass wir so verkorkst waren.

»Wie wär's jetzt mit einem Drink?« Die Stimme des Barkeepers kam wie aus dem Nichts.

Ertappt fuhr ich zu ihm herum. Kurz zuckte mein Blick zu der Tür, durch die Jamie verschwunden war. Doch ich wusste, dass es keinen Sinn hatte, ihm nachzugehen. Nicht, wenn er so drauf war wie jetzt. Damit würde ich ihn nur noch mehr verschrecken und überhaupt keinen Zugang mehr zu ihm finden. Vielleicht musste er sich erst beruhigen, bevor er noch mal mit mir sprechen würde.

Ich hoffte zumindest, dass es dafür noch nicht endgültig zu spät war.

»Ein Bier, bitte.« Die Worte verließen mein Mund, ehe ich sie zurückhalten konnte.

Es war lange her, dass ich Alkohol getrunken hatte, aber der Tag war ein komplettes Desaster gewesen. Die Auseinandersetzung mit Amelia, die Gewissheit, dass sie ohne mich besser dran war, Jamies Abfuhr – wenn es einen Tag gab, an dem ich ein Bier gebrauchen konnte, um zumindest ein bisschen zu entspannen, dann war er heute.

Als ich das dritte Bier bestellt hatte, wurde der dumpfe Schmerz in meiner Brust langsam erträglich. Zwar wusste ein Teil von mir, wie unfassbar dämlich es war, ausgerechnet zu Alkohol zu greifen, doch in diesem Moment konnte ich nicht anders. Sämtliche Energie hatte mich verlassen, und die Erkenntnis, dass ich Amelia verloren und Jamie mich nicht sehen wollte, war zu viel.

Die Luft in der Bar war stickig, und ich konnte kaum frei atmen, aber auch das war mir inzwischen egal. Mich störte weder die grölende Gruppe an einem Tisch hinter mir noch der ältere Mann neben mir an der Theke, der mich seit einer Stunde zutextete. Er redete hauptsächlich über seine Exfrau – laut ihm eine elendige Kuh –, die ihn verlassen hatte. Aber vermutlich war er einfach nur sehr einsam und erzählte jeden Abend die gleiche Geschichte. Egal, was der Grund dafür war, es kümmerte mich nicht. Mich kümmerte gar nichts mehr.

Ich hatte die Vergangenheit in den letzten Jahren konsequent gemieden, mich ganz auf meine Karriere, das Schreiben und die Lesungen konzentriert. Irgendwann hatte ich angefangen zu glauben, dass ich immer so weitermachen könnte. Den Blick nur in die Zukunft gerichtet, war in mir die Hoffnung aufgestiegen, dass ich vielleicht doch ein normales Leben führen könnte. Ein glückliches Leben. Ich war leichtsinnig geworden. So sehr, dass ich sogar ein Mädchen mit nach Hause genommen und ihr meine Wohnung gezeigt hatte. Ich war ihrem traurigen und zugleich wunderschönen Lächeln verfallen. Hatte mich von ihren großen braunen Augen verführen lassen. Sie hatte sich so schnell in mein Herz geschlichen. Und als ich es gemerkt hatte, war es längst zu spät gewesen. Es war nie meine Absicht gewesen, Amelia zu verletzen. Ich hatte nie vorgehabt, sie überhaupt zu mögen.

Seufzend schloss ich die Augen, und der Schmerz kehrte zurück. Er nagte an mir, zerfetzte mein Innerstes, zerstörte meine Gleichgültigkeit. Mit einem Ruck erhob ich mich und kam schwankend zum Stehen. Ich musste hier raus.

Leise fluchend drängte ich mich zwischen den anderen Gästen hindurch. Draußen angekommen, schaffte ich es noch, ein paar Meter um die nächste Ecke zu gehen, bevor ich mich in der dunklen Gasse, die verlassen vor mir lag, an der Wand abstützen musste. Mir war speiübel. Ich würgte, doch es kam nichts heraus.

»Scheiße«, murmelte ich und sank gegen die Wand und dann auf die Knie. Alles drehte sich, mir war heiß und kalt zugleich.

Mit dem Kopf an die raue Steinwand hinter mir gelehnt, schaute ich hoch in den Nachthimmel. Kleine Lichter funkelten über mir und erzählten von all den Dingen, die ich verloren hatte. Ich merkte erst, dass ich weinte, als die Tränen auf mein Shirt tropften.

Gestern war meine Welt noch in Ordnung gewesen. Gestern hatte ich Amelia in meinen Armen gehalten und so etwas wie

Hoffnung gespürt. Doch dann war mein Leben innerhalb weniger Stunden zu einer Talfahrt geworden, und ich steuerte geradewegs auf den Tiefpunkt zu.

Am liebsten hätte ich nach meinem Handy gegriffen und Amelia angerufen. Doch ich tat es nicht. Natürlich nicht. Sie war ohne mich besser dran. Niemals würde ich sie in diesen Schlamassel mit reinziehen. Hiermit musste ich allein fertig werden. Wie immer.

27. KAPITEL

Amelia

Maisie saß auf dem Sofa, ein vorsichtiges Lächeln auf den Lippen. Sie war mir unendlich vertraut, und doch war da plötzlich etwas Fremdes zwischen uns. Ihre Augen blickten mich ernst und ruhig an, zwei haselnussbraune Seen, die mir Trost spendeten. Maisie war der einzige Grund, warum ich die letzten Stunden ohne emotionalen Zusammenbruch durchgestanden hatte. Ihre Anwesenheit vertrieb die dunklen Schatten, die um sich griffen, sobald meine Gedanken zu laut wurden und ich Jasper so sehr vermisste, dass es wehtat.

Es war nun zwei Tagen her, dass ich aus Inverness zurückgekommen war, und die Erinnerungen an den Streit mit Jasper schmerzten, als wäre er gerade erst passiert.

Seit Charlotte gestern am Morgen in die Klinik gefahren war, um Maisie abzuholen, versuchte ich, mich ihr zuliebe zusammenzureißen. Meine Gedanken an Jasper zu verdrängen und die Zeit mit Maisie zu genießen. Es hatte sich unendlich gut angefühlt, sie wieder in die Arme zu schließen. Doch obwohl ich Maisie nichts von meinem Liebeskummer erzählte, schien sie zu spüren, dass es mir nicht gut ging. Wir hatten gestern fast den ganzen Nachmittag draußen verbracht, waren im Park spazieren gegangen und hatten Fotos geschossen. Zu sehen, wie sehr sich Maisie in so kurzer Zeit veränderte, war ungewohnt und ein bisschen beängstigend. Aber es erfüllte mich auch mit Hoffnung. Und an diese Hoffnung klammerte ich mich jetzt.

»Welchen Film schauen wir uns an?«, fragte ich sie und ließ mich neben sie in das weiche Polster sinken. Da Charlotte mit ein paar Freunden unterwegs war, hatten wir beschlossen, es uns im Wohnzimmer gemütlich zu machen.

»Wie wäre es mit *Avatar*?« Ihre Stimme klang ungewöhnlich hell, nicht mehr so rau und belegt wie vor ihrem Klinikaufenthalt. Ich musste mich noch daran gewöhnen, aber zu sehen, wie gut es ihr ging, erfüllte mich mit Wärme.

»Das klingt super«, murmelte ich und drückte einen Kuss auf Maisies Haar.

Sie befreite sich energisch aus meinen Armen und verdrehte die Augen.

»Schon klar, du bist kein Baby mehr, aber ich hab dich vermisst.«

Augenblicklich wurde sie ernst. »Ich dich auch. Aber es war gut, dass ich dorthin gegangen bin, und ich werde vermutlich noch eine Weile dortbleiben. Trotzdem wollte ich euch unbedingt sehen.« Sie griff nach meiner Hand und drückte sie sanft.

»Es freut mich, dass sie dir helfen können.« Ich konnte mich nicht daran erinnern, wann Maisie und ich zuletzt so etwas wie ein richtiges *Gespräch* geführt hatten. Sie schwieg noch immer viel, und es kostete sie Überwindung zu sprechen, aber der Fortschritt war enorm. »Und es ist so schön, dich reden zu hören«, fügte ich hinzu. Eine einzelne Träne lief mir über die Wange, aber ich machte mir nicht die Mühe, sie wegzuwischen.

Maisie lächelte und öffnete den Mund – doch es kamen keine Worte heraus. Ich konnte sehen, dass sie mit sich rang, dass sie etwas sagen wollte, doch irgendetwas blockierte sie.

»Hey, ist schon gut. Du hast alle Zeit der Welt, um deine Stimme komplett wiederzufinden, okay?«

Maisie nickte. In ihren Augen schimmerte es verdächtig, und ich schloss sie erneut in meine Arme, wobei ich auf den Gips aufpasste, den sie immer noch trug. Was auch immer der Unfall und die Therapien in der Klinik in ihr ausgelöst hatten, es führte dazu, dass Maisie sich einen Weg zurück ins Leben kämpfen wollte. Ich konnte es in ihrem Blick sehen, in der Entschlossenheit ihrer Mimik. Das war eine neue Seite an ihr.

Nachdem wir endlich den Film gestartet hatten, kuschelte ich mich in die weiche Wolldecke, die ich mir bis unter das Kinn zog. Im Grunde sollte ich zufrieden sein. Maisie ging es besser, Chloé hatte mich sofort in den aktuellen Dienstplan eingetragen, als ich gestern Nachmittag im Café aufgetaucht war, und Charlotte versorgte mich seit meiner Rückkehr mit so viel Schokolade und Fast Food, dass mir fast schon schlecht davon wurde. Dennoch war ich ihr dankbar, denn es war ihre Art zu zeigen, dass sie mir beistand und mir zuhören würde, wenn ich reden wollte.

Mit Holly hatte ich auch nur kurz telefoniert, wobei mir sofort wieder die Tränen gekommen waren. Da das Wochenende mit Maisie natürlich wichtiger für mich war, hatte sie versprochen, bei mir zu vorbeizukommen, sobald Maisie wieder zurück in die Klinik musste.

Die Dinge liefen also nicht schlecht, trotzdem konnte ich mich über meine Rückkehr nicht freuen. Ich vermisste Jasper. Sein Lachen, seine Nähe, seine Blicke. Ich vermisste unsere Gespräche, die Leichtigkeit zwischen uns, die auf der Isle of Skye mein Herz zum Tanzen gebracht hatte. Ich vermisste *uns*. Dabei hatte er das gar nicht verdient. Er hatte mich von sich gestoßen und mir unmissverständlich klargemacht, dass ich in seinem Leben keinen Platz hatte.

Ich schluckte die aufsteigende Wut hinunter, denn ich wusste, dass darauf nur Enttäuschung folgen würde, was nie ein gutes Ende nahm. Mit grimmiger Entschlossenheit richtete ich meine Aufmerksamkeit zurück auf den Bildschirm. Wenn es etwas gab, das mich aus meinem drohenden Tief holen konnte, war es Maisie, die leise neben mir lachte und sich über irgendetwas im Film amüsierte.

Nach dem Abspann verschwand Maisie in ihrem Zimmer. Genau wie gestern zog sie sich früh zurück. Ich vermutete, dass sie noch etwas Zeit brauchte und die Umstellung ihr nicht leichtfiel. Die Tage in der Klinik hatten bereits viel bewirkt, aber es war offensichtlich, dass Maisie noch einen weiten Weg vor sich hatte.

Gerade als ich überlegte, was ich mit dem angebrochenen Abend anstellen sollte, klingelte es an der Tür. Verwirrt sah ich auf die Uhr. Wer konnte das denn noch sein?

Als ich die Tür öffnete, riss ich erstaunt die Augen auf. »Was machst *du* denn hier?«

Vor mir stand Holly – mit einer Flasche Wein in der einen und einer Packung Chips in der anderen Hand. Geschmacksrichtung *Salt & Vinegar*, meine Lieblingssorte.

»Ich dachte, du könntest vielleicht Gesellschaft brauchen.«

Statt einer Antwort fiel ich Holly um den Hals. »Danke«, hauchte ich, den Tränen schon wieder verdächtig nahe. »Woher wusstest du, dass ich genau das jetzt gebrauchen kann?«

»Ich kenne dich eben. Mir kannst du nun mal nichts vormachen. Und da ich dich ermutigt habe, Jasper eine Chance zu geben, stehe ich dir jetzt auch beim Liebeskummer zur Seite.« Ohne ein weiteres Wort marschierte sie an mir vorbei in die Küche.

»Hey! Ich habe überhaupt keinen Liebeskummer«, erwiderte ich trotzig und folgte ihr.

»Ist klar.« Sie öffnete einen Schrank und holte zwei Weingläser daraus hervor. »Dann schaust du mich also aus deinen großen Bambiaugen so traurig an, weil es dir gut geht und du keinen einzigen Gedanken mehr an Jasper verschwendest?«

»Meine Augen sind nicht … Ich habe nicht, ach, verdammt. Du hast ja recht.« Ich seufzte tief.

»Ich weiß, Süße, ich weiß.«

Holly schob eins der Gläser in meine Richtung.

»Danke.« Ich stieß mit ihr an und nahm einen großen Schluck.

Nachdem auch Holly von dem Wein getrunken hatte, kam sie ohne Umschweife zum Punkt. »Okay, Amelia. Ich wollte dich erst mal ankommen lassen, vor allem da ja Maisie zu Besuch ist. Aber ich halte es nicht länger aus. Ich will endlich wissen, was zwischen dir und Jasper passiert ist! Also vorausgesetzt, du bist so weit, darüber zu reden.« Holly sah mich aus großen Augen an.

Resigniert hob ich das Weinglas erneut an meine Lippen. Aus dieser Unterhaltung würde ich mich nicht herausreden können. »Na schön«, sagte ich schließlich. »Aber zuerst brauche ich Chips. Und Schokolade! Das Zeug ist in der ersten Schublade neben dem Herd.«

Holly griff zielsicher nach der erwähnten Schublade und zauberte eine Packung Schokokekse daraus hervor.

»Gut, dann mal los«, murmelte ich und machte mich, ausgestattet mit Wein und Süßigkeiten, auf den Weg in mein Zimmer. Dort angekommen, ließ ich mich mit einem Seufzen auf mein Bett fallen.

»So schlimm, hmm?« Holly warf mir einen mitfühlenden Blick zu und machte es sich dann neben mir gemütlich.

»Ich weiß gar nicht, wo ich anfangen soll.« Ich schnappte mir einen Keks und biss lustlos hinein. Mein Versuch, Zeit zu schinden, war zwar sehr auffällig, doch Holly wartete geduldig, bis ich bereit war, zu reden.

Nach einer Weile gab ich mir einen Ruck. »Nach unserem Telefonat wollte ich zurück zu Jasper und ihm, na ja, nicht gerade sagen, was ich empfinde, aber ich hatte irgendwie die Hoffnung, dass wir über die letzten Tage reden könnten. Während wir unterwegs waren, gab es so viele Momente der Nähe zwischen uns. Es hat sich vertraut angefühlt. Und absolut richtig. Du kennst mich, ich bin vorsichtig, wenn es darum geht, jemand Fremdes in mein Leben zu lassen, aber bei Jasper …« Ich stockte und blinzelte mühsam die Tränen zurück, die mir in die Augen stiegen. An Jasper zu denken, schmerzte jedes Mal aufs Neue.

»Ich versteh nicht, wie ich mich so täuschen konnte«, flüsterte ich. »Das hätte nie passieren sollen. Ich wollte mich nicht verlieben. Schon gar nicht in ihn.« Diesmal schaffte ich es nicht mehr, die Tränen zurückzuhalten.

»Ach Süße, das tut mir so leid.« Holly rückte zu mir und schlang einen Arm um mich.

Schluchzend lehnte ich mich an sie. Es tat gut, alles herauszulassen. Nachdem ich mich in Maisies und Charlottes Nähe zusammengerissen hatte, verwandelte ich mich in den Armen meiner besten Freundin in ein Häufchen Elend.

»Dieser Mistkerl«, murmelte Holly, und ich lachte erstickt. »Er hat dich überhaupt nicht verdient.« Ihre Umarmung wurde noch fester. Ich schloss die Augen und ließ mich von ihrem vertrauten Geruch einhüllen. Mit Holly an meiner Seite war selbst der Schmerz, der in meinem Innern tobte, erträglich.

Nach einer Menge Tränen, die Hollys Top durchnässten und mein Gesicht rot und verquollen zurückließen, beruhigte ich mich wieder.

»Du hast recht«, sagte ich und schob meine Hand in die Chipstüte, wobei ich die Krümel ignorierte, die ich dabei auf meinem Bett verteilte. »Er hat mich wirklich nicht verdient.«

»So sieht's aus, Schwester.« Holly prostete mir zu und nickte enthusiastisch. »Du bist ohne ihn viel besser dran«, bekräftigte sie ihre Aussage.

»Vermutlich«, murmelte ich. »Wie auch immer. Wichtiger ist jetzt erst mal, wie es weitergeht.«

»Was meinst du?« Holly richtete sich etwas auf und warf mir einen prüfenden Blick zu.

»Na ja, ich kann nächste Woche wieder im Café arbeiten, und Maisie geht es besser. Der Aufenthalt in der Klinik scheint zu helfen. Sie hat heute mehr gesprochen als im ganzen letzten Jahr.«

»Das ist ja großartig!«

»Ich weiß.« Ich presste meine Lippen zusammen. Was war nur los mit mir? Ich sollte vor Freude aus dem Häuschen sein. Maisie könnte endlich die Fortschritte machen, auf die wir alle die ganze Zeit gewartet hatten.

»Aber du weißt jetzt nicht, wie es mit *dir* weitergeht?«, schlussfolgerte Holly langsam. »Wenn es Maisie besser geht und sie dich nicht länger hier braucht ...«

»Das wird so schnell nicht passieren«, fuhr ich dazwischen. Natürlich war mir der Gedanke auch schon gekommen. Während meiner Reise mit Jasper hatte ich mich zum ersten Mal wirklich gefragt, was ich eigentlich vom Leben wollte, wenn Maisie nicht wäre. Welche Träume ich mir erfüllen, welche Ziele ich erreichen wollte. Ich hatte diese Gedanken so lange nicht zugelassen, dass sie mir jetzt eine Scheißangst machten. Mein Leben hier war manchmal eintönig, aber es war mir vertraut. Es war sicher. Risikofrei. *Aber willst du das wirklich noch? Sehnst du dich nicht nach Abenteuern und Herausforderungen?* Ich ignorierte die Stimme in meinem Kopf, die viel zu verführerisch klang.

»Du könntest endlich deinen eigenen Weg gehen«, sprach Holly ungerührt weiter. »Du könntest studieren. Hier ausziehen. Auf Reisen gehen. Was immer du willst. Amelia, in den letzten Jahren hast du deine eigenen Wünsche so oft zurückgesteckt. Du warst deiner Tante eine Unterstützung und deiner Schwester eine halbe Mutter. Denkst du nicht, dass es Zeit ist, endlich mal das zu tun, was *du* willst?«

»Ich habe das doch alles gern und freiwillig gemacht«, wehrte ich ab.

»Das weiß ich doch.« Holly seufzte.

»Lassen wir das, ja? Ich will jetzt nicht darüber reden.«

»Okay.« Ich konnte Holly ansehen, dass sie noch einiges zu sagen gehabt hätte, doch sie tat mir den Gefallen und schluckte die Worte hinunter. »Wie wär's stattdessen mit einem Film? *Maze Runner?*«

»Ein Actionstreifen?« Im Gegensatz zu Holly stand ich eher auf Liebeskomödien, aber die Aussicht auf ein kitschiges Happy End war gerade alles andere als verlockend. »Warum nicht.« Ich

28. KAPITEL

Amelia

»Wieso bist du denn noch nicht fertig? Wir sind spät dran!« Holly stand ungeduldig in meinem Zimmer und erdolchte mich mit bösen Blicken.

Seit meiner Rückkehr war inzwischen schon eine Woche vergangen, und langsam kehrte wieder so etwas wie Alltag ein. Tagsüber half mir die Arbeit, mich abzulenken, und abends verbrachte ich viel Zeit mit Holly oder schrieb meine Gedanken in Songs nieder. Maisie hatte eine weitere Woche in der Klinik verbracht und war seit gestern wieder zurück. Sie saß gerade vermutlich in ihrem Zimmer und hörte Musik, zumindest drang das Dröhnen ihrer Boxen durch die Wand hindurch, während ich mich für den Abend mit Holly fertig machte.

»Ich wusste nicht, was ich anziehen sollte«, verteidigte ich mich. Dabei stimmte das nicht ganz. Ich hatte den ganzen Nachmittag an einem neuen Song geschrieben und dabei völlig die Zeit vergessen.

»Amelia, *du* wirst gleich auf einer Bühne stehen, nicht ich! Wenn wir nicht in einer halben Stunde da sind, wird das mit dem Auftritt nichts.«

»Ich weiß«, murmelte ich. Holly hatte es nur gut mit mir gemeint und mir einen Auftritt in einer Bar organisiert, von der ich den Namen schon wieder vergessen hatte. Anscheinend performten dort öfter aufstrebende Musiker – Hollys Worte –, weshalb sie für mich angefragt hatte. Sie hatte sich zwar vorher bei mir versichert, ob ich schon so weit war, und ich hatte genickt, aber jetzt war ich mir da nicht mehr so sicher.

»Du willst überhaupt nicht dahin, oder?« Ihre Schultern sanken nach unten, und das Leuchten in ihren Augen verschwand. Sofort meldete sich mein schlechtes Gewissen.

»Nein, nein, das ist es nicht. Ich hab einfach nur die Zeit vergessen. Ich beeile mich, okay? Und dann fahren wir zu der Bar, und ich trete auf.« Ich kleisterte mir ein Lächeln auf die Lippen, das Holly mir keine Sekunde lang abkaufte.

Trotzdem ging sie zu meinem Kleiderschrank und griff zielsicher nach einem weißen Top mit Spitze und einer schwarzen High-Waist-Hose. Sie reichte mir beides und verschränkte dann abwartend ihre Arme. »Noch kannst du deine Meinung ändern.«

»Nein«, sagte ich und atmete tief durch. »Wir gehen dahin.« Es würde mir guttun, mich ablenken. Außerdem brauchte ich vielleicht genau diesen Schubs von Holly.

»Gut, in dem Fall hast du fünf Minuten.«

Ich warf ihr eine Kusshand zu und beeilte mich, in die Klamotten zu schlüpfen. Zeit, meine Haare zu machen, blieb nicht, also band ich sie zu einem einfachen Zopf zusammen. In Rekordgeschwindigkeit legte ich noch ein bisschen Lipgloss auf und schlüpfte in meine Stiefel.

»Vergiss die Gitarre nicht!«, rief Holly, die bereits auf dem Weg zur Haustür war.

»Ja, das wäre natürlich ganz praktisch«, gab ich zwinkernd zurück und griff nach meinem Instrument.

Im Laufschritt eilten wir zur nächsten Bushaltestelle. Es war ein lauer Frühlingsabend, der zu ausgedehnten Spaziergängen im Park oder Wanderungen in den Highlands einlud. Ich unterdrückte ein Seufzen, als Holly noch einen Zahn zulegte.

Verschwitzt und atemlos stand ich kurze Zeit später im Bus. »Musste dieser Sprint sein?«, maulte ich und kassierte prompt einen Seitenhieb.

»Jetzt ist aber Schluss mit dieser schlechten Laune.«

Zerknirscht warf ich ihr einen entschuldigenden Blick zu. »Sorry. Ich bin gerade nicht die angenehmste Gesellschaft, oder?«

»Nicht wirklich. Aber das ist schon okay.« Holly schlang einen Arm um mich. »Ich dachte, der Auftritt würde dich vielleicht etwas ablenken.«

»Das tut er auch. Und hey, danke noch mal!« Ich atmete tief durch und versuchte, die finsteren Gedanken endgültig abzuschütteln.

Holly hatte diesen Auftritt extra für mich organisiert. Das Mindeste, was ich tun konnte, war, den Abend jetzt auch zu genießen. Es war ja nicht ihre Schuld, dass sich der liebeskranke Teil in mir am liebsten den ganzen Tag im Bett verkriechen würde.

»Das wird bestimmt ein toller Abend«, sagte ich laut. Wen von uns beiden ich damit mehr überzeugen wollte, wusste ich auch nicht so genau, aber Holly lächelte zufrieden.

»That's my girl.«

Wenig später erreichten wir die Bar, die sich mitten in der Altstadt befand. Ich war noch nie zuvor dort gewesen, obwohl sie zu Hollys Stammkneipen gehörte. Als wir die Bar betraten, wusste ich auch sofort, warum es Holly hier so gefiel. Die Inneneinrichtung war gemütlich und wirkte mehr wie ein Wohnzimmer als wie eine Bar. Verschiedene Sofas und niedrige Tische sorgten für eine heimelige Atmosphäre. Und im hinteren Bereich war in einer Ecke eine kleine Bühne aufgebaut worden, auf der ein Hocker und ein Mikrofon standen.

Insgesamt erinnerte mich die urige Einrichtung ziemlich an die Bar, in die ich bei meiner ersten und einzigen Verabredung mit Jasper gegangen war. Sofort legte sich ein schwerer Druck auf meine Brust. Verdammt, er schlich sich viel zu leicht in meine Gedanken.

Entschlossen, die Erinnerungen für heute Abend wegzusperren, folgte ich Holly, die sich gerade mit dem Barkeeper unterhielt; offensichtlich war er auch für die Auftritte zuständig, denn er nickte mir aufmunternd zu, als er meinen Gitarrenkoffer sah.

»Ah, du bist also Amelia«, begrüßte er mich freundlich. »Das Mikrofon steht bereit – die Bühne gehört also dir.« Er zwinkerte mir zu und deutete auf einen Hocker im hinteren Teil der Bar.

»Vielen Dank.« Ich umklammerte den Griff des Gitarrenkoffers fester. Es waren nicht viele Leute da, vielleicht zwanzig, höchstens dreißig. Trotzdem wurde ich plötzlich nervös.

»Was ist los?«, fragte Holly leise, als sie mein Zögern bemerkte.

»Es ist erst das zweite Mal, dass ich auftrete«, gab ich ebenso leise zurück.

»Aber damals waren doch viel mehr Gäste da.«

»Ja, schon. Da hatte ich ja auch zuerst Schiss. Und dann war ich durcheinander, weil …« Ich brach mitten im Satz ab und verzog das Gesicht.

»Jasper«, sagte sie und Verständnis zeichnete sich in ihrem Gesicht ab.

»Damit hat alles angefangen. Er hat mich zwar im Café und auf der Lesung bemerkt, aber an diesem Abend hat er mich zum ersten Mal *gesehen.* Richtig gesehen, meine ich. Nicht nur die Fassade, die alle kennen.«

Holly schwieg einen Moment lang. Dann griff sie nach meiner Hand und drückte sie fest. »Dann sing heute für ihn.«

»Was?« Verblüfft starrte ich sie an.

»Sing über eure Zeit, über deinen Schmerz. Darüber, was er in dir auslöst.«

»Was ist aus *Wir vergessen den Mistkerl* geworden?«

Holly schnaubte. »Ich hab zwar gesagt, dass du ihn vergessen sollst, aber wie beide wissen doch, dass dieser Plan von Anfang an zum Scheitern verurteilt war. Deine Gefühle zu unterdrücken, wird dich nicht über ihn hinwegkommen lassen.«

Ich nickte langsam, dann straffte ich die Schultern. »Ich versuch mein Bestes.«

»Genau. Du schaffst das, Amelia!«

Mit neuem Mut ging ich auf den Hocker zu, den sie auf die Bühne gestellt hatten. Wenn ich in den letzten Wochen eins gelernt hatte, dann, dass es sich lohnte, die Angst zu überwinden. Ich setzte mich hin und strich mit den Fingern über die Gitarre, was meine Nerven augenblicklich beruhigte. Mein Blick glitt über die Gäste, es waren nur ein paar Leute da, und die meisten von ihnen sahen mich erwartungsvoll an. Niemand wollte mir etwas Böses. Nach einem tiefen Luftholen spielte ich den ersten Akkord, öffnete den Mund und begann zu singen.

No more words to say,
No reasons to stay,
You left too soon,
too late for second chances …

Meine Stimme tönte leise, beinahe verzerrt durch das Mikrofon. Ich saß mit geschlossenen Augen da, meine Hände glitten über die Saiten, als hätten sie den Song bereits tausendmal gespielt. Dabei hatte ich ihn erst in den letzten Stunden geschrieben. Hinter meinen Lidern brannten ungeweinte Tränen, doch diesmal würde ich sie nicht hinauslassen. Ich legte all meinen Schmerz in den Song, schmeckte die Trauer in jeder Zeile. In Gedanken sah ich Jasper vor mir. Seine zerzausten Haare, seine markanten Gesichtszüge, die ganz unverhofft weich wurden, wenn er lächelte. Mein Magen verkrampfte sich, doch ich blieb aufrecht sitzen. Und hielt durch bis zur letzten Note. Mein Herz klopfte wie wild und erinnerte mich mit jedem Schlag schmerzhaft daran, was ich verloren hatte.

Doch obwohl es wehtat, obwohl es mich innerlich zerriss, stahl sich ein Lächeln auf meine Lippen. Pure Energie floss durch mich hindurch, und ich musste wieder daran denken, wie es war, sich lebendig zu fühlen. Seit ich die Isle of Skye verlassen hatte, war das Gefühl verschwunden. Aber in diesem Augenblick, während ich vor ein paar Fremden über meine Gefühle sang und dabei all meinen Schmerz in den Song legte, kehrte es zurück.

Als der letzte Ton verklungen war, drang verhaltener Applaus an mein Ohr, doch das Publikum spielte mit einem Mal keine Rolle mehr. Ich hatte endlich wieder diese Freiheit gespürt. Mit einem Lächeln auf den Lippen verließ ich die Bühne.

Sofort stürmte Holly auf mich zu und zog mich fest in ihre Arme. »Das war unglaublich schön«, wisperte sie.

»Danke«, erwiderte ich mit zittriger Stimme. »Du hattest recht. Das hat wirklich gutgetan.«

Während Holly und ich uns etwas zu trinken holten und danach einen freien Tisch suchten, betrat ein junger Mann die Bühne. Er baute ein Keyboard auf und spielte kurz darauf eine gefühlvolle Ballade. Scheinbar war heute der Tag der stimmungsvollen Songs. Denn auch die Musiker nach ihm performten eher langsame Lieder voller Emotionen. Ich lehnte mich in meinem Stuhl zurück, nahm einen Schluck von meinem Eistee und unterhielt mich leise mit Holly. Es war ein entspannter Abend, den wir mit belanglosen Gesprächen und Gelächter füllten. Beinahe fühlte es sich normal an. Als wäre der Ausflug auf die Isle of Skye nie gewesen. Als wäre mir das Herz nicht gebrochen worden und alles noch wie früher.

Als ich am nächsten Morgen die Augen öffnete, schien bereits die Sonne. Ich hatte also zum ersten Mal seit Tagen tatsächlich die ganze Nacht durchgeschlafen. Das war doch schon mal ein Schritt in die richtige Richtung. Lächelnd schlug ich die Bettdecke zurück und tapste ins Bad. Nachdem ich mir die Zähne geputzt hatte, schlurfte ich in die Küche und setzte einen Kaffee auf. Gerade als ich überlegte, was ich mit dem freien Sonntag anstellen sollte, kam Charlotte fertig angezogen in die Küche.

»Ah, da bist du ja«, sagte sie. »Wie war es gestern? Ist es spät geworden?«

»Es war ein schöner Abend«, erwiderte ich, während ich den Kaffee in eine Tasse goss und einen Schluck trank. »Und es war nicht so spät. Ich war um kurz nach zwölf wieder hier. Was steht bei dir heute an?«

»Ich wollte Romy, eine Freundin, besuchen. Du und Maisie kommt hier zurecht, oder?«

»Klar«, erwiderte ich.

»Super, dann mach ich mich gleich auf den Weg.«

»Okay, hat Maisie schon gefrühstückt?«

»Ich bin mir nicht sicher, das musst du sie selbst fragen.«

Nachdem die Wohnungstür hinter Charlotte ins Schloss gefallen war, ging ich zu Maisies Zimmer und klopfte an ihrer Tür.

»Ja?«

Ein Lächeln stahl sich auf mein Gesicht. Es machte mich jedes Mal glücklich, wenn ich sie sprechen hörte. Ich drückte die Klinke herunter und betrat das Zimmer.

Meine Schwester saß auf ihrem Bett und las. Sie schaute auf, wirkte aber so, als würde sie sich am liebsten wieder direkt in das Buch vertiefen. Der Anblick versetzte mir einen Stich.

»Hast du schon gefrühstückt? Ich dachte, wir könnten uns Pancakes machen und mal wieder ausgiebig zusammen brunchen.«

Maisie nickte abwesend.

»Hast du mich gehört?«

Sie nahm ihre Kopfhörer herunter. »Sorry, ja. Ich komme gleich.«

»Okay.«

Ich ging zurück in die Küche, und meine Gedanken wanderten unwillkürlich zu Jasper, der vermutlich gerade um seinen Bruder kämpfte. Von den Bruchstücken, die er mir entgegengeschleudert hatte, konnte ich mir ein ungefähres Bild seiner Kindheit machen. Er hatte keine Eltern gehabt, die ihn liebten, keine Tante, die sich sorgte. Und trotzdem hatte er nicht aufgegeben und sein Leben in die Hand genommen. Wenn er das schaffte, mussten wir das auch hinkriegen können.

Wenige Minuten später gesellte Maisie sich zu mir und deckte den Tisch, während ich den Teig für die Pancakes zusammenmischte.

»Wie ist es für dich, wieder hier zu sein?«, fragte ich.

»Gut.« Sie warf mir einen schnellen Blick zu, den ich nicht ergründen konnte.

»Wirklich? Dann verkriechst du dich nicht wieder nur mit deinen Büchern im Bett?«

Maisie seufzte schwer. »Ich glaube, du und Charlotte müsst aufhören, euch ständig Sorgen um mich zu machen.«

Erstaunt sah ich sie an. Damit hatte ich nicht gerechnet. »Na ja, ich bin deine große Schwester. Das ist quasi mein Job.«

»Nein«, sagte sie bestimmt. »Dein Job ist es, dich auf dein eigenes Leben zu konzentrieren.«

Das ließ mich erst mal verstummen. Da ich nicht wusste, was ich darauf sagen sollte, kümmerte ich mich um die Pancakes, während Maisie Ahornsirup und Schokostreusel auf den Tisch stellte. Es war Ewigkeiten her, dass wir zuletzt Pancakes gefrühstückt hatten.

»Vielleicht hast du recht«, sagte ich leise, als wir uns an den Tisch setzten. »Die letzten Wochen waren ziemlich verrückt. Es ist einfach so viel passiert, und ich schätze, ich habe das alles noch gar nicht richtig verarbeitet.«

»Du und Jasper, also, ihr habt keinen …«, Maisie brach mitten im Satz ab und rang mit sich. Ich konnte ihr ansehen, dass sie die richtigen Worte im Kopf hatte, sie aber aus irgendeinem Grund nicht über die Lippen brachte. Ich hatte ihr in den letzten Tagen von Jasper und mir erzählt, nicht alles, aber genug. Sie wusste, dass ich mehr für ihn empfand und auch, dass es trotzdem nicht gereicht hatte. Dass er mir das Herz gebrochen hatte, weil er es nicht schaffte, uns eine Chance zu geben. Eine echte Chance auf echtes Glück, das der Realität standhalten konnte.

»Wir haben nach wie vor keinen Kontakt, falls du das fragen wolltest.« Ich schob mir ein Stück Pancake in den Mund und seufzte auf, als der süße Sirup auf meine Zunge traf. »Das schmeckt verdammt gut!«

Maisie nickte und machte sich über ihre Portion her, und ein paar Minuten lang herrschte angenehmes Schweigen, während wir unsere Pancakes genossen.

»Ich weiß nicht, ob das mit Jasper und mir noch mal was wird, aber ich bereue nichts«, sagte ich irgendwann in die Stille hinein, als unsere Teller leer waren. »Die Reise mit ihm war toll, und ich habe den Abstand gebraucht. Anfangs kam ich mit deiner Abwesenheit nämlich überhaupt nicht gut klar.«

»Das tut mir leid«, murmelte Maisie.

»Muss es nicht. Es stimmt schon, was du sagst. Ich darf mich nicht nur auf dich konzentrieren und muss mehr auf mich selbst schauen.«

Statt einer Antwort griff Maisie meine Hand und drückte sie kurz. Dankbar sah ich sie an. Wieder einmal wurde mir klar, dass sie nicht mehr das kleine Mädchen war, das meinen Schutz brauchte. Sie konnte für sich selbst einstehen, das hatten die Tage in der Klinik deutlich gezeigt.

Vielleicht wurde es Zeit, dass ich das auch tat.

29. KAPITEL

Jasper

Nach einer Woche in Glasgow war Jasper Haven fast vollkommen verschwunden. Die Tage reihten sich aneinander, und ich existierte nur noch. Das Hotel, in dem ich schlief, war ein in die Jahre gekommenes Gebäude, mein Zimmer ein unpersönlicher Raum. Jeden Mittag stand ich auf und ging ziellos durch die Straßen.

Jamie ignorierte meine Anrufe und tauchte in keiner der Bars auf, in denen ich meine Nächte verbrachte. Mit jedem Bier wurde ich wieder mehr zu Jasper Hunter, zu dem Jungen, der bei einer suchtkranken Mutter aufgewachsen war. Es war erschreckend, wie schnell ich mein Leben in Edinburgh vergaß. Ich ließ Daniels Anrufe unbeantwortet, wohl wissend, dass ich meine Deadline inzwischen überschritten hatte. Doch wen kümmerte das schon? Die Welt hatte genügend großartige Autoren, die mit ihren Worten den Menschen eine Flucht aus ihrem Leben boten. Niemand brauchte mich, niemand vermisste mich.

Genervt von meinen eigenen Gedanken, die mich in einer Abwärtsspirale nach unten zogen, verließ ich das Hotel. Meine Füße schlugen automatisch den Weg in Richtung Stadtpark ein, der einzige Fleck in Glasgow, an dem ich frei atmen konnte.

Während ich durch die Straßen lief, ignorierte ich die freundlichen Gesichter um mich herum. Ich war blind für jedes gut gemeinte Lächeln – und auch den wolkenfreien Himmel über mir, der einen herrlichen Frühlingstag versprach, nahm ich nicht wirklich wahr. Die endlose blaue Weite erinnerte mich zu sehr an Amelia. Obwohl sie den alten Jasper nicht kannte, verfolgte sie mich bei jedem Schritt. Das Leben in Edinburgh konnte ich abschütteln – die Erinnerungen an Amelia nicht. Sie zerrten und rüttelten an mir, wann immer ich ein Glas an meine Lippen hob und mich nach dem Gefühl des Vergessens sehnte. Nachts verfolgte mich ihre Stimme sogar in meinen Träumen. Wenn ich aufwachte, lag ihr Name auf meiner Zunge, und für einen Augenblick wurde mein Herz schwer und meine Kehle eng, weil ich mich schlagartig daran erinnerte, dass sie nicht mehr da war.

Ich hatte nicht gewusst, dass Sehnsucht einen zerreißen konnte. Nichts funktionierte mehr, wie ich es gewohnt war. Wenn ich mich nach zwei Tassen Kaffee zum Schreiben aufraffte, fand ich mich ratlos einem leeren Dokument gegenüber. Die Inspiration, die ich auf der Isle of Skye wiedergefunden hatte, hatte mich erneut verlassen und alle Ideen mitgenommen. Ich verlor den Autor in mir, verlor alles, wofür ich so lange gekämpft hatte. Diese Stadt zermürbte mich. Sie verschluckte mich, brachte meine Träume zum Verstummen und raubte mir den letzten Funken Glauben an eine zweite Chance auf Liebe oder Glück.

Ich hatte es vermasselt. Und zwar so richtig. Meine Hand tastete nach meinem Handy, ein Impuls, den ich immer noch nicht kontrollieren konnte. Ich ließ mich auf eine Bank im Park sinken. Die Sonne auf meiner Haut fühlte sich falsch an, als ich Amelias Namen eingab und ihre Nummer anstarrte. Es sollte nicht so strahlend schönes Wetter sein, wenn es keinen einzigen Grund für gute Laune gab. Mein Daumen verselbstständigte sich, und ehe ich kapierte, was ich gerade tat, erklang ein leises Tuten.

Mit bebender Hand hob ich das Handy an mein Ohr. Ich hatte es geschafft, ihr nicht zu schreiben, als ich einsam und betrunken in einer Bar saß. Was war nur in mich gefahren, dass ich das Versprechen, das ich mir selbst gegeben hatte, ausgerechnet jetzt brach? Vermutlich würde sie meinen Anruf ignorieren. Es wäre besser, wenn sie es tat. Nach dem fünften Klingeln atmete ich erleichtert auf. Amelia hatte mich also tatsächlich abgeschrieben. Sie wollte nichts mehr mit dem Idioten zu tun haben, der sie von sich gestoßen hatte. Kluges Mädchen. Es war besser, wenn sie mir nicht noch einmal vertraute.

Doch gerade als ich auflegen wollte, hob sie ab.

»Hallo?«

Ich war so überrascht, ihre Stimme zu hören, dass ich das Handy fast fallen gelassen hätte.

»Amelia?«, vergewisserte ich mich.

»Ja.«

Stille. Ich schluckte schwer. Tausend Worte kreisten durch meinen Kopf, die ich ihr unbedingt sagen wollte. Doch kein einziges schaffte es über meine Lippen.

»Was willst du, Jasper?« Sie klang misstrauisch. Als erwartete sie, dass das hier ein schlechter Scherz war.

»Ich weiß es nicht«, sagte ich leise und verdrehte im selben Moment die Augen über mein hilfloses Gestammel. »Ich schätze, ich wollte deine Stimme hören.«

Am anderen Ende der Leitung herrschte Schweigen. Fuck! Das hier war eine saublöde Idee gewesen. Mein Herz rutschte irgendwo in Richtung Kniekehle, und ich hätte mir am liebsten gegen den Kopf geschlagen. Wie dämlich war ich eigentlich?

»Bist du betrunken?«

»Was? Nein! Es ist mitten am Tag.« Ehrlich erschrocken presste ich das Handy fester an mein Ohr. Das dachte sie von mir? Ich hatte vielleicht mit den Nächten zu kämpfen, doch ich war noch nicht völlig im Alkoholsumpf versunken.

»Okay … gut.« Das Zögern in ihrer Stimme kam mir falsch vor. Alles an diesem Gespräch kam mir falsch vor. Uns fehlten die Worte. Der Schmerz, den ich ihr zugefügt hatte, stand ungesagt zwischen uns. Ich musste nur die Augen schließen, um sie vor mir zu sehen, mit gerunzelter Stirn und einem enttäuschten Zug um den Mund.

»Es tut mir leid«, platze es aus mir heraus.

Einen Moment lang war es still in der Leitung. »Ich will das nicht hören«, erwiderte sie schließlich. Diesmal war ihre Stimme lauter. Bestimmter. Als hätte sie einen inneren Kampf ausgefochten, und der Part, der mich vermisste, hatte verloren.

»Das weiß ich. Und ich kann das auch verstehen. Mein Verhalten war alles andere als …« Ein Klicken in der Leitung beendete unser Gespräch.

Mist! Ich ließ meine Hand sinken, am liebsten hätte ich das Handy von mir geschleudert, aber das würde nichts ändern. Ich hatte es verbockt. Shit. Natürlich wollte Amelia nicht mehr mit mir sprechen. Doch ihre Stimme zu hören, selbst wenn es nur kurz war, hatte etwas in mir wachgerüttelt. Ich wollte nicht noch weiter abstürzen, wollte nicht zu einem Menschen werden, der niemals eine Chance bei ihr hatte.

Die Hände in den Hosentaschen vergraben, ging ich kurz darauf zurück in das Hotel. Ich musste versuchen, mein Leben wieder auf die Reihe zu kriegen. Und ich würde sofort damit anfangen.

Im Hotel setzte ich mich direkt an den Laptop, wo ich den ganzen Nachmittag verbrachte – wenn auch unruhig. Ich schaffte es gerade mal, zwei Mails zu beantworten, wobei keine der beiden an Daniel ging, der dringend auf eine Antwort von mir wartete. Doch ich hatte gerade nicht den Kopf für irgendwelche verschobenen Deadlines und Lesetermine.

Als es draußen dunkel wurde, machte ich mich auf den Weg in die nächste Bar. Wenn ich schon Amelia verloren hatte, musste ich zumindest herausfinden, wo Jamie sich herumtrieb. Vielleicht war es bei ihm nicht zu spät, und ich konnte doch noch zu ihm durchdringen. Die Hoffnung war gering, nicht viel mehr als ein blasser Schimmer, der kurz davor war zu erlöschen, doch ich hielt mich mit wilder Entschlossenheit daran fest.

»Sorry, kennst du zufällig Jamie Hunter?« Es war die vierte Bar, in der ich nach ihm fragte.

Der Barkeeper warf mir einen mitleidigen Blick zu. Ich schätzte ihn auf ungefähr fünfzig Jahre, sein freundliches Gesicht strahlte beinahe etwas Väterliches aus, als er sich zu mir beugte. »Der ist manchmal hier, ja. Hat mal zu unseren Stammgästen gehört. Hab ihn aber 'ne Weile nicht mehr gesehen. Aber kein Wunder, bei dem, was mit seiner Mutter los ist. Armer Junge!«

Alles in mir erstarrte. Meine Kehle war plötzlich wie zugeschnürt, ich rang nach Luft, kämpfte darum, die Beherrschung nicht zu verlieren.

»Was ist mit seiner Mutter?« Ich würgte die Worte hervor, als könnte ich daran ersticken. Panik stieg in mir auf, durchflutete meinen Körper und verwandelte mich in einen kleinen, hilflosen Jungen.

»Warum willst du das wissen?« Misstrauisch runzelte der Mann die Stirn.

»Ich bin ein guter Freund von ihm«, log ich. »Und ich mache mir Sorgen.« Der Teil war nicht gelogen. Wenn Jamie wieder Kontakt zu unserer Mutter hatte … Ich wollte den Gedanken nicht zu Ende führen, wollte die Möglichkeit, dass es viel schlimmer um ihn stand, als erwartet, gar nicht erst in Erwägung ziehen.

»Ich weiß nichts Genaues«, versuchte der Barkeeper mich zu beschwichtigen.

»Was hat Jamie über seine Mutter erzählt?«, fauchte ich und stützte meine Hände auf der klebrigen Theke ab. »Ich muss es wissen!«

»Okay, okay. Er saß letzte Woche hier. War ziemlich betrunken. Er hat irgendetwas davon gefaselt, dass er jetzt auch noch seine Mutter am Hals hat. Von wegen, als hätte er keine anderen Probleme, oder so.«

»Scheiße«, fluchend richtete ich mich wieder auf, »was genau hat er gesagt?«

»Na ja, nur, dass seine Mutter und ihr neuer Lover sich in seiner Wohnung einquartiert haben.«

»Soll das ein Witz sein?«, stieß ich aufgebracht hervor. Das klang übel. Als ich Jamie vor einem Jahr bei der Gerichtsverhandlung gesehen hatte, hatte er gerade als Aushilfe in einem Hotel angefangen und sich eine neue Wohnung gesucht. Auch wenn er sauer auf mich gewesen war, wusste ich, dass er sich zusammenreißen und zumindest von Alkohol und Drogen die Finger lassen wollte. Und dass er den Kontakt zu unserer Mutter abgebrochen hatte. Aber ganz offensichtlich hatte sie es geschafft, erneut einen Weg zu ihm zu finden. Und dann hatte sie auch noch einen Kerl mitgeschleppt, der ihr garantiert keine Hilfe war. Ihre letzten Typen hatten sie nur noch weiter in die Drogensucht getrieben. Verdammt.

Wie um alles in der Welt sollte ich Jamie nur finden? Kein Wunder, dass er mich abgewimmelt hatte. Wer auch immer der Mann war, den meine Mutter am Hals hatte, er musste irgendetwas gegen Jamie in der Hand haben, sonst würde er den ganzen Mist überhaupt nicht zulassen. Scheiße, scheiße, scheiße.

Ich warf dem Barkeeper noch ein schnelles Danke zu, dann stürmte ich aus der Bar. Draußen angekommen, schnappte ich nach Luft. In meinem Kopf überschlugen sich die Gedanken. Ich hatte keine Ahnung, wie es jetzt weitergehen sollte. Da ich Jamies aktuelle Adresse nicht hatte, konnte ich nicht einfach bei ihm auftauchen. Doch irgendwie musste ich ihn finden und ihm helfen, so viel stand fest. Er brauchte mich jetzt, auch wenn er das anders sah. Ich würde ihn nicht noch mal im Stich lassen. Nicht, wenn unsere Mutter dabei war, sein Leben zu ruinieren. Schon wieder.

»Hey, Mann!« Eine dunkle Stimme hinter mir ließ mich herumfahren. »Du suchst doch Jamie Hunter, oder?« Vor mir stand ein junger Typ. Sein Gesicht lag im Schatten seines Kapuzenpullis verborgen, und mir entging nicht, dass er drei Schritte Abstand hielt, als würde er bei der kleinsten Regung von mir das Weite suchen.

»Ja«, erwiderte ich vorsichtig. »Bist du mir gefolgt?«

»Ich habe zufällig das Gespräch mitangehört. Jamie ist ein

Freund von mir. In letzter Zeit sehe ich ihn aber kaum noch. Er geht mir und auch den anderen aus dem Weg. Falls du ihm also irgendwie helfen kannst …« Er zuckte mit den Schultern. »Er hängt oft in *Joe's Bar* rum. Das ist nur drei Blocks von hier entfernt.«

»Ich weiß, wo das ist«, sagte ich mehr zu mir selbst als zu ihm. »Danke.«

Meine Füße flogen nahezu über den Asphalt. Keuchend rannte ich durch die Nacht, vorbei an beleuchteten Kneipen und Restaurants. Vielleicht war das hier eine schlechte Idee und Jamie war nicht einmal in der Bar. Und selbst wenn, würde er wahrscheinlich nicht mit mir reden wollen. Vielleicht sollte ich doch einfach umkehren und zurück nach Edinburgh gehen. So, wie ich es schon einmal gemacht hatte. Jasper Hunter hinter mir zu lassen, hatte mir ein neues Leben ermöglicht. Eines ohne Angst um meine Mutter, die sich, seit ich mit meinen Büchern Erfolg hatte, alle paar Monate meldete, um nach Geld zu fragen. Ich hatte mir ein Leben aufgebaut, in dem ich weder mit einem knurrenden Magen noch mit einer aussichtslosen Zukunft kämpfen musste. Aber es war auch eines ohne meinen Bruder gewesen. Ich schluckte schwer, doch der Kloß in meinem Hals blieb.

Als ich in die Straße bog, die zu *Joe's Bar* führte, hielt ich atemlos inne. Sollte ich einfach hineingehen und fragen, ob jemand meinen Bruder gesehen hatte? Doch bevor ich mir so etwas wie einen Plan zurechtlegen konnte, stieß jemand die Tür auf und trat ins Freie. Ich kniff die Augen zusammen, dabei hatte ich ihn direkt erkannt. Jamie. Ich dankte Gott im Stillen, oder wer auch immer für diesen glücklichen Zufall verantwortlich war, als mein

Bruder mit schnellen Schritten den Weg durch eine dunkle Gasse einschlug. Was zur …?

Mein Körper setzte sich in Bewegung, bevor die Dunkelheit Jamie verschlucken konnte. Ich hatte nicht vorgehabt, ihm hinterherzuspionieren, aber so wie er sich alle paar Meter panisch umschaute, stieg ein ungutes Gefühl in mir auf. Irgendetwas stimmte hier nicht. Am Ende der Gasse bog Jamie nach links ab. Ich zählte im Stillen bis fünf und folgte ihm dann. Nach wenigen Metern wusste ich, wo er hinwollte: Er steuerte geradewegs auf den kleinen Park am Rande der Stadt zu.

Aber warum? Das mulmige Gefühl wurde stärker, als Jamie seine Schritte beschleunigte. Es musste bereits nach Mitternacht sein, und der Park war dafür bekannt, dass sich um diese Zeit nur noch Drogendealer und Kleinkriminelle dort aufhielten.

Eine böse Vorahnung machte sich in mir breit. Ich hielt schlagartig inne. So dumm konnte er nicht sein. Oder? Angst erfüllte mich und raubte mir den Atem. Die Vorstellung, dass Jamie nun ganz in die Szene abrutschte, aus der ich uns immer befreien wollte, übertraf meine schlimmsten Befürchtungen. Wie hatte es nur so weit kommen können?

Ich ballte meine Hände zu Fäusten, als Jamie den Park betrat. Obwohl eine Stimme in meinem Kopf mich anschrie, dass ich sofort umzukehren solle, folgte ich ihm. Ich drückte mich in die Schatten der Bäume und Büsche, wann immer er sich umdrehte, und gab mein Bestes, unsichtbar zu bleiben.

Wenige Meter hinter einer flackernden Laterne blieb Jamie stehen. *Lauf weiter!* Meinen eigenen Bruder ins Verderben rennen zu sehen, war wie ein Albtraum, aus dem ich nicht aufwachen konnte. Doch ich rührte mich nicht. Statt zu ihm zu eilen, kauerte ich hinter einem Busch und wartete mit rasendem Puls ab, was jetzt passieren würde. Ich konnte Jamie erst helfen, wenn ich wusste, was überhaupt los war.

Die Szene, die sich wenige Minuten später vor meinen Augen abspielte, kam nicht unerwartet, traf mich aber mit voller Wucht. Zwei Typen in schwarzen Hoodies tauchten auf, die Kapuzen tief ins Gesicht gezogen. Sie wechselten ein paar Sätze mit Jamie und überreichten ihm dann ein Bündel Geldscheine. Mit wachsendem Unglauben beobachtete ich, wie Jamie ihnen einen kleinen Beutel überreichte. Nachdem sie den Inhalt überprüft hatten, wandten sie sich von ihm ab und verschwanden in der Dunkelheit, aus der sie gekommen waren. Wie betäubt verharrte ich in meinem Versteck, als auch Jamie mit schnellen Schritten den Rückweg antrat.

Mein kleiner Bruder dealte mit Drogen.

Die Erkenntnis sickerte nur langsam in meinen Verstand. Jamie hatte nicht nur seinen Job verloren und meine Mutter mitsamt irgendeinem fremden Kerl bei sich aufgenommen, er dealte auch noch mit Drogen.

Ich wartete, bis Jamie verschwunden war, dann trat ich aus dem Schatten und ließ mich auf die nächste Bank sinken. Übelkeit stieg in mir auf, meine Beine zitterten und die Umrisse der Bäume verschwammen vor meinen Augen. Fühlte sich so eine Panikattacke an?

Mit zittrigen Händen fischte ich nach meinem Handy. Ich dachte keine Sekunde lang nach, sondern wählte direkt Amelias Nummer. Mein Kopf war kurz davor, zu explodieren. Die Panik lauerte direkt unter der Oberfläche, und wenn sie erst einmal ausbrach, würde ich sie nicht bändigen können. Ich verlor immer mehr die Kontrolle. Mein Bruder steckte in größeren Schwierigkeiten, als gedacht, und ich konnte ihm nicht helfen. Wusste nicht mal, wie ich das bewerkstelligen sollte. Jamie hatte deutlich gemacht, dass er nichts von mir wissen wollte. Ich hatte komplett versagt. Anstatt vor sechs Jahren schon für ihn da zu sein, war ich einfach nach Edinburgh gegangen, um mir dort mein eigenes Leben aufzubauen. Und jetzt war es zu spät.

Ich lauschte ungeduldig dem Tuten, als Amelias Mailbox plötzlich ansprang. Das ging schnell. Als ob sie mich weggedrückt hätte. Ich beendete den Anruf und versuchte es direkt noch einmal. Natürlich ohne Erfolg.

Mein Atem ging inzwischen nur noch stoßweise. Vor meinen Augen tanzten dunkle Flecken. Hitze und Kälte strömten abwechselnd durch meinen Körper, und mir fehlte die Kraft, aufzustehen.

Verzweifelt gab ich eine neue Nummer ein. Kurz schämte ich mich dafür, doch der einzig klare Gedanke, den ich noch fassen konnte, war der, dass ich Hilfe brauchte. Was nichts Schlimmes war, trotzdem fiel es mir unendlich schwer, mir das einzugestehen. Die Vergangenheit holte mich mit einer Heftigkeit ein, die mich umhaute. Sie riss eine neue Wunde in mir auf, pumpte Hoffnungslosigkeit durch meine Adern und vergiftete meinen Verstand. Ich hatte mich geirrt, als ich glaubte, die Erinnerungen im Griff zu haben. Zu sehen, dass Jamie der Hölle, in die wir hineingeboren worden waren, nie wirklich entkommen war, ließ die Illusion, dass ich mir ein neues Leben aufbauen konnte, zerplatzen.

Aiden ging nach dem dritten Klingeln dran. Er klang aufrichtig besorgt, was mir fast die Tränen in die Augen trieb. Verdammt, ich war wirklich kurz davor, völlig durchzudrehen.

»Aiden? Ich hasse es, das zu sagen, aber ich brauche Hilfe.«

30. KAPITEL

Amelia

Regen prasselte leise gegen mein Fenster, ein zaghaftes Klopfen, das die Stille durchbrach. Ich saß reglos auf meinem Bett und starrte in die Nacht hinaus. Es war weit nach Mitternacht und still im Haus. Beinahe friedlich. Wäre da nicht mein Handy, das vor ein paar Minuten geklingelt hatte. Jasper. Reflexartig hatte ich den Anruf weggedrückt. Und auch die darauffolgenden. Ich war nicht bereit, seine Stimme noch mal zu hören. Das kurze Telefonat heute Mittag hatte das Loch in meinem Innern erneut aufgerissen. Jasper hatte mich in einem schwachen Moment erwischt, und ich war ans Handy gegangen. Dabei hätte ich es besser wissen müssen. Er hatte mir nicht mal etwas zu sagen gehabt, sondern nur meine Stimme hören wollen. Warum auch immer. Wenn er mich in Inverness nicht abgewiesen hätte, könnte er meine Stimme genau jetzt hören, weil ich dann nicht allein in Edinburgh säße, sondern bei ihm wäre.

Unruhig sprang ich auf. Es brachte nichts, darüber nachzudenken, wie es sein könnte. Ich musste mich auf das Hier und Jetzt konzentrieren. Auf Maisie, meinen Job und die Frage, wie ich die nächsten Wochen gestalten wollte, um nicht an meinem Alltag zu ersticken. Heute Morgen war ich ins Café gefahren und hatte für ein paar Stunden sämtliche Gedanken an Jasper verdrängt. Es war ein guter Tag gewesen. Bis er angerufen hatte.

Mit zusammengebissenen Zähnen tigerte ich in meinem Zimmer auf und ab. Warum gab es nicht ein Rezept zum Sich-Entlieben? Wenn ich die Gefühle für Jasper ablegen könnte wie ein zu oft getragenes Paar Schuhe, würde ich es sofort tun.

Eine laut einsetzende Melodie durchbrach die Stille und meine Gedanken.

»Nicht schon wieder«, zischte ich und griff nach meinem Handy. Doch es war nicht Jasper. Stirnrunzelnd starrte ich auf die unbekannte Nummer. Wer rief denn um diese Uhrzeit an? Nach einem kurzen Zögern nahm ich den Anruf an.

»Hallo? Wer ist da?«

»Amelia?«, drang eine männliche Stimme an mein Ohr, die ich nicht zuordnen konnte.

»Ähm, ja?«

»Hier ist Aiden.«

»Ich kenne keinen Aiden.«

»Ich bin ein guter Freund von Jasper, wir haben uns vor ein paar Wochen in einer Bar in der Stadt gesehen.«

Oh. *Aiden.* Der Abend, an dem ich Aiden kurz kennenglernt hatte, weil er mit seiner Gitarre aufgetreten war, war Jaspers und mein einziges richtiges Date gewesen.

»Hat Jasper dich etwa dazu angestiftet? Ich will nicht mit ihm reden«, sagte ich genervt. »Und woher hast du überhaupt meine Nummer?«

»Jasper hat mich gerade aus Glasgow angerufen. Er klang überhaupt nicht gut. Ich glaube, er braucht dringend unsere Hilfe. Ich habe ihn gebeten, mir deine Nummer zu schicken, was er nur widerwillig gemacht hat. Also nein, er hat mich nicht dazu angestiftet. Aber wie gesagt, er ist ziemlich verzweifelt.«

Kraftlos sank ich auf mein Bett. »Ach so«, erwiderte ich lahm. »Ähm, ich weiß ja nicht, was er dir erzählt hat, aber wir sind nicht mehr … wir haben kein Kontakt mehr.«

»Das habe ich herausgehört, als ich mit Jasper telefoniert habe.« Aiden seufzte leise. »Jasper hat gefragt, ob ich zu ihm komme. Sein Bruder steckt in ernsten Schwierigkeiten, und er wird damit nicht allein fertig.«

»Und was hat das mit mir zu tun?«, fragte ich mit dünner Stimme. Am liebsten hätte ich das Telefonat sofort beendet, doch mit jedem weiteren Wort von Aiden wuchs die Sorge in mir. Dabei sollte es mich nicht länger kümmern, wenn Jasper irgendein Problem hatte.

»Komm schon, Amelia«, sagte Aiden. »Sei nicht genauso stur wie er. Was auch immer zwischen euch vorgefallen ist, Jasper ist dort mit seiner Vergangenheit konfrontiert, und wie du sicher weißt, gibt er sich normalerweise alle Mühe, diese zu verdrängen. Er klang panisch. Als wäre er kurz davor, die Nerven zu verlieren. Ich hab seit Tagen nichts von ihm gehört, und dieser Anruf war ein überdeutlicher Hilferuf. Er braucht jetzt Unterstützung. Und vor allem braucht er dich.«

»Hat er das gesagt?«, flüsterte ich heiser. Mein Herz klopfte wie wild, und die Angst nahm Überhand. Die Vorstellung, wie Jasper verzweifelt und allein irgendwo in Glasgow herumirrte, war schrecklich. Trotzdem ermahnte ich mich, vorsichtig zu sein.

»Nicht direkt«, wandte Aiden ein. »Aber ich konnte es aus jeder Silbe heraushören. Er hat versucht, dich anzurufen, stimmt's?

Du warst die Person, die er sprechen wollte! Mich hat er nur angerufen, weil er dich nicht erreichen konnte. Ich fahr in einer halben Stunde los und kann dich auf dem Weg abholen. Okay?«

»Warte, was? Du fährst *jetzt* dorthin?«

»Es geht ihm wirklich ziemlich beschissen.«

»Verstehe.« Ich würde für Holly, ohne zu zögern, dasselbe tun, nur hatte ich die Freundschaft zwischen Jasper und Aiden nie so eng eingeschätzt. Jasper wirkte nicht wie jemand, der einen besten Freund nachts anrief und um Hilfe bat. Was bedeutete, dass die Lage wirklich ernst war. Verdammt.

»Ich … ich weiß nicht, ob …«

»Du hast eine halbe Stunde, um es dir zu überlegen.« Mit diesen Worten legte Aiden auf. Ungläubig ließ ich das Handy sinken. Wollte der mich verarschen?

»Das gibt's doch nicht!« Ich pfefferte das Ding auf mein Bett und fing an, wieder auf- und abzulaufen. Was sollte ich jetzt nur machen?

Ein leises Klopfen an der Tür ließ mich aufschrecken. Einen Moment überlegt ich, ob Aiden vielleicht magische Fähigkeiten und sich hierher teleportiert hatte. Aber das war absurd. Verwirrt riss ich die Tür auf. Vor mir stand – natürlich – nicht Aiden, sondern meine Schwester.

»Mist, ich wollte dich nicht wecken!«

Maisie machte eine wegwerfende Handbewegung. »Nicht schlimm«, murmelte sie und schob sich dann an mir vorbei in mein Zimmer, wo sie sich auf das Bett fallen ließ. »Was ist passiert?« Mit ernstem Gesichtsausdruck blickte sie mich fragend an.

Ich seufzte schwer. Sie hatte es schon immer gespürt, wenn etwas nicht stimmte oder es mir schlecht ging.

Resigniert setzte ich mich neben sie.

»Mich hat gerade ein Freund von Jasper angerufen.«

»Ist alles in Ordnung?«

Ich schüttelte den Kopf. »Anscheinend steckt Jasper in Schwierigkeiten und braucht Hilfe. Jetzt wollte sein Kumpel wissen, ob ich mit ihm nach Glasgow fahre.«

Maisie runzelte die Stirn, als müsste sie das erst mal verdauen. Allerdings brauchte sie dafür deutlich weniger lang als ich, denn zwei Sekunden später sprang sie auf und öffnete entschlossen meinen Kleiderschrank.

»Ähm, was soll das werden?«

Sie schnaubte. »Wonach sieht es denn aus?«

»Maisie … ich weiß nicht, ob ich mit ihm mitfahre! Es ist mitten in der Nacht. Ganz abgesehen davon hat Jasper deutlich gemacht, dass er mir nicht genug vertraut. Ich war mehrere Tage mit ihm unterwegs, und als die Vergangenheit ihn eingeholt hat, hat er mich von sich gestoßen, anstatt sich mir anzuvertrauen. Ich verstehe ja, dass er 'ne Menge durchgemacht hat, aber nach allem, was wir erlebt hatten, tat die Zurückweisung verdammt weh. Er klang entschlossen, als er meinte, dass ich nicht in sein Leben passe. Da eile ich doch jetzt nicht zu ihm wie die Ritterin in glänzender Rüstung!«

Statt meine Empörung zu teilen, begann Maisie zu lachen.

»Das ist nicht witzig«, fauchte ich, konnte mir ein Grinsen aber ebenfalls nicht verkneifen. Himmel, das war so absurd! Dass ich überhaupt hier stand und überlegte, ob ich mit Aiden nach Glasgow fahren sollte, um Jasper Haven zu helfen, war wie ein schlechter Witz.

»Du hast dich wirklich in ihn verliebt, oder?«

Maisies Worte ließen mich erstarren.

Ich hielt mitten in der Bewegung inne und stand still da. In meinem Kopf rauschte es, doch obwohl ich keinen klaren Gedanken fassen konnte, kannte ich die Antwort. Sie war einfach da, als hätte sie die ganze Zeit darauf gewartet, endlich in mein Bewusstsein vordringen zu dürfen. Ich musste sie nicht mal laut aussprechen, denn Maisie lächelte nur verständnisvoll.

»Dann fahr hin und steh ihm bei«, sagte sie.

Das war wieder einmal typisch. Während ich in einem inneren Zwiespalt versank, sah sie die Sache ganz klar.

»Ich habe Angst«, gestand ich leise.

Maisie trat auf mich zu und zog mich in ihre Arme. Sie hielt mich fest, während mein Körper zitterte, als wüsste er bereits, welche Entscheidung ich treffen würde.

»Ich weiß«, flüsterte sie. »Aber du hast mir immer gesagt, dass man sich seiner Angst stellen soll. Also hör dieses eine Mal auf deinen eigenen Rat, ja?«

Ich nickte. »Danke, Maisie.«

Als ich mich langsam wieder etwas beruhigt hatte, holte ich einen Rucksack aus der unteren Schublade meines Schranks und warf wahllos ein paar Klamotten rein, während Maisie wieder zurück ins Bett ging. Dann rief ich Aiden an, um ihm zu sagen, dass ich dabei war. Nachdem ich ihm meine Adresse durchgegeben hatte, setzte ich mich aufs Bett und wartete auf seine Ankunft.

Die Autobahn lag wie ausgestorben vor uns. Wir rauschten in der höchsten Geschwindigkeit, die erlaubt war, durch die Nacht. Gäbe es die vielen Blitzer auf der Strecke nicht, wäre Aiden garantiert noch schneller gefahren.

»Du hast es wirklich eilig, oder?«, bemerkte ich, als die Stille im Wagen langsam unangenehm wurde.

»Du hast ihn nicht gehört«, erwiderte Aiden ruhig. Sein Blick lag konzentriert auf der Fahrbahn. Immerhin schien er ein guter Fahrer zu sein.

»Stimmt«, gab ich leise zurück. Die Sorge um Jasper hatte inzwischen meine Wut verdrängt. Trotz allem, was zwischen uns schiefgelaufen war, war er ein Mensch, der mir am Herzen lag.

»Ich wusste gar nicht, dass ihr euch so nahesteht«, sagte ich und bereute meine Worte sofort wieder.

Doch Aiden zuckte nur mit den Schultern. »Als wir uns kennengelernt haben, steckte ich in einer Krise. Ich wusste nicht, wohin mit mir, und Jasper hat mir durch diese Zeit geholfen. Er hat mich ermutigt, die Sache mit der Musik weiter zu verfolgen. Wenn er nicht gewesen wäre, würde ich jetzt vielleicht immer noch Jura studieren und dabei todunglücklich sein.«

Erstaunt musterte ich ihn von der Seite. Aiden verkörperte für mich einen typischen Musiker, der seine Leidenschaft voller Selbstbewusstsein auslebte. »Klingt, als wäre Jasper dir ein richtig guter Freund gewesen.«

»Er ist es immer noch. Klar, ich bekomme ihn nicht mehr so oft zu Gesicht, seit er so erfolgreich ist, aber ich weiß, dass ich mich auf ihn verlassen kann.«

»Weshalb du ihm jetzt auch, ohne zu zögern, zu Hilfe eilst«, schlussfolgerte ich.

»Ganz genau.« Aiden warf mir einen kurzen Seitenblick zu, den ich nicht einordnen konnte. Er wirkte neugierig, traute sich aber offensichtlich nicht, direkt nachzufragen, wie Jasper und ich zueinanderstanden.

»Ich glaube, du bist so ziemlich der einzige Mensch, den Jasper wirklich nah an sich heranlässt«, murmelte ich, während ich gedankenverloren auf die leere Straße vor uns starrte.

»Es war nicht meine Nummer, die er als Erstes gewählt hat, als er kurz davor war, durchzudrehen«, entgegnete Aiden.

Nachdenklich schaute ich zu ihm hinüber. »Hm, ich weiß nicht, ob das etwas zu bedeuten hat.«

»Ich denke, wir wissen beide, dass es das hat. Jasper hat nur manchmal eine komische Art, seine Zuneigung zu zeigen.«

»Ich will einfach nur sichergehen, dass er okay ist«, erwiderte ich und blickte wieder aus dem Fenster. Damit war die Konversation fürs Erste beendet.

Nach ein paar Minuten schaltete Aiden das Radio an, und leise Musik plätscherte aus den Lautsprechern. Ich schloss die Augen. Erinnerungen an die vielen Stunden, die ich mit Jasper im Auto verbracht hatte, stiegen in mir auf. Ich war zu müde, um sie zu verdrängen, also gab ich mich für ein paar Augenblicke der Sehnsucht hin, die mich ergriff.

Als Aiden von der Autobahn fuhr, schreckte ich aus meiner Träumerei. Orientierungslos sah ich mich um und entdeckte schließlich ein Schild, das anzeigte, dass wir bald in Glasgow sein würden. Ich rieb mir die Augen und richtete mich in meinem Sitz auf.

»Wir sind in zehn Minuten da. Jasper hat mir die Adresse von seinem Hotel genannt, bevor er aufgelegt hat. Ich versuche, dort in der Nähe zu parken.«

»Okay«, antworte ich nur. Doch in Gedanken fragte ich mich, wie das Ganze ablaufen würde. Wir würden dort einfach hinfahren, und dann was? Jasper in den Arm nehmen und ihm versichern, dass alles gut werden würde? Mit einem Mal kam mir der Entschluss, mitzufahren, wie ein riesiger Fehler vor. Was, wenn er mich gar nicht sehen wollte?

»Keine Panik«, sagte Aiden leise neben mir.

Ich fuhr zu ihm herum und zwang mich, tief ein- und auszuatmen. »So offensichtlich?«

»Deine Gefühle stehen dir ins Gesicht geschrieben.«

»Dann versuche ich mal besser, sie unter Kontrolle zu kriegen, bevor wir in das Hotel spazieren.« Ich schnitt eine Grimasse, wie um meine Gesichtsmuskeln zu lockern und etwas von der Anspannung abzuschütteln, die mich fest im Griff hatte.

Aiden warf mir einen mitfühlenden Blick zu, sagte aber nichts mehr. Brauchte er auch nicht. Ich wusste selbst, dass ich dabei war, mich in ein nervliches Wrack zu verwandeln. Dabei war das das Letzte, was Jasper jetzt gebrauchen konnte.

Viel zu schnell erreichten wir die Stadt. Aiden fuhr zielsicher durch die Straßen, als wäre er diese Strecke schon etliche Male gefahren. Erst kurz vor dem Ziel schaltete er sein Navi ein.

Das Hotel befand sich in einer gut beleuchteten Straße, machte aber von außen einen unspektakulären Eindruck. Es wirkte unpersönlich, beinahe ein bisschen heruntergekommen.

»Und jetzt?«, fragte ich beklommen, als Aiden den Wagen eine Querstraße weiter parkte.

»Jetzt rufen wir Jasper an und finden heraus, was überhaupt los ist.«

»Guter Plan«, murmelte ich. Mit weichen Knien folgte ich Aiden aus dem Auto und zurück in Richtung Hotel. Er hielt bereits das Handy an sein Ohr, und ich wartete nervös, was als Nächstes passieren würde.

Nachdem ich Jasper in Inverness den Rücken zugekehrt hatte, war ich nicht davon ausgegangen, ihn so schnell wiederzusehen. Ich hatte damit gerechnet, mehr Zeit zu haben. In meiner Vorstellung fand unsere Begegnung irgendwann in ein paar Jahren statt, wenn ich längst über ihn hinweg war.

Stattdessen stand ich gerade mal eineinhalb Wochen nach unserem Streit vor einem Hotel und versuchte verzweifelt, die Aufregung, ihn gleich zu sehen, unter Kontrolle zu kriegen. Mit flauem Magen und einem viel zu hohen Puls starrte ich auf das Gebäude vor uns. Als sich wenig später die Eingangstür öffnete, schnappte ich leise nach Luft.

Jasper kam mit langsamen Schritten auf uns zu. Im fahlen Licht der Straßenlaterne konnte ich sein Gesicht nicht genau erkennen, doch ich sah genug, um zu wissen, dass Aiden nicht übertrieben hatte. Jasper strahlte eine Verzweiflung aus, die mich bis ins Mark erschütterte.

Bevor ich überlegen konnte, was ich tun sollte, setzte sich mein Körper in Bewegung. Ich eilte auf ihn zu, überbrückte den Abstand zwischen uns, als hätte er immer noch diese verdammte magnetische Anziehungskraft auf mich. Kurz vor ihm hielt ich inne.

Überraschung flackerte in seinem Blick auf, gefolgt von einem erleichterten Gesichtsausdruck. »Du bist hier«, flüsterte er, bevor er mich in die Arme schloss und fest an sich drückte.

31. KAPITEL

Amelia

Jaspers Hotelzimmer war ein kleiner Raum, dessen Ausstattung lediglich aus einem Bett und einem Schrank bestand.

»Dieses Zimmer ist definitiv zu klein für drei Leute«, merkte ich an, als Jasper und Aiden sich aufs Bett setzten. Offenbar bereitete den beiden das Zusammenrücken weniger Probleme als mir.

Nachdem ich mich aus Jaspers Armen befreit hatte, waren wir schweigend ins Hotel gegangen, wobei ich den Impuls unterdrücken musste, sofort umzukehren. Keine Ahnung, was ich erwartet hatte, aber ganz bestimmt nicht, dass seine Nähe wieder ein Flattern in meiner Magengrube auslöste und mir die Hitze in die Wangen trieb. Ich hasste meinen Körper dafür, dass er so auf ihn reagierte. Selbst jetzt, mit dunklen Schatten unter den Augen und in Kapuzenpulli und Jogginghose sah Jasper noch unverschämt attraktiv aus. Nicht dass das irgendeine Rolle spielte. Hier ging es schließlich um seinen Bruder!

Zögernd nahm ich auf der Bettkante Platz, wobei ich meine Position dreimal wechselte, bis sie sich halbwegs bequem anfühlte. Aiden beobachtete mich mit skeptischem Blick, hielt sich aber dankbarerweise mit einem Kommentar zurück.

Er wurde ja auch nicht plötzlich mit der Anwesenheit des Kerls konfrontiert, der ihm vor ein paar Tagen das Herz herausgerissen hatte und darauf herumgetrampelt war. Gut, das war vielleicht ein bisschen melodramatisch, aber ein kleiner Teil von mir wollte Jasper gerade am liebsten einen Arschtritt verpassen, der ihn direkt in das jämmerliche Tal beförderte, in dem ich mich mental während der letzten Woche befunden hatte. Und dann war da natürlich auch noch der Teil, der sich nach ihm verzehrte. Es war zum Verrücktwerden.

»Danke, dass ihr gekommen seid.« Jaspers Worte brachten die Stimmen in mir zum Verstummen.

Ich setzte mich aufrecht hin und wartete geduldig, bis er weitersprach. Er brauchte mich jetzt als eine Freundin. Als jemand, der ihm zuhörte. Für irgendwelche verletzten Gefühle war hier kein Platz.

»Ist doch klar, Mann! Du klangst ziemlich fertig am Telefon.« In Aidens Stimme schwang aufrichtige Sorge mit.

»Ich hab aus einem Park am Rande der Stadt angerufen«, erklärte Jasper. Er klang müde, als hätte er seit Tagen nicht mehr richtig geschlafen.

Ich wechselte einen schnellen Blick mit Aiden. So hatte ich Jasper noch nie erlebt. Er wirkte weggetreten, als spielte sich vor seinen Augen ein immer wiederkehrender Albtraum ab, aus dem er nicht auswachen konnte.

»Jamie war dort«, fuhr Jasper fort. »Ich hab ihn kurz nach meiner Ankunft hier in einer Bar getroffen, doch er wollte nichts von mir wissen. Er meinte, ich solle abhauen. Dass es besser so wäre.« Jasper verzog schmerzerfüllt das Gesicht. »In den letzten Tagen habe ich trotzdem weiterhin nach ihm gesucht, aber natürlich kam er nicht in die Bars, von denen er wusste, dass ich sie kannte. Gestern hatte ich dann endlich Glück. Ein Barkeeper hat mir erzählt, dass Jamie letzte Woche bei ihm war und etwas von unserer Mutter gefaselt hat, die sich bei ihm einquartiert hätte. Mehr wusste er nicht, doch ein Kumpel von Jamie konnte mir einen Tipp geben, wo ich ihn finden könnte. Und tatsächlich war Jamie dort. Er kam gerade aus der Bar, die der Typ mir genannt hatte.«

Jasper schluckte, dann sprach er schnell weiter, und die Worte, die ihn so lange gequält hatten, purzelten nur so aus ihm heraus: »Eigentlich wollte ich Jamie direkt ansprechen. Doch er war irgendwie komisch drauf. Er hat sich ständig umgeschaut, als hätte er Angst, verfolgt zu werden. Ich wusste sofort, dass etwas nicht stimmt. Also bin ich ihm gefolgt.« Jasper holte tief Luft. »Er ist zu dem Park gegangen, und …« Sein Blick verfinsterte sich.

Ich konnte spüren, wie er mit sich rang. Am liebsten hätte ich eine Hand nach ihm ausgestreckt, um ihn zu trösten, doch ich blieb regungslos sitzen.

»Ich habe beobachtet, wie er mit Drogen gedealt hat.«

»Shit«, fluchte Aiden und riss Jasper damit aus seiner Erinnerung, die ihn zweifellos gerade geplagt hatte.

Schnell fuhr Jasper fort: »Er hat sich mit zwei Typen getroffen und ist danach schnell wieder verschwunden.«

»Verdammt.« Aiden schüttelte den Kopf.

»Und was ist mit deiner Mutter?«, hakte ich nach, weil ich über den Teil der Erzählung nicht hinwegkam. »Du hast gesagt, sie hat sich bei Jamie einquartiert?«

»Das hat zumindest der Barkeeper behauptet. Anscheinend ist sie mit irgendeinem Kerl aufgetaucht und hat Jamies Wohnung in Beschlag genommen. Ich vermute, dass der Typ irgendetwas gegen Jamie in der Hand hat, weshalb er sich das gefallen lässt. Als ich meinen Bruder vor einem Jahr gesehen habe, hat er noch geschworen, dass er mit unserer biologischen Mutter nichts mehr zu tun haben will.«

Ich nickte langsam, während ich versuchte, die vielen Informationen zu verarbeiten. Nachdem Jasper auf unserer Reise kein einziges Wort über seine Familie oder seine Vergangenheit verloren hatte, überforderte mich seine Erzählung nun vollkommen.

»Ihr seid nicht bei ihr aufgewachsen, oder? Wann seid ihr denn zu einer Pflegefamilie gekommen?«, fragte ich vorsichtig nach.

»Wir waren in mehreren. Aber als das Sozialamt uns von unserer Mutter fortbrachte, war ich sieben und Jamie vier Jahre alt. Er hat das nie wirklich verwunden.«

Nicht nur er, dachte ich, behielt den Gedanken aber wohlweislich für mich.

»Jamie war ein schwieriges Kind. Er machte ständig Ärger, legte sich mit seinen Mitschülern an und zeigte Erwachsenen gegenüber kaum Respekt. Mit fünfzehn ist er abgehauen. Unsere damalige Pflegemutter war die erste Frau, die uns so etwas wie Liebe entgegengebracht hat. Doch für meinen Bruder war es zu spät. Er schloss sich einer Gruppe Jugendlicher an, die in einem Trailerpark am Rande von Glasgow lebte. Als ich volljährig wurde, bewarb ich mich für ein Studium in Edinburgh. An dem Tag, an dem ich die Zusage bekam, packte ich sofort meine Sachen und verschwand aus Glasgow. Ich wollte, dass er mit mir kommt, aber er hat sich geweigert. Ich glaube, Jamie hat mir das nie verziehen.«

»Er ist selbst für sein Leben verantwortlich«, warf Aiden ein.

»Trotzdem bleibt ein Pflichtgefühl«, widersprach ich ihm. »Er ist sein kleiner Bruder, und es gab keine Eltern, die die Verantwortung übernommen haben.« Ich dachte an Maisies und meine Kindheit und kapierte plötzlich, warum Jasper mich so gut verstehen konnte.

»Ich hätte es wissen müssen«, brach es aus Jasper heraus. »Ich hätte für ihn da sein müssen! Er hat es mir immer vorgeworfen, dass ich nach Edinburgh gegangen bin. Klar, ich habe ihm gesagt, er soll mit mir kommen, aber als er mich von sich gestoßen hat, bin ich gegangen. Ich hätte mehr um ihn kämpfen sollen.«

»Ja, manchmal erscheint abhauen leichter«, rutschte es mir heraus.

Jasper zuckte bei meinem unüberlegten Kommentar prompt zusammen, während ich von Aiden einen bösen Blick erntete. Trotzdem entschuldigte ich mich nicht. Auch wenn ich nicht hierhergekommen war, um Jasper Vorwürfe zu machen, konnte ich nicht so leicht vergessen, wie wir auseinandergegangen waren.

»Konzentrieren wir uns darauf, was wir jetzt machen können, um Jamie zu helfen«, sagte Aiden bestimmt und schaute ein weiteres Mal streng in meine Richtung.

»Okay, gut.« Ich nickte, und verbannte meine Gefühle gedanklich ins Weltall. Hauptsache, sie waren weit weg und brachten mich nicht noch mehr durcheinander.

»Weißt du, wo Jamie wohnt?«, wandte ich mich an Jasper.

Er drehte sich zu mir, und zum ersten Mal sah er mir richtig in die Augen. Die Verzweiflung, die ich darin erkennen konnte, traf mich mitten ins Herz. Ich rutschte ein Stück in seine Richtung, gerade nahe genug, um ihm eine Hand aufs Knie legen zu können.

»Nein, weiß ich nicht.« Er zuckte hilflos mit den Schultern. »Ich weiß so gut wie gar nichts über sein Leben. Er ist nicht gerade gut auf mich zu sprechen.«

»Kann ich mir denken.«

»Vielleicht sollte ich einfach noch mal mit ihm reden«, überlegte Jasper. »Er hat zwar das letzte Mal direkt abgeblockt, aber vermutlich hatte er Angst, dass ich hinter die Sache mit den Drogen kommen könnte. Ich muss ihm irgendwie klarmachen, dass ich ihm helfen kann, dass es einen anderen Weg geben muss.«

»Einen Versuch wäre es wert«, meinte ich und zog meine Hand wieder zurück.

»Heute können wir sowieso nichts mehr machen.« Aiden gähnte und streckte sich auf der einen Seite des Betts aus. »Am besten, wir schlafen eine Runde und überlegen morgen weiter.«

»Ich weiß nicht, ob es dir aufgefallen ist, aber hier ist nicht gerade viel Platz für eine Pyjamaparty.« Stirnrunzelnd schaute ich mich in dem Zimmer um, das auch beim genauen Hinsehen nicht größer wurde.

»Sorry, ich hätte nicht mitten in der Nacht anrufen sollen.« Jasper stand auf und fuhr sich müde übers Gesicht.

»Ach, Quatsch. Das passt schon«, meinte Aiden, immer noch voller Optimismus.

Ich verkniff mir ein Augenrollen und beobachtete Jasper, wie er unruhig hin- und herging. Er wirkte deutlich gefasster als vor einer Stunde, war aber noch immer weit davon entfernt, wieder zu dem vor Selbstbewusstsein strotzenden Autor zu werden, der in jeder Krise cool blieb. In der Stadt zu sein, in der er aufgewachsen war, setzte ihm ganz offensichtlich mehr zu, als er zeigen wollte.

»Ich hab im Auto noch eine Isomatte und einen Schlafsack«, sagte Aiden plötzlich.

»Du hast *was*?« Irritiert drehte ich mich zu ihm um.

»Ich geh sie schnell holen.«

Bevor ich weitere Fragen stellen konnte, sprang Aiden auf und schlüpfte aus dem Zimmer. Womit er mich mit Jasper allein zurückließ. Na, vielen Dank auch.

Mit einem mulmigen Gefühl im Bauch wandte ich mich zu Jasper. Er war stehen geblieben und schaute mich nachdenklich an. Ich konnte seinen Blick nicht genau deuten, aber das nervöse Zucken seines Kiefermuskels verriet ihn.

Er war die ganze Zeit über so darauf bedacht gewesen, seine Vergangenheit vor mir zu verbergen – und jetzt steckte ich doch mittendrin. Das war garantiert das Letzte, was er wollte. Andererseits war es nicht der Jasper Haven, den ich kannte, der mir gegenüberstand. *Dieser* Jasper hier hatte den Glanz in seinen Augen verloren und wirkte verbittert. Er war nicht einmal abweisend oder kühl. Damit hätte ich umgehen können. Stattdessen strahlte er eine Traurigkeit aus, die sich wie ein schwerer Stein auf meine Brust legte. Das Bedürfnis, nach draußen zu stürmen und frische Luft zu schnappen, war kaum auszuhalten. Doch ich blieb. Wenn ich es schon nicht aushielt, wie sollte *er* dann noch so etwas wie Hoffnung schöpfen?

»Warum bist du gekommen?«, fragte Jasper, als das Schweigen zwischen uns sich ausdehnte.

Verdammt gute Frage.

»Aiden hat mich angerufen.« Ich zuckte mit den Schultern. »Es klang, als könntest du jetzt Freunde gebrauchen, die das hier mit dir durchstehen. Also bin ich mitgefahren.«

»Du hattest Mitleid mit mir.« Jaspers Blick verdunkelte sich.

Ich schwieg. Was sollte ich darauf auch sagen? Es gab Tausend Dinge, die mir auf der Zunge lagen, Tausend Worte, die herauswollten und nichts mit Mitleid oder Sorge um ihn zu tun hatten.

Seine Wirkung auf mich war noch immer viel zu stark. Ich wollte ihm nah sein, näher als die zwei Meter Abstand, die momentan zwischen uns waren. Ich wollte in seinen Armen versinken, seinen vertrauten Geruch einatmen und vergessen, dass wir nicht mehr in unserer eigenen kleinen Welt waren. Ihn vor mir zu sehen und trotzdem nicht bei ihm sein zu können, tat fast schon körperlich weh. Es erinnerte mich an das Loch in meinem Herzen, das sich danach sehnte, von ihm gefüllt zu werden.

Mit einem scharfen Einatmen wandte ich mich von ihm ab. Das alles konnte ich ihm nicht sagen. Ich durfte meinen Gefühlen nicht nachgeben. Er würde mich nur erneut verletzen. Jetzt gerade war er schwach und verletzlich. Doch sobald er den Schock verdaut hatte und die Sache mit seinem Bruder gelöst war, würde er wieder zu dem Mann werden, der mich von sich stieß und ein Leben weiterführte, in dem Liebe keinen Platz hatte.

»Das hat nichts mit Mitleid zu tun. Ich bin hier, weil du mir wichtig bist«, sagte ich schließlich. Kurz und knapp.

Jasper gab keine Antwort. Als mir das Schweigen zu lange vorkam, drehte ich mich erneut zu ihm um. Er trug ein trauriges Lächeln auf den Lippen und trat vorsichtig einen Schritt auf mich zu.

»Danke. Das bedeutet mir viel.«

»Schon gut.« Ich ignorierte das verräterische Flattern in meiner Magengrube und erwiderte seinen Blick. »Wir kriegen das schon wieder hin, Jasper.«

32. KAPITEL

Jasper

Wir. Dieses winzige Wort wurde in den nächsten Stunden zu meinem Anker. Obwohl ich völlig übermüdet war, hatte ich lange nicht einschlafen können. Amelia hatte zwar darauf bestanden, auf Aidens Isomatte zu schlafen, und er hatte ihr auch seinen Schlafsack gegeben, von dem er schwor, dass er frisch gewaschen war, dennoch blieb ihre Anwesenheit auf mich nicht ohne Wirkung. Während ich gefühlt stundenlang wach lag, hatte ich ihrem Atem gelauscht und es kaum glauben können, dass sie tatsächlich hier war. Auch wenn ich ihr ansehen konnte, wie verletzt und wütend sie eigentlich war, war sie trotzdem gekommen. Bisher machte es zwar nicht den Anschein, dass sie mir so bald würde verzeihen können, aber sie hätte heute Morgen auch einfach wieder gehen können und hatte es nicht getan. Das machte mir Hoffnung. Mehr, als es sollte.

»Wie soll es jetzt weitergehen?«, sagte Aiden und riss mich damit aus meinen Gedanken.

Ich starrte ihn an, vollkommen überfordert von der Frage, auf die ich keine Antwort hatte.

Wir saßen in einem kleinen Café und warteten gerade auf unser Frühstück. Mein Blick huschte zu Amelia, die gedankenverloren in ihrer Kaffeetasse rührte und aussah, als hätte sie die letzte Nacht wie ich kein Auge zugetan. Nur Aiden strahlte eine Energie aus, die mich nicht nur zutiefst erstaunte, sondern auch gewaltig nervte.

»Ich weiß es nicht«, gab ich schärfer zurück, als beabsichtigt.

Aiden nickte nur und beließ es dabei. Sein stilles Verständnis war schlimmer, als wenn er ähnlich patzig geantwortet hätte. Er wollte mir ein guter Freund sein und helfen. Und was machte ich? Ließ meine schlechte Laune an ihm aus. Ganz toll.

»Ich weiß es einfach nicht«, wiederholte ich resigniert.

»Du meintest gestern, dass du noch mal mit Jamie reden willst«, sagte Aiden vorsichtig.

Ich nickte mit zusammengebissenen Zähnen. An einem weiteren Gespräch führte kein Weg vorbei, wenn ich Jamie nicht hinter seinem Rücken der Polizei ausliefern wollte. Womit ich allerdings sein Vertrauen endgültig verlieren würde. Wenn das nicht sowieso schon längst der Fall war.

Nein, ich musste zuerst herausfinden, was hinter der ganzen Deal-Geschichte steckte. Im Gegensatz zu meiner Mutter war Jamie nie abhängig gewesen. Soweit ich wusste, konsumierte er zwar mehr Alkohol, als ihm guttat, doch er war nicht süchtig. Ich wollte einfach nicht glauben, dass er in den Sumpf aus Lügen und illegalen Geschäften geraten war, der uns unsere Kindheit versaut hatte.

»Ich weiß, dass ich mit ihm reden muss. Ich weiß nur nicht, wie ich ihn dazu bringe, mir zuzuhören. Und wo ich ihn wieder treffen kann.«

»Vielleicht klappt es ja, wenn du ihn in einem Moment abpasst, in dem er nicht mit dir rechnet«, klinkte sich Amelia in das Gespräch ein.

Erleichtert wandte ich mich ihr zu. Sie hatte heute Morgen kaum ein Wort mit mir gewechselt. Als ich versucht hatte, sie zu fragen, wie es ihr in den letzten Tagen ergangen war, hatte sie nur gemurmelt, dass wir uns auf die Sache mit Jamie konzentrieren sollten, und war im Bad verschwunden.

»Das ist in der Theorie ein guter Plan«, erwiderte ich, »aber ich habe keine Ahnung, wo ich ihn abpassen soll. Dafür weiß ich viel zu wenig über seinen Alltag.«

Amelia nickte und runzelte konzentriert die Stirn. Ich konnte ihr ansehen, dass ihr jede Menge ungesagter Worte auf der Zunge lagen, doch mir war auch klar, dass jetzt nicht der richtige Zeitpunkt für eine Aussprache war. Dafür drängte die Sache mit Jamie viel zu sehr.

»Das wird gestern bestimmt nicht sein letzter Deal gewesen sein«, gab Aiden zu bedenken. »Und der Park ist immerhin ein Anhaltspunkt, oder?«

Bei der Vorstellung, wie mein Bruder erneut in den dunklen Park ging, um mit irgendwelchen zwielichtigen Typen weitere schmutzige Geschäfte abzuschließen, zuckte ich heftig zusammen, doch natürlich hatte Aiden recht. Das war garantiert nicht sein letzter Deal gewesen. Die naive Hoffnung, dass es sich um eine einmalige Sache handeln könnte, hatte ich selbst sofort wieder verworfen. Denn leider wusste ich es besser. Jamie steckte in irgendeiner Scheiße, aus der er allein nicht wieder rauskommen würde. Zumindest nicht unbeschadet.

»Du meinst, wir sollen heute Nacht in dem Park warten und schauen, ob er noch mal auftaucht?«

Aiden zuckte mit den Schultern. »Wäre zumindest eine Idee.«

»Und was, wenn er erst in einer Woche wieder auftaucht? Oder den nächsten Deal ganz woanders durchführt? Wollt ihr ernsthaft vorschlagen, dass wir die kommenden Nächte in diesem Park herumlungern?« Amelia warf Aiden einen skeptischen Blick zu.

»Du gehst da auch nicht mit hin«, rutschte es mir heftiger heraus, als beabsichtigt.

»Was soll *das* denn jetzt heißen?« Amelias Augen verengten sich zu Schlitzen. Oh, oh. Das war nicht gut.

»Es ist zu gefährlich«, beschwichtige ich sie.

»Willst du mich verarschen?« Wütend blitzte sie mich an.

Ich gab mir alle Mühe, schuldbewusst auszusehen, doch insgeheim war ich froh über ihre Reaktion. Alles war besser als die kühle Distanz, die sie seit heute Morgen zu mir aufgebaut hatte.

»Ich bin ganz sicher nicht hierhergekommen, um mich jetzt rauszuhalten, nur weil es gefährlich werden könnte. Aiden und ich bleiben in deiner Nähe, wenn du wieder zu diesem verdammten Park gehst. Klar?«

Glasklar. Ich unterdrückte ein Grinsen und nickte schnell, bevor wirklich noch Funken aus ihren Augen sprühten.

»Dann wäre das ja geklärt«, warf Aiden trocken ein. »Auch wenn wir bis heute Abend warten müssen, um deinen Bruder zu suchen, frage ich jetzt trotzdem mal nach, wo unser Frühstück bleibt.« Er stand auf und verschwand in Richtung Theke.

Zum ersten Mal seit gestern Nacht waren Amelia und ich allein. Ich warf ihr einen schnellen Blick zu. Sie hatte ihre Lippen zusammengepresst und starrte angestrengt in ihre Kaffeetasse.

»Wird es zwischen uns jetzt immer so sein?«, fragte ich leise. »So angespannt und distanziert?«

Amelia reagierte nicht auf meine Worte.

Ich stieß ein Seufzen aus und unterdrückte den Impuls, ihre verfluchte Tasse vom Tisch zu fegen.

»Du hast gesagt, was wir hatten, war nur eine Illusion«, begann sie plötzlich. »Also tu jetzt nicht so, als wären wir immer noch auf der Isle of Skye. Wie hast du es formuliert? *Es wird Zeit, in die Realität zurückzukehren.*« Ihre Worte waren wie ein Dolchstoß mitten in mein Herz.

Endlich hob Amelia den Kopf. Der Ausdruck auf ihrem Gesicht raubte mir den Atem. Ich schluckte schwer. Sie war nicht nur wütend oder ein bisschen verletzt. In ihrem Blick konnte ich deutlich erkennen, dass meine Worte einen viel größeren Schaden angerichtet hatten, als mir bewusst gewesen war. Fuck! Das hatte ich nicht gewollt. Es stimmte, ein Teil von mir glaubte immer noch, dass sie nicht zu meinem Leben passte, dass ich nicht gut genug, nicht richtig für sie war, aber zu sehen, wie sehr ich ihr damit weh getan hatte, zerriss mich innerlich.

»Ich wollte nie …«

»Nicht.« Sie hob abwehrend eine Hand und machte damit deutlich, dass sie keine Entschuldigungen hören wollte. Dass es dafür zu spät war.

»Wie geht es Maisie?«, fragte ich stattdessen, als würde nicht gerade etwas in mir zerbrechen, weil ich mitansehen musste, wie sie wegen mir litt. Wegen mir und meiner unglaublichen Dummheit.

»Gut. Sie ist am Freitag endgültig wieder aus der Klinik gekommen, weil sie so schnell Fortschritte gemacht hat.«

»Das ist toll!«

»Ja.« Amelia wich meinem Blick aus und widmete sich erneut ihrer Kaffeetasse.

»Und arbeitest du wieder im Café? Ich hoffe, du bekommst keinen Stress, weil du jetzt hier bist.«

»Ich hätte heute und morgen sowieso freigehabt. Und ich hab meine Kollegin Rachel gebeten, den Rest der Woche für mich einzuspringen.«

»Danke, das ist …«

»Keine große Sache«, fiel sie mir ins Wort.

Stirnrunzelnd öffnete ich den Mund, doch Aiden erstickte jeden Versuch, nachzuhaken. Mit der Bedienung im Schlepptau, die unser Frühstück brachte, ließ er sich auf seinen Stuhl fallen.

»Die haben unsere Bestellung vergessen, aber jetzt ist das Essen endlich da.« Mit einem zufriedenen Lächeln machte er sich über sein Rührei her.

Amelia hatte eine Schale Müsli bestellt, die sie schweigend aß. Für den Rest des Frühstücks sprach sie kein Wort mehr. Ganz offenbar war unser kurzer Moment der Offenheit verflogen und ich wieder jemand, dem sie nur eine Unterstützung in der Krise sein wollte.

Lustlos biss ich in meinen Toast mit Marmelade. Vor nicht allzu langer Zeit war ich ein Einzelgänger gewesen, der mit eiserner Disziplin seine Karriere verfolgt hatte. Und jetzt saß ich hier, dachte darüber nach, wie ich das Vertrauen meines Bruders zurückgewinnen konnte und was ich tun könnte, damit Amelia mir verzieh.

Die letzten Wochen hatten mich verändert. Mein Blick huschte immer wieder zu Amelia, es war wie ein Reflex, den ich nicht abstellen konnte. *Sie* hatte mich verändert. Ihre Sorge um Maisie war eine ständige Erinnerung daran gewesen, dass ich sehr wohl noch ein Stück Familie hatte. Während unserer Reise hatte Amelia meine Mauern eingerissen und sich einen Weg in mein Inneres gebahnt. Dorthin, wo ich niemanden hinließ, wo ich mit mir und meiner Dunkelheit allein war.

Nur kam diese Erkenntnis zu spät. Ich hatte sie von mir gestoßen, weil es mir eine Scheißangst einjagte, was sie in mir auslöste. Der alte Jasper hätte jetzt eine Nacht lang durchgeschrieben, sich mit einer anderen Frau abgelenkt und dann mit seinem Leben weitergemacht wie bisher. Aber dieser Jasper wollte ich nicht mehr sein. Ich wollte meinen Bruder nicht länger hängen lassen. Wollte nicht länger der Kerl sein, der die Frau verletzte, die ihm mehr bedeutete als alle anderen.

Ich war kein hilfloses Kind mehr, das Bücher brauchte, um aus der Realität zu flüchten. Damals hatte ich mit dem ganzen Mist, der um mich herum passiert war, allein fertig werden müssen. Diesmal war es anders. Ich hatte Freunde an meiner Seite, die mitten in der Nacht losgefahren waren, um bei mir zu sein. Freunde, die mich trotz meiner Fehler nicht hängen ließen.

Vielleicht konnte ich mich nun endlich meiner Vergangenheit stellen und all die Schatten zurücklassen, die ich seit Jahren mit mir herumschleppte. Es wurde Zeit, die Dinge, die ich verbockt hatte, wieder in Ordnung zu bringen. Und mit Jamie würde ich anfangen.

33. KAPITEL

Amelia

Der Park lag in Dunkelheit gehüllt vor uns. Wir waren vor etwa zwei Stunden aufgebrochen, nachdem wir den ganzen Tag durch die Stadt gelaufen waren, in der Hoffnung, doch noch zufällig auf Jamie zu treffen. Jasper war durchgehend angespannt gewesen, und irgendwann hatte sich seine Nervosität auch auf Aiden und mich übertragen. Weshalb ich fast froh war, als wir endlich zu dem Park aufgebrochen waren.

»Langsam wird mir kalt«, murmelte ich, doch meine Worte gingen im Schlagen einer Kirchturmuhr unter. Noch eine Stunde bis Mitternacht. Ich schluckte schwer. Wir standen in der Nähe des Eingangs an eine Weide gelehnt. Die herabhängenden Zweige bewegten sich rauschend im Wind hin und her. Bis auf ein paar schwach flackernde Lampen gab es keine Lichtquelle, die die Finsternis durchbrach. Schwarze Schatten tanzten auf dem Weg vor uns, und ein mulmiges Gefühl machte sich in meiner Magengegend breit. Normalerweise gehörte die Nacht zu meiner liebsten Zeit, doch jetzt gerade wünschte ich mir nichts sehnlicher als einen hellen Streifen am Himmel.

»Sieht nicht so aus, als würde er noch kommen«, flüsterte

Aiden. Bis auf zwei torkelnde Gestalten, die inzwischen auf einer Bank lagen und schliefen, war in den letzten zwei Stunden niemand in den Park gekommen.

»Ihr könnt ja schon mal zurückgehen. Ich warte noch.« Obwohl ich Jaspers Gesicht nicht sehen konnte, wusste ich, dass er gerade einen harten Ausdruck in den Augen trug und die Zähne fest aufeinanderbiss. Ich stand nahe genug neben ihm, um zu spüren, wie angespannt er war. Bei dem, was gerade in ihm vorgehen musste, war das kein Wunder.

»Dann bleiben wir auch.« Die Worte verließen meinen Mund, bevor ich darüber nachdenken oder sie zurückhalten konnte.

Auf einmal tastete eine Hand nach meiner. Ich hielt die Luft an, mein Herz stolperte kurz und das Flattern in meinem Bauch kehrte zurück. Doch obwohl ich es besser wusste, obwohl in meinem Kopf mehrere protestierende Stimmen gleichzeitig aufschrien, ergriff ich Jaspers Hand. Seine Finger verschränkten sich mit meinen und drückten sie sanft. Es war zum Verrücktwerden, aber seine Nähe nahm mir die Angst vor der Dunkelheit. Sie war tröstlich und vertraut. Viel zu vertraut. Ich wollte nicht, dass es sich richtig anfühlte, denn das war es nicht, doch mein Körper war anscheinend anderer Meinung. Er entspannte sich augenblicklich und vergaß, warum er sich von Jasper fernhalten sollte.

Schweigend verharrten wir eine weitere Stunde im Park. Jasper ließ meine Hand nicht los, und ich machte keine Anstalten, von ihm wegzurücken. Gerade als ich mich fragte, ob Aiden vielleicht stehend eingeschlafen war, unterbrach er die Stille, die sich zwischen uns ausgebreitet hatte.

»Es ist kurz vor eins. Ich glaube kaum, dass heute noch irgendjemand in diesen Park kommt.«

»Vermutlich nicht«, erwiderte Jasper resigniert.

»Lass es uns morgen noch einmal versuchen«, sagte ich betont zuversichtlich, obwohl mich die Vorstellung, erneut in dem dunklen Park zu warten, alles andere als begeisterte.

Nicht zum ersten Mal heute fragte ich mich, was zum Teufel ich hier machte. Anstatt mit Maisie einen Film zu schauen, stand ich mitten in der Nacht in den Schatten eines Baumes gedrückt neben Jasper und wartete auf ein Wunder. Ich hatte Maisie heute Morgen eine Nachricht geschrieben und auch Holly und Charlotte Bescheid gesagt, dass ich für ein paar Tage bleiben würde. Wie lange, wusste ich noch nicht. Die Wahrscheinlichkeit, dass Jamie innerhalb von zwei Tagen erneut hier auftauchen würde, war jedenfalls mehr als gering, doch weder Aiden noch ich machten Anstalten, Jasper darauf hinzuweisen. Wäre es meine Schwester, würde ich vermutlich genauso handeln und jeder Spur folgen. Deshalb blieb ich auch bei ihm. Zumindest redete ich mir ein, dass das der Grund war, warum ich meine Hand noch immer nicht aus seiner löste.

»Also gut, lasst uns gehen.« Jaspers Hand verschwand, und sofort vermisste ich die Wärme seiner Berührung. Gänsehaut breitete sich auf meinen Armen aus, und als wir den Park verließen, atmete ich erleichtert auf.

Zurück im Hotel, schnappte ich mir sofort meine Leggings und ein Schlafshirt und verschwand damit im Bad. Nachdem ich meine Zähne geputzt und meine Haare zu einem notdürftigen Zopf zusammengebunden hatte, kehrte ich zurück ins Zimmer. Als hätte er nur darauf gewartet, sprang Aiden auf und verschwand als Nächster im Bad. Damit war ich erneut mit Jasper allein. Machte Aiden das absichtlich? Stirnrunzelnd starrte ich auf die geschlossene Tür.

»Ich kann heute auch auf der Isomatte schlafen«, sagte Jasper plötzlich.

»Und ich soll mit Aiden im Bett schlafen?«

Jasper fluchte. »Das hatte ich nicht bedacht.«

Gegen meinen Willen musste ich schmunzeln. »Dass dein bester Freund auch noch da ist?«, neckte ich ihn.

Er warf mir einen gespielt finsteren Blick zu. »Dann schläft eben Aiden auf dem Boden.«

Sofort wurde ich wieder ernst. »Ich halte das für keine gute Idee.«

»Amelia«, setzte Jasper an. »Es tut mir wirklich leid, und wenn ich irgendetwas tun kann, um es wiedergutzumachen, dann …«

»Ich weiß«, unterbrach ich ihn. Ich hasste es, Jasper so müde und verloren zu sehen. Als würde ihm die Last der letzten Stunden alle Energie rauben. »Aber ich will jetzt nicht drüber reden.«

»Okay«, sagte er resigniert. »Ich finde trotzdem, dass du heute im Bett schlafen solltest.«

»Na schön«, lenkte ich ein.

»Gut.« Erleichtert atmete Jasper aus.

»Aber wehe, du kommst mir in der Nacht zu nahe«, warnte ich ihn und ging zögernd auf das Bett zu, wobei ich mich unwillkürlich fragte, was zum Henker ich mir hierbei nur dachte.

»Es war nicht ich, der nachts plötzlich auf Kuschelkurs aus war«, murmelte Jasper leise.

»Wie war das?«, hakte ich überrascht nach. Doch in dem Moment kam Aiden aus dem Bad.

»Ach, nichts«, sagte Jasper schnell und drängte sich an Aiden vorbei. Verwirrt starrte ich ihm nach.

Es war noch nicht lange her, dass wir miteinander gescherzt und gelacht hatten. Die Erinnerungen schwebten ständig zwischen uns, und doch war jetzt alles anders. Er hatte mir wehgetan, hatte verleugnet, was wir hatten. Warum schaffte ich es dann nicht, ausschließlich wütend auf ihn zu sein? Je länger ich ihn in Glasgow erlebte, desto besser verstand ich, warum er nichts von seiner Vergangenheit erzählt hatte. Es war ihm anzusehen, wie sehr er noch immer unter seiner Kindheit litt. Jasper hatte so viel Schmerz durchleiden müssen. Kein Kind der Welt sollte so aufwachsen müssen, wie er und Jamie es mussten. Ich konnte zwar die Enttäuschung, dass er mich von sich gestoßen hatte, nicht vollends abschütteln, aber ich spürte, wie sie schwächer wurde.

»Habe ich das richtig gehört, ich werde für heute Nacht auf die Isomatte verbannt?« Aidens dunkle Stimme ließ mich erschrocken zusammenzucken.

»Ähm, ja.« Ich spürte, wie mir die Hitze in die Wangen schoss, dabei gab es überhaupt keinen Grund, verlegen zu sein. Wir hatten bereits zuvor in einem Bett geschlafen. Ich würde auf meiner Seite bleiben, und sobald ich schlief, spielte alles andere sowieso keine Rolle mehr. Keine große Sache.

»Alles klar. Aber bleibt anständig, ja?«

Ich riss die Augen auf und starrte Aiden entsetzt an, der daraufhin leise gluckste.

»War nur ein Witz. Die Situation zwischen euch ist immer noch ziemlich angespannt, was?«

»Kann man so sagen«, murmelte ich.

»Er hat es verbockt, oder?« Aiden wurde wieder ernst, doch bevor ich überlegen konnte, wie viel ich ihm verraten wollte, kehrte Jasper ins Zimmer zurück.

Wortlos krabbelte ich auf meine Seite des Betts und legte mich unter die weiche Decke. Zugegeben, es war deutlich bequemer als die Isomatte auf dem Boden. Bevor Jasper mich noch mal ansprechen konnte, drehte ich mich mit dem Gesicht zur Wand und kniff die Augen zusammen. Ich wollte einfach nur schlafen und für ein paar Stunden ins Reich der Träume fliehen, wo es hoffentlich keine schreibenden Typen gab, die mein Leben durcheinanderbrachten.

Das nächste Mal, als ich die Augen öffnete, sickerte helles Licht in das Zimmer. Mir war mollig warm, und ich vergrub mein Gesicht in dem weichen Kissen unter mir, das sich langsam hob und senkte. Ein zufriedenes Seufzen glitt über meine Lippen. Ein Gefühl der Geborgenheit durchflutete mich, und ich schloss erneut die Augen, um noch länger in dem dämmrigen Zustand zu bleiben. Doch meine Gedanken waren zu schnell. Sie kamen prompt in die Gänge und wurden schlagartig noch schneller, als mir bewusst wurde, dass mein Kissen Jaspers Brust war. Mit einem Ruck saß ich senkrecht im Bett.

»Hey, es war gerade so warm und kuschlig«, murmelte Jasper schlaftrunken.

»Was soll das?«, zischte ich, und jetzt war auch er hellwach.

»Was? Ich lag nur unschuldig auf meiner Seite«, verteidigte er sich, und zu meinem Entsetzen musste ich feststellen, dass er recht hatte.

Ich musste in der Nacht auf seine Seite des Bettes, oder besser gesagt, auf *ihn* gerollt sein. O bitte nicht! Schnell warf ich einen Blick zu Aidens Isomatte, doch sie war leer. Erst jetzt nahm ich das Rauschen aus dem Bad wahr. Offenbar duschte er. Gut, dann wurde er immerhin nicht Zeuge von diesem peinlichen Moment.

»Das war keine Absicht«, gab ich lahm zurück.

Jasper antwortete nicht, griff aber nach meinem Arm und zog mich wieder auf die Matratze.

»Hör auf, Panik zu schieben. Es sind immer noch du und ich«, sagte er leise, als würde das erklären, warum ich es nicht hinbekam, mich von ihm fernzuhalten.

Ich hasste es, dass ich ihm nah sein wollte. Die ganze Zeit über. Dass ich mich von ihm angezogen fühlte, sobald er den Raum betrat, und all meine Sinne nur noch auf ihn konzentriert waren. Es war nicht fair, dass mein Puls in die Höhe schoss, wann immer er mich zufällig berührte, und mein Körper sich in seinen Armen entspannte. Wieso konnte mein Herz nicht einfach aufhören, schneller zu schlagen, wenn er mich anschaute?

»Was soll das heißen?« Fragend hob ich den Kopf. Wir lagen einander zugewandt. Er war mir viel zu nah. Und doch kam mir jeder Zentimeter Abstand zwischen uns zu groß vor.

»Na ja, du spürst es doch auch. Diese Spannung zwischen uns … Was ich in Inverness gesagt habe – ich wollte dich nie verletzen. Ich wollte dir nur das hier ersparen. Diese ganze Scheiße mit meiner Vergangenheit hat mich zu einem Idioten gemacht, der ständig Angst hat, verlassen zu werden. Und du hast etwas Besseres verdient.«

»Also hat sich nichts verändert.« Bittere Enttäuschung stieg in mir auf.

»Ich hoffe schon, dass es das hat. Ich hab keine Ahnung, wann und wie ich die ganze Sache mit Jamie lösen kann, aber ich weiß jetzt, dass es ein Fehler war, dich von mir zu stoßen. Du überschüttest mich nicht mit Mitleid oder lässt dich von meinen Ängsten vertreiben. Du hast gesehen, wie schwer es mir fällt, zu vertrauen, und bist trotzdem hier. Das gibt mir die Hoffnung, dass du mir verzeihen kannst. Und dass du mir vielleicht doch noch eine zweite Chance gibst.« Jaspers Blick ruhte ernst auf mir.

Ich hatte keine Zweifel, dass er jedes Wort genau so meinte, und mein Herz machte dabei einen verräterischen Hüpfer, aber ich verbot es mir sofort, seinen Worten zu viel Gewicht zu geben.

»Vielleicht irgendwann«, erwiderte ich ruhiger, als ich mich fühlte. »Jetzt gerade geht es darum, Jamie zu helfen.«

Ein schmerzerfüllter Ausdruck huschte über sein Gesicht, doch er hatte sich schnell wieder unter Kontrolle.

»Du hast recht.« Er zwang sich zu einem Lächeln, und ohne darüber nachzudenken, was ich tat, griff ich nach seiner Hand und drückte sie kurz.

»Wer weiß, möglicherweise haben wir heute Glück.«

»Ich hoffe es.«

Nachdem wir uns in einem Laden mit Brötchen und Croissants ausgestattet hatten, schlenderten wir wieder ziellos durch die Straßen, immer in der Hoffnung, zufällig auf Jamie zu stoßen. Aiden füllte das Schweigen zwischen Jasper und mir mit Fragen und Erzählungen, während ich damit beschäftigt war, meine übersprudelnden Gedanken zu sortieren. Jaspers Andeutung, dass er mich nicht aufgeben wollte, kreiste unaufhörlich durch meinen Kopf. Aber konnte ich ihm wirklich verzeihen? Und uns noch mal eine Chance geben? Ich schob die Fragen energisch beiseite. Jetzt war nicht der richtige Zeitpunkt, um darüber nachzudenken.

Mit schnellen Schritten holte ich zu Jasper und Aiden auf, die vor einem mehrstöckigen Haus stehen geblieben waren.

»Was ist los?« Verwirrt folgte ich ihrem Blick.

Das Haus war ein typisches Reihenhaus, in dem eine Wohnung an die andere grenzte. Winzige Balkone, die alle gleich leer und schmuddelig aussahen, ergaben zusammen mit der gräulichen Hauswand ein trostloses Bild.

»Hier habe ich mit meiner Mutter und Jamie gewohnt, bis das Jugendamt uns aus der Wohnung geholt hat.« Jaspers tonlose Stimme traf mich hart.

Ich musterte ihn stumm von der Seite. Seine Miene war verschlossen und kalt. Scheinbar emotionslos stand er da und starrte mit verschränkten Armen auf das Haus vor uns. Schnell blickte ich zu Aiden, der Jasper ebenso besorgt beobachtete wie ich. Das hier war nicht gut. Vielleicht hatte Jasper die Straße mit Absicht aufgesucht, vielleicht war es aber auch nur Zufall gewesen. So oder so wirkte er nicht, als wäre er für diesen Teil seiner Vergangenheit schon bereit.

»Sollen wir weiter?«, fragte ich vorsichtig, doch Jasper reagierte nicht. Reglos blieb er stehen, als wäre er in Gedanken meilenweit von uns entfernt.

»Ich habe mein Leben hier so sehr gehasst.« Die Worte kamen nur langsam über seine Lippen. Jedes einzelne schien ihn eine Unmenge Kraft zu kosten. »Es hat überall nach kaltem Rauch und Alkohol gestunken. Meine Mutter hat selten aufgeräumt oder geputzt. Geschweige denn gekocht. Jamie und ich konnten froh sein, wenn es mal etwas anderes als nur Brot und Tütensuppe zu Mittag gab. Wenn ich so darüber nachdenke, ist es ein verdammtes Wunder, dass wir als Kleinkinder überhaupt überlebt haben. Vielleicht hatte sie sich da aber auch noch besser im Griff. Meinem Vater habe ich es jedenfalls nicht zu verdanken, dass ich heute hier stehe. Er hat sich kurz nach Jamies Geburt verpisst, weshalb ich mich kaum an ihn erinnern kann. Wäre er bei uns geblieben, hätte meine Mutter vielleicht nie mit dem Drogenscheiß angefangen. Ich weiß nicht, wie viele Nächte ich hungrig und ängstlich wach lag. Bei jedem Geräusch bin ich zusammengezuckt. In manchen Nächten habe ich auch gar nicht geschlafen, sondern still neben Jamie im Bett verharrt. Wenn er aus einem Albtraum aufgeschreckt ist, habe ich ihm eine Geschichte erzählt, bis er wieder einschlief.« Jasper schaute weder Aiden noch mich an, während er sprach. Die Hände zu Fäusten geballt, verharrte er reglos auf der Stelle.

Ich schluckte mühsam den Kloß in meinem Hals hinunter und kämpfte gegen die Tränen an, die in meinen Augen brannten. Zu sehen, wie er sich in sich selbst zurückzog, war furchtbar. Ich wollte ihn in den Arm nehmen, ihn aus den Erinnerungen holen, die er gerade erneut durchlebte, aber irgendetwas sagte mir, dass ich ihn nicht berühren durfte. Dass ich warten musste, bis er von sich aus zu uns zurückfand.

»Als wir von hier weggeholt wurden, hab ich nichts als Erleichterung gespürt. Alles, was ich wollte, war, Jamie in Sicherheit zu wissen. Und das war er in einer Wohnung, in der dem aktuellen Lover unserer Mutter öfter mal die Hand ausrutschte, definitiv nicht. Trotzdem hab ich sie nach ein paar Tagen vermisst. Sie war immer noch meine Mutter. *Ist* immer noch meine Mutter.« Jasper holte tief Luft. Sein Gesicht veränderte sich, die Farbe kehrte darin zurück, als er sich mit einem Ruck aus der Starre befreite. »Ich werde Jamie helfen und dafür sorgen, dass er nie wieder mit Drogen und dem ganzen Scheiß zu tun hat. Wenn es sein muss, schleife ich ihn persönlich nach Edinburgh, aber ich lasse ihn nicht länger in dieser gottverdammten Stadt.« Er drehte sich zu mir und schaute mich direkt an.

Ich schnappte nach Luft. In seinen Augen tobte ein Sturm, einer, der mich mühelos zu Boden fegen könnte.

»Verstehst du es jetzt?«, wollte er wissen.

Ratlos starrte ich ihn an, gefangen in seinem Blick, der mich bis in die Tiefe meiner Seele erschütterte.

»Warum ich bin, wie ich bin? Warum ich Angst habe, zu lieben und zu vertrauen?« Er senkte den Kopf und entließ mich aus seinem Bann.

»Das ist schrecklich«, flüsterte ich. Räuspernd fand ich meine Stimme wieder. »Was du durchgemacht hast … So hätte es nicht sein dürfen. Ich weiß, dass viele Kinder ein ähnliches Schicksal haben, aber es ist …« Mir fehlten die Worte für das Grauen, das ich empfand.

Ich hatte gewusst, dass Jaspers Kindheit in keiner Weise meiner glich, trotzdem übertraf das alle meine Erwartungen.

»Scheiße«, murmelte Aiden. »Ich wusste nicht, dass es so übel war.«

»Ich rede nicht oft darüber.« Jasper schnitt eine Grimasse. »In Edinburgh hat es für mich keine so große Rolle gespielt, weil ich mir einreden konnte, dass ich die Vergangenheit hinter mir gelassen habe.« Seine Stimme brach.

Instinktiv machte ich einen Schritt auf ihn zu. All die Gedanken, die ich in den letzten Stunden über ihn und uns gedacht hatte, verloren plötzlich an Bedeutung. Jasper schaute auf, kurz bevor ich in seine Arme flog. Er zog mich eng an sich, und ich hielt ihn fest, als seine Schultern zu beben begannen. Mein Herz donnerte wild in meiner Brust, als würde es jeden Moment zerspringen. Ich schlang meine Arme noch enger um Jasper, der abgehackt und schwer atmete.

In diesem Augenblick existierte nichts außer uns beiden. Die Wohnung mit ihren schrecklichen Erinnerungen verblasste, die Welt verschwand. Was blieb, waren Jasper und ich.

34. KAPITEL

Jasper

Eine eisige Faust hielt immer noch mein Herz umklammert und machte es mir unmöglich, frei zu atmen. Die Erinnerung an meine Kindheit hatte mich ungewohnt heftig getroffen, und es war nur Amelias Umarmung zu verdanken gewesen, dass ich nicht völlig durchgedreht war. Es war ein tröstendes Gefühl gewesen, einfach nur gehalten zu werden. Sie hatte mir Kraft gegeben, die Gedanken zu verdrängen und mich wieder auf das Hier und Jetzt zu konzentrieren. Wir mussten Jamie finden.

Allerdings musste ich einsehen, dass es wenig Sinn hatte, weiter ziellos durch die Straßen zu laufen. Widerwillig hatte ich Aidens Vorschlag zugestimmt, zurück ins Hotel zu gehen, wo wir uns in Ruhe einen Plan für das weitere Vorgehen überlegen wollten.

Amelia und Aiden gingen schweigend neben mir, wobei sie mir alle paar Sekunden besorgte Blicke zuwarfen. Ich konnte es spüren, auch wenn ich keinen von beiden ansah, und ich hasste es. Der kleine Zusammenbruch vor dem Haus, in dem ich die schlimmsten Jahre meines Lebens verbracht hatte, hatte mir mehr Energie geraubt, als ich mir anmerken lassen wollte. Ich fühlte mich unendlich erschöpft. Ohne Amelia hätten mich die Erinnerungen vermutlich tatsächlich in eine Panikattacke gestürzt. Keine Ahnung, wieso ich nicht rechtzeitig bemerkt hatte, dass es sich um *die* Straße gehandelt hatte.

»Hört auf, mich anzustarren«, platzte es aus mir heraus, als Aiden erneut den Kopf in meine Richtung drehte.

»Sorry, ich wollte nicht … Moment mal. Kommt es mir nur so vor, oder sieht der Kerl da vorn aus wie auf dem Foto, das du uns von Jamie gezeigt hast?« Aiden deutete auf einen Typen, der gerade einen Supermarkt verließ und mit schnellen Schritten die Straße entlangeilte.

Ich kniff die Augen zusammen. So viel Zufall konnte es gar nicht geben. Oder?

»Verdammt«, murmelte ich. »Das ist er tatsächlich.« Ohne eine Antwort abzuwarten, lief ich los. All meine Sinne waren auf meinen Bruder gerichtet, der viel zu schnell um die Ecke in eine Seitengasse bog und aus meinem Sichtfeld verschwand. Atemlos rannte ich ihm nach.

»Jamie! Warte!« Als Jamie meine Stimme hörte, wirbelte er sofort herum.

»Jasper?« Erschrocken starrte er mich an. »Was willst du hier?« Angst und Panik wechselten sich in seinem Gesicht ab.

Bedächtig hob ich meine Arme. »Ich will nur mit dir reden.«

»Warum?« Jamie kniff die Augen zusammen. Er erinnerte mich an ein in die Enge getriebenes Tier, das bei dem kleinsten Anzeichen von Bedrohung fliehen würde.

»Bitte hör mir zu und block mich nicht gleich wieder ab.« Vorsichtig ging ich einen Schritt auf ihn zu.

Er verschränkte die Arme, wich aber nicht zurück, was ich als ein gutes Zeichen wertete.

»Ich hab dich vorgestern im Park gesehen.«

»Wovon redest du?«, fragte er mit schriller Stimme.

Mist. Ich durfte seine Panik auf keinen Fall noch steigern.

»Jamie«, fing ich langsam an, »ich will dir nur helfen, okay? In was auch immer du da reingeraten bist, wir finden eine Lösung.«

»Eine Lösung?« Jamie stieß ein bitteres Lachen aus. »Wow, du hast wirklich keine Ahnung.« Diesmal war er es, der einen Schritt auf mich zuging, bis wir nur noch einen Meter voneinander entfernt standen; genauso gut hätte aber auch ein tiefer Graben zwischen uns liegen können.

Ich biss die Zähne zusammen und zwang mich, ruhig zu bleiben, um das hier nicht sofort wieder zu vermasseln. Wann waren die Dinge zwischen uns nur so aus dem Ruder gelaufen?

»Ich habe gesehen, wie du gedealt hast«, konfrontierte ich ihn schließlich ganz direkt.

»Und?« Herausfordernd hob er den Kopf.

»Und? Ich mache mir Sorgen, verdammt noch mal! Mag sein, dass ich in den letzten Jahren nicht hartnäckig genug den Kontakt zu dir gesucht habe, aber du bist mir wichtig. Du bist mein Bruder, meine einzige Familie, und ich habe dich nie aufgegeben! Dich im Park zu sehen, war …«

»Halt dich da raus, Jasper! Geh zurück nach Edinburgh, ich komme klar.«

Ein paar Passanten sahen von der Straße aus neugierig zu uns herüber, und ich wartete, bis sie weitergingen, bevor ich mich wieder zu Jamie drehte.

»Nein, du kommst nicht klar!«, sagte ich, während ich versuchte, meine Stimme gesenkt zu halten. »Unsere Mutter hat sich mit irgendeinem Kerl in deiner Wohnung einquartiert, du hast deinen Job verloren und dealst. Das ist alles andere als klarkommen!« Die Worte strömten viel zu schnell aus meinem Mund. Ich rechnete schon damit, dass Jamie sich umdrehen und sich aus dem Staub machen würde, doch nichts dergleichen passierte.

Stattdessen wich seine harte Miene einem gequälten Ausdruck. »Woher weißt du das alles?«, flüsterte er rau.

»Ein Barkeeper hat es mir erzählt. Wie konnte es nur dazu kommen?«

Er runzelte die Stirn, und ich konnte ihm ansehen, dass er mit sich rang.

»Jamie, bitte«, flehte ich. »Lass mich dir helfen.«

»Du verstehst das alles nicht«, sagte er abwehrend.

»Dann erkläre es mir und gib mir die Chance, es zu verstehen.«

Er zögerte und senkte den Kopf. Als er wieder aufsah, lag ein resignierter Ausdruck auf seinem Gesicht. »Eine Woche, nachdem ich den Job verloren hatte, stand sie mit Charles im Schlepptau vor meiner Wohnung. Ich hab ihnen gesagt, dass sie sich verpissen sollen, aber dann hat Charles damit gedroht, Mum umzubringen, wenn ich sie nicht reinlasse.« Er sprach viel zu schnell, trotzdem verstand ich jedes Wort.

»Er hat *was*?«, stieß ich ungläubig hervor.

»Jep. Er ist ein krankes Arschloch. Abgebrüht und eiskalt. Er hat sich einfach an mir vorbeigeschoben, und seither leben sie in meiner Wohnung. Das ist jetzt zwei Wochen her.«

»Scheiße«, fluchte ich. Das hörte sich an wie aus einem schlechten Film. »Und was ist mit den Drogen?«

Jamie schaute gequält zu mir auf. Seine Mauer war mit jeder Sekunde weiter gebröckelt und offenbarte, wie verloren und hilflos er sich tatsächlich fühlte.

»Er ist ein Dealer. Mum ist von seinem Stoff abhängig, damit hat er sie in seiner Gewalt. Seit sie da sind, hat sie meine Wohnung kaum verlassen. Die meiste Zeit hängt sie zugedröhnt im Wohnzimmer herum. Ich wollte zur Polizei gehen und die Sache auffliegen lassen. Wollte ich wirklich. Aber dann kam die Rechnung für die Miete, die ich nicht mal ansatzweise bezahlen konnte, und Charles hat angefangen, mich mit irgendwelchen Versprechungen einzulullen. Er hat die Miete gezahlt und mich dazu gedrängt, ein paar Deals für ihn durchzuziehen. Er meinte, dafür würde er Mum nicht wehtun und meine Miete weiterhin zahlen.«

Heiße Wut stieg in mir auf. Mein Blut kochte, und der Drang, auf irgendetwas – vorzugsweise das Gesicht dieses Dreckskerls – einzuschlagen, wurde immer größer. Was für ein krankes Arschloch musste er sein, dass er meine Mutter mit Drogen gefügig machte und die Scheiße auch noch in der Wohnung ihres Sohns abzog?

»Wieso hast du dich nicht gemeldet? Ich hätte dir Geld geben können! Ich wäre sofort gekommen, wenn ich gewusst hätte, was los ist.« Ich machte einen Schritt auf ihn zu – und diesmal wich er nicht zurück.

»Du hast immer mehr als deutlich gezeigt, dass du mit der Vergangenheit nichts mehr zu tun haben willst. Und ich hatte irgendwann keinen Bock mehr, Almosen von dir anzunehmen. Ich bin es gewohnt, mich allein durchzuschlagen.« Jamie zuckte mit den Schultern, als wäre es keine große Sache.

Eine plötzliche Enge in meiner Brust schnürte mir die Luft ab. Wenn ich früher gekommen wäre oder hartnäckiger nachgefragt hätte …

»Trotzdem«, sagte ich. »Ich bin dein großer Bruder. Du solltest dich immer an mich wenden können.«

Abwehrend verschränkte Jamie die Arme. »Wir waren nie eine normale Familie.«

»Das stimmt, aber trotzdem sind wir eine Familie. Und diesmal werde ich dich nicht im Stich lassen. Ich geh nicht zurück nach Edinburgh. Nicht, bevor dieses Arschloch für seine Taten bezahlt hat.« Ich atmete hörbar aus, als könnte ich so etwas von der Wut loswerden, die sich in mir breitgemacht hatte.

»Dafür ist es zu spät, kapierst du das nicht? Ich hab mit ihm zusammengearbeitet und seinen Stoff vertickt! Er wird mich hochgehen lassen, wenn ich der Polizei stecke, was er da treibt.« Diesmal spiegelte sich Panik in Jamies Gesicht, was meine Wut nur noch steigerte.

»Du wurdest von ihm erpresst und massiv unter Druck gesetzt. Er hat gedroht, unserer Mutter etwas anzutun!«

»Trotzdem bin ich bei der Sache nicht unschuldig«, erwiderte Jamie niedergeschlagen. Mit herabhängenden Schultern stand er da und erinnerte mich mehr denn je an den kleinen Jungen von damals, der meinen Schutz brauchte.

»Also was? Willst du dich einfach weiterhin von ihm in seine illegalen Geschäfte reinziehen lassen?« Ich hätte ihn am liebsten an den Schultern gepackt und geschüttelt. »Du kannst jetzt nicht einfach aufgeben!«

»Ach nein? Für wen hältst du dich eigentlich, dass du jetzt hier auftauchst und meinst, irgendwelche Probleme für mich lösen zu müssen? Wir sind keine Kinder mehr, Jasper! Du brauchst mich nicht mehr zu beschützen.«

»Weil du so wunderbar allein zurechtkommst, ja?«

Auf der Straße war ein junges Paar stehen geblieben, das misstrauisch zu uns herüberschaute. Ich winkte ihnen kurz zu, bevor sie mit gerunzelter Stirn weitergingen. Verdammt. Ich wollte mich nicht mit Jamie streiten, schon gar nicht mitten auf der Straße, wo jeder es mitbekommen konnte, aber seine passive Haltung machte mich wahnsinnig. So abgestumpft konnte er doch nicht sein! So kannte ich ihn nicht. Er war normalerweise niemand, der einfach aufgab.

Ich holte tief Luft und schaute ihn eindringlich an. Wenn ich eines in den letzten Stunden begriffen hatte, dann, dass ich um die Menschen, die ich liebte, kämpfen wollte. Dass ich mich nicht mehr zurückzog, nur weil mir das einfacher vorkam.

»Früher«, fing ich leise an, »wenn wir uns im Schrank versteckt haben, weil Mum mit irgendeinem Kerl ankam, der uns nicht leiden konnte, hab ich dir immer Geschichten erzählt. Weißt du noch? Es waren die ersten Geschichten, die ich mir ausgedacht habe. Sie haben mich davor bewahrt, den Verstand zu verlieren und vor Angst wahnsinnig zu werden. Du bist meistens nach wenigen Minuten eingeschlafen. Wir saßen in einem winzigen Schrank, es war stockdunkel, aber du hast dich an mich gelehnt und geschlafen! Und während auf der anderen Seite der Schranktür lautes Geschrei und Schritte durch die Wohnung hallten, habe ich weitererzählt. Dein ruhiger Atem, dein Kopf an meiner Schulter – dank dir bin ich nicht durchgedreht. Ich habe dich, so gut es ging, beschützt, aber du hast mich gerettet. Du warst der Grund, warum ich mich in der Schule angestrengt habe und Ärger aus dem Weg gegangen bin. Ich wollte uns ein besseres Leben ermöglichen.« Mein Herz pochte schmerzhaft schnell in meiner Brust, und die Worte kamen nur schwer über meine Lippen, doch ich hörte nicht auf zu reden. Es gab zu viel, was ich ihm nie gesagt hatte.

»Ich will das immer noch«, fuhr ich fort. »Ich verstehe, dass du wütend bist, dass du denkst, ich hätte dir den Rücken zugekehrt und ein neues Leben in Edinburgh begonnen, eins, in dem du keinen Platz hast. Aber das stimmt nicht! Ich habe die Vergangenheit mit aller Macht verdrängt, aber du hattest in meinen Gedanken immer einen festen Platz! Nur musst du mir eine Chance geben, dass ich auch einen in deinem Leben habe. Denn du hast recht, wir sind keine Kinder mehr. Ich kann dich vielleicht nicht mehr beschützen, aber ich kann dir zur Seite stehen und für dich da sein.«

Nach meiner kleinen Rede herrschte einen Moment lang Schweigen. Ein mulmiges Gefühl machte sich in meinem Bauch breit, und mit wachsender Unruhe wartete ich auf Jamies Reaktion. Er stand reglos da, seinen Blick fest auf mich gerichtet.

Als er schließlich sprach, klang seine Stimme belegt. »Ich erinnere mich an deine Geschichten. Wie du von verzauberten Riesen und Wettergöttern erzählt hast. Das sind die einzigen guten Erinnerungen an diese Jahre.«

Stumm sahen wir uns an. Bilder aus der Vergangenheit wirbelten durch meinen Kopf, doch diesmal schob ich sie nicht beiseite. Jamie hatte recht, wir waren keine Kinder mehr. Ich lebte von meinen Büchern, hatte Geld, einen Anwalt und Freunde, die ganz in der Nähe auf mich warteten. Ich war nicht machtlos. Wenn er mir nur eine Chance geben würde, dann würden wir zusammen einen Weg finden, diesen Charles auffliegen zu lassen.

Als hätte Jamie meine Gedanken gehört, wurde sein Blick plötzlich weich. Die abwehrende Haltung verschwand. Mit einem zögernden Schritt kam er näher, aber ich ließ ihm keine Zeit, sondern zog ihn fest in meine Arme. Kurz versteifte er sich, doch dann erwiderte er die Umarmung.

»Wir kriegen das wieder hin«, murmelte ich leise. »Wir haben schon ganz anderes überstanden.«

Wenig später warfen Amelia und Aiden einen vorsichtigen Blick in die Gasse und kamen schließlich auf uns zu, als ich ihnen lächelnd zunickte. Wie vermutet, hatten sie gewartet, bis wir nicht länger den Eindruck machten, als würden wir uns gleich die Köpfe einschlagen.

»Darf ich vorstellen? Das sind Aiden und Amelia.« Ich drehte mich wieder zu Jamie um, der die beiden misstrauisch musterte. »Sie sind gute Freunde«, schob ich hinterher.

»Aha.« Jamie kickte einen nicht vorhandenen Stein mit seiner Schuhspitze fort und verschränkte die Arme.

Ich unterdrückte ein Seufzen. Die Sache mit dem Vertrauensproblem teilten wir offenbar.

»Wie wäre es, wenn wir uns irgendwo reinsetzen und eine Kleinigkeit essen? Dann können wir in Ruhe reden.« Amelia schaute Jamie bittend an, und zu meiner Verblüffung nickte er.

Es war inzwischen schon später Nachmittag, und wir hatten seit dem Frühstück nichts mehr gegessen, was ich bis jetzt völlig vergessen hatten. Doch nun, da ich Jamie gefunden hatte, merkte ich erst, wie hungrig ich war. Zu viert machten wir uns auf die Suche nach einem Bistro. Mein Blick zuckte immer wieder zwischen Amelia und Jamie hin und her. Vermutlich war es falsch, trotz dieser Umstände so etwas wie Glück zu empfinden, doch der Anblick machte mich verdammt froh. Auch wenn sich vor uns ein Berg an Problemen auftürmte, hatte sich in meiner Brust ein Knoten gelöst. Jamie sprach wieder mit mir. Es würde zwar noch eine Weile dauern, bis wir zurück zu einem vertrauensvollen Umgang fanden, aber er war hier. Genauso wie Amelia.

Zum ersten Mal seit Tagen empfand ich wieder Hoffnung.

35. KAPITEL

Amelia

Mein Handy brummte in der Hand und zeigte eine neue Nachricht von Holly an, doch ich ignorierte sie. Ich hatte jetzt nicht den Kopf dafür. Nachdem wir etwas gegessen hatten, war Jamie direkt zum Polizeipräsidium gefahren, um eine Aussage zu machen. Jasper hatte sich mit Aiden und mir in der Zwischenzeit auf den Weg zu Jamies Wohnung gemacht. Seit einer geschlagenen Stunde saßen wir nun, in Schweigen gehüllt, in Jaspers Auto.

Jamies Wohnung lag am Rande der Stadt in einer trostlosen Gegend. Ein Haus reihte sich an das andere, trotzdem waren weit und breit keine Menschen zu sehen. Es war Jaspers Idee gewesen, hierherzukommen und auf die Polizei zu warten. Sämtliche Einwände von Aiden und mir hatte er ignoriert, also waren wir mitgekommen.

»Warum dauert das so lange?« Mir gerunzelter Stirn starrte Jasper auf sein Handy. Die Anspannung, die dabei von ihm ausging, war beinahe greifbar.

»Die Polizei muss seine Aussage erst mal aufnehmen«, warf Aiden von der Rückbank aus ein. »Das dauert eine Weile. Sie können nicht einfach so die Wohnung stürmen. Nicht ohne entsprechende Beweise.«

»Das weiß ich auch«, sagte Jasper gereizt. Seine Laune sank mit jeder Minute, die verstrich.

Ich drehte mich um und wechselte einen schnellen Blick mit Aiden. Gern hätte ich etwas Aufmunterndes gesagt, doch alles, was mir einfiel, klang viel zu platt. Wobei ich bezweifelte, dass es überhaupt so etwas wie angemessene Worte für diese Situation gab. Jamie befand sich in dieser Minute auf dem Polizeirevier, um Charles anzuzeigen, was nicht ohne ein Geständnis seiner eigenen Taten funktionieren würde. Er hatte sich während unseres Gesprächs im Bistro selbst dazu entschlossen, auch wenn ihm dabei die Panik ins Gesicht geschrieben gestanden hatte. Kein Wunder! Ich biss mir nervös auf die Lippe. In was war ich hier nur hineingeraten?

»Sorry.« Jaspers Stimme durchbrach unerwartet die Stille, die sich erneut im Auto ausgebreitet hatte. »Ich wollte meine Laune nicht an euch auslassen. Ihr müsstet nicht hier sein. Das würde ich nie von euch verlangen. Die meisten Leute wären längst weg, weil sie mit dem ganzen Drama nichts zu haben wollen. Oder wären damit zur Presse gegangen.« Er stieß ein abfälliges Schnauben aus. »Ihr seid da. Und dafür bin ich euch verdammt dankbar.«

»Ist doch klar«, erwiderte Aiden, dabei wussten wir alle, dass das alles andere als selbstverständlich war.

Ich hatte mich selbst oft genug bei der Frage erwischt, wie es wäre, jetzt bei Maisie in Edinburgh zu sein. Aber die Wahrheit war, dass ich an keinem anderen Ort lieber wäre als hier. Zumindest nicht ohne Jasper. Es fühlte sich absurderweise richtig an, mit ihm in diesem Wagen zu sitzen und darauf zu warten, dass er ein Stück Familie zurückbekam.

Während des Essens hatte ich Jamie beobachtet, und in der Art, wie er Jasper ansah, lag nicht nur Enttäuschung, sondern auch Bewunderung. Trotz allem schaute er zu seinem großen Bruder auf. Die Wahrnehmung der beiden erzählte ihnen vielleicht etwas anderes, aber selbst ein Fremder konnte die Verbindung zwischen ihnen spüren.

»Ich bin genau da, wo ich sein will«, sagte ich darum leise.

Jaspers Blick traf meinen. Seine dunklen Augen zogen mich regelrecht an, und sofort musste ich an unser einziges Date zurückdenken. Damals hatte ich zum ersten Mal hinter seine Fassade geblickt. Und einen jungen Mann gesehen, der mir unter die Haut ging. Hinter seiner Mauer lauerten Dunkelheit und ein Herz, in das vor langer Zeit Löcher gerissen worden waren. Seine Traurigkeit hatte mich daran erinnert, dass ich mit meinen Dämonen der Vergangenheit nicht allein war.

Aber ich hatte auch kleine Lichtblicke sehen können, die heller leuchteten, wenn Jasper von seinen Geschichten erzählte. Er hatte mich alles um mich herum vergessen lassen. Genau wie jetzt. Mein Atem stockte, als Jasper sich in meine Richtung lehnte. Ich versank in seinen Augen, verlor mich in seiner Nähe, die mich einlullte. In meiner Magengrube machte sich ein sehnsuchtsvolles Ziehen bemerkbar, und alles, woran ich denken konnte, war die Erinnerung an seine Lippen auf meinen.

Ich vermisste ihn. Selbst in diesem Augenblick, als er direkt vor mir saß, vermisste ich ihn. Ich sehnte mich nach seiner Berührung und seinem Atem an meinem Hals, wenn er mich sanft küsste. Langsam kam ich Jasper entgegen, verringerte die Distanz, bis zwischen uns nur noch wenige Zentimeter lagen. Mein Blick fiel auf seine Lippen, und ich überbrückte den letzten Abstand. Sein Mund traf auf meinen, sanft, beinahe flüchtig, doch ich spürte die Berührung bis in die Zehenspitzen.

Ein Kribbeln erfüllte meinen Körper, Blut rauschte in meinen Ohren, und ich schwebte irgendwo zwischen Wolke sieben und der nächsten Galaxie.

Bis ein lautes Räuspern mich unsanft auf den Boden zurückholte. »Ich unterbreche ja wirklich nur ungern, aber es sind gerade zwei Streifenwagen vorgefahren.« Aidens Worte fühlten sich an, als hätte jemand einen Eimer mit Eiswasser über mir ausgeleert. Das Glücksgefühl verschwand und wich einer beklemmenden Angst.

Hastig riss ich mich von Jasper los und sank zurück in meinen Sitz, von wo aus ich atemlos beobachtete, wie die Autos zum Stehen kamen. Eine Gruppe Polizisten sprang heraus. Mit schnellen Schritten gingen sie auf eines der Häuser zu. Einer von ihnen betätigte eine Klingel, und kurz darauf drückten sie die Tür auf und verschwanden im Inneren.

»Ich halte das nicht aus«, stieß Jasper hervor. Er riss die Autotür auf, und ehe ich reagieren konnte, rannte er auf das Gebäude zu.

»Verdammt«, hörte ich Aiden fluchen, bevor er ebenfalls aus dem Auto sprang und Jasper hinterherlief. Kurz darauf packte er ihn am Arm und redete eindringlich auf ihn ein.

Die Szene kam mir irgendwie unwirklich vor, als steckte ich in einem schlechten Film fest. Unfähig, mich zu bewegen, schaute ich zu, wie Aiden Jasper zurück zum Auto dirigierte.

»Ich muss etwas unternehmen!«, rief Jasper. »Dieses Arschloch hat meinen Bruder erpresst und füttert meine Mutter mit Drogen.«

»Genau deshalb ist die Polizei hier«, erwiderte Aiden überraschend ruhig.

Endlich schaffte ich es, mich ebenfalls in Bewegung zu setzen. Ich stieg aus dem Auto und eilte zu Jasper, der noch immer wutentbrannt auf das Haus starrte.

»Aiden hat recht«, sagte ich bestimmt. »Wir müssen das ihnen überlassen.«

Jasper erwiderte nichts, weil in diesem Moment sein Handy zu klingeln begann. Hastig zerrte er es aus der Hosentasche und nahm den Anruf an.

»Jamie? Was ist los?« Jaspers Stimme vibrierte vor Anspannung, als er uns den Rücken zukehrte und unruhig hin- und herlief.

Ich ließ ihn nicht aus den Augen. Mein Körper war sofort in Alarmbereitschaft gegangen, und ich bereitete mich innerlich bereits darauf vor, jeden Moment losstürmen zu müssen, um Jasper vor einer Dummheit zu bewahren.

»Alles klar. Ich komme zu dir, sobald die Polizei ihn aus der Wohnung geführt hat, ja? Ich habe meinen Anwalt schon kontaktiert, und er hat gesagt, dass er dir helfen wird. Alles wird gut, Jamie.«

Sobald Jasper aufgelegt hatte, trat ich neben ihn. Die Verzweiflung stand ihm ins Gesicht geschrieben, und als ich nach seiner Hand griff, zuckte er zurück, doch ich ließ mich nicht beirren. Nicht mehr. Nicht jetzt. Ich schob meine Hand in seine und drückte sanft zu.

Ein paar Minuten, die sich wie eine kleine Ewigkeit anfühlten, blieben wir so stehen. Aiden und ich hatten Jasper in unsere Mitte genommen. Reglos warteten wir darauf, dass die Tür sich öffnete.

»Was dauert da so lange?«, fragte Jasper in die Stille.

Ich machte gerade den Mund auf, um ihn mit ein paar beruhigenden Worten zu beschwichtigen, als plötzlich lautes Sirenengeheul ertönte.

»Was geht denn jetzt ab?« Aiden sprach genau das aus, was ich dachte.

Ein Krankenwagen kam um die Ecke geschossen und hielt mit quietschenden Reifen direkt vor uns auf der Straße. Die Haustür sprang auf, und zwei Polizisten winkten die Sanitäter hinein.

»Was zur Hölle ist da passiert?« Jasper machte einen Satz nach vorn.

Aiden und ich reagierten zu spät, sodass wir ihn erst kurz vor der Haustür einholten.

»Hey, ihr da, geht aus dem Weg! Ihr habt hier nichts verloren«, blaffte einer der Polizisten uns an, doch Jasper ignorierte den Mann.

Sein Blick war in das Innere des Hauses gerichtet. Plötzlich wich alle Farbe aus seinem Gesicht, und einen Moment später wusste ich auch, warum.

Die Sanitäter trugen eine schmale, reglose Frau auf einer Trage heraus. Rote Striemen entstellten ihr Gesicht und ergaben einen viel zu starken Kontrast zu ihren blassen Wangen und den dunklen Schatten unter ihren Augen. Sie sah vollkommen fertig aus. Als die Sanitäter sie in den Krankenwagen schoben, krampfte plötzlich ihr Körper.

Jasper schreckte aus seiner Starre hoch und stürmte auf den Krankenwagen zu. Er schrie die Männer an, dass sie ihn zu seiner

Mutter durchlassen sollten, doch sie versperrten ihm den Weg. Im selben Moment führte ein Trupp Männer einen Kerl aus dem Haus, der nicht im Geringsten wie jemand aussah, der Frauen misshandelte und junge Männer erpresste. Er trug ein abfälliges Lächeln auf den Lippen, was seinem attraktiven Gesicht die Schönheit nahm. Trotzdem konnte ich den hochgewachsenen Mann nur verwirrt anstarren, der mit seinen dunklen Haaren, die von einem leichten Grau durchsetzt waren, an eine jüngere Version von George Clooney erinnerte.

»Hast *du* ihr das angetan?« Jasper hatte den Mann ebenfalls bemerkt und wollte sich auf ihn stürzen, doch diesmal reagierte Aiden rechtzeitig und hielt ihn zurück.

»Lass mich los!«, zischte er, aber Aiden ließ nicht locker.

»Sir? Sind Sie der Sohn?« Ein Polizist kam auf uns zu und stellte sich ebenfalls zwischen Jasper und den Mann.

»Ja«, sagte Jasper erstickt.

»Dann fahren Sie am besten zum Krankenhaus. Ihre Mutter scheint zusätzlich zu den körperlichen Verletzungen auch eine starke Überdosis intus zu haben und muss sofort behandelt werden. Wir kümmern uns um den Rest. Sie können hier nichts mehr tun.«

Ich nahm Jaspers Hand und drückte sie sanft, während die Polizisten den Mann in ihren Wagen verfrachteten. Kurz darauf rasten die Streifenwagen in die eine Richtung, der Krankenwagen in die andere. Eine Gruppe von Polizisten blieb, um die Wohnung zu durchsuchen. Aiden und ich hielten uns die ganze Zeit dicht neben Jasper, bis der Spuk vorbei war. Meine Beine zitterten, und vor meinen Augen tanzten dunkle Flecke, doch ich schaffte es, stehen zu bleiben.

»Wir müssen Jamie Bescheid sagen«, sagte Jasper tonlos. »Und ins Krankenhaus fahren.«

»Okay.« Inzwischen bebte mein ganzer Körper.

»Ich hole das Auto.« Aiden nahm Jasper die Schlüssel ab und verschwand in Richtung des Wagens, der wenige Meter hinter uns stand.

»Das war heftig.« Ich blinzelte, als könnte das den Schwindel vertreiben, der mich ergriff.

Mit einem Satz zog Jasper mich in seine Arme und drückte mich an sich. Erleichterung durchflutete mich, und ich hielt mich an ihm fest, bis die Welt aufhörte zu schwanken. Als ich wieder gleichmäßig atmen konnte, straffte ich die Schultern und löste mich aus seiner Umarmung.

»Sorry«, murmelte ich. »Ich hab mich wieder im Griff.«

»Niemand hat sich bei so etwas im Griff.« Jasper presste seine Lippen zu einem schmalen Strich zusammen und blickte in die Richtung, in die der Krankenwagen verschwunden war.

»Kommt ihr?« Aiden brachte das Auto neben uns zum Stehen, und mit schwerem Herzen stieg ich ein.

Ich setzte mich auf die Rückbank, Jasper nahm neben mir Platz. Ohne etwas zu sagen, lehnte er seinen Kopf an meine Schulter. Ich zwang mich, ruhig weiterzuatmen, obwohl sich in meinem Kopf die Gedanken überschlugen.

Es war zu viel. Jaspers Mutter, die alles andere als gesund aussah, Jamie, der auf der Polizeiwache wartete, Jasper, der versuchte, alles irgendwie zusammenzuhalten.

Doch ich musste stark bleiben. Jasper brauchte mich jetzt. Wenn er das hier durchstehen konnte, schaffte ich es auch.

»Sie wird gerade operiert. Ihre Mutter hat einen Leberriss mit lebensbedrohlichen Blutungen erlitten, der vermutlich durch Gewalteinwirkung verursacht wurde. Wir halten Sie selbstverständlich auf dem Laufenden.« Der Assistenzarzt nickte uns knapp zu und eilte dann mit schnellen Schritten weiter.

Jasper sank bei den Worten in sich zusammen. Er kauerte auf dem hässlichen weißen Plastikstuhl im Wartebereich und schloss verzweifelt die Augen.

Ich schluckte hart. Der Geruch nach Desinfektionsmittel verursachte mir heftige Kopfschmerzen, und ich fragte mich unwillkürlich, wie viel Leid in diesen Räumen klebte. Es lag eine sonderbare Stimmung in der Luft, eine, die es mir schwer machte, zu atmen. Hier drin gab es keine Farben, nichts, was einem Zuversicht gab. Kein Wunder, dass die Menschen Krankenhäuser hassten.

»Jasper?« Jamie lief über den Flur auf uns zu und kam keuchend vor seinem Bruder zum Stehen. »Was ist passiert?«

Sofort richtete Jasper sich auf. »Was machst du hier?«, fragte er.

»Die Polizei hat mich nach einem Anruf von deinem Anwalt gehen lassen, allerdings wird es noch Konsequenzen geben. Der Anwalt meinte zwar, dass ich nicht ins Gefängnis muss, weil ich erpresst wurde, trotzdem hätte ich anders handeln müssen.« Die Worte strömten schnell und abgehackt aus Jamies Mund.

Jasper reagierte sofort. Er sprang auf, und als er Jamie endlich in seine Arme schloss, atmete ich leise auf. Der Anblick der Brüder, die sich stumm umarmten, rührte etwas tief in mir.

Ich wandte mich ab, um ihnen zumindest ein kleines bisschen Privatsphäre zu geben. Dabei fiel mein Blick auf Aiden, der heftig blinzelte. Ich lächelte und griff nach seiner Hand, während Tränen über meine Wangen kullerten. Ohne ihn wäre ich nicht nach Glasgow gekommen, und Jasper wäre für mich auf ewig ein Herzensbrecher geblieben, den ich nie hätte wiedersehen wollen. Wie schnell die Dinge sich doch änderten, wenn eine Katastrophe passierte. Die letzten Stunden hatten den Streit zwischen Jasper und mir in ein anderes Licht gerückt. Ich hatte meine Wut auf ihn nach dem Streit in Inverness aufrechterhalten, als hätte ich nichts zu verlieren. Als könnte uns nicht jederzeit der Boden unter den Füßen weggerissen werden und eine Versöhnung zu spät kommen. Zu sehen, wie er um das Vertrauen seines Bruders kämpfte, wie er sich dem Schicksal seiner Mutter stellte, erinnerte mich daran, was wirklich wichtig war. Liebe. Vergebung.

Keine Ahnung, ob ich mich erneut auf ihn einlassen würde. Ob ich ihm wieder vertrauen konnte. Aber ich wusste jetzt, dass unsere Geschichte noch nicht zu Ende erzählt war.

36. KAPITEL

Amelia

Die Autobahn lag verlassen vor uns, während wir schweigend zurück nach Edinburgh fuhren. Wenn ich daran dachte, wie ich vor zwei Tagen in aller Eile meine Sachen gepackt hatte, um Jasper zu helfen, kam mir das wie eine kleine Ewigkeit her vor. Seitdem war so viel passiert, dass ich mindestens eine Woche brauchen würde, um das alles zu verarbeiten.

Aiden drehte das Radio auf und warf mir einen wissenden Seitenblick zu. Durch die Windschutzscheibe starrte ich in die Dunkelheit, die nur von dem Lichtstrahl des Fernlichts und den Lichtern der nahen Städte durchbrochen wurde.

»Er wird zurückkommen, sobald er in Glasgow alles geregelt hat«, sagte Aiden, als wir an einem Schild vorbeikamen, das noch neun Meilen bis nach Edinburgh anzeigte.

»Ich hoffe es.«

Der Abschied von Jasper war schrecklich gewesen. Wir hatten uns lange auf dem Krankenhausflur umarmt. Zwischen Krankenpflegern und Schwestern, die sich an uns vorbeischlängelten, musste ich loslassen, was ich unbedingt festhalten wollte. Als ich das Gebäude verlassen hatte, fing das Loch in meinem Innern erneut an zu schmerzen. Die Angst, ihn nicht wiederzusehen, schlich sich in mein Herz und nistete sich dort ein. Ich versuchte, sie abzuschütteln, versuchte, mir zu sagen, dass ich ihn nicht verloren und sich die Dinge geändert hatten, aber die Angst blieb.

Viel zu schnell erreichten wir die Straße mit den roten Backsteingebäuden, die vertraut vor mir aufragten. Das Brummen des Motors erstarb, ebenso wie die Radiomusik. Mit einem schweren Druck auf der Brust starrte ich auf das Haus, in dem die Wohnung meiner Tante lag.

»Es kommt alles wieder in Ordnung.« Aidens Hand landete sanft auf meinem Arm.

Dankbar drehte ich mich zu ihm um. »Bleiben wir in Kontakt?«, fragte ich. In den letzten Tagen war er zu einem Freund geworden, den ich nicht mehr missen wollte.

»Selbstverständlich. Ich warte immer noch auf den Tag, an dem wir zusammen Musik machen.« Er zwinkerte mir zu, bevor er ausstieg und um das Auto herumging, um mir die Tür zu öffnen. Seufzend griff ich nach meinem Rucksack und kletterte ebenfalls raus.

»Danke für alles.« Wir umarmten uns fest, bevor ich mit zögernden Schritten auf das Haus zuging. Ich durchquerte den dunklen Hausflur und schloss mit leicht zitternden Händen die Wohnungstür auf. Ob vor Schock oder Müdigkeit, wusste ich nicht. Es war bereits kurz vor Mitternacht, und ich hatte Charlotte geschrieben, dass ich kommen würde, weshalb sie vermutlich noch wach war.

»Amelia?«

Ich hatte die Küche kaum betreten, als Charlotte mir auch schon entgegenkam und mich an sich zog. »Gott sei Dank bist du hier. Ich habe mir Sorgen gemacht.«

»Ich habe dir doch zwischendurch geschrieben«, erwiderte ich matt.

»Trotzdem, ich wusste ja nichts Genaues, und …«

»Und du machst dir immer Sorgen«, unterbrach ich sie.

»Das ist meine Aufgabe.« Sie löste sich von mir, und ein schmerzvoller Ausdruck huschte über ihr Gesicht.

Ich wusste, dass sie gerade an meine Mutter dachte. Daran, wie ein tragischer Unfall ihr schlagartig die Verantwortung für zwei Kinder übertragen hatte. Charlotte hatte sich nie ein Leben mit Familie gewünscht, aber die Umstände hatten sie in eine Mutterrolle gedrängt. Eine, die sie voller Liebe für uns angenommen hatte. Und was tat ich? Kritisierte sie, weil sie sich zu oft Sorgen machte.

Obwohl ich hundemüde war, schaute ich Charlotte bei meinen nächsten Worten fest in die Augen. »Und diese Aufgabe hast du auf die beste Art erfüllt, die ich mir vorstellen kann.«

Überrascht hob sie die Augenbrauen.

»Ich sage das viel zu selten. Danke für alles, was du für Maisie und mich tust. Mir ist in den letzten Tagen erst wieder klar geworden, wie glücklich ich mich schätzen kann, so eine Familie zu haben.«

Tränen schossen in Charlottes Augen. »Was ist passiert?«, flüsterte sie.

»Ich erzähle es euch morgen. Jetzt will ich nur noch in mein Bett und schlafen.«

»Klar.« Sie lächelte schwach. »Schön, dass du wieder da bist.«

Bleierne Müdigkeit umfing mich, und meine Augenlider waren bleischwer, trotzdem lag ich wach da. Die Eindrücke der letzten

Stunden wirbelten durch meinen Kopf und hielten mich vom Schlafen ab. Ob Jasper immer noch mit Jamie im Wartezimmer saß? Mein Handy lag auf dem Nachttisch, doch egal, wie oft ich darauf starrte, es blieb stumm.

Unruhig rollte ich mich auf die Seite. Ich hatte unendlich viele Nächte in diesem Zimmer verbracht, manche schlaflos, manche träumend, aber es hatte sich immer nach *zu Hause* angefühlt. Ich war in diesem Zimmer groß geworden, hatte mit Trauer und Einsamkeit gekämpft, die finsteren Ecken mit Maisies Lachen und Hollys zuversichtlicher Stimme gefüllt. Doch während ich jetzt das Mondlicht betrachtete, das durch das Fenster fiel, fragte ich mich, ob es nicht langsam an der Zeit war, den Ort, der mir immer ein Zuhause bleiben würde, zu verlassen. Ich hatte keine Ahnung, woher dieser Gedanke kam, aber die letzten Tage hatten etwas in mir gemacht. Sie hatten mir gezeigt, wie froh ich sein konnte, Maisie und Charlotte zu haben. Doch mir war auch klar geworden, dass ich anfangen musste, für mich selbst einzustehen. Dass ich meinen eigenen Weg gehen musste. Während Jasper und Jamie sich zu sehr aus den Augen verloren hatten, hatten Maisie und ich zu fest aneinandergeklebt. Das verstand ich jetzt.

Auf dem Roadtrip hatte ich zum ersten Mal gespürt, wie es sich anfühlte, wenn ich frei war und meine Wünsche an erste Stelle stellte. Seither wusste ich nicht mehr, ob ich noch hierhergehörte, ob ich noch die Amelia sein wollte, die in einem Café jobbte und abends Filme mit ihrer Schwester schaute.

Seufzend drehte ich mich wieder auf den Rücken. Es dauerte noch eine Weile, bis meine Gedanken verstummten, doch irgendwann weit nach Mitternacht schlief ich endlich ein.

»Amelia? Bist du wach?« Die geflüsterten Worte drangen leise an mein Ohr und holten mich sanft aus meinem Halbschlaf.

Vorsichtig öffnete ich die Augen. Helles Tageslicht durchflutete den Raum und ließ mich die Schatten der Nacht vergessen.

»Jetzt schon«, murmelte ich.

Maisie lächelte. Es war ein breites, strahlendes Lächeln. Eines, das meinem Herzen ein Stück Schwere nahm.

»Geht's dir gut?«

»Jeden Tag ein bisschen besser.« Ihre Stimme klang unendlich sanft und weckte ein flüchtiges Glücksgefühl in mir, bevor die Erinnerungen an gestern über mich hereinbrachen.

»Ich brauche noch einen kurzen Moment. Dann komm ich zum Frühstück, ja?«

Sie nickte und verließ lautlos mein Zimmer.

Gähnend tastete ich nach meinem Handy, doch es zeigte keine neuen Nachrichten an, nur einen verpassten Anruf von Holly. Ich schrieb Jasper und fragte, wie es seiner Mutter ging, dann stand ich auf.

Im Bad stellte ich die Dusche auf kalt. Während das Wasser auf mich herunterprasselte, spürte ich, wie es die Aufregung der letzten Tage von mir spülte und meinen Kopf von den zweifelnden Gedanken befreite, die darin herumkreisten. Tatsächlich fühlte ich mich um einiges besser, als ich in frische Klamotten schlüpfte und meine Haare zu einem Dutt zusammenband.

In der Küche erwarteten Maisie und Charlotte mich bereits mit einem reich gedeckten Frühstückstisch. Kurz durchzuckte mich der Gedanke an Jasper und Jamie, die von so einem harmonischen Familienleben nur träumen konnten, doch ich schob den Gedanken schnell beiseite.

»Wie geht es dir?«, fragte Charlotte, nachdem ich mich gesetzt und sie sich einen Kaffee eingeschenkt hatte.

Ich zwang mich zu einem Lächeln, damit sie sich nicht direkt wieder Sorgen machte. Dann berichtete ich, was passiert war. Jaspers schwere Kindheit deutete ich nur grob an, und auch die Drogen erwähnte ich nicht, aber ich erzählte ihnen, dass Jaspers Bruder in Schwierigkeiten gesteckt hatte und wir ihm geholfen hatten.

»Es war lieb von dir, dass du ihm beigestanden hast«, sagte Maisie und zwinkerte mir verschmitzt zu. Schließlich musste sie mir erst einen Schubs in die richtige Richtung geben.

»Er hätte dasselbe für mich getan«, erwiderte ich nur.

»Das klingt, als hätte er eine zweite Chance verdient«, warf Charlotte ein.

»Vermutlich«, murmelte ich und spürte zum ersten Mal seit Stunden so etwas wie Erleichterung. Ich zögerte kurz, doch dann gab ich mir einen Ruck. »Da ist noch etwas.«

Charlotte richtete sich in ihrem Stuhl auf, als ahnte sie, dass die nächsten Worte die Weichen für mein Leben neu stellen würden.

»Ich will ausziehen. Und studieren. Es wird Zeit, dass ich mir etwas Eigenes suche.« Mein Herz klopfte mir bis zum Hals, und ich schaute nervös zu Maisie.

Ihr ganzes Leben lang war ich an ihrer Seite geblieben. Ich hatte ihre Hand gehalten, wenn sie zum Zahnarzt musste, was sie hasste, und ich hatte ihr Bücher gekauft, wenn sie wegen den vielen Menschen nicht in die Stadt wollte. Mein Auszug würde auch ihr Leben verändern. Aber sie würde damit klarkommen, das war mir letzte Nacht bewusst geworden. Sie war viel stärker, als ich ihr manchmal zutraute, und vielleicht würde ein bisschen Abstand uns beiden auch guttun, um herauszufinden, wer wir waren, wenn die andere Person nicht ständig in der Nähe war.

Für den Bruchteil einer Sekunde huschte ein trauriger Schatten über ihr Gesicht, doch dann stand sie auf, trat hinter mich und schlang ihre Arme um mich. Charlotte ergriff über den Tisch hinweg meine Hand, und ich lachte und schluchzte zugleich, als die beiden mir stumm zu verstehen gaben, dass sie meine Entscheidung akzeptierten und mich immer unterstützen würden.

»Deine Mutter würde dir jetzt sagen, dass du die Flügel ausbreiten und losfliegen sollst. Dass du die Welt erobern und deinen Weg finden wirst, dabei aber nie vergessen darfst, dass du immer hierher zurückkehren kannst.« Charlotte drückte meine Hand, und in ihren Augen glitzerten Tränen.

Unwillkürlich musste ich an all die lustigen Filmabende denken, die wir im Wohnzimmer veranstaltet hatten. An all die Stunden, in denen sie mir am Küchentisch bei den Hausaufgaben geholfen hatte, und wie sie mich in Ruhe gelassen hatte, wenn ich mich mit meiner Gitarre im Zimmer verschanzte.

»Nein«, widersprach ich ruhig. »Nicht meine Mutter würde mir das sagen, sondern du.«

Sie ließ meine Hand los und wischte sich über die Wangen. »Gott, dass das Frühstück so tränenreich wird, hatte ich nicht erwartet. Dann hätte ich auf die Mascara verzichtet.«

Ich lachte erstickt und drehte mich zu Maisie um, die mit einem tröstlichen Lächeln hinter mir stand. Sie streckte ihre Hand aus, und ich kam ihr mit meiner entgegen. Unsere Handflächen trafen aufeinander, doch anders als an schlechten Tagen bewegte sie ihre Hand nicht nach unten. Ein guter Tag also.

»Ich hab dich lieb«, flüsterte ich.

Maisie legte ihre Hand über ihr Herz, wie sie es schon etliche Male zuvor getan hatte. Nur eines war neu. »Ich dich auch«, sagte sie.

Zwei Tage später saß ich mit Holly im *Daydream*. Es war gut besucht, trotzdem wirkte Rachel nicht gestresst und bediente die Gäste mit ihrem gewohnt fröhlichen Lächeln.

»Was geht dir durch den Kopf?«, fragte Holly und nippte an ihrem Latte Macchiato.

»Es ist seltsam, aber hier ist alles wie immer.«

»Natürlich, es ist das *Daydream*! Was hast du denn erwartet?«

»Keine Ahnung. Es ist nur … Ich habe so viele Stunden in dem Café verbracht. Immer gedacht, dass sie mich brauchen, aber es funktioniert auch ganz wunderbar ohne mich.«

Holly lachte leise. »Ach, Süße. Chloé wird zwar weinen, wenn sie erfährt, dass du kündigst, aber du weißt doch, dass deine Schichten von anderen übernommen werden, wenn du fehlst. Anders würde der Laden nicht laufen.«

»Das ist mir klar«, erwiderte ich matt.

»Sei nicht geknickt. Für mich und einige anderen Kunden bleibst du garantiert die beste Servicekraft aller Zeiten.«

»Ha ha, sehr witzig.« Ich verzog das Gesicht, aber Hollys Kommentar zauberte trotzdem ein Grinsen auf meine Lippen.

»Außerdem wirst du ja noch eine Weile hier arbeiten.«

»Das stimmt.«

Der Entschluss, auszuziehen und zu studieren, brachte eine Menge Dinge mit sich, die es zu organisieren galt. Ich musste eine Wohnung finden, mich an der Uni einschreiben und mich für ein Fach entscheiden, was mich jetzt schon überforderte. Bisher sprachen mich insbesondere die sozialen Studiengänge an. Mit Menschen zu arbeiten, möglicherweise mit Kindern oder Jugendlichen, die selbst einen tragischen Verlust erlitten hatten oder Hilfe brauchten, wie es bei Maisie und mir oder bei Jasper und Jamie der Fall gewesen war, klang nach einer Tätigkeit, die mir gefallen könnte. Sie war sinnvoll, und ich würde daran arbeiten, trotzdem Abstand zu nehmen und die Arbeit ruhen zu lassen, wenn ich nach Hause ging.

»Um noch mal auf Jasper zurückzukommen«, holte Holly mich zurück in die Realität, in der ich noch keine unabhängige, hippe Studentin war, die ihr Leben im Griff hatte.

»Wir haben heute Morgen telefoniert«, sagte ich.

»Uuund?«

»Seine Mutter ist jetzt in einer Entzugsklinik, und Jamies Anhörung steht noch aus. Der Anwalt vermutet allerdings, dass die Strafe nicht allzu hart ausfallen wird.«

Holly stöhnte übertrieben. »Ich wollte wissen, was jetzt mit euch beiden ist. Seine Familie ist mir egal.«

»Holly!«

»Ach, komm, du weißt, wie ich das meine.«

»Wir haben nicht über uns geredet. Nicht wirklich. Er hat mir gesagt, dass er mich vermisst und so schnell nach Edinburgh kommt, wie möglich.« Ich lächelte, als ich daran dachte, wie vertraut seine Stimme an meinem Ohr geklungen hatte.

»Meine Güte, du hast dich wirklich Hals über Kopf verknallt.« Holly musterte mich mit einem amüsierten Kopfschütteln. »Ich hoffe nur, dass er dir nicht noch mal das Herz bricht. Sonst werde ich ihm leider auch etwas brechen müssen. Seine Nase zum Beispiel.«

Ich lachte. »Du bist unmöglich.«

»Oder vielleicht sein bestes Stück. Wobei ich mir nicht sicher bin, wie ich das anstellen soll …«

»O mein Gott! Kannst du bitte damit aufhören?« Schnell schaute ich mich um, doch niemand schien unserem Gespräch zu lauschen.

»Na gut. Aber wenn er zurück ist, steht das obligatorische Holly-geprüft-Gespräch an.«

Lachend hob ich die Augenbrauen. »Das *was*?«

»Das Gespräch, in dem ich abchecke, ob der Kerl gut genug für dich ist.«

»Ach, und das ist dir nicht eingefallen, bevor du mich mit ihm auf einen Roadtrip geschickt hast?«

»Touché.« Holly warf mir ein entschuldigendes Lächeln zu.

Kopfschüttelnd griff ich nach meinem Kaffee. Meine Zukunft tat sich wie ein riesiges Fragezeichen vor mir auf, doch seltsamerweise erfüllte mich das nicht länger mit Angst. Ich nahm mein Leben endlich in die Hand und war bereit, etwas zu verändern. Das allein fühlte sich schon wie ein Erfolg an.

37. KAPITEL

Jasper

»Rosen? Ich weiß nicht, Holly. Das erscheint mir viel zu dick aufgetragen.«

Ich stand mit dem Handy am Ohr vor meinem Fenster und schaute hinaus auf die Straße. Fünf Tage war es nun her, seit ich Amelia im Krankenhaus gesehen hatte. Gestern war ich zurück nach Edinburgh gefahren und hatte Amelia nach Hollys Nummer gefragt. Mit dem Vorwand, dass ich ihr medizinisches Wissen brauchte. Keine Ahnung, ob sie mir das wirklich abgekauft hatte, aber sie hatte die Nummer, ohne nachzubohren, rausgerückt.

»Bin ich die beste Freundin aus der Grundschule, die du um Rat fragst, oder nicht?«

Ich verkniff mir ein Grinsen. Ich würde es nie zugeben, aber ich hatte ein bisschen Schiss vor dem Anruf gehabt. Holly hatte in Amelias Erzählungen geklungen, als würde sie ihre beste Freundin mit allem verteidigen, was sie hatte.

»Ist ja gut«, lenkte ich ein. »Hauptsache, sie gibt mir noch eine Chance.«

»Du meinst es wirklich ernst, oder?« Hollys Stimme nahm einen prüfenden Klang an.

»Das tue ich«, sagte ich.

Die letzten Tage waren hart gewesen. Der Arzt im Krankenhaus war erst nach einer gefühlten Ewigkeit zu Jamie und mir gekommen und hatte uns erzählt, dass Mum die OP gut überstanden hatte. Im ersten Moment war ich einfach nur erleichtert gewesen. Trotzdem hatte ich sie nicht direkt sehen wollen. Jamie und ich waren dann am nächsten Tag zusammen bei ihr und hatten sie gebeten, einen Entzug zu machen. Zu meiner Überraschung hatte sie sofort zugestimmt. Der Arzt hatte uns daraufhin an eine entsprechende Klinik weitergewiesen, wo sie auch direkt einen Platz bekommen hatte. Vielleicht würden sie ihr dort tatsächlich helfen können, sodass sie den Teufelskreis der letzten fünfundzwanzig Jahre endlich durchbrechen konnte. Vielleicht. Ich versuchte, mir nicht allzu große Hoffnungen zu machen, aber manchmal geschahen doch noch Wunder. Und auch, wenn die letzten Tage ein einziges Gefühlschaos gewesen waren, wusste ich eins mit absoluter Sicherheit: Ich wollte eine zweite Chance mit Amelia.

»Also gut«, unterbrach Holly meine Gedanken. »Ich schreib dir dann später, bis wann sie heute arbeitet.«

»Danke, Holly.«

»Tu ihr nicht noch mal weh.« Mit diesen Worten legte sie auf.

Grinsend steckte ich das Handy zurück in meine Tasche, bevor ich mich unschlüssig in der Wohnung umschaute. Vor über drei Wochen war ich mit Amelia zu dem Roadtrip aufgebrochen. Seitdem hatte sich so viel in meinem Leben verändert. Die leeren Wände, die mich früher nie gestört hatten, fühlten sich plötzlich fremd an, die Einrichtung kühl und ungemütlich. Wie hatte ich nur jahrelang so leben können?

Ich stieß einen tiefen Seufzer aus, bevor ich mir meinen Koffer schnappte, den ich gestern Abend nur achtlos abgestellt hatte. Langsam packte ich ihn aus. Seit ich Glasgow verlassen hatte, lag ein merkwürdiger Druck auf meiner Brust. Dabei gab es dafür keinen Grund. Nach all dem Drama der letzten Tage konnte ich jetzt endlich wieder in meinen Alltag zurückkehren und sollte eigentlich erleichtert aufatmen können.

Nicht zuletzt, weil ich gestern Mittag auch mit Daniel telefoniert und eine neue Deadline für das Manuskript ausgehandelt hatte, die ich diesmal hoffentlich würde einhalten können. Er war natürlich nicht gerade begeistert über meine Unzuverlässigkeit und vor allem darüber, dass ich mich nicht mehr gemeldet hatte, doch ich hatte ihm versprochen, dass das so bald nicht wieder vorkommen würde. Meine Karriere als Autor hatte ich durch mein dummes Verhalten also nicht völlig in den Sand gesetzt.

Und auch Jamies Strafe wegen des Dealens war überraschend mild ausgefallen. Charles' Erpressung und die Tatsache, dass er mit der Polizei kooperiert hatte und einen weiteren Dealer nennen konnte, hatten zu einem mildernden Tatumstand geführt, und er war mit dreihundert Sozialstunden und einer Geldstrafe davongekommen. Nach vielen Gesprächen hatte er sich zudem einverstanden erklärt, nach Edinburgh zu ziehen, um eine Ausbildung als Hotelmanager zu machen. Zähneknirschend hatte er auch mein Angebot, ihm finanziell unter die Arme zu greifen, angenommen. Die Beziehung zwischen uns war noch lange nicht wieder wirklich vertrauensvoll oder einfach. Aber wir waren auf einem guten Weg. Ich bekam eine zweite Chance, meinen Bruder besser kennenzulernen, und er die Möglichkeit, noch mal neu anzufangen.

Es war also alles gut. Warum stand mein Körper dann unter dieser enormen Anspannung, die nicht nachlassen wollte?

Mein Blick glitt über die gefüllten Bücherregale, das einzige Detail meiner Wohnung, das mir tatsächlich gefiel. Jahrelang waren sie meine Flucht, mein Weg aus der grausamen Realität gewesen, in der ich mich gefangen gesehen hatte. War es möglich zu leben, ohne dabei wirklich lebendig zu sein?

Ich schluckte schwer.

Die Stille in meiner Wohnung dröhnte laut in meinen Ohren. Ich hatte nicht damit gerechnet, dass ich in die Räume eines Fremden zurückkehren würde. Unruhig sprang ich auf und schloss mein Handy an die Lautsprecheranlage im Wohnzimmer an. Seit den Autofahrten mit Amelia hatte ich den ständigen Drang, Leere mit Musik zu füllen.

Ohne darüber nachzudenken, wählte ich den nächstbesten Song, der mir in den Sinn kam. Die ersten Akkorde erklangen, hallten laut durch die Wohnung und brachten einen Funken Leben in die vier Wände.

Sofort hatte ich ein Bild von Amelia vor Augen. Davon, wie sie im Regen stand, den Kopf in den Nacken warf und schrie. Ich sah sie vor mir. Ihre langen rostroten Haare, die sich über ihre Schultern ergossen, und ihre Augen, in denen ein Feuer brannte, das meine Welt bis auf die Grundmauern erschütterte.

Plötzlich konnte ich nicht anders, ich musste den Refrain laut mitsingen: *I want to break free …*

Ich konnte nur noch an sie denken. Nur ein Idiot ließ eine Frau wie Amelia gehen. Ich schüttelte den Kopf über mich selbst, während ich mir Mut zusang. In Glasgow hatte es flüchtige Momente der Nähe gegeben, einen Morgen, an dem sie in meinen Armen aufgewacht war, einen Beinahe-Kuss im Auto … Aber wir hatten uns nie richtig ausgesprochen.

Was, wenn sie zu Hause zu der Erkenntnis gelangt war, dass ich zu viele Päckchen, zu viel Ballast mit mir rumschleppte? Ich biss die Zähne zusammen und schickte den Gedanken ins Nirvana. Die Angst, nicht gut genug zu sein, hatte sich vor Jahren eingenistet und gehörte zu mir, aber ich würde diesen Gedanken nicht länger glauben.

Um fünf Uhr nachmittags machte ich mich schließlich auf den Weg ins Café. Nachdem ich am Vormittag einige Besorgungen gemacht hatte, um die Wohnung zu dekorieren, gab es keinen Grund mehr, es länger hinauszuzögern.

Zum wiederholten Mal fuhr ich mir durch die Haare und zupfte an dem dunkelgrauen Pullover, den ich zu einer hellen Jeans trug. Es war lächerlich. Ich benahm mich wie ein fünfzehnjähriger Junge, der nach wochenlangem Bemühen ein Date mit seiner Flamme klarmachen konnte.

Auf dem Weg ins *Daydream* kam ich an einer Gruppe Mädchen vorbei, die kichernd auf mich zeigten und ihre Köpfe tuschelnd zusammensteckten. Stirnrunzelnd drehte ich mich zu ihnen um, als mir wieder einfiel ein, dass ich in dieser Stadt ein gefeierter Autor war, und ich warf ihnen ein strahlendes Lächeln zu. Das Kichern schwoll an. Grinsend vergrub ich meine Hände in den Hosentaschen und lief weiter. Mit jedem Schritt durch die Stadt, die ich so liebte, bekam ich ein Stück von mir selbst zurück. Meine Gedanken wanderten zu meinem Manuskript und zu den Figuren, die ich in den letzten Tagen vernachlässigt hatte. Ein Kribbeln ging durch meine Finger, und die Lust, wieder zu schreiben, breitete sich in meinen Armen aus. Es war ein herrliches Gefühl.

Viel zu schnell erreichte ich das Café. Und schlagartig kehrte die Nervosität zurück. Amelia hatte es nie interessiert, ob meine Bücher Erfolge landeten oder meine Frisur gut saß. Ihr kam es auf das an, was in meinem Inneren steckte. Womit auch immer ich das verdient hatte. Heute musste ich ihr beweisen, dass ich es wert war, mir eine zweite Chance zu geben.

»Du kriegst das hin«, murmelte ich, bevor ich die Tür zum Café aufstieß.

Der Geruch nach frisch gemahlenen Kaffeebohnen und süßem Gebäck schlug mir entgegen. Mein Blick glitt suchend hinter die Theke und fiel auf eine blonde Frau, die die Vitrine mit Brownies auffüllte. Ich ging auf sie zu, wild entschlossen, mir meine Aufregung nicht anmerken zu lassen.

»Ist Amelia da?«, fragte ich mit heiserer Stimme. So viel zum gelassenen Auftritt.

»Du bist Jasper Haven«, quietschte die Frau aufgeregt.

Ich unterdrückte ein Seufzen und setzte ein breites Lächeln auf. »Du hast bei meiner Lesung hier ebenfalls gearbeitet, oder?«

»Das weißt du noch?« Sie riss überrascht ihre blauen Augen auf.

»Allerdings. Und ich würde auch wirklich gern mit dir plaudern, aber ich muss wissen, ob Amelia hier ist.«

»Klar.« Die Frau strahlte mich an, als würde die Nachricht, dass ich nach Amelia suchte, sie überglücklich machen. »Sie ist gerade hinten im Lager, soll ich sie holen?«

»Nein, nicht nötig.« Hastig trat ich einen Schritt zurück. Verwirrung spiegelte sich in ihrem Gesicht, doch ich ignorierte sie und suchte nach einem ganz bestimmten Tisch. Erleichtert atmete ich auf, als ich sah, dass er noch frei war. Glück gehabt. »Aber könntest du sie dann zu mir schicken? Ihr aber nicht sagen, dass ich es bin?«

Mein Herz klopfte eine Spur zu schnell, als ich mich an den freien Platz im hinteren Teil des Cafés setzte, meinen Laptop auspackte und ihn vor mir aufstellte. Hoffentlich ging mein Plan auf. Holly hatte zuversichtlich geklungen, aber das war keine Garantie, dass Amelia mich nicht ignorieren oder mir eine Ansage machen würde, wenn sie mich sah. Vielleicht hatte sie mich in Glasgow ja auch nur trösten wollen und die Nähe deshalb zugelassen.

»Was kann ich dir bringen?«, ertönte nur wenige Minuten später eine Stimme neben mir.

Ich erstarrte.

Langsam, quälend langsam, hob ich den Kopf. Mein Blick traf auf haselnussbraune Augen, auf volle Lippen und unendlich viele Sommersprossen. Ich öffnete den Mund, doch kein Laut kam heraus.

Amelias Anblick haute mich um. Sie trug eine hochgeschnittene, enge Jeans und ein helles Spitzentop, das ihre Rundungen auf eine Art betonte, die mein Blut zum Kochen brachte. Doch es war nicht ihre Schönheit, die mich sprachlos machte. Sie vor mir zu sehen, löste einen Sturm von Gefühlen aus, der zu einem Tornado anschwoll, als sie lächelte. Ich wollte sie in meine Arme ziehen, wollte ihr ins Ohr flüstern, wie sehr ich sie vermisst hatte und wie glücklich, unendlich glücklich es mich machte, dass es ihr gut ging.

»Ein Wasser«, hörte ich mich mit belegter Stimme sagen.

Ihr Lächeln wurde breiter. Gott, es sollte verboten sein, so zu lächeln! Mein Herz machte einen Sprung, und ich musste meine Hände ineinander verschränken, um nicht einfach nach ihr zu greifen.

»Sonst noch etwas? Ich kann die Brownies sehr empfehlen.«

»Hmm«, überlegte ich, ohne den Blick von ihr abzuwenden. »Ich habe gehört, sie sind die weltbesten.«

»Das stimmt. Ich würde dazu einen Cappuccino empfehlen.« Amelia trat einen Schritt näher. Ihre Beine berührten den Tisch, und ich atmete scharf ein.

»Mit einem extra Espresso-Shot?«, fragte ich rau.

Amelias Augen verdunkelten sich. Ich las Verlangen und Sehnsucht darin, doch sie gab ihren Gefühlen nicht nach.

»Exzellente Wahl«, sagte sie, drehte sich um und verschwand in Richtung Theke.

Perplex starrte ich ihr hinterher. Mein Puls raste, und in meinem Körper machte sich ein sehnsuchtsvolles Pochen bemerkbar, das verriet, wie sehr ich sie wollte.

Was zur Hölle war das gewesen? Wir hatten geflirtet, oder nicht? Aber hieß das, dass sie mir verzieh? Dass sie mir eine zweite Chance gab?

Wenn sie mit meiner Bestellung zurückkam, würde ich sie fragen, ob sie nach ihrer Schicht Zeit für mich hatte. Und sie zu dem Date ausführen, das den Start unseres Neubeginns markieren sollte. So der Plan.

Als jedoch statt Amelia die blonde Frau von vorhin mit Cappuccino und Brownie vor mir stand, glaubte ich, es handelte sich um einen schlechten Scherz. Doch sie stellte die Sachen vor mir ab und fragte mit einem koketten Lächeln, ob ich noch einen Wunsch hätte.

Mit zusammengebissenen Zähnen schüttelte ich den Kopf. Shit! Das hier lief absolut nicht nach Plan.

Stirnrunzelnd beobachtete ich, wie Amelia einen älteren Mann am Fenster bediente. In der nächsten Stunde eilte sie zwischen der Theke und den Gästen hin und her, schenkte Kaffee aus, räumte benutztes Geschirr ab, wischte Tische und deckte neu ein. Dabei trug sie ein breites Lächeln auf den Lippen, grüßte die Menschen, die hereinkamen, mit glockenklarer Stimme und führte sie gut gelaunt zu freien Plätzen.

Doch sie schaute kein einziges Mal in meine Richtung.

Ich versuchte, mich auf mein Manuskript zu konzentrieren, zumindest ein paar Seiten zu schreiben, doch meine Gedanken schweiften ständig ab. Es machte mich wahnsinnig, dass Amelia mich nicht beachtete.

Ich blieb, bis das Café schloss. Als alle Gäste weg waren, jeder Tisch bis auf meinen geputzt und der Boden gefegt war, kam Amelia endlich zu mir.

»Ich bin jetzt fertig«, sagte sie und schaute mich abwartend an.

»Du hast mich ignoriert«, platzte es aus mir heraus.

»Ich musste arbeiten«, erwiderte sie, als erklärte das ihr Verhalten der letzten Stunde. »Und mit weichen Knien und zittrigen Händen bedient es sich nicht so gut.«

»Oh.« Ein albernes Grinsen breitete sich auf meinem Gesicht aus, als die Bedeutung ihrer Worte bei mir ankam.

»Ich schätze, ich habe es verdient, ein bisschen auf die Folter gespannt zu werden.«

»Ich schätze auch.« Ihre Mundwinkel zuckten, und meine Selbstbeherrschung löste sich in Luft auf.

Mit einem Satz sprang ich auf und schloss sie in meine Arme.

»Ich habe dich vermisst«, flüsterte ich. Benebelt von ihrem süßen Duft und der vertrauen Nähe drückte ich sie eng an mich.

»Warte, Jasper.« Sanft, aber bestimmt löste sie sich von mir.

»Du wirst mir jetzt sicher sagen, dass du nicht weißt, ob du mir noch mal vertrauen kannst«, kam ich ihr zuvor. »Und das ist mehr als berechtigt. Ich hab dich verletzt, und auch wenn es mir wahnsinnig leidtut, kann ich das nicht rückgängig machen. Aber die Zukunft kann ich ändern. Bitte gib mir eine Chance, dir zu beweisen, dass ich es ernst meine.«

Einen Moment lang schaute sie mich schweigend an. Ich starb innerlich tausend Tode, doch dann nickte sie. »Ich würde es sowieso nicht schaffen, mich von dir fernzuhalten.«

Erleichtert atmete ich auf, was ihr ein Lächeln entlockte.

»Danke«, sagte ich. »Du wirst es nicht bereuen. Bist du bereit?«

»Bereit wofür?« Verwirrt schaute sie mich an.

»Für das beste Date deines Lebens.«

Ihre Augen weiteten sich kurz, dann prustete sie laut los vor Lachen. »Gut zu wissen, dass dein Ego in den letzten Tagen keinen erheblichen Schaden genommen hat.«

»Also bitte, so schnell kriegt das niemand klein. Also«, fragte ich und sah sie abwartend an, »bist du bereit?«

»Klar, ich hol nur noch schnell meine Tasche.«

»Ok, ich warte auf dich.« Das Pochen in meiner Brust wurde schneller, während ich Amelia nachsah. Hastig packte ich meine Sachen zusammen. Und als Amelia zurückkam, ging ich voraus, sodass ich ihr die Tür aufhalten konnte. »Nach dir.«

»Danke, Casanova«, spöttelte sie und schlüpfte an mir vorbei ins Freie.

Ich folgte ihr nach draußen. Warme Sonnenstrahlen fielen auf mein Gesicht und erinnerten mich daran, dass der Frühling sich dem Ende zuneigte. Die Sonne stand tief am Himmel, bald würde die Abenddämmerung über uns hereinbrechen.

»Und jetzt?«, fragte Amelia.

»Jetzt bringe ich dich zu mir nach Hause und koche uns ein Abendessen.«

Sie lachte hell auf. Das Geräusch klang wie Musik in meinen Ohren. Wie einfach es ist, mit ihr glücklich zu sein, dachte ich und griff nach ihrer Hand.

38. KAPITEL

Amelia

Ich träumte. Anders konnte ich mir nicht erklären, dass ich mit Jasper Haven Hand in Hand durch die Straßen schlenderte, während sich über uns der Himmel erst orange und dann zartrosa färbte. Wäre ich Malerin, würde ich dieses Bild mit einem Pinsel und Farben festhalten.

»Bist du bereit?«, fragte er, als wir schließlich vor seiner Wohnung standen.

»Für das beste Date meines Lebens? Klar.« Ich gab mich bemüht locker, zweifelte aber keine Sekunde daran, dass er mich durchschaute.

Als ich ihn im *Daydream* gesehen hatte, war mein Puls in die Höhe geschossen und hatte sich seither nicht beruhigt. Ihn zu sehen, hatte sofort die Sehnsucht und den unbändigen Wunsch zurückgebracht, ihm nahe zu sein.

»Dann mal los.« Bildete ich es mir nur ein oder zitterte Jaspers Stimme ein wenig?

Ich unterdrückte ein Lächeln und folgte ihm, als er die Tür aufschloss. In seiner Wohnung angekommen, blieb ich überrascht stehen. Ich erinnerte mich noch gut an die moderne Einrichtung, die blitzsaubere Küche und das teure Sofa im Wohnzimmer, das aussah, als wäre es nie benutzt worden. Jaspers Wohnung hatte auf mich stilvoll, aber unpersönlich gewirkt. Sie hätte direkt einem Magazin entsprungen sein können. Umso erstaunter war ich, dass sich hier etwas verändert hatte.

Eine Lichterkette über dem Bücherregal tauchte das Wohnzimmer in ein sanftes Licht. Doch was meine Aufmerksamkeit am meisten fesselte, waren die Fotos an der Wand über der Couch.

Ich trat näher, und Wärme durchflutete mich.

»Du hast Bilder von unserer Reise ausgedruckt.« Mein Blick glitt über Aufnahmen von kargen Bergen, die sich vor tiefgrünen Wiesenlandschaften erhoben, und Bilder von der Küste, auf denen das endlos weite Meer zu sehen war. Inmitten der beeindruckenden Landschaftsbilder hing ein Foto von mir. Ich stand mit geschlossenen Augen an der Reling, die Sonne schien in mein Gesicht, und auf meinen Lippen lag ein Lächeln, das befreit und losgelöst wirkte. Jasper musste es heimlich auf der Fähre geschossen haben. Langsam drehte ich mich zu ihm um.

»Ich konnte nicht anders, als diesen Moment festzuhalten«, gestand er lächelnd. »Du sahst so glücklich aus.«

»Das war ich.« Ein wehmütiges Gefühl stieg in mir auf.

»Vielleicht können wir irgendwann zu der Insel zurück.«

»Das wäre schön«, sagte ich, und seine Augen leuchteten auf. Ich machte einen Schritt auf ihn zu. »Dafür, dass wir uns erst seit ein paar Wochen kennen, haben wir verdammt viel zusammen erlebt.«

»Zu viel?«, fragte er.

Ich schüttelte den Kopf. »Nein. Die letzten Tage waren aufwühlend. Seit unserem Roadtrip ist nichts mehr wie zuvor, aber ich bereue es nicht, damals in dein Auto gestiegen zu sein.«

Jaspers Blick wurde weich. »Heißt das, du verzeihst mir?«

Ich legte meine Hände um seinen Nacken. »Das habe ich längst. Als ich dich in Glasgow mit deinem Bruder gesehen habe, ist mir einiges klar geworden. Du wolltest mich nie verletzen, das weiß ich jetzt. Du hattest Angst, weil du vor deiner Vergangenheit weglaufen wolltest. Das tust du jetzt nicht mehr.«

»Ich habe noch ein ganzes Stück vor mir, das weiß ich. Die Erinnerungen aus meiner Kindheit lassen sich nicht einfach abschütteln, aber ich werde sie nicht länger verdrängen. Und ich will auch die Menschen, die ich liebe, nicht länger von mir wegstoßen.« Er hob eine Hand und strich mir sanft über die Wange. Sein Blick blieb auf meinen Lippen haften, und ich spürte, wie die Käfer in meiner Magengrube ausschwärmten.

»Das ist gut«, flüsterte ich. »Denn ich werde mich nicht so schnell vertreiben lassen.«

Statt einer Antwort zog Jasper mich an sich. Er neigte den Kopf, bis sich unsere Lippen fast berührten. Wir waren uns nah, so verdammt nah. Zitternd atmete ich ein. Seine Hand legte sich schwer und warm auf meine Hüfte, und ich presste mich enger an ihn. Quälend langsam senkte er seinen Mund auf meinen. Ich keuchte auf, als seine Lippen meine endlich berührten.

Jasper küsste mich langsam und tief. Mit einer zarten Bewegung drang seine Zunge in meinen Mund. Ich spürte die Berührung bis ins Mark, spürte, wie er das Feuer erneut in mir entfachte. Sein Kuss füllte Stück für Stück das Loch in meinem Innern, das ich seit Inverness mit mir herumtrug. Leise seufzend schlang ich meine Arme fester um ihn und erwiderte den Kuss aus tiefster

Seele. Ich wusste, dass ich genau darauf gewartet hatte. Auf diesen Moment, der sich so echt und richtig anfühlte, dass auch die letzten Zweifel verschwanden.

Als er sich sanft von mir löste, kam ein protestierender Laut aus meinem Mund.

»Wenn ich das ganze Programm durchziehen will, brauche ich dringend etwas Abstand.«

»Das ganze Programm?« Widerwillig trat ich einen Schritt zurück.

»Zusammen kochen, ein romantisches Dinner im Kerzenschein auf einem mit roten Rosen geschmückten Balkon …«

»Du verarschst mich, oder?« Ich kniff die Augen zusammen, mein Blick zuckte zur Balkontür und zurück zu Jasper, der keine Miene verzog.

»Ich hab mit Holly telefoniert, bevor ich ins *Daydream* kam.« Ein gequälter Ausdruck huschte über sein Gesicht.

»O Gott, du meinst das wirklich ernst!« Ich hastete an ihm vorbei und riss die Balkontür auf, bevor er mich davon abhalten konnte.

Nichts hätte mich auf das vorbereiten können, was mich auf dem Balkon erwartete. Der Boden war mit Rosenblättern übersät, dazwischen standen kleine Teelichter, die nur darauf warteten, angezündet zu werden. Auf dem kleinen Tisch neben der Couch stand ein Strauß Rosen und eine große Kerze, die hoffentlich nicht denselben eigenartigen Duft verbreitete wie Hollys Kerzen.

»Zu viel des Guten?« Jasper war hinter mir auf den Balkon getreten.

Ein ersticktes Lachen entfloh mir. »Viel zu viel.«

»Holly meinte …«

»Dass das auf ihrem Mist gewachsen ist, verraten allein schon die Rosen.«

»Ich wusste, dass so was bei dir nicht zieht.« Er schmunzelte.

»Die Vorstellung, wie du hier Rosenblätter verteilt hast …« Kopfschüttelnd presste ich eine Hand auf meinen Mund, doch Jasper konnte das Glucksen trotzdem hören.

»Ja, wenn ich es jetzt so sehe, frage ich mich auch, was ich mir dabei gedacht habe.« Unsere Blicke kreuzten sich, und wir brachen gleichzeitig in Gelächter aus.

»Na komm, halten wir uns an den Plan und kochen.« Immer noch lachend ging ich voraus in die Küche.

Zu meiner Überraschung verfügte Jasper über ungeahnte Kochkünste. Offenbar hatte er die Küche zwar nur selten benutzt, hatte durchaus aber die Fertigkeiten dazu, ausgefallene Gerichte zu zaubern. Während ich für die Musik verantwortlich war und eine sehr Queen-lastige Playlist laufen ließ, schnippelte Jasper Gemüse, kochte Reis und zauberte eine herrlich duftende Erdnusssauce.

Mit zwei beladenen Tellern setzten wir uns wenig später auf den Balkon, wobei Jasper darauf bestand, jede einzelne Kerze anzuzünden. Es waren siebunddreißig Stück. Ich hatte sie gezählt. Immer noch fassungslos über die Mühe, die er sich gemacht hatte, probierte ich von dem Essen, das noch besser schmeckte, als es roch.

»Ich hatte keine Ahnung, dass du so gut kochen kannst.«

»Tja, ich habe eben eine Menge versteckter Talente.« Er zwinkerte mir zu, und ich verdrehte die Augen.

»Wie den versteckten Romantiker in dir?«

»Ha ha. Das ist Hollys Schuld«, grummelte er.

»Du hättest auch einfach ein Gedicht schreiben können«, bemerkte ich. »Apropos schreiben, wie läuft es denn mit deiner Fortsetzung?«

In den nächsten Stunden redeten wir über all die Dinge, die wir seit Inverness nicht ausgesprochen hatten. Jasper berichtete von seiner Zeit in Glasgow, wie er Jamie geholfen hatte und dass seine Mutter jetzt endlich ihr Leben ändern wollte und freiwillig in eine Entzugsklinik gegangen war. Er erzählte von einer Idee für einen neuen Roman und ich von meinen Auszugsplänen und dem Entschluss, zu studieren. Wir hatten viel aufzuholen. Mehr, als mir bewusst gewesen war. Ich schilderte ihm Maisies Fortschritte und wie sich die Beziehung zwischen uns veränderte. Während wir redeten, stiegen nicht nur positive Erinnerungen in mir auf, sondern auch der Schmerz, von ihm abgelehnt zu werden. Dass er sich verschlossen hatte, statt sich mir anzuvertrauen, war wie ein Stich in mein Herz gewesen.

Jasper hörte mir schweigend zu, nahm mich zum richtigen Zeitpunkt in den Arm und wartete geduldig, bis meine Tränen versiegten. Wir versprachen uns, fortan absolut ehrlich miteinander zu sein und auch die unangenehmen Dinge laut auszusprechen. Ich wusste, dass meine Angst, zu vertrauen, und seine Angewohnheit, sich zurückzuziehen, wiederkehren würden. Doch ich war voller Zuversicht, dass wir den richtigen Weg finden würden, um auch damit umzugehen.

Es war schon weit nach Mitternacht, als wir den Balkon schließlich verließen und wieder ins Wohnzimmer zurückkehrten.

»Das war vielleicht nicht das romantischste, aber trotzdem das beste Date, das ich bisher hatte«, sagte ich.

Er hielt mich am Arm fest und drehte mich so, dass ich direkt vor ihm stand. »War?« Seine Augenbrauen schossen in die Höhe.

»Na ja, es ist spät und wir sollten es vermutlich langsam angehen lassen«, stotterte ich. Hitze schoss mir in die Wangen, und am liebsten hätte ich mich weggedreht, aber ich hielt meinen Blick unverwandt auf ihn gerichtet.

»Willst du das denn?«, fragte er leise. »Es langsam angehen lassen?« Seine Augen nahmen einen dunklen Ton an und machten es mir unmöglich, einen klaren Gedanken zu fassen.

»Nein«, hauchte ich.

Mehr brauchte es nicht. Jasper verschwendete keine Zeit. Er überbrückte den Abstand zwischen uns und küsste mich. Meine Hände fuhren über seine Arme hinauf zu seinem Nacken. Ich zog ihn enger zu mir heran, vertiefte den Kuss und versank in den Empfindungen, die über mich hereinbrachen. Jasper zu küssen, war, als würde ich nach Hause kommen. Er schmeckte nach Freiheit und salziger Meeresbrise. Nach Erinnerungen und dem Versprechen eines Neubeginns.

Langsam schob Jasper seine Hände unter mein Top. Ich sog scharf die Luft ein, als er meine nackte Haut berührte. Hitze durchströmte meinen Körper. Seine Küsse wurden wilder, fordernder. Ich stöhnte an seinen Lippen und schmiegte mich enger an ihn. Seine Finger griffen nach dem Saum meines Tops, bevor er es mir mit einer schnellen Bewegung über den Kopf zog. Leise fluchend fiel sein Blick auf meinen schwarzen BH.

»Gott, Amelia …«, murmelte er, während er mir mit einer geschickten Bewegung auch den BH abstreifte.

Ungeduldig zupfte ich an seinem Shirt, das wenige Sekunden später neben meinem Top auf dem Boden landete. Für den Bruchteil einer Sekunde schauten wir uns an, dann bewegten wir uns gleichzeitig aufeinander zu. Jaspers Hände fuhren über meine Seiten nach unten. Er umfasste meinen Po, und ich schlang meine Beine um seine Hüfte, als er mich mit einem heiseren Laut hochhob.

Irgendwie schaffte es Jasper, ohne zu stolpern, ins Schlafzimmer. Vor seinem Bett blieb er stehen und legte mich auf die Matratze. Im nächsten Moment war er über mir. Er stützte sich mit den Unterarmen ab und küsste mich zärtlich und beharrlich zugleich. Ich stöhnte leise auf, als er mit seinem Mund meinen Hals liebkoste.

Mit zittrigen Fingern tastete ich nach dem Bund seiner Jeans, und er verstand sofort. Mit einer fließenden Bewegung stand er auf und streifte sich die Hose von den Beinen. Atemlos sah ich ihm dabei zu, und als er sich auch seiner Boxershorts entledigte, schlüpfte ich ebenfalls aus meiner Jeans, sodass ich nur noch meinen Slip trug. Jasper schob sich zwischen meine Beine und küsste eine Spur von meinem Bauchnabel über meine Brüste hinauf zu meinem Hals.

Ich seufzte leise seinen Namen, wand mich unter seinen Berührungen, die mich wahnsinnig machten. Durch den dünnen Stoff des Slips spürte ich seine Härte an meiner Mitte, als seine Lippen erneut meine fanden. Mit einem heiseren Laut glitten Jaspers Finger unter meinen Slip und fanden den empfindlichsten Punkt. Lust schoss durch mich hindurch, mein Blut verwandelte sich in Lava, floss wie ein heißer Strom durch meinen Körper und rückte alles andere in weite Ferne.

Jasper zog seine Hand zurück, und ich hob das Becken an, damit er mir mein letztes Kleidungsstück vom Körper streifen konnte. Er griff hinter sich in eine Schublade, und kurz darauf hörte ich Folie rascheln. Mein Atem beschleunigte sich.

»Bist du dir sicher?«, fragte er leise.

»Absolut.«

Jasper atmete zischend aus und rollte sich das Kondom über. Sein Blick traf auf meinen, und wie so oft verlor ich mich darin. Als er wieder über mir war, senkte er den Kopf. Unsere Münder fanden sich, seine Zunge glitt forsch zwischen meine Lippen und mit einem Seufzen erwiderte ich den Kuss.

Diesmal ließ Jasper sich Zeit. Er küsste mich tief und langsam. Seine Hände wanderten über meinen Körper, erkundeten jeden Zentimeter. Ich hatte mich noch nie so begehrt und schön gefühlt, so geborgen und sicher.

»Das habe ich vermisst«, murmelte ich.

Jasper hob den Kopf, sodass er mich direkt anschaute. In seinen Augen las ich tiefe Zuneigung. Sanft fuhr ich durch seine Haare und legte meine Finger dann auf seine Wange.

»Du bist wunderschön«, sagte er. »Ich weiß gar nicht, womit ich dich verdient habe.«

»Nicht«, flüsterte ich. »Du bist so viel mehr als genug, Jasper. Du bringst Licht in meine Dunkelheit und erinnerst mich, wie es ist, lebendig zu sein. Du hast mir einen Weg zurück zu mir selbst gezeigt, und du hast keinen, wirklich gar keinen Grund, zu denken, du wärst nicht gut genug für mich.«

Sein Blick wurde weicher. Er legte seine Stirn auf meine, und ein paar Sekunden lang verharrten wir so.

»Ich liebe dich«, hauchte er. »Ich liebe dich so sehr.«

Mein Herz schwoll an, seine Lippen fanden meine, und mir wurde fast schwindelig vor Glück.

Ich schlang meine Beine um ihn, und als er in mich drang, hörte die Welt für einen Moment auf, sich zu drehen. Mit jedem Stoß füllte er mein Inneres mit neuem Leben. Ich ertrank in seiner Nähe, verlor mich in seinen Armen und fand mich in seinem Atem wieder. Wir wurden eins, teilten dieselbe Luft, denselben Herzschlag. Ich wusste nicht mehr, wo er anfing und ich aufhörte, doch es spielte keine Rolle, nichts spielte eine Rolle außer der Liebe zwischen uns, die ein goldenes Licht in den Raum warf und die dunklen Ecken mit hellen Farben füllte. Sie vertrieb die Dunkelheit, die vor vielen Jahren in seinem und meinem Innern gewachsen war.

Es würde nicht leicht werden. Liebe war nie leicht. Und das Glück kam nicht mit einer einzigen Nacht. Doch ich wusste, dass wir etwas gefunden hatten, was uns niemand mehr nehmen konnte. Hoffnung. Darauf, dass unser Licht stärker strahlte als die Angst. Dass wir selbst in den dunkelsten Tagen einen hellen Schimmer finden würden, einen Hauch von Licht, der unser Leben lebenswert machte.

Ich schloss die Augen und spürte Jaspers Herz, das wild in seiner Brust schlug. »Ich liebe dich auch«, sagte ich. »Mehr, als ich es je für möglich gehalten habe.«

EPILOG

Amelia

Drei Monate später …

Das *Daydream* war erfüllt von lautem Gelächter und dem Duft frisch gebackener Brownies. Ich stand mit einem Sektglas in der Hand zwischen Holly und Maisie, die mich anstrahlten, als hätte ich heute Geburtstag.

»Auf Amelia«, rief Rachel plötzlich, und alle hoben ihre Gläser. »Wir werden dich hier vermissen«, schob sie hinterher.

»Auf Amelias Start in ein neues Leben.« Holly prostete mir freudestrahlend zu.

Sie waren alle gekommen. Holly, Taylor, Rachel, Aiden, selbst Chloé, Charlotte und Maisie. Und natürlich Jasper. Ursprünglich hatte ich eine kleine Einweihungsparty in meiner neuen Wohnung geplant. Allerdings stapelten sich auf den verfügbaren dreißig Quadratmetern jede Menge Umzugskartons, und als Holly vorschlug, das Ganze stattdessen ins *Daydream* zu verlagern, hatte ich zugestimmt. Natürlich war ich dabei nur von einem gemütlichen Zusammenkommen unter Freunden ausgegangen und nicht von einem mit Lichterketten dekorierten Café, Sekt zum Anstoßen und Platten mit kleinen Häppchen, die eine ganze Dinner-Party hätten versorgen können.

Holly, Maisie und Rachel hatten sich ganz schön ins Zeug gelegt, dabei ging es nur um meinen Einzug in eine neue Wohnung. Und um die Zusage für einen Studienplatz. In zwei Wochen würde ich an der Uni mit dem Fach Soziale Arbeit beginnen. Ein Neuanfang, nannte es Holly. Doch für mich markierte es vielmehr einen weiteren bedeutenden Schritt auf meinem Weg.

»Wenn es dir zu viel wird, können wir jederzeit abhauen. Ein Wort genügt.« Jaspers Stimme erklang nah an meinem Ohr und jagte mir einen Schauer über den Rücken.

Drei Monate war es her, dass er in seiner Wohnung für mich gekocht und wir uns ausgesprochen hatten, und trotzdem reagierte mein Körper auf seine Nähe immer noch mit einer lächerlichen Heftigkeit. Ich hoffte, dass das nie aufhören würde.

»Sich von der eigenen Party zu schleichen, ist nicht gerade die feine Art«, sagte ich leise.

»Das hier ist eine Party?«

Ich musste mich nicht umdrehen, um zu wissen, dass Jasper sich gerade mit hochgezogenen Augenbrauen im Raum umschaute. »Hör auf, den arroganten Mistkerl zu spielen.«

Jasper lachte leise, und Gänsehaut kroch meine Arme hinauf.

»Dabei stehst du doch so auf diesen Mistkerl«, wisperte er und trat einen Schritt näher, sodass mein Rücken an seiner Brust lehnte.

Ich biss mir auf die Lippe und unterdrückte nur mit Mühe ein sehnsuchtsvolles Seufzen. »Lass das«, zischte ich.

»Was genau?« Seine Finger glitten über mein Handgelenk und malten kleine Kreise auf meinen Unterarm.

Mich zu berühren, mein Blut zum Kochen zu bringen und in mir das Verlangen zu wecken, dir hier und jetzt die Klamotten vom Leib zu reißen.

Räuspernd drehte ich mich zu ihm um. »Das weißt du ganz genau«, sagte ich und funkelte ihn gespielt böse an.

Jasper gab ein leises Glucksen von sich und setzte seine beste Unschuldsmiene auf. »Ich habe keine Ahnung, wovon du da überhaupt redest.«

»Du …«

»Amelia, wann spielst du etwas für uns?«, unterbrach Holly dankbarerweise das Gespräch, das schon wieder in eine Richtung abdriftete, die meistens am Ende zu viel nackter Haut führte.

»Gib mir noch ein paar Minuten, ja?«, sagte ich und nahm einen großen Schluck aus meinem Sektglas. Obwohl ich in den letzten Wochen ein paarmal aufgetreten war, erfüllte es mich immer noch mit Nervosität, vor Leuten zu spielen, auch wenn alle hier meine Freunde waren.

Mein Blick glitt zu Maisie, die an einem Tisch mit Aiden saß. Sie wirkte entspannt und losgelöst. Wie so oft in letzter Zeit trug sie ein Lächeln auf den Lippen, und als Jasper sich zu ihr setzte, schaute sie auf und fragte ihn etwas. Ich verstand nicht, was sie sagte, weil Holly in diesem Moment laut über etwas lachte, das Taylor gesagt hatte, aber ich hörte noch, dass es um eines von Jaspers Büchern ging. Jasper war nach Charlotte, Maisies Therapeuten und mir die erste Person, mit der sie ganze Gespräche führte. Meistens ging es dabei um Bücher, weshalb ich nicht wirklich mitreden konnte. Deshalb saß ich für gewöhnlich mit einem glücklichen Lächeln daneben und lauschte ihren Stimmen, die mich mit unendlicher Dankbarkeit erfüllten.

»Alles in Ordnung?« Charlotte trat zu mir und musterte mich mit wachsamem Blick. Ob sie wohl je damit aufhören würde, sich um mich zu sorgen?

»Ja«, sagte ich. »Ich freue mich einfach, dass ihr alle hier seid.«

Charlotte nickte und zog mich wortlos in ihre Arme. Sie drückte mich fest an sich, was in letzter Zeit öfter vorgekommen war. Mein Auszug machte ihr mindestens genauso viel Angst wie mir. Obwohl ich mit dem Rad nur ein paar Minuten zu Charlottes Wohnung brauchen würde, war es ein großer Schritt, nicht mehr jeden Tag dort zu sein.

»Ich besuche euch ganz oft«, versprach ich zum ungefähr hundertsten Mal.

»Ich weiß.« Sie nickte und wischte sich eine Träne aus dem Augenwinkel. »Ich bin stolz auf dich, Amelia.«

Diesmal war ich es, die blinzeln musste.

Ich räusperte mich. »Ich glaube, jetzt ist ein guter Zeitpunkt, euch meinen neuen Song zu zeigen.«

Die Gitarre in meiner Hand zitterte leicht, doch ich ließ mir nichts anmerken. Mein Blick fand den von Holly, suchte nach dem vertrauensvollen Lächeln, das wie immer auf ihren Lippen lag, und glitt zu Jasper, der mich mit einem liebevollen Ausdruck in den Augen anschaute. Sie nickten mir beinahe synchron zu, und ich spielte den ersten Akkord.

Melancholische Töne erklangen, und ich schloss die Augen. Blendete alles um mich herum aus. Meine Finger zupften an den Saiten, lockten und riefen die Musik, die mich mit sich fortriss.

Bei den ersten Worten zitterte meine Stimme leicht, doch mit jeder Zeile wurde ich sicherer.

An blauschwarzen Tagen lache ich leise,
vermisse die Liebsten,
die viel zu früh gingen …

Vor meinem inneren Auge sah ich meine Eltern. Ich hörte meine Mutter leise an meinem Bett singen und meinen Vater herzhaft lachen.

Meine Stimme wurde lauter. Ich legte all die Trauer hinein, die mich in den letzten Jahren begleitet hatte, und hielt nichts zurück. Die Erinnerungen an sie, der Schmerz, sie verloren zu haben, gehörten genauso zu mir wie mein Lachen und die leichten Tage.

An blauschwarzen Tagen lebe ich langsam,
verloren in Bildern aus einer anderen Zeit.
Ich sinke und falle,
ertrinke im Damals,
in Schatten und Zweifeln,
in vergangenem Schmerz …

Während ich sang, stiegen Bilder von der Reise mit Jasper in mir auf. Wie wir uns auf dem Felsvorsprung nach der Wanderung geküsst hatten und ich mich so lebendig gefühlt hatte wie lange nicht mehr. Wie ich im Regen stand, den Kopf in den Nacken gelegt, und all die Gefühle hinausgeschrien hatte, die ich bis dahin zurückgehalten hatte. Ich war auf diesem Roadtrip nicht nur Jasper nähergekommen, sondern auch mir selbst.

Die Melodie wurde schneller. Fröhlicher. Sie spiegelte wider, wie ich letztendlich Hoffnung und Glück gefunden hatte.

An blauschwarzen Tagen kämpfe ich weiter,
hoffe und glaube,
halte fest an dem Licht.
Ich liebe und lebe,
gehe weiter, immer weiter,
bis ein neuer Morgen anbricht …

Ich öffnete die Augen und blickte in die bewegten Gesichter der Menschen, die Glück in meine Welt brachten und mein Leben bunter machten. Gebannt hörten sie zu, während ich von Verlust und Liebe sang. Davon, trotz allem Ja zum Leben zu sagen.

Die letzten Klänge verhallten im Raum.

Ich lächelte und spürte instinktiv, dass der Song nicht länger nur mir, sondern auch meinen Freunden gehörte. Holly schloss mich als Erste in ihre Arme, gefolgt von den anderen. Ich wurde mit Lob und Glückwünschen überschüttet, mit Zuneigung und Liebe. Als Jasper mich an sich zog, war ich fix und fertig mit den Nerven, aber überglücklich.

Das sind sie, dachte ich. Die Momente, auf die es ankam. Die, die das Leben bunt und lebenswert machten. Erleichtert lehnte ich mich an Jasper; ich sah meinen Weg ganz klar vor mir. Es würde nicht nur leicht werden, aber es war mein Weg, und ich war mehr als bereit, ihn zu gehen. Zusammen mit meinen Freunden, meiner Familie und natürlich mit Jasper, der mich wieder daran erinnert hatte, wie schön das Leben war.

Und ich konnte es kaum erwarten.

DANKSAGUNG

Die Geschichte von Amelia und Jasper hat sich von Anfang an magisch angefühlt. Ich habe sie nicht nur an meinem Geburtstag auf der Isle of Skye geplant, sie hat mich auch zu meiner wundervollen Agentur und dem großartigen Ravensburger Verlag gebracht. Außerdem ist sie eine kleine Liebeserklärung an Schottland, wo ich nach dem Abitur ein Jahr lang gelebt habe und das seitdem zu meinen absoluten Lieblingsorten gehört.

Ein riesiges Dankeschön geht an meine Agentinnen Gesa Weiß, Kristina Langenbuch und Mathilda Göpfert. Vor allem an Mathilda, die Potenzial in der Geschichte gesehen hat und mir seither mit Rat und Tat zur Seite steht. Eure Unterstützung und Hilfe ist Gold wert!

Danke an Nadja, die der Geschichte im Ravensburger Verlag ein tolles Zuhause gegeben hat und mich immer wundervoll unterstützt. Ohne deine Ratschläge und deinen Glauben an mich wäre das Buch nicht, was es heute ist. Vielen Dank für alles.

Danke, Paula, für deine Unterstützung, dein offenes Ohr und deine Ratschläge.

Ein großer Dank geht auch an meine Lektorin Tamara. Du hast

das Beste aus dem Buch rausgeholt und dabei nie die Geduld mit mir verloren. Danke!

Meinen Testleserinnen Genovina, Irina und Lisa danke ich von Herzen für ihre guten Ratschläge, Eindrücke und Ideen.

Sina, du warst dabei, als wir in Portree im Café saßen, und hast Amelia und Jasper von der ersten Minute an geliebt. Tausend Dank dafür.

Nina, ich weiß nicht, wie ich Bücher ohne dich schreiben könnte. Unsere Schreibdates und Gespräche über das Schreiben gehören für mich ganz fest zum Autorenleben dazu. Danke für alles!

Vivi, du warst von Anfang dabei und bist einer der Gründe, warum ich überhaupt so weit gekommen bin. Eine Million Mal Danke.

Anna, ich liebe es, mit dir über Bücher und Ideen zu reden. Danke für deine Unterstützung und dass ich mich jederzeit melden darf.

Danke, Chiara, dass du immer ein offenes Ohr hast und an mich und meine Träume glaubst.

Ich danke meinen großartigen Autorenkolleg*innen, die alle aufzuzählen zu viel wäre, aber ihr wisst Bescheid.

Danke an Marie und Pauline fürs Da-sein, fürs Ideen-anhören, fürs Mit-mir-Feiern und An-mich-Glauben. Ihr seid für immer die besten Mitbewohnerinnen, die ich jemals hatte.

Danke auch an alle Blogger*innen, die mich auf meinem Weg begleiten.

Und zum Schluss danke ich dir. Danke, dass du nach diesem Buch gegriffen hast. Ich hoffe, wir sehen uns bei Maisies Geschichte wieder!

LESEPROBE

»The Hope We Find«
Edinburgh-Reihe, Band 2
von Jana Schäfer
ISBN 978-3-473-58612-7

»Pass auf, Teddy. Die Autos fahren hier unglaublich schnell. Ich will, dass du meine Hand nicht mehr loslässt, okay?« Ernst drehte ich mich zu Teddy um, der mich aus murmelgroßen Augen erstaunt ansah. Wenn er diesen Blick aufsetzte, war es beinahe unmöglich, streng zu bleiben, und das wusste er. Er war gerade mal vier Jahre alt und erst seit wenigen Tagen bei uns im Kindergarten, doch er wusste genau, wie er die Erwachsenen um den Finger wickeln konnte. Inklusive mir.

»In zehn Jahren wird er die ersten Herzen brechen«, sagte Bree schmunzelnd.

»Ohne Zweifel.«

»Okay, Kinder, wir gehen jetzt los zum Park. Ihr kennt die Regeln. An der Straße bleiben wir stehen und warten, bis die Erwachsenen sagen, dass wir rübergehen können. Habt ihr alle eine Freundin oder einen Freund an der Hand?« Bree musterte die Kinder, die sich in Zweierreihen aufgestellt hatten, eingehend. »Gut, dann können wir los. Bildest du den Abschluss, Maisie?«

»Klar.«

Wir setzten uns in Bewegung und ließen den Kindergarten hinter uns. Bree legte ein schnelles Tempo an den Tag, doch die Kinder hielten mühelos Schritt. Es war ein sonniger Vormittag, was wir ausnutzen wollten. Ich hatte aufgehört zu zählen, wie oft wir im Trockenraum nasse Jacken und Regenhosen auf die Wäscheleine hängten. Doch Regen gehörte genauso zu Edinburgh wie die alten Häuser und kleinen kopfsteingepflasterten Gassen dazwischen.

Als wir eine Kreuzung erreichten, blieb Bree stehen. Auf der anderen Straßenseite lag ein kleiner Park mit einem Spielplatz, auf dem wir die nächste Stunde verbringen würden. Bree und ich hatten heute die Leitung für die Gruppe der Drei- bis Fünfjährigen übernommen.

Seit zwei Jahren arbeitete ich nun bereits im Kindergarten. Was nach meinem Schulabschluss als Aushilfe und Krankheitsvertretung begonnen hatte, war zu einer Vier-Tage-Woche geworden. Anders als Bree hatte ich keine Ausbildung durchlaufen, weshalb ich mich mit einem geringeren Gehalt begnügen musste, doch die Arbeit gefiel mir. Kinder waren nicht so kompliziert wie Erwachsene. Sie zerbrachen sich nicht ständig den Kopf und sprachen aus, was sie dachten. Das machte sie zu deutlich angenehmeren Gesprächspartnern.

»Lässt du mich wieder ganz hoch schaukeln?«, fragte Teddy und lenkte mich von meinen Gedanken ab.

»Natürlich, aber nur, wenn du dich gut festhältst.«

»Versprochen«, sagte er in einem beinahe feierlichen Ton. Ich lächelte und hielt seine kleine Hand ein bisschen fester, die warm in meiner lag.

Die Ampel wechselte von Rot auf Grün, und kurz darauf erreichten wir den Spielplatz. Wie gewohnt scannte ich zuerst die

Umgebung. Es war schon mehr als einmal vorgekommen, dass plötzlich ein Hund aus dem Gebüsch schoss und die Kinder zu Tode erschreckte. Doch heute lag der Spielplatz verlassen vor uns.

Dachte ich zumindest. Bis ich jemanden auf der Bank liegen sah. Verdammt, das hatte gerade noch gefehlt.

»Der Spielplatz ist nicht leer«, sagte ich leise zu Bree, die die Kinder angewiesen hatte, einen Kreis zu bilden.

»Das habe ich auch schon bemerkt. Soll ich ihn loswerden?«, fragte sie, doch in dem Moment fing Jenny an zu weinen und kam auf sie zugerannt. Bree nahm sie kurzerhand auf den Arm und murmelte ihr beruhigend zu.

Unschlüssig schaute ich von der Gruppe Kinder zum Spielplatz und wieder zurück. »Ich mach das schon«, sagte ich und klang zuversichtlicher, als ich mich fühlte.

Die Kinder schienen den Kerl bisher nicht bemerkt zu haben, was auch so bleiben sollte. Normalerweise überließ ich Bree das Reden, aber sie war noch mit Jenny beschäftigt. Außerdem hatte ich nicht all die Therapiestunden und Fortschritte gemacht, um jetzt zu kneifen.

Während Bree mit der Gruppe irgendein Lied anstimmte, zu dem alle klatschten, betrat ich entschlossen den Spielplatz.

»Entschuldigung«, rief ich, als ich vor der Bank zum Stehen kam. »Sie müssen woanders hingehen. Das hier ist ein Spielplatz.«

Der junge Mann regte sich nicht. Ich trat noch einen Schritt näher und registrierte, dass er Jeans und Lederjacke trug. Markenklamotten, wie ich erst jetzt bemerkte. Ich musterte ihn eingehend. Der Kerl war höchstens Mitte zwanzig und unverschämt attraktiv. Auch das noch. Und dummerweise verharrte mein Blick eine Spur zu lange auf seinen dunklen Haaren und den markanten Gesichtszügen.

»Hallo?«, versuchte ich es erneut, diesmal lauter.

Keine Reaktion.

Nach einem kurzen Zögern setzte ich meinen Rucksack ab, in dem sich ein Erste-Hilfe-Set und eine Wasserflasche befanden. »Du hast es nicht anders gewollt«, murmelte ich, öffnete die Flasche und kippte den halben Inhalt über den Kerl.